La casa de los perdidos

Javier Lerín

La casa de los perdidos

SUMA
de letras

Papel certificado por el Forest Stewardship Council®

Primera edición: febrero de 2025

© 2025, Javier Lerín Albéniz
© 2025, Penguin Random House Grupo Editorial, S. A. U.
Travessera de Gràcia, 47-49. 08021 Barcelona

Penguin Random House Grupo Editorial apoya la protección de la propiedad intelectual. La propiedad intelectual estimula la creatividad, defiende la diversidad en el ámbito de las ideas y el conocimiento, promueve la libre expresión y favorece una cultura viva. Gracias por comprar una edición autorizada de este libro y por respetar las leyes de propiedad intelectual al no reproducir ni distribuir ninguna parte de esta obra por ningún medio sin permiso. Al hacerlo está respaldando a los autores y permitiendo que PRHGE continúe publicando libros para todos los lectores. De conformidad con lo dispuesto en el artículo 67.3 del Real Decreto Ley 24/2021, de 2 de noviembre, PRHGE se reserva expresamente los derechos de reproducción y de uso de esta obra y de todos sus elementos mediante medios de lectura mecánica y otros medios adecuados a tal fin. Diríjase a CEDRO (Centro Español de Derechos Reprográficos, http://www.cedro.org) si necesita reproducir algún fragmento de esta obra.

Printed in Spain – Impreso en España

ISBN: 978-84-19835-67-3
Depósito legal: B-21.300-2024

Compuesto en Mirakel Studio, S. L. U.

Impreso en Black Print CPI Ibérica
Sant Andreu de la Barca (Barcelona)

SL35673

Para mi padre,
que hizo de paraguas en los años de lluvia.
Todo va bien

Para Ana,
para siempre

1

Introducción

Barcelona, dentro de cinco días

Siempre has tenido el presentimiento de que un día tu vida, tu realidad, explotaría para dar comienzo a la acción.

Debe de ser esta noche. Luces, cámaras...

La pala te la ha dado Lucas, pero el agujero que hay en el jardín no lo has cavado tú.

—La vas a necesitar —te ha dicho.

Todavía desconfías de él.

Un helicóptero de la policía sobrevuela a baja altura la masía. Te cubres los ojos con el antebrazo para protegerte de la luz que emite su foco.

El motor de la autocaravana de Fernandito sigue zumbando a tu espalda. Has dejado la puerta abierta al salir y eso te permite ver la televisión del interior.

Las imágenes muestran a una mujer desorientada sobre el terreno que rodea una casa de piedra. Está quieta frente a un cráter artificial y sujeta una pala entre las manos.

Su cara te resulta familiar y extraña al mismo tiempo. Tardas unos segundos en reconocerte, en asimilar que la protagonista de los informativos eres tú.

La reportera inclina la cabeza, se lleva dos dedos al pinganillo de la oreja y asiente varias veces mientras recibe indicaciones. Después, mira a cámara y dice:

«Me encuentro situada en uno de los balcones del edificio colindante a la masía, donde varios vecinos han dado la voz de alarma a la policía hace apenas unos minutos. Está sola en el jardín, parada entre el agujero y esa autocaravana destartalada. ¿La veis desde plató, Antonio? La sospechosa todavía sostiene en las manos la pala con la que ha cavado el hoyo y...».

Antonio es sinónimo de televisión. Presentador del telediario de la noche en diferentes cadenas durante los últimos treinta años, se encargó de cubrir el 11-M, el atentado de las Torres Gemelas y ahora esto.

«Esto» eres tú.

Hoy, eres La Noticia.

Durante los dos segundos que tardas en limpiarte en los pantalones la sangre que vuelve a brotarte del dorso de la mano, tu mente viaja a través de la pantalla de televisión y recorre los quinientos kilómetros de cableado y ondas que separan Barcelona de Pamplona. Allí, al final de esta travesía imaginada, ves la cara de un hombre derrotado. Después de lo que ha sucedido, serás incapaz de volver a llamarle papá. Le imaginas preocupado, tirando su vida sobre el sofá como cada noche. Un plato con los restos de migas de un bocadillo encima del apoyabrazos, los pies en la mesa, el cojín en la tripa, la barbilla sobre el pecho y tú en su televisión.

La realización del programa divide la pantalla en dos: una mitad para Antonio y la otra para los periodistas que informan desde otros puntos de la ciudad.

De pronto, el realizador cambia a un plano aéreo, y Antonio enmudece por primera vez en toda su carrera. La ciudad a vista de pájaro se apodera de la pantalla. Ves humo, fuego y luces de coches de policía. La imagen paraliza los pulmones del presentador y resquebraja el televisor en cuchillas diminutas de cristal que se clavan en tus retinas. Las calles de Barcelona están repletas de agujeros como el que tienes frente a ti. La ciudad se ha convertido en un queso suizo del tamaño de tus problemas.

Cuando decidiste venir a este lugar para averiguar toda la verdad, no esperabas encontrarte esto.

«Fíjate en sus manos, Antonio, y en los brazos empapados de sudor y tierra. Nadie puede cavar un hoyo de este tamaño sin despeinarse».

La vibración de las hélices del helicóptero que ametrallan el cielo se mezcla con las palpitaciones arrítmicas dentro de tu pecho. Sudas, te tambaleas, sientes que estás a punto de desmayarte; pero clavas la hoja de la pala en el suelo y apoyas tu peso sobre el mango para evitarlo.

«No sé si lo apreciáis. Está descalza, tiene los pantalones llenos de tierra y… Un momento. Albert, por favor, primer plano. Allí, ¡en el centro del cráter! Haz zoom. Es… ¡Dios mío!».

El foco del helicóptero de la policía ilumina el agujero que se hunde frente a ti, como una luz divina que descendiese desde el cielo.

Hay algo en el fondo.

No es posible, dices.

Ves sus cuatro bordes de madera asomando entre la tierra.

Es una caja grande, alargada.

Te dejas caer hasta el centro del cráter.

Barres con ambos brazos la capa de tierra que la cubre.

Está cerrada con clavos.

Utilizas la pala a modo de palanca para abrir la tapa. La madera cruje cuando lo logras. Retiras la plancha. La dejas a un lado.

El olor a tierra se funde con un siniestro aroma metálico.

En el interior hay una persona.

El pánico te oprime la garganta y te vacía los pulmones.

Oyes los gritos de los vecinos, sus insultos, el batir del helicóptero, la narración de la reportera que sale de la televisión. Entre toda esa algarabía, distingues una palabra que se repite: asesina.

No puede ser.

El terror de una mirada congelada en el pasado emerge de lo más profundo de ese agujero y te desgarra el estómago.

Te llevas las manos al vientre y gritas al cielo.

La palabra resuena cada vez más fuerte: asesina.

No.

No querías esto.

Rodeas su figura con los brazos y la levantas. Su espalda te hiela las yemas de los dedos.

De nuevo, los gritos, las descalificaciones, la rabia de toda esa gente.

Asesina.

Asesina.

Derramas tus lágrimas sobre el polvo adherido a su mejilla, que se deshace.

Su cara está pálida; su expresión, inmóvil; su mirada, vacía.

Está muerta.

2

La caseta

Hendaya, Francia, 1998

El niño sin nombre tiene la misma edad que tú cuando aprendiste a atarte los cordones de las zapatillas. A su alrededor solo hay madera húmeda y oscuridad.

Si fuera capaz de ponerse de pie, comprobaría que mide menos que la semana pasada; el frío le ha contraído y entumecido todos los músculos del cuerpo. El niño escucha el sonido de la lluvia que golpea el techo de la caseta. Es un repique fino, cadente. Cada cierto tiempo, una gota de agua se filtra entre las tablas y explota contra su cabeza.

El niño no tiene nombre porque los nombres desaparecen si nadie los utiliza.

Es imposible escapar. Mamá se esforzó en usar muchos clavos para tapiar la puerta de la caseta. Eso debió de ser ayer o antes de ayer; o quizá el lunes. Cuando todos los días son iguales, ¿de qué sirve contarlos?

A la espalda del niño hay dos cuencos: uno con agua y otro para la comida.

El sonido de la lluvia cesa, y el relente se cuela a través de un pequeño agujero.

Es un surco en la madera de una de las tablas que bloquean la puerta de la caseta de Sébastien, y su única ventana al mundo exterior.

Sébastien, o Seb, como a él le gustaba llamar a su perro, no está en casa, y mamá no espera que vuelva. Le contó que huyó con una perra callejera.

—Como tu padre —dijo—. Y tú eres igual que él.

Sébastien era su mejor amigo.

Su único amigo.

El niño sin nombre tiene el mismo miedo que tendría cualquier niño de su edad en su situación.

Intenta soñar, imaginar, escapar de allí con la mente. Cierra los ojos, respira el hilo de brisa marina que se cuela por el agujero y se imagina a sí mismo corriendo por la playa de Hendaya. Es una mañana de verano, no cabe más gente en la zona libre de marea. El salitre le estira la piel oscura y la arena le calienta las plantas de los pies. El niño atraviesa corriendo las hileras de toallas y sombrillas y salpica sin querer a las familias que están tomando el sol. Su madre lo espera frente al casino antiguo del boulevard de la Mer, con los brazos abiertos y una toalla seca para arroparle. No le riñe por correr; al contrario, le acribilla a besos y le estruja con un abrazo de los fuertes, de los que se dan con ganas.

No es un recuerdo real, sino imaginado.

Cuando sueñas con la misma escena tantas veces que olvidas la primera vez que la imaginaste, esta se cimenta en tu memoria, echa raíces y crece hasta convertirse en un recuerdo más.

El niño sin nombre estira los brazos y se cruje los huesos. Un quejido se le escapa por la boca cuando, sin querer, roza la pared de la caseta con los nudillos. Ayer los golpeó durante una hora contra las tablas. El niño acerca las manos temblorosas al agujero y las mira a la luz de la luna: están en carne viva.

Después se tumba hecho un ovillo, como haría Seb, y cierra los ojos para viajar de nuevo con la imaginación. Aprieta los párpados con las pocas fuerzas que le quedan y vuela lejos, muy lejos.

Vuela donde los niños juegan en columpios, van al colegio y tienen nombres.

Vuela donde no hay clavos ni maderas que encierran vidas.

Vuela donde existen los abrazos maternales que arropan.

Vuela y huele el salitre, se quema con la arena, escucha la risa de su madre. Vuela a esa playa que hay frente a su casa.

Vuela a esa mañana soleada que nunca existió.

3

Una masía

Barcelona, en la actualidad

Tu nombre es Leyre Aranguren y tienes treinta años, de eso sí estás segura. Te llevas los dedos a las sienes y cierras los ojos. Esperas uno, dos, tres segundos; así hasta diez. Tratas de calmarte, de poner las ideas en orden.

A ver.

Piensa.

Otra cosa que tienes clara es que huyes, pero no sabes de quién. También buscas, pero no sabes qué.

Es normal que no logres centrarte teniendo en cuenta todo lo que ha pasado durante los últimos días.

Una mañana en Barcelona ha sido suficiente para que una voz dentro de ti te diga que no, que nada va bien y que todo puede ir peor. Pero no escuchas.

«Tú nunca escuchas».

Era una de las frases favoritas de mamá. Por ella estás aquí, en Sant Just Desvern, delante de esta casa de la periferia de Barcelona.

Compruebas la dirección de nuevo, por si acaso, y observas el lugar. Esperabas encontrar algo distinto.

Cierras los ojos y sientes el calor del sol de invierno sobre tu piel. Inspiras y espiras; pero no respiras. Hace días que olvidaste hacerlo.

Un coche te pita al cruzar la calle porque estás parada en mitad de su carril. Ya no te puede oír, pero le mandas a tomar por el culo.

«Las niñas buenas no dicen palabrotas».

Si mamá estuviera aquí, diría que no sabe de dónde has sacado esos modales.

Avanzas hacia la casa. Aprovechas la sombra de un árbol para observarla mejor: es una masía catalana ubicada entre varios bloques de viviendas. Su piedra vista y arquitectura de otro siglo logran que destaque entre los edificios de hormigón. Pero no dirías que se trata de esa flor que se abre paso a través de una grieta del asfalto hostil. Más bien es el negativo de esa fotografía. Un grano en la frente de Brad Pitt. Un fallo en Matrix. Un lugar que no debería existir en este tiempo ni en este espacio.

La masía está rodeada por una verja oxidada, desde la que asoma un jardín que se asemeja a una jungla que crece desordenada. Tienes la sensación de que la casa ha sido engullida por las hojas de hiedra que se agarran a su fachada. Todo el recinto ocupa una manzana entera. Es un oasis oscuro en medio de la ciudad.

Recorres el perímetro vallado hasta dar con la puerta.

Antes de atreverte a hacer lo que tienes en mente, sientes una especie de vértigo en la tripa y te mareas. Cierras los ojos, tomas aire otra vez. Es una sensación extraña que te deja tan desconcertada y perdida como un *déjà vu*. Quizá se trate de un presentimiento o un aviso. Te obliga a ignorarlo y actúas como si tus manos funcionaran guiadas por otro cerebro que no es el tuyo. Uno, cuentas de nuevo. Dos. Haces un amago de marcharte. Tres.

El timbre suena. Ya está, no hay vuelta atrás.

Las zarzas y arbustos que conforman el jardín se mueven. Escuchas una respiración, seguida de un redoble de pasos firmes y seguros sobre el suelo de tierra. Algo se acerca y lo hace muy rápido. Cuando consigues darte cuenta de qué se trata, ya lo tienes encima. Salta sobre ti, pero se estrella contra la verja que os separa. Los años de óxido acumulado la hacen chillar.

Separas las manos de los barrotes y te apartas de un brinco.

—Sesenta y cinco kilos de malamute asustan a cualquiera —dice un anciano de barba blanca recortada, sonrisa afable y jersey de lana con tres botones abrochados—, pero es un buenazo. ¿Verdad, Sultán?

El perro se deja acariciar por el hombre. Incluso te parece que sonríe mientras te mira jadeando, haciéndote sentir imbécil por asustarte.

—Me llamo Leyre —dices. El hombre se ajusta las gafas y te mira durante unos segundos, como si esperara más explicaciones por tu parte.

—Yo soy Manel. Anda, pasa, pasa, por favor. —Abre la puerta de metal—. Me pillas de milagro, estaba a punto de irme a comer una paella con un amigo.

Pasas y, de nuevo, sientes el mismo mareo. No estás bien, te repites en tu cabeza.

«No estás bien».

Es la frase con la que comenzaba el último mensaje de audio que te ha enviado papá. Después, terminaba con un: «No sé dónde has ido, cariño, pero no me hagas esto. Vuelve a casa, por favor».

Antes de ayer no lloró después del entierro de mamá, pero está claro que hoy te necesitaba a su lado.

Sientes un cañonazo de culpa en la cabeza.

—¿Habíamos quedado? —dice Manel—. Cada vez chocheo más. Estaba convencido de que tenía la tarde libre.

—La verdad es que no habíamos quedado —respondes, sin saber qué clase de cita podría ofrecerte este señor.

—Bueno, pues estás de suerte. Creo que tengo algo para enseñarte.

Intentas seguir a Manel, pero el perro se planta frente a ti y te cierra el paso.

—Deja que te huela, necesita conocerte. Si no cuentas con el beneplácito de Sultán, no tienes sitio en esta casa —dice, sonriendo.

Estiras los labios y enseñas los dientes para corresponderle, porque a lo que haces no se le puede llamar sonreír.

—¿Todavía no se te ha pasado el susto que te ha dado el amigo Sultán? Estás blanca, mujer.

Lo cierto es que ya venías asustada de casa.

Manel te dice, bromas aparte, que te tranquilices, que el perro no muerde.

Acercas el brazo al hocico de Sultán y notas su trufa húmeda en la palma de la mano.

—A no ser que le caigas mal —susurra, mientras se inclina hacia ti, como si te contara un secreto. De cerca, puedes apreciar todas las arrugas de su frente que forman un paisaje de valles y cordilleras irregulares.

Es una broma de nuevo; esperas que lo sea.

Sueltas una carcajada que te recuerda a cuando teníais invitados en casa y mamá les reía cada tontería que decían por el simple hecho de agradarles.

«Las niñas buenas son amables».

—Mira, Sultán ya te deja pasar. Puedes considerarte bienvenida. Sígueme y te enseño el interior de la casa.

Te apartas una rama con espinas de la cara y caminas detrás del hombre. Os metéis entre dos plataneros.

—No te asustes por el jardín.

«Las niñas buenas no tienen miedo».

Escuchas en tu cabeza la voz de mamá pronunciando esa frase justo antes de apagar la luz del pasillo para darte las buenas noches, cuando solo eras una niña incapaz de imaginar lo que estaba por llegar. Su cambio.

Te agachas para esquivar las ramas. Un pequeño sendero de tierra os evita tener que meter los pies entre malas hierbas, arbustos salvajes que crecen sin control y, seguro, cierta fauna por descubrir. Conforme avanzáis, la luz del sol se pierde entre la frondosidad de la maleza y el ambiente se vuelve más sombrío.

—El problema es que no tengo tiempo para cuidarlo como me gustaría.

—¿Te encargas tú solo de toda la masía? —preguntas, mientras agitas la mano para espantar una nube de insectos que se afanan por morder un trozo de tu piel.

—Antes sí, pero mi lumbago ya no da para más. Desde hace unos cuatro años, Fernandito me echa una mano con todo el mantenimiento. —Manel hace un gesto con la cabeza en dirección a un hombre sin camiseta que sostiene una manguera. Está clavado al suelo, enraizado a la tierra como un árbol más, y es tan delgado que ves la sombra de sus costillas desde los veinte metros que os separan. No se mueve; su mirada se pierde en el arbusto que está ahogando. Te preguntas si tiene algún tipo de discapacidad. Quizá esta casa sea un centro donde cuidan a personas con necesidades especiales.

Llegáis a una zona del jardín donde la vegetación os concede un respiro.

—Mira. —Manel se detiene delante de un mástil de unos diez metros—. Aquí puedes leer nuestro lema; ahí arriba, en la bandera. «Familia Masía». Bien grande, para que la vean los vecinos de los edificios de al lado que siempre se quejan del ruido. Porque eso es lo que somos todos los que vivimos en esta casa: una gran familia.

Una familia es lo que dejasteis de ser mamá, papá y tú hace muchos años.

—Sígueme, por favor —dice Manel, para sacarte del ensimismamiento.

Sultán también escucha la voz de su dueño y corre hacia él.

—Mira —dice señalando una puerta gigante y sonriendo de nuevo—, por aquí entraban los carruajes antiguamente. Te lo cuento para que veas que en la casa hay cosas más viejas que yo.

No sabes si es buena idea entrar en esa masía. Pero Manel elimina tus posibilidades de retirada cuando te apoya la mano en la espalda para guiarte hacia el interior.

—Es enorme —dices, mientras te separas de su mano y das una vuelta sobre ti misma con la excusa de contemplar el techo. Grandes vigas de madera lo recorren de lado a lado. Huele a polvo encerrado durante lustros—. Este zaguán tiene unos cuantos metros de altura. ¿Eres el único dueño de la casa?

Cruzas los brazos en cuanto percibes el frescor de la estancia. La sensación es similar a la que te heló la piel el otro día, cuando supiste que mamá había muerto.

A un lado del zaguán, frente a unos sillones vacíos, hay una televisión que alguien ha olvidado apagar. Están retransmitiendo la noticia sobre tres misteriosos agujeros que han aparecido en la zona del Poble Sec de Barcelona.

Os quedáis en silencio, mirando la pantalla.

«De momento —dice el reportero con un tono desenfadado—, la policía no ha encontrado a los autores del destrozo, pero hay quien ya lo tiene muy claro».

El plano cambia de protagonista y aparece en pantalla un joven asegurando que todo es cosa de extraterrestres. El reportero cierra la noticia esperando que los incidentes no vayan a más y se despide separando los dedos de la mano como un personaje de *Star Trek*.

—Lo que no pase en esta ciudad no pasa en ningún sitio —dice Manel, mientras sonríe y niega con la cabeza—. Perdona, ¿qué me decías?

—Preguntaba si eres el único propietario de la masía.

—Sí. Tengo prisa, pero te lo cuento rápidamente si quieres, porque es una historia curiosa. Antes tenía empresas, ¿sabes? Hostelería, cosméticos, un poco de todo. Pero me arruiné por culpa de la crisis y los impagos. La masía fue la forma que tuvo un cliente de saldar sus deudas conmigo. Cuando aterricé por aquí en 2010, pensé que la casa había sido un castigo en lugar de un regalo. Todo estaba en ruinas, lleno de basura y pintadas. Habían robado hasta las bombillas, y las ventanas carecían de cristales. Incluso hubo una época en la que venían drogadictos a pincharse. Me aterrorizaba dormir aquí. Hasta que un día, un conocido de Sant Cugat me dejó a Sultán para que me protegiera y me acompañara durante aquellas primeras noches. Él todavía era un cachorro grande, pero ya imponía. Los amigos de lo ajeno aprendieron enseguida a no acercarse por aquí. —Sonríe y acaricia el lomo enorme del perro—. Sultán se tumbaba allí. —Señala una alfombra que ocupa el centro del zaguán—. Y yo dormía en un viejo sillón que todavía conservo en mi despacho para no olvidar el esfuerzo que supuso levantar esta masía.

—¿Cuánto tiempo te llevó hacerla habitable? —preguntas. Tienes que averiguar todo lo posible sobre este lugar.

—Un proyecto así no se termina nunca —sonríe el anciano—. Hay muchas cosas pendientes de arreglar. Hasta ahora me he centrado en el interior, pero ya has visto el desastre que tengo en el jardín. Si me preguntas cuándo empecé a trabajar en la masía, te diré que fue —tuerce el gesto para recordar— hace quince años.

Notas cómo te vibra el móvil: es papá otra vez. Cuelgas.

—Fueron años que viví como siglos. Trabajaba sin descanso y sin apenas ingresos. Alquilaba las habitaciones conforme las iba arreglando. Poco a poco y con mucha paciencia, arrendé cada vez más habitaciones, y eso me permitió adecentar toda la casa. Familia, amigos, conocidos; todos han colaborado donando muebles.

¿Alquiler de habitaciones? ¿Estás en un hotel?

Echas un vistazo y piensas que lo que dice Manel tiene sentido. No hay un estilo de decoración predominante. Lo mismo puedes encontrar una silla con líneas modernas, estilo danés, como un mamotreto decimonónico en forma de armario de cerezo. El único nexo decorativo apreciable a simple vista es la pátina de polvo que cubre todos los muebles.

—¿Cuántas habitaciones hay?

—Ocho. La mayoría están arriba, pero hay dos que dan a este salón. Una de ellas es la mía, que hace las funciones de dormitorio y despacho. Te la enseño.

La puerta de la estancia está abierta. Manel te invita a pasar con la palma de la mano.

El despacho está iluminado por una luz tenue que viene del jardín y atraviesa los estores y una lámpara de pie. En el centro de la estancia hay un escritorio de madera de tres metros con cajones a los lados que presupones repletos de papeles, porque la superficie de la mesa, invadida por pilas de documentos sin orden aparente, ya no acepta más. A un lado: una televisión, un teclado de ordenador y un monitor apagado. Las paredes están ocultas detrás de hileras de estanterías llenas de libros y revistas amarillentas. Huele a incienso, humo de tabaco y polvo en suspensión. Suena un programa de radio desde un aparato que hay sobre el escritorio.

—Ahí duermo yo —dice, señalando un sillón destartalado—. A mi vieja espalda le resulta más cómodo que una cama.

Asientes.

Manel carraspea y baja el volumen de la radio para poder hablar sin levantar el tono.

—Al tratarse de una masía auténtica, el edificio está protegido y el Ayuntamiento de Sant Just no me permite modificar según qué cosas. Ni siquiera puedo arreglar ese boquete enorme que ves ahí. —Señala la parte alta de una de las paredes—. Lo provocó una bomba de la Guerra Civil que no llegó a explotar. Esta masía sirvió como cuartel militar y búnker antiaéreo durante esos años. Pero hay más cosas que no puedo tocar. Por ejemplo, los ornatos o los *socarrats*, que son los originales.

El único *socarrat* que conoces es el de las paellas. Manel sonríe con la ocurrencia y dice que también se llaman así las baldosas de cerámica pintada que forman el suelo.

—Sígueme y te enseño la parte de arriba.

Mientras subís por las escaleras de piedra, pasas la mano por la pared desconchada. Te quedas con un trozo de pintura en los dedos y lo miras. Piensas en que, como esa pared, tu vida también perdió color desde que mamá empezó a comportarse de forma extraña a causa de su enfermedad.

—Por aquí —insiste, al comprobar que te quedas parada.

Llegáis arriba. Hay otro pequeño salón que da paso a un corredor. Huele a humedad.

—¿Qué te ha traído a Barcelona, Leyre? Apenas has dicho palabra, pero ya he notado cierto acento norteño.

No habías preparado nada. Tratas de improvisar.

—Sí..., soy de Pamplona. He venido a pasar unos días a Barcelona po-porque...

—No te preocupes —interrumpe, con una sonrisa cómplice—. Este viejo tiene los años suficientes para saber cuándo no debe hacer más preguntas. Aquí no pedimos el currículum a nadie.

Espiras todo el aire, y las excusas en potencia se pierden con él.

—Si solo van a ser unos días, la habitación que está al fondo de este pasillo es perfecta para ti. La reservo para turistas o personas que necesitan un alquiler temporal. Si vinieras para trabajar o estudiar un año completo, no te saldría rentable. Pero creo que tu época universitaria pasó hace tiempo, ¿verdad?

Manel sonríe de nuevo.

—Sí —dices, agitando la mano—, hace unos cuantos años ya.

Evitas explicarle el motivo por el que nunca fuiste a la universidad.

«Las niñas buenas deben estudiar».

—Me suelen llamar con antelación —dice—, pero estás de suerte; justo hoy se ha marchado una pareja y tengo la habitación disponible.

Conforme avanzáis hacia el final del corredor dejando atrás las habitaciones que hay a ambos lados, la luz que proviene del salón se diluye en la oscuridad y el entorno se torna lúgubre. Una de las puertas está abierta. Bajo el dintel, un tipo alto y ancho le grita a una chica, en camisón y descalza, que está en el interior de la habitación. Piensas que la discusión ha debido de sorprender al hombre justo antes de marcharse a trabajar, porque viste pantalones de traje, camisa y tiene la corbata a medio hacer. Ella es rubia, estatura media, ojos verdes, de unos dieciocho o diecinueve años; él es un armario que debe de superar la cuarentena, gesto serio, voz grave y severa. Te quedas mirando la escena; en realidad te quedas mirándola a ella. Si mamá estuviera aquí, haría uno de sus comentarios sobre lo poco que pegan juntos, su diferencia de edad o algo parecido. Recuerdas que odiabas cada vez que juzgaba a tus parejas sin ni siquiera conocerlas.

—Hola, Walter. Vera —dice Manel.

El tal Walter se gira sin devolver el saludo, entra en la habitación y cierra de un portazo.

—Están todo el día igual —te explica Manel entre susurros—. Pero no te preocupes, desde tu habitación no te molestará el ruido.

—No pasa nada.

Manel se detiene y se gira hacia ti.

—¿Puedo preguntarte a qué te dedicas? No tienes que darme explicaciones de nada si no quieres, pero quiero asegurarme de que no vamos a tener problemas con el pago —dice.

—Trabajo en Madrid como camarera, en Malasaña.

La mirada de Manel va cargada de prejuicios, de desconfianza y, lo que peor te sienta, de condescendencia.

—Tengo dinero ahorrado y, además, solo me quedaré unos días por aquí.

Evitas mencionar que llevas un par de días sin pisar Madrid y que, por lo tanto, a estas horas seguramente ya estés despedida.

—No te daré ningún problema.

Manel se atusa la barba blanca, asiente y continúa caminando.

Llegáis al final del pasillo. La puerta de la habitación tiene más de dos metros, un agujero del tamaño de tu cabeza en su parte inferior y cruje cuando Manel la hace girar sobre sus goznes.

—Pasa, por favor.

Es una estancia grande, pero oscura, para qué vas a engañarte. Tiene un balcón por el que apenas se cuela la luz debido a la hiedra trepadora que envuelve la fachada de la masía. El mobiliario se compone de un armario con un espejo en una de sus puertas, un colchón desnudo con una mancha amarillenta en el centro, un secreter descolorido, un conjunto de mesa redonda de madera con dos sillas tapizadas, por lo menos, hace setenta años y una televisión pequeña.

—Como te decía antes, suelo alquilar esta habitación a personas que, como tú, esperan pasar poco tiempo aquí —dice—. Pero no te cortes, puedes mover, poner o quitar los muebles que quieras. Lo importante es que te sientas cómoda.

Deslizas los dedos por la mesa y estornudas por culpa del polvo que se levanta. Echas un vistazo alrededor. No sabes qué buscas; en realidad, ni siquiera estás segura de que haya algo que buscar en este lugar. Abres los armarios. Miras debajo del somier. Manel espera, paciente, en el centro de la habitación.

—Podemos traer otro colchón del almacén —dice.

Abres los cajones del secreter. Te asomas al balcón. Mueves las sillas. Levantas un cuadro para mirar detrás. Nada.

—Bueno, ¿qué te parece? —dice, con un ojo en su reloj—. Si la quieres, es tuya. Me lo dices y preparo el contrato ahora mismo.

—¿Contrato?

—Lo hago solo para llevar un registro personal. El pago es en efectivo, puedes hacerlo ahora o cuando te marches. Si te parece bien, hacemos la documentación y te doy las llaves; aunque no las usarás, aquí nadie cierra con llave su habitación.

Justo cuando te dispones a abrir la boca para decirle que no te interesa, tu mirada se detiene en un objeto. Cuelga del radiador. Quizá no tenga nada que ver con lo que piensas, con ese crimen, pero necesitas averiguarlo. Y solo se te ocurre una manera de hacerlo.

—Me la quedo —dices.

Manel sonríe. Comienza a comentarte algo sobre las normas de la casa y el contrato. Pero apenas le escuchas; su voz suena lejana y difusa. Asientes con la cabeza a todo lo que dice, sin lograr retirar la vista de ese objeto.

Es una cincha de plástico, cortada en un punto, que se ha resistido a caer al suelo y pende de uno de los tubos del radiador. Su diámetro es el que podría tener una muñeca femenina y, en la pared detrás del radiador, hay una mancha marrón que parece sangre. Esto encaja con las heridas descubiertas en la autopsia.

Te preguntas si sucedió aquí, si fue en esta casa donde ocurrió todo.

Te preguntas si te estás volviendo loca o sí de verdad este es el lugar en el que la retuvieron antes de matarla.

4

Villavesa

Pamplona, dos días antes de viajar a Barcelona

Alzas la vista para observar los alfileres de lluvia que repiquetean sobre la marquesina transparente de la avenida Bayona. El sirimiri no ha cesado en todo el día. La villavesa número 7 se detiene, y papá te hace un gesto para que subas. Después, pasa la tarjeta de bonobús dos veces y saluda con una sonrisa al conductor.

Te parece increíble cómo lo lleva, lo entero que está.

Siempre ha sido más fuerte que tú; si no, no habría soportado estar con mamá tantos años después de que ella empezara con sus problemas. Tú misma no lo aguantaste y huiste de casa en cuanto pudiste. Pero él era increíble, incluso bromeaba cuando otros llorarían frente a ciertos comportamientos de mamá. Te parecía un ejemplo de persona. Pero lo de hoy es demasiado. Se acaba de morir su mujer y no ha soltado ni una lágrima delante de ti. Te planteas si todo esto ha sido un alivio para él, una liberación. En cierto modo, lo entenderías.

—Siéntate tú. —Señalas el único asiento que está disponible y te agarras con la otra mano a una de las barras amarillas que unen el techo con el suelo del autobús—. ¿Es que no piensas llorar? Mamá ha muerto.

Tu padre baja la mirada. No contesta.

—Deja de intentar protegerme y desahógate, anda. Es normal que estés triste, no engañas a nadie.

Le ofreces un pañuelo de papel que no acepta y te secas los ojos con otro.

Los psicólogos recomiendan hablar a las personas que están pasando por un proceso de duelo. Entiendes que cuesta mucho más cuando la muerte ha sido violenta, pero eres su hija. Si no es capaz de abrirse contigo, ¿con quién lo hará? El problema es que llevas tanto tiempo fuera de Pamplona que no lográis conectar. Os resulta forzado e incómodo hablar. No ha habido un acercamiento paulatino para retomar la relación de forma natural. La noticia de la muerte de mamá ha precipitado las cosas. Sacudes la cabeza. Es increíble que te resulte más fácil comunicarte con un desconocido que con alguien en quien, no hace tantos años, confiabas al cien por cien. Ni siquiera eres capaz de mencionar el hecho concreto por su nombre, en su lugar dices «lo que le sucedió» a mamá.

—¿Te habías montado alguna vez en una villavesa eléctrica como esta? —dice. Le conoces, está intentando cambiar de tema. La banalidad de la pregunta se estrella con tu conversación interior y tardas en contestar.

—Llevo tantos años en Madrid que ni siquiera recordaba que los autobuses se llaman de esa manera en Pamplona. En fin —suspiras—, ¿de verdad vamos a actuar como si lo que le sucedió a mamá no hubiera pasado?

Papá te mira de arriba abajo, como si no te conociera. Lleva haciendo eso dieciséis años, desde que cumpliste los catorce y dejaste de ser su niña. Inspecciona tus zapatillas, tu ropa, tu pelo, tus complementos.

—¿No es hora de quitarte esa pulsera de plástico? —dice, para cambiar de tema otra vez.

—Es del Download, papá. La gente guarda de recuerdo las pulseras de los festivales de música a los que acude. No tiene nada de raro.

Dejas de insistir. Si no quiere llorar, que no llore. Si no quiere hablarlo, perfecto también. Bastante tienes tú ya. Ambos hacéis un pacto de silencio no negociado.

«Las niñas buenas no son insistentes».

Era la forma que tenía mamá de decirte cómo hacer las cosas: las niñas buenas no gritan; las niñas buenas no pegan a sus compañeros de clase; las niñas buenas no comen tantos dulces.

Solo piensas en ella. Llevas así desde que te enteraste de lo que le sucedió.

Metes la mano en el bolsillo de los vaqueros y acaricias tus recuerdos. Se trata de un muñeco pirata de Lego, tu favorito, el de la pata de palo y el parche en el ojo. El que mamá te regaló cuando te caíste con la bici y te clavaste uno de los adoquines de la plaza Consistorial. Ha estado contigo desde entonces, para protegerte. Formaba parte de una colección que incluía un barco pirata con el que jugabais en la bañera cada tarde. Era la única manera que tenía mamá de que no pelearais cada vez que llegaba la hora del baño. Recuerdas las aventuras, luchas a espada, abordajes, cañones, tormentas y tiburones que imaginabais juntas. Mamá y tú: cuando mamá todavía era mamá. Has conservado ese muñeco siempre contigo y, en este momento, sientes que es lo único tangible que te une a ella. Es el hilo que conecta tu presente con los recuerdos de tu infancia.

Acaricias el Lego con la yema de los dedos, cierras los ojos, los aprietas hasta exprimir varias lágrimas y viajas hacia atrás en el tiempo.

Son escenas independientes en apariencia, pero que, en realidad, tienen un contexto común: pertenecen a otra vida en la que todo era sencillo.

Te ves con cinco años, encima de tu bici mágica, sobrevolando el cielo que se reflejaba sobre los charcos irregulares de la calle Estafeta. Luego, sonríes con una dentadura incompleta y saltas por el pasillo muy emocionada ante la inminente llegada de los Reyes Magos. En otro recuerdo, te sientas en el suelo de la cocina con los brazos cruzados e insistes en ponerte los pantalones azules que odiaba mamá. Ella cede, aguantándose la risa. Te recuerdas bailando «Wannabe» de las Spice Girls en el acto de final del último curso de primaria. Saludas a tus padres, que aplauden desde las gradas y, en especial, a mamá, que ha pasado horas ayudándote a practicar la voltereta lateral, porque tú eras la Spice Girl deportista.

Después, todos los recuerdos se tuercen.

Llegan los años difíciles. Os gritáis. Le dices a mamá que ya no quieres ir de vacaciones a Peñíscola con ellos porque no os aguantáis. Otro día, mamá te lanza un plato, tú dejas caer otro y ella te parte la cara. Después, con un aro de color plata en la nariz y dieciocho años de impulsividad, sacas las maletas por la puerta, les dices que dejas los estudios, los mandas a la mierda y te mudas a trabajar a Madrid. Recuerdas sentir alivio en el tren, pero nunca felicidad, al descubrir que a medida que sumabas kilómetros lejos de casa y de mamá, tu vida se volvía más fácil. Compartes piso. Empiezas a trabajar en lo primero que encuentras: camarera. Te gusta la noche y al principio te viene bien para conocer gente. Solo es temporal, te dices, no te ves trasnochando así durante mucho tiempo. Pero los años pasan. Desconectas de tu pasado, finges que nunca existió. Apenas alguna llamada a papá cada seis meses para poneros al día; seguro que él le contaba todo después a mamá. Inventas tu nuevo yo; eres la que siempre quisiste ser. Para evitar preguntas, explicas a tus nuevos amigos de Madrid que tu madre murió. Lo repites tantas veces que tú misma te lo empiezas a creer.

Hasta hoy que, al morir de verdad, ha resucitado en tu mente.

Los recuerdos te machacan en forma de cañonazos. Son combates navales, sangrientos y crueles, como los que sucedían cada tarde en la bañera cuando eras una niña. Galeones contra barcos de piratas.

También ha vuelto la culpa por marcharte y dejar a papá con todo.

Un suspiro.

Hiciste muchas cosas mal. «Egoísta» es la palabra que te recorre las sienes y te niegas a pronunciar.

Has aprendido que hay situaciones para las que nadie nos prepara. Ni nuestros padres, ni la sociedad, ni las clases de religión del colegio.

Es curioso el mundo que hemos fabricado. Damos la espalda a la muerte, la ignoramos por completo, transportados por nuestra rutina diaria y nuestros planes para un futuro infinito. Vivimos de espaldas a la verdad ineludible de que todo lo que conocemos puede terminar dentro de un segundo, a que esta puede ser la última vez que respiremos. Hasta que un mal día, la muerte aparece en forma de mordisco. Nosotros nos quejamos, no lo conseguimos aceptar, nos quedamos desubicados mientras miramos las marcas de sus colmillos grabadas en nuestra piel. No nos lo podemos creer. Le echamos en cara el haber venido sin avisar, cuando la realidad es que ella estaba aquí desde el principio. Desde el momento mismo en el que nacemos. No hay vida sin muerte. La vida no es un regalo, sino un préstamo que hay que devolver.

Suspiras de nuevo y agarras con fuerza el muñeco pirata de Lego.

Ojalá mamá tuviera razón. Ella no era de esa clase de personas que acuden a la iglesia; de hecho, siempre discutía con la abuela por culpa de la religión. Pero estaba convencida de que había algo más al otro lado. Cuando todavía se podía hablar con ella, solíais charlar en la terraza con un colacao caliente y una manta de lana. En una de esas noches de otoño, le hiciste prometer entre bromas que, en caso de estar en lo cierto, te haría llegar una señal.

—Pero sin asustar, eh. De buen rollo —le pedías.

Sonríes al recordarlo, y una gota que debería ser salada pero que contiene el dulzor de un tiempo mejor se acumula en tu lagrimal.

Sales de tu ensimismamiento cuando alguien pone la mano sobre la tuya.

Te giras.

—Perdone —le dices, como si hubieras hecho mal.

Se trata de un hombre negro, alto, con una especie de túnica o sayal de color blanco. Te descoloca su atuendo y que continúe rozándote la mano, teniendo toda la barra del autobús libre para sujetarse. Te mira sin pestañear. Su mano es cálida y te arropa.

Otro hombre blanco, de pelo castaño, casi rubio, vestido con vaqueros y una camisa azul, se detiene frente a ti. Fija los ojos en los tuyos y sonríe, como si te conociera. La sensación es extraña: lo sientes como alguien cercano, la palabra es «familiar», pero al mismo tiempo estás segura de que no has visto esa cara en tu vida. El hombre se acerca un poco más y te dice:

—Espero que todo te vaya muy bien.

Notas como se te eriza la piel. Por un momento, todo ese ruido de recuerdos envueltos en culpa cesa y solo queda el silencio. Sientes paz.

Antes de que puedas responderle, las puertas de la villavesa se abren, ambos hombres se bajan y desaparecen entre el resto de los peatones.

Te secas las lágrimas con el dorso de la mano y te giras hacia papá.

Quieres confirmar con él lo que sientes: que esto no puede ser casualidad. Justo hoy, en el día de su entierro. Ha cumplido su promesa, te ha avisado de que hay algo más. Ha sido una señal enviada por mamá.

Pero papá está mirando por la ventana del autobús, absorto en el vaivén del tráfico, y no ha visto la escena.

5

Buenos días

Barcelona, en la actualidad

Las hiedras que envuelven la fachada de piedra de la masía tamizan los rayos de sol que se cuelan a través de la contraventana de madera. Las baldosas con formas geométricas del suelo recogen la luz y reflejan sus ondas por toda la habitación, provocándote un incendio en los párpados que te abrasa las pupilas.

Has pasado la noche despierta.

Antes de meterte en la cama, tomaste una pastilla para dormir de las que te dio papá, pero no funcionó.

Es lo que conlleva sufrir una pérdida así.

El dolor pulsátil de las migrañas que te acompañan desde hace tres días ha aumentado como consecuencia de la tortura a la que has sometido a tu cerebro durante toda la noche. Una hora tras otra con los mismos pensamientos en bucle: mamá, lo que le sucedió, los ángeles del autobús. Cada idea era un cañonazo que explotaba en tu cabeza. Barcos piratas contra galeones armados. Encendías la luz cada veinte minutos para comprobar la cincha que cuelga del radiador, a un lado de la cama. Sobre las diez de la noche, examinaste la mancha de sangre de la pared y echaste el pestillo. A las diez y media, pusiste una silla sobre dos patas y la encajaste entre el suelo y la manilla de la puerta, como en las películas. Los cañonazos no cesaron con el tiempo, sino que sus estruendos belicosos incrementaron e inundaron todo tu espacio mental. Crees que te dio una crisis de ansiedad sobre las once de la noche. Te planteaste huir de allí y volver a Pamplona a las once y media. Pero miraste a través del roto de la puerta y no encontraste el valor suficiente para salir de la habitación y enfrentarte a esa masía en penumbra.

En su lugar, pegaste la oreja a las paredes durante horas, y lo único que escuchaste fueron cisternas intempestivas y las garras de Sultán tintineando sobre las baldosas.

Quizá no deberías haber alquilado la habitación tan pronto. Quizá habría sido más inteligente venir dentro de cuatro días, en la fecha señalada.

Te incorporas sobre el borde de la cama, golpeas tus mejillas con las palmas de las manos para espabilarte y sujetas la cincha del radiador entre los dedos, todavía temblorosos por la ansiedad nocturna. Sientes un escalofrío mientras te la pones en la muñeca.

Desbloqueas el móvil y le envías una foto de la siniestra pulsera a la única persona que puede ayudarte: Helena. La repites porque no has enfocado bien la mancha marrón de la pared. Helena es doctora, debería poder confirmar si se trata de sangre. Antes de guardar de nuevo el móvil, observas que tienes veintisiete llamadas perdidas de papá, a diferentes horas de la madrugada; él tampoco habrá podido dormir. Pero ahora estás demasiado nerviosa para llamarle. Te prometes hacerlo más tarde, cuando puedas transmitirle un mínimo de tranquilidad.

Al ponerte de pie, estiras ambos brazos hacia arriba para crujirte la espalda. Hoy te sientes como si tuvieras veinte años más.

Tras un intento fallido de peinarte frente al espejo, te pones los vaqueros, te calzas las Vans y te vistes con la única prenda que has traído al invierno de Barcelona: una camiseta de manga larga de Blink-182, tu grupo favorito durante la adolescencia y la única que había limpia en casa de tus padres. Viniste con lo puesto porque en teoría iba a ser un viaje rápido; solo unas pocas horas en la ciudad para averiguar lo que sucedió. Pero después, encontraste la fecha y este lugar.

Mientras retiras el pestillo de la puerta de la habitación, guardas el muñeco pirata de Lego en el bolsillo trasero de tus vaqueros.

Dos palmadas sobre el bolsillo y un suspiro. Protección.

Desciendes despacio las escaleras de piedra. Un aroma a café y pan recién tostado te recuerda que llevas casi veinticuatro horas sin comer. No reconoces a Manel entre las voces que suben desde la cocina de la planta baja. Deben de pertenecer a otros inquilinos de la masía.

Te detienes en el descansillo. Más que miedo, sientes tensión por el momento de ver sus caras. ¿Te resultarán familiares?

Si tus sospechas son ciertas, puede que alguno de ellos llegara a conocer a mamá o Sandra. Puede que alguno esté relacionado con lo que les sucedió.

Intentas no hacer ruido conforme te acercas a la puerta de la cocina. Pero, nada más asomarte, oyes una respiración acelerada y unos pasos a tu espalda. Provienen del salón y llegan corriendo hasta donde te encuentras. Es demasiado tarde para reaccionar. Te embiste con la superioridad física de un camión contra un triciclo. Ambos termináis en el suelo.

Oyes risas.

—Tía, parece que ya eres amiga de Sultán.

Te preguntas si el perro piensa abordarte así cada vez que te vea.

Mientras Sultán se tumba a un lado y olfatea tu cara, un cúbito y un radio te ofrecen su ayuda para levantarte. Es un brazo tan delgado que temes romperlo.

El cadáver que viste hace tres noches en Pamplona tenía mejor aspecto que este hombre.

—Ayer estaba regando los arbustos del jardín cuando llegaste a la masía. —Te mira de arriba abajo—. Si hubiera sabido que eras tan guapa, me habría acercado a saludar. Soy Fernandito.

Te sacudes las rodillas para esquivar sus dos besos y le dices que te llamas Leyre.

—También te vi mientras Manel me enseñaba el terreno.

—¿De dónde eres?

—De Pamplona.

—Bienvenida, tía. Nos cruzaremos por aquí —dice, y sonríe sin dejar de sujetar con los labios un porro con forma de trompeta—. Vamos, Sultán. ¡Ven conmigo a la calle!

El perro corretea en círculos alrededor de los huesos de Fernandito, que se dirige al jardín. Sin mirar atrás, levanta por encima de su cabeza un botellín de cerveza y dice:

—Paz, tía.

Tú también respondes «paz», y te sientes tan ridícula como quien habla un idioma nuevo por primera vez.

Sacas el móvil del bolsillo y abres la aplicación que sirve para tomar notas. Te tiemblan los dedos, pero consigues escribir: «Fernandito: jardinero, cuarenta kilos, desayuna cerveza y marihuana».

Una llamada interrumpe tus anotaciones: es Helena. Ya ha debido de ver la foto que le has pasado.

La cincha, la sangre.

Cuelgas.

No es el momento, podría oírte alguien.

No puedes evitar quedarte mirando durante unos segundos la imagen que tienes configurada en la pantalla de bloqueo del teléfono: sois mamá y tú en bañador, en la playa de Zarautz. Tú sujetas en una mano el barco pirata y ella sonríe a cámara, entornando los ojos por culpa del sol. Tiene la mirada lúcida de la persona inteligente que fue antes de empezar con sus problemas y perder el control de sí misma. Una lágrima resbala sobre el cristal de tu móvil. La extiendes con el dedo al intentar limpiarla.

Bum. Un cañonazo se estrella contra la proa de tu barco pirata.

Entras en la cocina.

La luz de la mañana se vuelve densa al atravesar unas cortinas rojas deshilachadas. El fregadero vomita una pila de platos sucios del día anterior, y de los ganchos de una de las paredes cuelgan cucharas y sartenes de hierro encostrado. Hay una cafetera humeante adherida a la grasa acumulada en la cocina de gas. Un hombre y una mujer desayunan frente a una mesa de piedra. Ella, unos cuarenta, pelo corto, pecas, toma un café con galletas y mastica las ganas que tiene de que él se calle. Se le iluminan los ojos en cuanto te ve aparecer y te saluda extendiendo los brazos.

—Nueva, ¿verdad? Supongo que estás en la habitación número ocho —dice, mientras se levanta y deja al hombre con la palabra en la boca.

—No lo sé —dices—, es la del fondo del pasillo, en el primer piso.

—La ocho, sí. Era la única disponible. Mira —dice, señalando una pizarra de dos metros de largo que cuelga de la única pared de la cocina sin muebles ni electrodomésticos—, aquí estamos todos.

Familia Masía:

1- Manel y Sultán
2- Carla
3- Emily
4- Irene
5- Walter y Vera
6- Pons
7- Roberto y María
8-
Autocaravana- Fernandito

Anotas los nombres en tu teléfono.

—Perdona, estoy contestando a un mensaje —mientes.

La mujer te observa sin pestañear y los músculos de su cara forman un gesto de extrañeza.

—¿Estás bien? Te tiemblan las manos —te pregunta.

No, no lo estás. Se llama ansiedad. Se podría describir como la sensación provocada por la corriente que atravesaría tu cuerpo si te encontraras sentada en una silla eléctrica que fuera capaz de utilizar la potencia justa para torturarte durante días sin llegar a matarte. Aun así, consigues abrir la boca para tratar de construir una sonrisa y dices:

—Es solo que he dormido fatal.

Ella saca una taza de uno de los armarios, la llena de café y te la ofrece. Tiene grabado el logo de Barcelona 92, casi no se distingue el dibujo de Cobi, pero está caliente y huele a recién hecho. Te calma un poco.

—Si has alquilado la ocho, supongo que te quedarás poco tiempo por aquí.

—Cuatro días —dices, y te arrepientes enseguida; no es buena idea que puedan deducir que conoces la fecha—. Pe-pero no lo tengo claro todavía.

—Me llamo Carla, habitación número dos. La única que hay en la planta baja; aparte de la de Manel, claro. Te daré un consejo para recién llegados: no creas todo lo que oyes. —Inclina la cabeza hacia el hombre que sigue desayunando a su espalda.

—Yo soy Leyre.

Carla parece simpática. Lo más probable es que no tenga nada que ver con lo que les pasó a mamá o Sandra. Pero no puedes fiarte de nadie. Apuntas esto mismo en tus notas del móvil.

El hombre deja su taza de café sobre la mesa, se pone de pie, hincha el pecho y camina hacia ti.

—Compartimos pasillo, mi habitación está junto a la tuya. —Guiña un ojo—. Soy Roberto. —Se quita las gafas y se inclina para darte dos besos.

—Leyre —dices, ofreciéndole la mano.

Pelo negro, café a medio secar en la comisura de los labios, camiseta blanca de tirantes, algo de volumen en los bíceps, no mucho, barriga cervecera, barba de dos días y un centímetro menos de estatura que tú.

Así es Roberto por fuera.

—Escucha —te dice, mientras mira de reojo a Carla—, si mi novia y yo hacemos ruido por la noche, no dudes en darme un toque, ¿vale? A veces soy un potro desbocado, ya me entiendes —resopla imitando el relincho de un caballo.

Así es Roberto por dentro.

Suelta una carcajada. Sus encías ocupan el ochenta por ciento de su sonrisa.

Observas a Carla: niega con la cabeza, suspira. Se agacha para recoger una cesta de plástico.

—Bueno, chicos —dice—. Aquí os quedáis. Mi colada está a punto de terminar. Nos vemos otro día...

—Leyre —la ayudas.

—Eso, Leyre. Perdona —sonríe.

Te quedas mirándola mientras se dirige al cobertizo del jardín, desde donde llega el ruido del centrifugado de una lavadora.

—Lo has notado, ¿no? —pregunta Roberto, a tu espalda.

Te giras.

—Me refiero a la tensión que tenemos Carla y yo. Se palpa en el ambiente. Es mi ex, ¿sabes? —susurra—. No terminamos del todo bien. Yo ahora tengo novia. María, se llama. Pero yo qué sé, supongo que es imposible poner diques al mar. Miradas, gestos, sonrisas. Ya lo has visto.

—No, lo siento, yo...

—Y está buena, no te digo que no. ¿Espectacular? —Se cruza de brazos y se lleva el dedo índice a los labios para pensar—. No, tampoco nos pasemos. Pero... —Suspira—. No sé, igual lo que pasa es que nos quedó pendiente un polvo de despedida.

La conversación no va a ningún lado. ¿Es Roberto la persona que buscas en esta masía? Te cuesta creerlo.

—Nunca estropearía mi relación con María por ella, ¿eh? Nunca. En esta casa las paredes hablan; mi novia tardaría minutos en enterarse. Y yo la quiero mucho.

Una afortunada, piensas.

—Eso sí, hay tías y tías. —Endurece el gesto, te recorre con la mirada—. Ya me entiendes.

Amagas con marcharte, pero Roberto cruza el brazo y lo apoya en la pizarra para cortarte el paso. Su sobaco suplica por una ducha. Está tan cerca que el olor se mezcla con el de su aliento matutino y el del café reseco de sus comisuras labiales.

Quizá sea solo un fanfarrón, pero su comportamiento, los nervios que llevas encima y las razones que te han traído a esta masía te producen de nuevo ese extraño mareo premonitorio que te acompaña desde que murió mamá. Te apoyas en la pared. Está claro que no has hecho bien quedándote a solas con él.

Giras sobre ti misma y te separas con la excusa de señalar la pizarra.

—¿Qué tal son los demás inquilinos de la casa? No he tenido tiempo de conocerlos.

Él agita el aire con la mano.

—Si yo te contara. Daría para un libro.

Miras la lista y decides seguir el orden de las habitaciones.

—Por ejemplo, Emily.

—Te va el cotilleo, ¿eh? —dice, y ríe enseñando las encías de nuevo—. Emily es australiana. No he hablado nada con ella porque no conoce el idioma. Pero esa rubia me echa unas miraditas que no necesitan traducción. Yo estoy muy bien con mi novia María, ya te he dicho.

—Sí, ya me has dicho.

Roberto se acerca a la mesa donde estaba desayunando, coge una naranja y la empieza a pelar con un cuchillo. Se acerca a ti; se lleva un gajo a la boca. Mientras lo mastica, señala el número cuatro en la pizarra.

—Irene vive aquí —dice—. Una petarda. En la seis ahora está Pons, un chaval joven que no sale de su habitación. Parece simpático, pero a saber porq...

—Y el tío delgado que he conocido antes, ¿Fernando, se llamaba? —le interrumpes.

—Fernandito. A ese no le hagas demasiado caso. Se ha quedado así por la droga. Creo que está en paro. Los días que no lo pilles borracho, lo verás ayudando al maricón de Manel a hacer algunas chapuzas de la casa y otros recados, como pasear a Sultán. A cambio, vive gratis en la autocaravana que hay aparcada en el jardín.

—Tampoco te cae bien nuestro casero.

—¿Manel? Es buena persona, de los pocos en esta casa con los que no he tenido problemas.

—Lo digo por lo de maricón. Ha sonado despectivo. Te mira extrañado.

—Es que es un bujarrón. —Vuelve a reír—. Me han dicho, no te puedo decir quién, que se ve con un hombre en su despacho algunas noches. Pero yo no me meto, allá cada cual. Eso sí, procuro no bajar por aquí a esas horas, no sea que me los encuentre haciendo yo qué sé lo qué.

Roberto es como observar una fotografía de mediados del siglo xx. Como tu tío Anselmo, con el que solo coincidías en Nochebuena para escucharle soltar frases como «Si no tengo nada en contra de que te gusten las mujeres, Leyre, incluso tengo un amigo gay».

Roberto se mete otro gajo de naranja en la boca, se seca la mano con la camiseta de tirantes, dejando un rastro anaranjado sobre la tela blanca, y señala con el cuchillo el número cinco en la pizarra.

—Esta es la habitación de Vera. Es una tía impresionante. Un monumento. La clase de mujer por la que un hombre daría lo que fuera. Cualquier cosa. Somos así de tontos, qué le vamos a hacer. ¿Quizá demasiado niña todavía? —Levanta las palmas de las manos—. Quién soy yo para juzgarlo.

Roberto enseña sus encías otra vez; el gajo de naranja a medio masticar toma diferentes formas entre sus incisivos.

—El problema es que no le caigo bien; a Vera, quiero decir. Y a este, menos. —Señala con otro golpe la palabra «Walter» que está escrita al lado de Vera—. Es su novio. Un hombre grande, con planta, como se suele decir. Medirá casi dos metros. Le saca unos cuantos años a Vera. Trabaja en alguna empresa importante, supongo, porque siempre viste con traje y tiene un cochazo. No sé qué pinta en esta masía.

Se acerca a ti y baja el tono.

—A Walter no lo tragamos nadie. Es muy celoso. Un día, me vio hablando con Vera y le sentó como una patada en los cojones. —Se ríe de nuevo de forma histriónica.

—¿Puedo preguntarte quién fue la última persona que ocupó mi habitación? —Evitas mencionar el nombre de Sandra.

—Esa habitación siempre está vacía. Manel la usa para alquilársela a gente que viene y va. Duermen una noche y se marchan. Son turistas en su mayoría. Una vez vino una chica de Suecia, que madre mía cómo est…

—Roberto —le interrumpes—, ¿recuerdas quién fue la última persona que la alquiló?

Él se mete otro gajo de naranja en la boca y, mientras lo mastica, acierta a decir:

—Era una mujer, pero no llegué a conocerla. Estuvo solo una noche. ¿Por qué te interesa saberlo?

—Si no llegaste a conocerla, ¿cómo sabes que era una mujer?

—Porque vi a Fernandito pasar varias veces frente a mi puerta para ir hasta el final del pasillo, y ese yonqui solo sube por allí cuando hay mujeres. Llevo un año pidiéndole que arregle el grifo del baño común y sigue roto. Pero en cuanto aparece una mujer, ahí lo tienes. El pervertido no se come nada, pero se dedica a incordiarlas y sacarles fotos a escondidas. Ándate con ojo si lo ves por ahí arriba.

—Pero ¿le has visto entrar en mi habitación alguna vez?

Roberto niega con la cabeza, mientras se lleva otro gajo de naranja a la boca.

—Entrar, no. Pero siempre anda merodeando por el pasillo.

—Son acusaciones bastante graves para no tener ninguna prueba —dices, con la intención de que continúe.

—Mira —dice, muy serio—. Me apuesto lo que quieras a que si pudiéramos ver el móvil de ese yonqui, lo encontraríamos lleno de fotografías de las mujeres que viven o han pasado por la masía.

Incluidas Sandra o mamá.

6

UPC

Barcelona, en la actualidad

En cuanto el tranvía se pone en marcha, su traqueteo te obliga a agarrarte a uno de los asideros que cuelgan del techo. El ambiente del vagón está tan cargado que te provoca náuseas. Es una mezcolanza de colonias y de los diferentes olores corporales de los pasajeros. Te agobias. Tratas de abrir una ventanilla batiente, pero está atascada.

Una anciana te da indicaciones con su bastón sobre cómo hacerlo. Pero ya te has puesto demasiado nerviosa. Decides sentarte entre una joven de unos veinticinco años con un top blanco ajustado y un turista americano que viste camisa lisa azul y revisa fotos en la pantalla de su cámara réflex. Te parece atractivo. De hecho, te sorprende pensarlo porque hace mucho que no te fijas en un hombre.

Ese tal Roberto que acabas de conocer en la cocina de la masía no podría haberte caído peor, pero te ha dado una idea: necesitas acceder al teléfono de Fernandito. Si Sandra estuvo en esa casa el otro día, es muy probable que Fernandito se acercara a ella y le sacara fotos con su móvil.

Se te pone un nudo en la garganta cuando te preguntas si es posible que mamá también aparezca en una de esas fotografías.

No dejas de pensar en ella.

«Las niñas buenas no lloran».

Mamá no está aquí para ayudarte. Pero sabrás apañártelas. No es la primera vez que tienes que empezar sola desde cero. Ya lo hiciste en Madrid, hace años, cuando huiste de Pamplona.

O quizá la realidad fuera que huías de ti misma.

Una no escapa de las ciudades, sino de sus propios miedos y problemas. Y estos son una mochila que viaja contigo allá donde vayas.

Bum.

Cañonazo.

Explosiones y sonido ambiente de batalla naval en tu cabeza.

Nunca pudiste borrar esa mancha negra de desazón y arrepentimiento que se incrustó en tu pecho. Ese resultado de no haber estado donde tenías que estar; donde debías estar, como decía mamá. Son las consecuencias de escapar. De saltar por la ventana del edificio incendiándose que era tu familia, mientras ellos eran engullidos por las llamas y tú no hacías nada para salvarlos.

Es el resultado de no mirar atrás.

Pero para eso estás en Barcelona, para cumplir. Para corregir esa falta de asunción de responsabilidades que siempre te recriminó mamá.

Tras despedirte de Roberto, te has sentado en un banco oxidado del jardín de la masía para elaborar un plan.

Lo primero que has barajado ha sido la posibilidad de tomar prestado el móvil de Fernandito en un descuido. Pero has descartado esa opción enseguida; si ese tipo está detrás de la muerte de Sandra o mamá, lo mejor es que te mantengas lo más lejos posible de él.

Fernandito no puede enterarse de nada.

No lograbas idear una forma limpia de conseguir ese móvil. Estabas nerviosa, has dormido poco, no pensabas con claridad. Llevas días en este estado. Las pastillas para dormir que te dio tu padre no valen para nada. No existe medicamento en el mundo que atenúe tu dolor y te permita conciliar el sueño con todo lo que ha sucedido. Frustrada y cabreada, has tirado a la papelera del jardín el blíster que estaba casi entero; solo tenía el hueco vacío de tres pastillas, una por cada noche que llevas llorando a mamá.

Pero luego, por primera vez desde que has llegado a esta ciudad, has tenido la primera idea con sentido: si te da pavor acercarte a Fernandito, quizá alguien tenga las habilidades necesarias para acceder a su teléfono a distancia.

Has sacado tu móvil. Te ha costado un mundo desbloquearlo. Estabas tan alterada que no recordabas el patrón de seguridad. Cuando lo has logrado, has buscado en Google «Contratar hacker profesional» y han aparecido varias páginas de supuestos expertos ofreciendo todo tipo de servicios ilegales. Todas apestaban a estafa y escribirles o llamarlos para consultar sus tarifas te iba a suponer una pérdida de tiempo. Pero justo cuando ya te habías hartado de navegar porque te sentías tan inútil como los resultados de tus búsquedas, se te ha ocurrido dónde acudir.

Bajas del tranvía en Palau Reial.

Caminas hacia el paso de cebra.

Sigues con la cabeza embotada. Piratas contra galeones; los cañonazos de recuerdos no cesan. Tus neuronas continúan empeñadas en replicar escenas de tu infancia con mamá. Diapositivas interminables de otra época. Es como estar viendo la reposición de la misma película una y otra vez, sin espacio para otros recuerdos que no coprotagonices junto a ella. Tu cerebro está tan ocupado en eso que no te centras y se te olvidan las cosas. Son tonterías: el día de la semana, tu patrón de desbloqueo del teléfono, el nombre del pueblo donde te hospedas; aun así, reconoces que estás preocupada.

Así empezó mamá.

Recuerdas que los primeros síntomas de su enfermedad se manifestaron en forma de comportamientos extraños y altibajos emocionales que iban acompañados de pérdidas de memoria o niebla mental, como lo llamaba ella. Justo lo que te está pasando.

«Las niñas buenas no tienen miedo».

Bum. Un cañonazo.

Acaba de morir; todavía estás en plena fase de duelo, es normal que tu mente no dé para más. Eso no quiere decir que hayas heredado su enfermedad.

Suena tu móvil: es papá.

Tu dedo sobrevuela el botón rojo de cancelar llamada, pero llevas evitándole demasiado tiempo. Aceptas. La voz de tu padre sale del altavoz del teléfono como un tsunami de palabras contenidas en el tiempo.

—¿Dónde estás? Te he llamado mil veces. No puedes desaparecer otra vez, cariño; ahora mismo, no. Todo es demasiado reciente. Me he vuelto loco estos días, estaba muy preocupado, no sabía a quién preguntar y…

Bum. La culpa de nuevo. Agarras con los dedos el muñeco de Lego, mientras otro cañonazo abre un hueco en la vela mayor de tu barco pirata.

—Estoy bien, papá —le interrumpes—. Tranquilo. Necesitaba desconectar un poco de lo de mamá. Eso es todo. Estoy valorando quedarme un tiempo aquí. Solo serán unos días.

—Aquí, ¿dónde?

Se impacienta, lo notas en su tono. Pero evitas darle datos o pistas. Papá es capaz de ir a buscarte, como aquella vez que te sacó de esa discoteca de la avenida Bayona delante de todas tus amigas.

—Entiéndelo. En Pamplona todo me recuerda a ella. Me resulta imposible desconectar.

Cruzas la avenida Diagonal y subes hacia Pedralbes. La luz del sol te golpea las ojeras y te ciega cuando miras a ambos lados de la carretera. Esquivas a varios *runners* mientras dejas a tu derecha el Palacio Real.

—Por favor, necesito saber dónde estás.

—En cuanto tenga claro si me quedo, te cuento dónde estoy, ¿vale? —dices, utilizando el tono infantil y meloso con el que siempre lograbas que papá cediera—. Pero tú no te preocupes, por favor. Lo tengo todo bajo control.

—Bajo control, ya, claro —dice. Su voz suena trémula. ¿Está llorando?

Tratas de cambiar de tema para que deje de insistir en que vuelvas. Le hablas de los dos hombres que te encontraste en la villavesa.

—No dejo de darle vueltas, papá. Estoy segura de que eran ángeles. Mamá los envío para hacerme llegar un mensaje.

Ahora sí, está sollozando al otro lado de la línea. ¿Acaso te empieza a creer? ¿Siente la misma paz que te invadió a ti en el bus?

—Fue una señal, una promesa que hicimos cuando yo era pequeña. Lo recuerdo muy bien: quedamos en que ella me avisaría en caso de existir algo más al otro lado.

—¿Estás con alguien? ¿Dónde estás durmiendo? Dime dónde estás y ahora mismo salgo a buscarte.

Vuelve al tema anterior. No te cree.

—Necesito desconectar, papá, poner todos estos pensamientos en orden. Hacer balance de lo que de verdad importa. Y para eso tengo que alejarme de Pamplona, donde todo me recuerda a mamá. —Improvisas. Evitas mencionar la cincha, la sangre de la pared, la masía, la fecha, lo que encontró Helena en el cuerpo cuando hizo la autopsia—. Es lo correcto.

—Lo correcto es estar con tu familia.

Dos proyectiles perforan el casco de la proa de tu barco. Un torrente de agua entra y te arrastra a su paso.

La frase te duele tanto que cuelgas el teléfono sin despedirte.

Cuanto más cercano a la realidad es un ataque, más certero se convierte y más profunda es la herida.

Tus padres se han pasado la mitad de tu vida recriminándote que los abandonaras, que dejaras de hablarles, que te alejaras de mamá cuando más te necesitaba.

Lo que te ha dicho papá es tan cierto que sus palabras se han clavado en tu estómago hasta ulcerarlo. Solo tú eres capaz de dejar tirado a tu propio padre la misma semana que ha muerto su mujer. Las familias se unen en estas situaciones, no se separan para buscar verdades que quizá no existan.

Mientras te limpias una lágrima con el dorso de la mano, asumes que eres la peor hija del mundo.

«Las niñas buenas quieren a papá y mamá».

Levantas la mirada cuando la voz del GPS de tu teléfono te dice que has llegado a tu destino: la Facultad de Informática de Barcelona.

Frente al edificio de ladrillo rojo hay varios corros de estudiantes. Veintipocos años, charlan, ríen, aprovechan el rato entre clase y clase para almorzar. Te acercas a un grupo de tres chicos.

—Perdonad —dices.

Nadie se gira.

Toses.

—Perdón, chicos —dices, un poco más alto.

Te miran con desdén.

Tratas de sonreír.

—¿Qué te pasa en el pelo? —te dice el más alto de ellos. El de su izquierda, metro sesenta, como mucho, con una nuez que sobresale como si tuviera un juanete en el cuello, suelta una carcajada mal disimulada y le da un codazo al tercero, un chico rubio que intenta esconder una risa tímida.

Te llevas las manos al pelo: lo notas encrespado y sucio. Reconoces que desde que murió mamá, estás atacada y esos nervios escapan de tu cuerpo por cualquier recoveco: te muerdes las uñas, te tiemblan las piernas, te rascas la cabeza de forma compulsiva.

Así empezó ella.

—Escuchad —dices—. Esto es serio. Necesito hablar con alguien que esté cursando el máster de Ciberseguridad. Estoy pensando en apuntarme.

Los tres te examinan como si fueras un extraterrestre. Después, cruzan miradas y comienzan a reírse.

—¿De verdad? —dice el de la nuez, y el juanete sube y baja por su cuello al ritmo descompasado de su risa.

Notas sus seis ojos fijos en ti. Cómo te examinan. Sus risitas. Nunca te ha gustado ser el centro de atención.

—Solo quiero hablar con los estudiantes del máster para que me cuenten qué impresión tienen de las asignaturas y de los profesores.

El que parece más tímido de los tres, el rubio, te mira serio y dice:

—No les hagas caso. Yo estoy estudiando el máster. Puedes preguntarme lo que quieras.

Quizá no sea buena idea decirle que lo que estás buscando es un hacker a quien pagar para que te ayude a hacer un trabajo ilegal.

—¿Qué tal? ¿Estás contento con el máster? —preguntas. ¿De verdad eso es lo mejor que se te ha ocurrido? Eres una imbécil por estar perdiendo el tiempo de esta manera. Resoplas. Te atusas el pelo. El estudiante te observa gesticular sin entender nada. Das media vuelta para marcharte por donde has venido, pero te detienes. Te llevas los dedos a las sienes. Piensas. Quizá lo más efectivo sea ser sincera. Te giras de nuevo hacia él—. Escucha, voy a ir al grano: estoy buscando un profesional.

—¿Un profesional? —dice, dando un paso hacia atrás.

—¡Esta quiere tema, Alberto! —grita el alto, dirigiéndose al chico de la nuez prominente. Los tres se ríen a carcajadas.

Te frotas la cara. Te rascas la nuca con las uñas. Te las clavas en la piel.

—Me refiero a un experto informático. Necesito contratar a un hacker —dices, con el aliento entrecortado.

—Si quieres contratar a un experto, sea de lo que sea, no te recomiendo a mi amigo Alberto. —Apenas puede hablar por culpa de la risa—. Ahí donde le ves, sabe lo mismo de informática que de sexo.

—A que te llevas una hostia al final —dice Alberto, aguantando la risa.

Niñatos.

Toses. Es una reacción al hecho de no encontrar el oxígeno necesario para respirar. Apoyas las manos sobre las rodillas. Toses con más fuerza.

El chico rubio, el tal Alberto, posa la mano sobre tu hombro y te pregunta si te encuentras bien.

—¡No! —gritas, y le quitas la mano de un codazo.

Le miras a través del prisma formado por las primeras lágrimas que inundan tus ojos. El chico se aparta y se gira hacia las voces que llegan a su espalda. Parece que has conseguido llamar la atención de los otros corros de estudiantes.

—Perdona —dices, con un tono más sosegado.

—No, discúlpanos tú. Estábamos de broma. No pretendíamos molest... ¿Seguro que estás bien?

—Necesito —comienzas a decir en voz baja. Te detienes unos segundos para intentar respirar. El chico se agacha para escucharte mejor—. Necesito aire.

Pasas entre los otros dos jóvenes, empujándolos, y te marchas dando tumbos.

En tu cabeza resuena la voz de papá: «No estás bien».

Un cañonazo.

Cuando ya te has alejado de la entrada de la facultad y los estudiantes, oyes un grito a tu espalda.

—¡Espera!

Es el chico rubio otra vez. Viene corriendo hacia ti.

Te detienes para esperarle.

—Si estás buscando al mejor hacker de la facultad, lo encontrarás en el bar de enfrente, en el Frankfurt.

—¿Es un compañero tuyo? —aciertas a preguntar.

El chico sonríe y niega con la cabeza.

—¿Un profesor?

—No exactamente. Se llama Lucas, es mayor que yo, treinta y tantos, ya no estudia aquí. Pero viene a diario al bar a... —Se detiene.

—¿A qué?

—Es mejor que lo veas por ti misma. Te advierto que es un tipo especial.

Le das las gracias y, justo cuando comienzas a andar, te giras de nuevo hacia él.

—¿Cómo sabré quién es?

El estudiante sonríe de nuevo.

—Lo reconocerás enseguida.

7

Frankfurt

Barcelona, en la actualidad

El Frankfurt Pedralbes es un local que resulta pequeño a la turba de estudiantes que lo abarrota a esta hora de la mañana. Como no hay espacio suficiente dentro del establecimiento, los jóvenes se han adueñado de la acera contigua. En sus manos llevan cervezas, hamburguesas y perritos calientes envueltos en servilletas translúcidas, de las que no limpian. Desde la carretera te llega el olor a carne frita.

Te abres paso entre la gente, atraviesas sus voces y sigues el siseo continuado del aceite hasta llegar a la barra en forma de U.

Consigues sentarte en una banqueta que una chica deja libre, frente a la barra.

—¿Qué va a ser? —te dice uno de los camareros.

Dudas. Levantas la vista para ver las fotos con las opciones de la carta.

—Uno de esos —dices, señalando un perrito caliente— y una caña.

—Marchando.

Te giras sobre la banqueta y apoyas la espalda en la barra para observar a la clientela. El chico rubio te ha dicho que reconocerías a Lucas enseguida, pero no tienes ni idea de quién puede ser el experto en seguridad informática que se esconde dentro de todos estos grupos de estudiantes.

51

Justo frente a ti, hay dos chicas pegadas a sus teléfonos móviles. Ríen y se enseñan memes de esos agujeros de los que hablaban ayer en las noticias. Parece que alguien ha hecho uno cerca de la facultad.

El camarero vuelve con la caña y una salchicha frita dentro de un pan de Viena.

—Ahí tienes, maja. Sírvete tú misma.

—¿Perdona? —dices; el sonido de las voces de la gente te impide escuchar con claridad.

—Eso va al gusto de cada uno —te dice, y señala con la mirada cuatro botes rojos y amarillos que, supones, contienen las salsas de tomate y mostaza.

Le das un bocado grande y te parece que es lo mejor que has comido en años. Has evitado desayunar con Roberto pese a su insistencia y a estas horas estabas a punto de darte un mordisco en el brazo.

Vuelves a mirar las caras de los estudiantes y tratas de averiguar quién es Lucas. Te recuerda a cuando jugabas al Quién es Quién con mamá, pero aquí no puedes darle la vuelta a su carta cuando ella no mira.

«Las niñas buenas no hacen trampas».

De pronto, las conversaciones perdidas entre la algarabía del ambiente se ven interrumpidas por el sonido potente del acople de un altavoz.

Un runrún comienza a crecer entre los estudiantes, que se han girado hacia la fuente de sonido.

Un hombre de unos treinta y cinco años, tez blanca, pelo graso, entra en el bar. Lleva un micrófono y un pequeño altavoz portátil colgado del cuello. Parece que va a dar un discurso. Viste ropa desgastada, quizá de segunda mano, y tiene un bolso a su espalda, de esos que suelen usarse para guardar un portátil.

Algunos estudiantes que ya habían terminado de comer y beber abandonan el local; otros, se marchan con perritos calientes en las manos y prisa en el cuerpo.

El Frankfurt y la acera de enfrente se vacían hasta que apenas quedáis diez personas. Dada la espantada, supones que sois los únicos que no conocíais a este sujeto.

—Hola, buenos días. *Good morning* a todos..., *to everyone*, por si hay alguien de fuera. —El micrófono se acopla de nuevo y el hombre tuerce el gesto—. Hoy tengo una buena noticia que daros. Atentos. Me gustaría que conocierais a Dios.

Algunos prestáis atención al predicador; otros fingen no haberlo visto, no sea que pida dinero. La mayoría clava los ojos en sus móviles.

Tú te llevas las manos a la cara y resoplas. Sientes indignación y vergüenza ajena. Los de la villavesa de Pamplona sí eran auténticos enviados de Dios. Este tío solo es un pirado con un micrófono. Te ríes sola; quizá demasiado alto, porque los pocos estudiantes que quedan en el Frankfurt te miran.

El chico también escucha tu carcajada y se aproxima hasta donde estás sentada.

—*I would like you to meet God* —dice, mientras sonríe a dos turistas que giran la cabeza para mirar hacia otro lado.

Sientes el sonido distorsionado del altavoz vibrándote en la cabeza, que se mezcla con los cañonazos que batallan ahí dentro desde hace días.

El predicador está frente a ti, pero casi podrías decir que se encuentra sobre ti. Algunos de sus esputos llegan hasta tu cara. Te acerca el micrófono a la boca para que todo el mundo —cuatro personas y bajando— pueda escucharte.

—¿Quieres dejar en paz a mis clientes? —le dice uno de los camareros—. ¿Cómo tengo que decirte que no vengas por aquí? ¿Te das cuenta del dinero que nos haces perder cada vez que apareces con ese trasto?

El predicador evangélico dice que no le ha escuchado bien y acerca el micro a la boca del camarero, como si se tratara de un reportero de televisión o de un espectáculo en directo.

—¡Que-te-lar-gues, Lu-cas! —dice el camarero, separando las sílabas a través del micrófono.

¿Lucas? ¿Este tarado es Lucas? Está claro que ese estudiante rubio seguía riéndose de ti cuando te ha dicho que podría ayudarte.

Lucas sigue apuntando al camarero con el micrófono, hasta que este pierde la poca paciencia que parecía quedarle. Pasa al otro lado de la barra y agarra al predicador del jersey con ambas manos.

—Deja de molestar a los clientes. ¡Largo! —Le empuja.

A Lucas se le cae el micro al suelo a causa del envite. El sonido seco del golpe del metal contra la baldosa sale por el altavoz.

—Tranquilo —le dices al camarero—, no me está molestando. Te agachas para recoger el micrófono.

—Lucas, ¿verdad? Te invito a una cerveza, pero apaga este trasto —dices, ofreciéndole el micro y guiñándole un ojo al camarero, que se retira hacia la barra maldiciendo algo en catalán.

—Enhorabuena, amiga. Acabas de reaccionar a la palabra de Dios. Es el primer paso hacia la verdad —dice el predicador.

—Anda, vamos —le dices, guiándole hacia dos banquetas que hay enfrentadas a una pequeña barra, en una de las paredes del local. Después, te giras hacia el camarero—. Para mí otra caña, por favor, y para él...

—¿Tenéis algo sin alcohol? —pregunta Lucas.

—¿Una Coca-Cola? ¿Un refresco? —le ofrece el camarero.

—Un vaso de agua. Del grifo. Gracias —dice.

—Agua bendita te voy a dar —murmura el camarero, mientras se lleva el trapo al hombro y agarra un vaso.

Lucas deja su portátil en el suelo y apaga el micrófono. Sus ojos marrones, pequeños, casi dos puntos dibujados a lápiz, te observan sin pestañear.

—¿Te encuentras bien? Tienes mal aspecto —dice, con una sonrisa afable que te recuerda al cura del pueblo de tus abuelos, el que ofició tu primera comunión.

—¿Queréis dejarme en paz con eso?

Otro con lo mismo. Esta vez te molesta especialmente viniendo de alguien con esa pinta tan desaliñada.

Comienzas a mover la pierna derecha de forma repetida, a rascarte el cuello y atusarte el pelo después.

El camarero deja la caña y el vaso de agua sobre la pequeña barra de madera.

—Bueno, tú dirás. Entiendo que estás interesada en saber más de la Palabra. Pregúntame lo que quieras, hermana —dice.

—No es eso.

No sabes cómo planteárselo. Por dónde empezar.

—Estudias el máster de Ciberseguridad, ¿verdad?

—No —dice con esa sonrisa estática.

—¿No eres alumno de la facultad?

—Lo fui, hace unos cuantos años.

Te quedas en silencio para darle pie a que desarrolle.

—El máster es relativamente nuevo. Yo terminé Ingeniería Informática hace más de once años. Pero vengo por aquí cada día para predicar —te enseña el altavoz que cuelga de su cuello— porque no quiero que ningún estudiante se vea tentado por el mal camino, como me pasó a mí. El maligno siempre está al acecho para captar nuevas almas. Ya sabes.

—Claro —dices, pero no sabes.

—Al principio predicaba dentro de las instalaciones, pero tuve problemas. Acabaron llamando a la policía y…, en fin, es igual. Esa es otra historia. Ahora vengo siempre aquí —dice, señalando el bar vacío a su espalda—. Bueno, también voy por el metro, tranvía, plaza de Catalunya, Barceloneta, algunas discotecas…

Suspiras. Se te agota la paciencia y te estás poniendo nerviosa por malgastar el tiempo de esta manera.

—Ya, ya, entiendo; por toda la ciudad. Mira, Lucas. Voy a ser sincera. En realidad, estoy buscando a alguien con conocimientos avanzados de seguridad informática. Un experto con la capacidad de acceder a un teléfono a distancia sin ser descubierto ni dejar rastro. Un hacker, vamos. Me han dicho que eres el mejor.

Lucas deja de sonreír y su boca se hace diminuta.

—Yo ya no hago esas cosas —dice.

—Es un trabajo remunerado —aclaras.

Él se levanta y recoge su ordenador del suelo para marcharse del local. Activa el altavoz de nuevo.

—Te pagaré lo que me pidas —dices, cuando ya está en la puerta del Frankfurt.

Se detiene, de espaldas.

Sonríes.

Da la vuelta y camina hacia ti de nuevo.

Llega hasta donde te encuentras. Sin retirar los ojos de los tuyos, se bebe de un trago el vaso de agua que había pedido, como si se tratara del bourbon más duro, y lo deja sobre la mesa con un golpe sentenciador antes de marcharse.

—Yo no tengo precio.

Te quedas sola, sentada en la banqueta del local vacío, repasando la conversación. No entiendes qué ha querido decir con eso de que ya no hace esas cosas.

Tardas un minuto en reaccionar, pero no has venido hasta Barcelona para rendirte tan pronto.

Dejas un billete de diez euros sobre la barra y sales del Frankfurt sin esperar el cambio. El camarero te grita con el dinero en la mano, pero ya estás fuera del local.

Miras a ambos lados en busca de Lucas.

Nada.

Le preguntas a una señora por un chico con un micrófono y un altavoz. Te pone mala cara, se aparta de ti, pero te dice que ha ido calle arriba.

Recorres cincuenta metros hasta que crees verlo a dos manzanas de donde te encuentras.

Entornas los ojos para aguzar la vista cansada por la falta de sueño. El sol te golpea en la cara sin piedad para complicarte más las cosas.

Pero es él.

Está lejos, sí, pero estás segura de que es Lucas.

Te acercas rápido y el predicador comienza a apretar el paso. Pero no huye de ti; ni siquiera te ha visto. Camina comprobando el móvil con intermitencia. Quizá tenga prisa porque acaba de recibir un mensaje con una mala noticia: un accidente, un familiar hospitalizado, una madre muerta.

«Las niñas buenas no se comparan con los demás».

Atiende una llamada. Intercambia un par de frases que no alcanzas a oír y cuelga. Mira a su alrededor, parece tenso.

De pronto entiendes por qué: hay un hombre aproximándose a él, gabardina negra, gafas de sol. Le grita.

Lucas echa a correr.

El hombre echa a correr.

Tú echas a correr.

8

Lucas

Barcelona, unas horas antes

Lucas Gamundi bebe un té para desayunar mientras avanza recto y con paso firme hacia la salvación. Él no es un torcido; así es como llama a los que se alejaron de Dios, a los impíos. Ellos engloban casi la totalidad de la población mundial, pero:

—Es que es muy difícil —niega con la cabeza mientras se sacude, solo Dios sabe si durante demasiado tiempo, las últimas gotas de pis de la mañana. En casa siempre habla en alto, aunque se encuentre solo en el baño, como ahora, porque sabe que él siempre está escuchando.

—Lucas, que no llegas. —Y su madre también.

Rosa no pierde la esperanza. «Si es que el chaval tiene buen fondo —le dice a la vecina del cuarto cada vez que se queja de su hijo—. ¿Que quizá lleva todo al extremo? Pues sí, hija, sí. Pero tiene buen fondo».

—No sé, Rosa. Lo que quieras, pero que no vuelva a tocar a mi puerta a las once de la noche para darnos el sermón.

—Hablaré con él. Son fases, solo eso. Ya verás.

La gente debería ser comprensiva. Lucas ha sido así desde que Rosa y Josema escucharon sus primeras frases. No va a cambiar ahora con treinta y cinco años.

Y Lucas a lo suyo, como ha hecho toda la vida. Porque normal, lo que se conoce como normal, no ha sido nunca. Un poco veleta, con sus venadas, cambios de vida, obsesiones o «fases», como dice su madre. «Llámalo como quieras —le dice ella—, pero cuando te da por algo, te da, y te da muy fuerte».

Rosa siempre ha intentado ocultar todas las que ha podido, pero esto viene de largo, desde que Lucas era pequeño. Ella, porque Josema puso su semilla y *adeu*. Siempre estuvo encima, insistiendo en que hiciera amigos, en que jugara al fútbol o en que se echara novia. Las cosas que hace todo hijo de vecina del cuarto para encajar en el instituto.

—De verdad, parece que lo hace queriendo. Siempre lo contrario a lo que le pido —le decía Rosa a Josema muchas noches mientras cenaban.

Y el padre de la criatura se alteraba, claro, pero con la televisión:

—Eso es falta, coño. No me jodas.

Una vez, tendría once años, después de ver *El rey león* en el cine, Lucas se fue a dormir y pidió un deseo. Lo hizo con todas sus fuerzas:

—Mañana quiero despertarme siendo un perro, por favor, por favor, por favor.

No pidió ser un león, ya le había pasado otras veces: sus deseos no se cumplían por pretender demasiado. Pero un perro ya estaba bastante bien.

Y así fue. Deseo cumplido.

A la mañana siguiente, y durante ocho meses, Lucas Gamundi fue un perro. Caminaba a cuatro patas todo el tiempo, tenía su cuenco de agua en la habitación, perseguía a las palomas de la plaza de Catalunya y les ladraba. Hacía todo lo que se podría esperar de él. Como perro, claro. Hasta que Rosa tuvo que atajar el problema de forma definitiva el día que la directora del colegio la llamó por teléfono.

—Las chicas de la clase se han quejado, Rosa. Las ha estado persiguiendo, empeñado en olerles el culo. Incluso ha intentado montarlas. No es un juego. Lucas cree de verdad que es un perro. Si quieres mi opinión, el chaval debería haber ido hace tiempo a un psicólogo.

Pero nunca fue, porque «solo son fases», y además «tiene buen fondo».

El problema es que esta última fase está durando demasiado.

Si ahora tiene treinta y cinco años, esto de la religión debió de empezar a los veintinueve, mes arriba, mes abajo. Su madre es creyente, pero no va a misa desde el día que se casó con Josema Gamundi. Este, en cambio, va domingo sí y domingo no.

—Me voy al templo —dice, anudándose la bufanda del Barça, dirección Camp Nou.

Así que ninguno de los dos se explica de dónde le vino al chaval la obsesión.

—Lucas, que no llegas —insiste Rosa.

Él sale del baño.

—¿Qué hacías tanto rato ahí dentro, pillín? —Su madre no pierde la esperanza.

—Déjalo ya, madre. Ya sabes que no hago esas cosas.

Rosa retira una mota oscura de la cara de Lucas ayudándose de su dedo índice mojado en saliva.

—¿Cuándo me vas a quitar esa mochila del recibidor? Lleva ahí cuatro meses. Hoy tu padre ha estado a punto de tropezarse.

—Es un kit de supervivencia en montaña, madre, por si me toca salir corriendo. Para eso me hice todos esos cursos el año pasado.

Rosa niega con la cabeza.

Lucas entra en el cuarto y sale con su altavoz portátil colgando del hombro.

—¿Es necesario que vayas con eso a todas partes?

—El mensaje tiene que llegar alto y claro, madre.

—Te tengo dicho que no me llames madre, que suena a vieja.

—¿Tienes pilas? No quiero quedarme sin batería. Los impíos se ríen de mí y aplauden cuando deja de escucharse.

Rosa rebusca en un cajón de la cocina, ese que vale para guardar clips, gomas o pinzas de tender, y le da dos pilas.

—Pero no se te ocurra encender ese chisme cerca de casa, que tienes a los vecinos hasta el moño.

—No, madre.

—Que no me llam… Anda, tira.

Lucas mira su reloj y decide que todavía tiene tiempo para ir caminando hasta la siguiente parada de metro; de esta manera, aprovechará para pasar por el parque donde hacen yoga esas torcidas.

—El yoga abre las puertas a los demonios —les dice—. Es el primer paso.

Las mujeres que acuden cada mañana no le responden; ya le conocen. «Es que como empecemos a discutir con este pirado —explica la monitora a sus alumnas—, nos dan las uvas».

No hay nada que le produzca más placer a Lucas que el proselitismo. Tratar de convertir infieles a su causa a toda costa es su propósito principal de cada día. Si pudiera, se pasaría toda la noche discutiendo con desconocidos, intentando convencerlos, abrirles los ojos a Cristo. Pero Lucas, en este momento de su vida, solo tiene tiempo para seguir las instrucciones del Gran Plan que Dios ha diseñado para él. No sabe cuándo ni cómo acabará, ni siquiera sabe en qué consiste en su totalidad, pero está seguro de que falta poco para averiguarlo.

Tras dar un par de consejos más a dos veinteañeros que tienen pinta de no haber pasado por casa en toda la noche y a una pareja de adolescentes que se está besando en un banco, Lucas asciende por la boca de metro de Palau Reial. Su destino es la Facultad de Informática de Barcelona.

9

Un parking

Barcelona, en la actualidad

Los sigues con la distancia justa para no perderlos sin ser vista. Lucas abre una puerta señalizada con la P de parking. El hombre de la gabardina negra hace lo mismo diez segundos después.

Atraviesas la puerta, la cierras con cuidado para no hacer ruido, desciendes unas escaleras que terminan en un aparcamiento subterráneo.

Huele a carburante quemado. Está oscuro, pero distingues voces al fondo. Te aproximas acuclillada entre los diferentes vehículos que hay aparcados. Sientes la conversación más próxima, pero todavía no adivinas las palabras ni puedes intuir sus caras.

Te acercas, despacio.

Ahora sí, estás pegada a la rueda trasera de un coche negro, brillante. Has leído «Bentley» en la parte trasera. Te suena que es caro.

Al otro lado del vehículo, junto a una columna de hormigón, hay dos personas: el predicador y un hombre alto, canoso, con gabardina, que se parece a George Clooney. Ves sus perfiles a través de los cristales traseros. El predicador tiene la espalda apoyada en la columna y el hombre le sujeta por el hombro.

«Las niñas buenas no cotillean».

—No podemos demorarlo más, Lucas. Necesitamos que hagas el encargo hoy —dice George Clooney.

Lucas agarra con fuerza la funda que debe de contener su portátil.

—Te lo he dicho por teléfono: ya no hago esas cosas.

—Necesitamos que hagas el encargo —insiste el tipo de canas, y junta los dientes para formar una sonrisa amenazante.

—Ya no soy un delincuente.

El hombre suspira.

—Te lo diré una última vez: necesitamos que hagas el encargo. Hoy.

—No.

George Clooney mira alrededor y, sin perder la sonrisa, descarga su puño contra el estómago del predicador. La inercia lo empuja contra el Bentley. Oyes su grito ahogado mientras sientes cómo se tambalea el coche.

Después, lo vuelve a aprisionar contra la columna y le aprieta el cuello con el antebrazo.

—Escucha, Lucas —dice, al tiempo que estira los dedos de la mano derecha para liberarlos de la tensión del puñetazo—. Lo último que quiero es partirte las piernas, ¿estamos? Será un único encargo, muy sencillo para ti. Te lo prometo. Pero tienes que hacerlo ya porque se nos acaba el tiempo. Alexéi está herido, es grave, pero saldrá de esta. El problema no es que le hayan trincado; el problema es que le han trincado mientras hacíamos un trabajo juntos y, en cuanto se recupere, le harán hablar. Sabes lo que eso significa, ¿verdad? Que los que estábamos con él aquella noche iremos detrás. Si asustan a Alexéi con los suficientes años de cárcel, cantará la «Kalinka», la «Katiusha» y hasta el «Trololo», y caerá más gente de la organización. Te pasaré los datos del hospital de Málaga donde está ingresado. Hay agentes vigilando su habitación las veinticuatro horas, así que no podemos sacarle de allí por nuestros métodos convencionales. Necesitamos que hagas lo mismo que hiciste en Marbella. Tu magia.

—No —dice Lucas, con un hilo de voz, mirando al suelo.

—No me has entendido, Lucas. Lo vas a hacer por las buenas o por las malas. Tú eliges. Puedes ir al Rose Tattoo esta tarde, por tu propio pie, decir la contraseña y hacer el trabajo; o podemos llevarte nosotros.

Sacas el móvil, abres la aplicación de notas y apuntas: «Rose Tattoo».

Lucas se mantiene en silencio, con la cabeza gacha y las manos en el estómago; todavía le debe de doler.

—Te esperamos a las siete; ya conocemos tus tonterías con las horas. Pero de hoy no puede pasar. ¿Recuerdas la contraseña? Es la misma que cuando viniste a hacer lo de Marbella.

Silencio.

El hombre del pelo blanco suspira, se lleva los dedos a la comisura de los labios y deja de sonreír.

—Estás muy loco, Lucas. Estás como una cabra. Por eso me caes bien y no quiero hacerte daño. Prefiero que vayas por voluntad propia —dice, mientras saca una pistola de la parte trasera del pantalón—. ¿Recuerdas ahora la contraseña?

Lucas levanta los ojos pequeños como canicas un solo segundo, lo suficiente para ver el arma.

—*Tusovka* —dice, con la boca diminuta.

Apuntas en la aplicación: «Rose Tattoo ✍ Tusovka».

—Así me gusta —dice George Clooney, guardando de nuevo el arma—. Te esperamos allí dentro de cuatro horas. Tomamos algo, hablamos de lo que te vamos a pagar y traes tu portátil para hacer el trabajo. Porque vas a hacerlo allí, en el Rose Tattoo. No pienso coordinar a mis hombres en Málaga, decirles que estén preparados para entrar en el hospital y sacar a Alexéi, para que, después, tú solo en tu casa te arrepientas y nos dejes colgados. Supongo que entiendes mi desconfianza. ¿Trato hecho?

—¡No! —grita Lucas. Se sorbe los mocos y se limpia las primeras lágrimas con el dorso de la mano—. Si hackeo un hospital y lo dejo inutilizado, pueden morir personas inocentes que no tienen nada que ver con vuestros negocios.

—Estoy empezando a perder la paciencia, Luquitas. Nadie va a morir en ese hospital. Solo tienes que darnos el tiempo suficiente para crear un poco de caos y poder entrar a sacar a Alexéi. Vamos, has hecho cosas peores.

Lucas agacha la cabeza de nuevo.

—Eso era antes. Ahora sigo el sendero de Dios. Soy su humilde siervo y no el de la mafia rusa.

El hombre del pelo blanco suspira, se acerca al Bentley, da dos golpes en el coche y la ventanilla del conductor desciende. Pese a que estás en el extremo contrario del vehículo, te agachas todo lo que puedes. El corazón te da un vuelco. ¿Cómo no te has dado cuenta de que había otro hombre en el asiento delantero?

—¿Vas a tardar mucho? —dice el conductor, con un fuerte acento eslavo.

—Vete arrancando, que nos lo llevamos.

—Yo no voy a ningún lado —dice Lucas.

George Clooney le golpea en la cara y el estómago de nuevo. Saca su arma y le apunta a la cabeza. Después, como si nada hubiera pasado, retoma la conversación con el conductor:

—Llamamos a Málaga por el camino. Haremos el trabajo ahora.

Eso quiere decir que Lucas y George Clooney se van a montar en el coche, con lo que hay muchas posibilidades de que te descubran allí agachada en cuanto arranquen.

Miras alrededor. Moverte hasta otro vehículo es una opción arriesgada en estos momentos, así que te tumbas en el suelo, que apesta a aceite de coche, y ruedas hasta quedar justo debajo de la carrocería del Bentley.

—¿Al Rose? ¿Ahora? Habíamos quedado en hacerlo dentro de cuatro horas —dice el ruso.

—Ya lo sé, ya lo sé. Pero no vamos a estar tanto tiempo dando vueltas con este imbécil solo para esperar a que tu padre se marche del Rose Tattoo. Tranquilo, será muy rápido. Terminaremos antes de que el jefe llegue para comer. Luquitas es un experto, ¿verdad?

Por el sonido de las puertas, los amortiguadores y los quejidos de Lucas, es fácil deducir que el hombre del pelo blanco acaba de introducir al predicador a la fuerza en el asiento trasero.

—Como nos pille, nos mata. Ya sabes que no le gusta tener líos en el Rose —dice el ruso.

—Ese es el menor de nuestros problemas, Ígor. Si nos pilla, se enterará de lo de Alexéi y de que la hemos jodido en el trabajo de Málaga.

El conductor dice algo en ruso.

—Tu padre lleva muchos años en este país. Nunca come antes de las tres. No vamos a encontrarnos con él si nos damos prisa. Así que, anda, arranca.

El Bentley se mueve, y tú te mantienes tumbada en el suelo helado del aparcamiento, a oscuras, entre dos charcos de aceite.

Sin levantarte, sacas el móvil y compruebas que has guardado bien la nota con el nombre del lugar y la contraseña para entrar.

10

Rose Tattoo

Barcelona, en la actualidad

Quizá tu memoria sea imperfecta estos días, pero estás segura de que jamás olvidarás lo que acabas de presenciar.

Ese hombre estaba armado.

Sigues tumbada en el suelo del parking, paralizada, entre charcos de aceite.

«Las niñas buenas no tienen miedo».

Debes moverte, ayudar a ese predicador, evitar que ataquen ese hospital de Málaga. Piensas en avisar a la policía, pero algo te dice que Lucas no acabaría durmiendo en su casa.

Sales del aparcamiento, entornas los ojos por el contraste entre la oscuridad del parking y el exceso de luz del mediodía y echas a correr calle abajo hacia la avenida Diagonal.

Tu ropa está sucia, huele a aceite de coche y todavía no te has sacudido los nervios del cuerpo.

Levantas la mano y detienes un taxi.

—Al Rose Tattoo, por favor. Lo más rápido que puedas.

—*Bona tarda*, siniora. ¿Dónde disir? —dice el conductor.

—Al Rose Tattoo. ¡Vamos!

El conductor escribe en su GPS: «Rostoto».

Te asomas por la ventanilla para ver si hay otro taxi cerca. Nada.

Resoplas y escribes en tu móvil «Rose Tattoo». Se lo enseñas.

—Es un restaurante o un bar, no estoy segura.

—Pirfecto, siniora.

El conductor escribe el destino en su GPS. Lo borra y lo vuelve a configurar un par de veces.

—¿Hay algún problema? ¿Puedes arrancar mientras configuras eso? Tenemos que salir de aquí. Mira qué cola de coches se está formando.

—No apareser, siniora.

—¿Cómo?

—Mira —dice, señalando su GPS—. No ristorante, solo tiendas de tatús. No apareser.

Golpeas el asiento delantero con el puño. Te rascas el pelo y la nuca, te agachas y metes la cabeza entre las rodillas para gritar.

—¡Joder!

El conductor te habla en su lengua materna. No entiendes una palabra, pero está claro que te está pidiendo, más bien exigiendo, que te bajes de su coche.

Tú te incorporas en el asiento, dispuesta a marcharte, cuando de pronto, detrás de una fila de coches que avanza a dos milímetros por hora, ves un Bentley negro.

—¡Ahí! ¡Ese es! ¡Sigue a ese coche negro!

—No, siniora, tú marchar. Mejores clientes tener.

—Toma —le dices, mientras lanzas tres billetes de veinte euros. Estás demasiado nerviosa—. Te daré otro billete de cincuenta al llegar. ¡Pero arranca!

«Las niñas buenas tienen buenos modales».

El conductor mira los billetes y sonríe.

Trata de arrancar, pero un vehículo os corta el paso.

—¡¿Por qué hay tantos coches?!

—Agujero grande, mira —te dice, señalando un cráter al final de la calle. Es enorme y obliga a todos los coches a rodearlo.

—Toda ciudad igual, siniora. Cada vez más.

Os cuesta unos minutos incorporaros a la avenida Diagonal. Dejas de ver el Bentley durante el tiempo que el conductor, mucho más contento tras tu pago anticipado, tarda en tararear el último estribillo de Taylor Swift que suena en la radio.

Temes haber perdido de vista a Lucas para siempre.

Pero.

—Ahí está, siniora.

Es el Bentley avanzando entre dos autobuses.

Sigues el recorrido en el GPS. Intentas quedarte con los nombres de las calles, por si acaso necesitas volver en algún momento a este lugar. El coche negro gira por Gran Via de Carles III y el taxista, ahora tu amigo, hace lo mismo. Subís la calle y seguís por la ronda del General Mitre hasta continuar por Ganduxer.

—¿Qué haces? —dices.

El taxista ha parado el coche.

—Semáforo rojo, siniora.

—¿Qué? Lo vamos a perder. ¡Arranca, vamos! —Ves el Bentley al fondo de la calle, demasiado lejos.

—No, no, no. Polisia multar y jefe enfadar conmigo. No, no, no. Yo perder trabajo. Coche no arrancar.

Abres la cartera y le das un billete de cincuenta euros. Él lo mira, le gusta, pero no le satisface.

—No, siniora. Multa dosiento euro y puntos. —Te enseña cuatro dedos—. No poder condusir. Yo perder trabajo.

—Joder, me salía mejor hacer el viaje en helicóptero —dices. Y sacas doscientos euros de la cartera que, sumados a los cincuenta que le has prometido al llegar, son todos los billetes que llevas encima.

El taxista arranca el coche amarillo y negro. En pocos segundos y tras otro semáforo en rojo que los billetes previos han verdeado, se planta detrás del Bentley.

—No te acerques tanto.

—¿No amigos? —dice, señalando el coche negro.

—No. No amigos.

Paráis en doble fila, en la calle Mandri, a veinte metros del Bentley. El hombre del pelo blanco y el ruso, al que ves de pie por primera vez y te recuerda a una matrioska de una tonelada con patas cortas, se bajan del coche y sacan a Lucas a la fuerza. Los tres se meten dentro de un pub que tiene un letrero de madera negra que dice Rose Tattoo. Sin dejar que se cierre la puerta del bar, otro hombre sale con unas llaves en la mano y se lleva el Bentley.

Pagas lo acordado al taxista, te despides y entras en el garito. Es un pub irlandés, pero los camareros son rusos. El sitio está lleno de gente y eso hace que el aire pese; casi lo notas rozando tus mejillas. Los parroquianos, todos ellos turistas anglosajones, ocupan cada asiento y rincón disponible, pese a que el local está lejos de las zonas de la ciudad más conocidas por sus visitantes extranjeros. Las paredes revestidas de madera devuelven con desinterés el olor a cerrado, alcohol y aceite frito acumulado durante años. Las pintas de cerveza suenan al chocar, viajan de un lado a otro del local: primero, llenas, rebosando espuma, en una dirección; luego, vacías, en la otra. Una banda local está tratando de tocar una canción que te recuerda a los Dropkick Murphys, uno de tus grupos favoritos, pero solo logran imitar el nivel de alcohol en sangre de los de Boston. Hay una fila de banquetas, todas ocupadas, enfrentadas a una barra de madera presidida por doce tiradores de cerveza diferentes.

Te abres paso entre dos bebedores pelirrojos.

—*Anything to drink?* —dice uno de los camareros, con un fuerte acento ruso, sin dejar de mirar una de las pantallas del pub, donde están retransmitiendo en diferido un partido del Seis Naciones de rugby.

Intentas acercarte más a él para buscar discreción entre todo el barullo.

Sacas el móvil y abres la aplicación de notas.

—*Tusovka* —dices.

—*Excuse me?* —dice, sin retirar los ojos del partido. Te preguntas si este ruso solo se está metiendo en el papel de camarero irlandés o de verdad le gusta el rugby.

—*Tusovka* —repites, con tu mejor acento eslavo. ¿Acaso has anotado mal la contraseña que has escuchado decir a Lucas?

Una voz que no esperabas llega desde tu espalda.

—Acompáñeme.

Por el delantal y el trapo sobre el antebrazo, debe de tratarse de otro camarero. Es alto y lleva el pelo rapado al uno. Lo sigues.

—Por aquí —dice en un perfecto pero duro castellano, mientras sujeta la puerta oscilante de entrada a la cocina del pub—. Pase.

Pasas.

Fogones de gas. Gritos. Olor a aceite recalentado por quincuagésima vez. Trajín de comandas y bandejas de nachos, hamburguesas y alitas de pollo. Fritanga en cadena.

Miras a tu alrededor: no hay rastro de Lucas ni de los dos tipos que se lo han llevado.

El camarero te anima a continuar hacia el fondo de la cocina. Le sigues, sin entender nada.

—Un segundo —dice, deteniéndose frente a la puerta de un frigorífico. A continuación, grita una frase en ruso que no entiendes. Los cocineros y camareros enmudecen, os dan la espalda y agachan la cabeza, fijando la vista en el suelo grasiento de la cocina.

El camarero hace un barrido con la mirada hasta confirmar que nadie está observándolo. Después, introduce una clave en un teclado numérico que hay en la puerta del frigorífico y suena un pequeño clic. La puerta se abre y da paso a un pasillo oscuro, profundo, que termina en una sala desde la que llega humo de tabaco y una luz roja, cálida.

El hombre te hace un gesto con la cabeza, invitándote a pasar, mientras sostiene la puerta con la mano.

En cuanto entras, el camarero se queda en la cocina y cierra la puerta a tu espalda, clac, sin despedirse ni darte más instrucciones.

Te quedas parada en la penumbra. No sabes muy bien qué hacer, hasta que otro hombre de aspecto eslavo, vestido con un traje oscuro, se acerca desde la sala del fondo para recibirte.

—Bienvenida, señora. ¿Me permite, por favor?

Te cachea en el pasillo.

Intentas frenar el tembleque de tus piernas.

—¿Ha quedado con alguien?

Niegas con la cabeza y lo acompañas.

La segunda sala es una especie de restaurante de forma circular, más grande que el pub irlandés que la precede. En el centro hay ocho mesas con manteles blancos, cristal fino y cubertería de plata. Pocos comensales, copas llenas, puros encendidos. En un extremo, un pasillo con el pequeño cartel de hombre y mujer que lleva a los lavabos. En las paredes de la sala, a un escalón de altura, se abren cuatro oquedades que contienen otras mesas que ofrecen a los clientes mayor privacidad que la que ya de por sí puede ofrecer un restaurante escondido detrás de un frigorífico. Sentados en una de esas mesas vip, con la cortina a medio correr, discuten Lucas, George Clooney y el tanque ruso.

—Siéntese aquí, por favor. ¿Qué desea? —te dice el camarero.

Quizá sea conveniente comportarte como un cliente más para disimular. Miras el reloj: las 14:45.

—Algo de comer, por favor.

—¿Quiere ver la carta?

—No, lo que pueda sacar más rápido.

—De acuerdo, señora.

Tratas de sonreír, pero, para cuando lo consigues, el camarero ya se ha marchado y no puede apreciar tu esfuerzo.

Dos hombres que beben en una mesa cercana, whisky uno, ginebra el otro, te miran y comentan entre ellos algo sobre tu aspecto. Uno se toca el pelo, mientras pone cara de asco. El que está enfrente se ríe. Te suena de verlo en la tele; un político catalán o algo así. Dudas si decirles algo, pero decides que es mejor evitar llamar la atención.

Desde tu mesa y a pesar de la cortina, alcanzas a ver la escena que protagoniza Lucas: el hombre del pelo blanco lleva el peso de la conversación; el ruso pega el teléfono a su oreja, pero no habla, se mantiene a la espera, serio, sin quitar los ojos de Lucas; el predicador se ha hundido en su asiento, tiene los brazos cruzados y la mirada fija en el ordenador portátil que hay encima del mantel blanco. No han pedido nada para comer ni beber.

—Aquí tiene —dice el camarero, que acaba de traerte un estofado de ternera cortada en tiras. Te dice el nombre del plato en ruso, pero no te quedas con él.

Sin perder de vista a Lucas, comes un bocado porque es lo que se supone que debes hacer. Entre que te acabas de zampar un perrito del Frankfurt y la tensión de la situación, tenías el estómago cerrado. Pero reconoces que la carne es sabrosa y se deshace como mantequilla fundida al contacto con tu paladar.

Tras la cortina entreabierta las cosas se ponen cada vez más tensas. George Clooney se quita la americana y se remanga la camisa blanca. Levanta el dedo índice en dirección a Lucas. No los oyes, pero imaginas por dónde transcurre la conversación: ellos, increpando al hacker para que ataque ese hospital y puedan sacar a su amigo mafioso de allí evitando que los delate a todos; Lucas, insistiendo en que no quiere hacerlo.

Deberías elaborar un plan, sacar a Lucas de ese lugar y salir los dos ilesos de allí para que esté en deuda contigo y te ayude a hackear a Fernandito. Pero estás demasiado nerviosa.

De pronto, el armario ruso se pone en pie, agarra del brazo a Lucas y lo levanta con la facilidad con la que tú te llevas el siguiente trozo de estofado a la boca. Abandonan la zona vip. George Clooney los sigue un paso por detrás, mientras escribe en su móvil. Los tres cruzan el salón aparentando discreción. George sonríe a los comensales, a ti incluida, intentando transmitir normalidad. Los tres se meten por un pequeño pasillo y abren la puerta del fondo.

Masticas el penúltimo trozo de ternera, te limpias con la servilleta y te levantas. El camarero lo advierte y se dirige hacia ti. Lleva una mano levantada para indicarte que te quedes sentada.

—¿Necesita algo? Yo se lo traigo.

—¿El baño, por favor? —preguntas. Sabes de sobra dónde está porque te has fijado al entrar.

«Las niñas buenas no mienten».

El camarero se detiene, asiente para disculparse y te dice que vayas por ese pasillo.

Mientras caminas hacia el baño, sientes que te clava la mirada en la espalda. Te giras, y él te indica con el dedo la puerta de la izquierda. Por si acaso te da por equivocarte de estancia y ver lo que no debes.

Entras en el baño de mujeres, baldosa grande, grifos dorados, lámpara de araña, aroma a lavanda; pero dejas la puerta entornada para mirar a través de la rendija. En cuanto el camarero regresa a sus tareas, sales del lavabo y te acercas a la otra puerta que hay en ese pasillo. Tiene un pequeño ojo de buey por el que te asomas. En el interior, de todo: aspirador, fregonas, cubos, botes de productos de limpieza, un botiquín colgado de la pared, una estantería con varias filas de recipientes de conservas y bebidas de todo tipo, unas sillas iguales a las del restaurante apiladas en una esquina y dos hombres dándole una paliza de muerte a un tío que lleva un altavoz colgado del cuello.

Lucas está en el suelo, encogido, utiliza los codos a modo de escudo frente a las patadas del ruso y los puñetazos de su compañero.

—No le pegues demasiado fuerte en la cabeza ni en las manos. Las necesita para hacer el trabajo.

La sangre cubre la cara de Lucas por completo. Debe de tener la nariz rota.

La camisa blanca de George Clooney ahora se asemeja a la de Osasuna. Se retira a un lado y bebe un trago de una lata de refresco que ha cogido de una de las baldas de la estantería. Derrama el resto sobre Lucas.

—¿Qué me dices, Lucas? ¿Volvemos al ordenador y haces lo que te pedimos? —dice el ruso, con su acento marcado.

Lucas apenas se mueve. Tose y escupe un hilo de sangre que desemboca en el pequeño charco de la misma sustancia que hay sobre el suelo.

—No te oigo desde aquí, Lucas —dice el hombre del pelo blanco.

El ruso mira a su compañero, que asiente. Él entiende la orden. Lucas recibe una nueva patada en el estómago que le corta la respiración.

Tienes que detener esto.

De pronto, oyes una voz que viene del restaurante. Pegas la espalda a la pared. En el intento de pasar inadvertida, te tropiezas y provocas demasiado ruido. Escuchas un murmullo. Intentas disimular, finges que acabas de salir del baño. Mientras vuelves hacia tu mesa, esperas encontrarte con la cara del camarero dándote indicaciones otra vez. Pero no es él.

Un hombre mayor, le echas unos setenta años, acaba de entrar en la sala. Las conversaciones de los comensales quedan sustituidas por un estricto silencio. El camarero le quita con delicadeza la chaqueta del traje y la cuelga dentro de un armario individual, vacío hasta ahora. Hablan entre ellos en ruso, pero logras entender un nombre: Alexander. Otro camarero le acompaña hasta una mesa apartada y acomoda la silla para que Alexander tome asiento. Avanzas hacia tu mesa. A los pocos segundos y sin necesidad de ordenarlo, el camarero vuelve con la bebida y una sopa de color rojo que posa con suavidad sobre la mesa, frente a Alexander.

Le tratan con más atención y respeto que al resto de los comensales. Alexander debe de ser el dueño de este sitio y jefe de esos dos tipos que van a matar a Lucas si no te das prisa.

Sentada otra vez frente a tu estofado, se te ocurre una idea; más bien, un disparate. Quizá te hayas vuelto loca del todo o quizá sea la única forma de sacar a Lucas con vida de este local.

—Ahora veremos —susurras para ti misma.

«Las niñas buenas no tienen miedo».

Observas el cuchillo, todavía manchado de salsa estofada, y fijas la mirada en Alexander.

Tomas aire.

Te preguntas si cortará lo suficiente; no quieres pensar en las consecuencias que supondría quedarte a medias.

Lo agarras del mango y lo levantas. Pesa.

Te tiembla la mano y, sin querer, salpicas un poco de salsa sobre el mantel.

«Las niñas buenas no juegan en la mesa».

La suma de tu mal pulso y el reflejo de la luz de las lámparas del restaurante en la hoja del cuchillo genera un titileo molesto en tus ojos, que están fijos en Alexander.

Cuando te aseguras de que no te observa nadie, te levantas. Es importante hacerlo muy rápido.

Caminas hacia él, sujetando el cuchillo con todas tus fuerzas. Tus nudillos se vuelven rojos. Te ayudas de ambas manos para intentar apaciguar los temblores. Jamás habías empuñado un cuchillo tan cerca de la espalda de una persona.

Levantas el arma, giras el filo hacia tu objetivo.

Entornas los ojos.

Te lo clavas en el antebrazo.

Gritas.

Dejas caer el cuchillo al suelo y te lanzas sobre Alexander, manchando su camisa con la sangre que emana a borbotones de tu herida.

Te examinas el brazo mientras no dejas de gritar: hay mucha sangre. Te da miedo haberte pasado, haber hundido demasiado la hoja afilada en la carne.

Alexander se revuelve asustado. También grita.

El camarero tira la bandeja en la que transportaba dos copas vacías y corre para apartarte de su jefe.

—¡Necesito ayuda! ¡Me he cortado! —dices, mientras unos brazos te agarran con violencia de los hombros para apartarte de Alexander.

El camarero exclama en ruso, sin soltarte. Está claro que te quiere fuera del local. Pero Alexander se levanta y le hace un gesto con la mano para que le sigáis, mientras frota una servilleta contra su hombro para tratar de limpiar tu sangre.

—Hay que curarlo pronto —dice.

Los dos comensales que estaban apurando los últimos tragos de sus copas os miran mientras vais hacia el pasillo. Te apoyas en el camarero, como si te estuvieras mareando; no necesitas actuar demasiado. Lo haces porque es crucial que sea Alexander quien abra la puerta.

La abre.

—Pero ¡¿esto qué es?! —dice. Después, grita en ruso y el tipo gigante levanta a Lucas de las axilas. El aspecto del predicador asusta, pero al menos sigue consciente. George Clooney se lleva la mano a la cara y arruga la frente en cuanto ve a su jefe.

—Lo siento, padre —dice el tanque ruso.

—¿Cuántas veces os he repetido que aquí no quiero líos? ¿Vosotros sabéis quiénes son esos dos que están ahí sentados?

George Clooney y el hijo de Alexander se miran, pero no tienen una respuesta.

—Claro que no. Ni lo sabéis ni estáis listos para saberlo. Nunca os los he presentado. ¿Por qué? Porque solo he tenido un hijo, que me ha salido manipulable —señala al gigante ruso— y adopté a otro —apunta con el índice a George Clooney— que es el manipulador. Pero los dos sois unos imbéciles, al fin y al cabo. Saca lo que queda de este hombre de aquí —le dice al camarero—, por la puerta de atrás. No quiero que nadie lo vea así.

Sus hijos hacen un ademán de seguir a Lucas, pero Alexander apoya las manos contra sus pechos para bloquearles el paso.

—Vosotros dos os quedáis aquí, a limpiar todo este desastre.

Tú gritas. Intentas ser lo más molesta posible.

—Llévate a esta mujer también —le dice al camarero, mientras te señala.

Alexander se hace a un lado mientras el camarero saca a Lucas de la sala. Después entra, abre el botiquín y mete en una bolsa todo su contenido.

—No puede ser casualidad que aparezcas el mismo día y a la misma hora que ese pobre desgraciado —te dice—. Como prefiero no enterarme de qué han hecho los inútiles de mis hijos, toma. —Te da la bolsa—. Lárgate, cúrate y cura a ese tipo o llévale a un hospital; me importa bien poco con tal de que no volváis a mi local. Pero, sobre todo, quiero que quede bien claro que tampoco habéis estado aquí. ¿Entendido?

Asientes y sigues al camarero, que ya ha sacado a Lucas a la calle y te está esperando en la puerta, sujetándola. Cuando pasas por su lado te grita algo en ruso que no entiendes.

—Muy rico el estofado —dices.

Al salir a la calle, encuentras a Lucas sentado en la acera, llorando. Lamiéndose las heridas. No es una metáfora; está pasando la lengua por sus cortes, como si fuera un perro.

Te preguntas quién está más loco, el que actúa como si fuera un perro o la que necesita pedirle ayuda al que actúa como si fuera un perro.

—¿Puedes caminar? —le preguntas.

Él asiente. Tiene la nariz ensangrentada, el labio partido y ambos ojos están empezando a tomar un color morado.

Le das la mano y le ayudas a levantarse. Empezáis a bajar una calle, no sabes cuál.

—¿Qué hacías ahí dentro? —te pregunta.

Le cuentas toda la historia: que viste que le perseguían, que entraste en ese parking y escuchaste la conversación con ese tipo que pretendía obligarle a atacar ese hospital de Málaga, que decidiste seguirlos para ayudarle.

—No sé cómo agradecértelo…, Leyre, ¿verdad?

—Sí, Leyre.

—Te debo una —dice.

—Tomo nota.

—En serio. Pídeme lo que quieras. Lo que sea. Me acabas de salvar la vida y… ¿Qué pasa? ¿Por qué me sonríes así?

11

¿Cenamos?

Barcelona, en la actualidad

Es una terraza de un restaurante de kebab del Eixample; el primer local que habéis encontrado abierto y del que no os han echado nada más ver vuestras heridas y la ropa ensangrentada. Sois los únicos clientes bajo los tres toldos rojos que cubren las mesas y sillas del exterior. Una mampara transparente delimita el final de la terraza y el principio de la carretera. Huele a tubo de escape y especias.

Has invitado a Lucas a cenar con la intención de estirar las horas con él, conocerle mejor y pedirle que te ayude con lo del móvil de Fernandito.

Durante el largo paseo desde el Rose Tattoo hasta aquí os ha dado tiempo a calmaros un poco, charlar de banalidades para desconectar de lo sucedido e intercambiaros los números de teléfono. La adrenalina liberada por la tensión vivida con esos mafiosos se ha esfumado y ahora os sentís vacíos, sin energía.

—¿No te parece que te estás pasando? —preguntas.

Lucas ha unido una segunda mesa a la que ya ocupabais para dar espacio a toda la comida que ha pedido. Le escuchas bendecir la mesa en voz baja a toda velocidad, como si tuviera prisa por comer.

—Se podría decir que soy vegetariano —dice, mientras pellizca con los dedos una tira de carne del dúrum, la levanta ceremonioso y se la lleva a la boca.

Te ríes.

Él no. Permanece concentrado en la comida. Su cara pálida y su mirada inexpresiva te transmiten lo mismo que una pared de pladur.

—¿Vegetariano? ¿Lo dices en serio? —insistes, mientras echas un vistazo de nuevo a su comida: dúrum mixto, gyozas de cerdo, hamburguesa de pollo con patatas, ensalada con queso feta, carne y arroz blanco.

—Es por la hora. Me lo salto —dice, con la boca llena de kebab a medio masticar. Su forma de hablar siempre es suave y lenta, pero ahora suena atropellada.

No entiendes qué tiene que ver la hora, pero no estás segura de querer preguntar.

Lucas bebe agua sin terminar de masticar y se mete en la boca un puñado de patatas fritas. Sus mofletes repletos de carne se estiran asemejándose a los abazones de una ardilla.

—Dime una cosa, predicador. Hace muchos años que no voy a misa, pero ¿la gula no sigue siendo un pecado hoy en día?

—Sí, uno de los siete pecados capitales, además —dice, mientras se ventila un tercio del dúrum de un mordisco.

—¿Entonces? ¿No es una contradicción predicar por la calle y pecar de esta manera?

—Pero es lo que te comentaba: por suerte son las siete y diez de la tarde.

—Está bien —te rindes—, explícamelo. ¿Qué es eso de la hora?

—Vale, te lo cuento.

—Estabas deseando que te lo preguntara —dices.

Lucas sonríe enseñando los dos colmillos superiores; los tiene afilados y cuando los muestra su expresión se transforma: de cura de pueblo a vampiro transilvano.

—Partimos de la base de que todos somos débiles y no es realista plantearse una existencia libre de pecado, ¿de acuerdo? —dice, sin dejar de masticar.

—De acuerdo.

Da un sorbo de agua fría para tragar la carne antes de continuar.

—Yo he decidido concentrar todas mis debilidades, errores y malas obras del día en una hora: de siete a ocho de la tarde. Ni un minuto antes ni un minuto después.

—Me tomas el pelo.

Recuerdas que George Clooney, en un primer momento, le ha dicho que se pasara por el Rose Tattoo a las 19:00 porque «ya conocían sus tonterías de las horas». Ahora lo entiendes.

—Lo he calculado, me salen las cuentas —dice, y enseña los colmillos de nuevo para sonreír—. Al final de mes has pecado menos.

Lucas toma una servilleta de papel y se limpia un poco de la sangre que todavía le gotea desde el labio. Los ojos ya se le han puesto morados, casi negros, por los golpes.

—Mira —dice, enseñándote la servilleta ensangrentada—, esto me lo he ganado por las acciones que hice en el pasado, antes de creer en Dios, antes de seguir la regla de las siete.

Lucas mira al cielo y susurra a toda velocidad:

—Te pido perdón, señor. Te doy gracias por recordarme que soy un pecador.

Casi sin terminar de rezar, baja la mirada de nuevo hacia a ti.

—¿Estás casada? —pregunta, y deja sobre la mesa la bola que ha hecho con la servilleta.

Te descoloca. Sacudes la cabeza, como si trataras de ordenar la conversación en tu mente.

—¿Cómo? ¿Yo? No, no, ya habrá tiempo para eso, todavía soy jov... No cambies de tema. Entonces, durante esa hora, de siete a ocho de la tarde, ¿te permites todo?

—Es así como funciona.

Muerde su dúrum.

Una regla, eso es todo. Su vida se rige por una estúpida regla que él mismo ha inventado. Te preguntas qué cabe dentro de esa hora diaria de barra libre, hasta dónde es capaz de llegar.

—Si todos hiciéramos lo mismo, el mundo sería un caos —dices.

—El mundo ya es un caos. Pero te invito a que hagas la prueba. No somos conscientes del número de pecados que cometemos a lo largo de un solo día, Leyre. Te aseguro que, si solo te permites fallar durante una única hora diaria, ese número de pecados desciende. Sesenta minutos son muy pocos, no da tiempo a nada —dice, levantando las manos y dejándolas caer sobre la mesa, como si todo lo que te está explicando fuera la mayor obviedad que ha dicho nunca.

¿Estás recurriendo a la persona adecuada? ¿Es seguro fiarte de este lunático?

—Tú no crees, ¿verdad? —te pregunta.

—¿En Dios?

—En nada.

De primeras, niegas con la cabeza; luego, la inclinas.

—Bueno, desde que mi madre murió, tengo algunas dudas.

Lucas sonríe, satisfecho.

—Lo has sentido —dice—. Reconozco esa sensación. También me sucedió hace años. ¿Cómo ha sido?, ¿cómo lo has sentido?

No respondes.

Él abre los ojos.

—No me digas que... ¿Has visto algo?

No quieres contarle lo que pasó en el autobús de Pamplona con esos dos enviados por mamá. Sientes que tener esa conversación con Lucas sería equivalente a ponerte a su nivel de locura.

Decides defenderte atacando.

—Me resulta incomprensible que, en pleno 2025, alguien joven y de ciencias como tú se desviva así por una religión.

Lucas deja de comer y apoya el kebab sobre la mesa con tranquilidad. Te mira sin pestañear, asiente y sonríe. Es una sonrisa afable, pacífica y confiada.

—Dios es incomprensible y conocible al mismo tiempo. Como dice la Biblia: «Grande es el Señor, y digno de ser alabado en gran manera. Y su grandeza es inescrutable» —cita.

Resoplas. Supones que está acostumbrado a rebatir a todo el mundo cuando se dedica a predicar por la ciudad. Debe de tener las respuestas ensayadas.

—Lo que quiero decir es que el universo tiene miles de millones de años, pero tú estás seguro de vivir justo en la minúscula franja de tiempo en la que nació el hijo del dios que, según tú, lo creó ¿en cuánto era?, ¿siete días? Es más, estás convencido de que solo tu religión es la correcta y de que todos los que siguen cualquier otra creencia de las más de cuatro mil que hay en el mundo están equivocados y arderán en el infierno. Mira, si me hubieras preguntado hace tan solo una semana si creo que hay vida después de la muerte, te habría dicho que no. Ahora, en cambio, por cosas que me han pasado, tengo mis dudas. Pero de lo que sí estoy segura es de que, en caso de haber algo más, no tiene nada que ver con tu estúpida religión.

En tu estado, te sorprende haber logrado encadenar varias frases coherentes sin que las ideas se atropellen en tu mente.

Has sonado igual que mamá cuando discutía con la abuela sobre religión.

—¿Por qué no dejas de sonreír? —dices.

—Estás más cerca de creer de lo que piensas. Lo veo —dice.

Resoplas.

—Me gustaría ver qué pasaría si mañana cayera un meteorito que nos dejara al borde de la extinción como especie, hasta el punto de hacernos retroceder milenios en cuanto a conocimiento y cultura. Edificios, bibliotecas, libros, infraestructuras, internet..., todo a la mierda; excepto un libro: *El señor de los anillos*, de Tolkien. Imagino a esa futura sociedad de humanos supervivientes construyendo templos con imágenes y frescos de los personajes del autor, leyendo las sagradas escrituras donde el hobbit Frodo Bolsón viaja para destruir un anillo. Palabra de Gandalf, te rogamos, óyenos. Me encantaría ver al Lucas de ese futuro distópico predicando con un anillo en el dedo y hablándoles sobre Sauron a los jóvenes estudiantes de informática para meterles miedo.

Lucas está serio; mejor dicho, se está esforzando mucho en estar serio. Porque intuyes una pequeña curvatura en la esquina de sus labios y no resistes la tentación de averiguar si eres capaz de atravesar su barrera pía y devota.

Se lleva el vaso de agua a la boca para esconder su gesto.

—De hecho, ahora que me fijo bien en ti, con tu estatura, esas orejillas respingonas y los harapos que vistes, tienes pinta de ser un hobbit que se ha alejado demasiado de la Comarca.

Lucas suelta una carcajada. El agua le sale por la nariz.

Tú tampoco puedes evitarlo y empiezas a reír. Es la primera vez que ríes de forma sincera desde que murió mamá.

—No me hagas reír, que me duele —dice, quejándose y llevándose la mano al labio inferior que tiene partido.

—Perdona. Perdóname, Frodo —dices, intentando parar también.

Le alcanzas un par de servilletas para que se limpie la sangre que ha vuelto a brotar de su labio.

—Gracias.

—¿Puedo preguntarte cómo sabes tanto de informática? Me refiero a que lo veo totalmente opuesto a ser alguien tan creyente y espiritual. Relacionaría antes a un hacker con una persona de ciencias que con un predicador.

—Es por lo de mis fases.

—¿Tus qué?

Puede que no tengáis nada en común, pero te resulta imposible aburrirte con Lucas. No hay nada que salga por su boca que te deje indiferente.

—Mis fases. Mi madre lo llama así: fases. Dice que me obsesiono con las cosas. Me pasa desde pequeño. Cuando me da por un tema, me vuelco en ello y lo estudio al extremo. Siempre me ha dicho que debería cambiarlo, relajarme, porque al final acabo asustando a la gente.

Parece la clase de persona con dificultades para entablar amistades.

—¿Por ejemplo?

—Bueno…, por ejemplo, durante la adolescencia me obsesioné con las plantas. Me fascinaban. Llegué a acumular más de las que cualquier persona, especialmente mi madre, consideraría normal tener en una habitación de un piso.

—Bueno, eso no es raro, Lucas. A mucha gente le gusta decorar la casa con plantas.

—Setecientas veinte.

—¿Cómo?

—Llegué a tener setecientas veinte plantas en mi habitación. Y no solo eso, también me gastaba el dinero en libros sobre el tema y en utensilios para experimentar con ellas. Estudié toda la información que encontré sobre botánica: libros, internet, revistas. Cuanto más sabía sobre ellas, más me fascinaba su poder. Aprendí a elaborar medicinas, cosmética, drogas e incluso venenos. Todo.

No sabes qué decir, solo puedes recordar lo que diría mamá al ver ese lugar: «Las niñas buenas recogen su habitación».

—Mi madre dice que tener una inteligencia superior a la media tampoco me ayuda a no obsesionarme —dice.

—¿La seguridad informática es otra de tus fases?

Lucas asiente.

—Después de muchos años como autodidacta, estudié la carrera y me especialicé en *hacking*.

Sientes que la conversación está flotando a la deriva sin que puedas mantener el control del timón.

Eso te provoca un cañonazo que pasa rozando el palo mayor de tu barco pirata y arranca algunas astillas.

Bum.

El enemigo se aproxima por barlovento. ¡Orza!

Tienes que virar, conducir el tema hacia el lugar que te interesa.

—Verás, Lucas. Respecto a lo que voy a pedirte…, no te quiero dar muchos datos para no ponerte en peligro, ¿vale?

Lucas clava sus ojos del tamaño de granos de pimienta en ti.

—Pero he venido hasta Barcelona para investigar qué le sucedió a… una conocida.

Tomas aire. Mientes fatal.

—Me hospedo en una masía de Sant Just Desvern porque... Bueno, el porqué da igual. El caso es que una serie de indicios me llevaron a ese lugar. Es decir, creo que... esta conocida de la que te hablo pudo pasar por esa masía antes de morir.

Lucas no entiende nada.

—Me explico muy mal. Perdona.

Notas que tu cabeza se atora. El cerebro te va más rápido que la lengua y te trabas. Necesitas descansar, volver a casa, pasar el duelo en condiciones normales.

—¿Podrías ayudarme a hackear el teléfono móvil de un inquilino de esa masía?

Lucas se echa hacia atrás sobre su silla.

—Eso es robar. Yo ya no hago esas cosas.

—¿Robar?

—Información.

Resoplas.

—Por favor, Lucas. Es muy importante.

—Mi único propósito es seguir el Gran Plan que Dios ha diseñado para mí y lo que me propones va en contra de él.

—Te acabo de salvar la vida. Has dicho que harías lo que te pidiera.

Lucas niega con la cabeza.

—Yo solo me debo a mi señor.

—Por favor...

—Te prometo que te ayudaré en cualquier otra cosa que no suponga pecar.

—¿Has pensado que esto que te estoy pidiendo también puede ser parte del Gran Plan?

Lucas cierra los ojos durante unos segundos, dubitativo. ¿De verdad está barajándolo?

Después, se limpia con una servilleta la comida y restos de sangre seca de la boca y se levanta.

—Voy un momento al baño.

Entra en el restaurante y desaparece por una esquina del fondo, detrás de una máquina tragaperras.

En ese momento, te sobresalta un sonido que viene de tu espalda. Tu corazón brinca y se retuerce entre las arterias que lo atan. Hay muchas cosas en la vida capaces de causar esa sensación: la factura del gas de enero, un retraso o escuchar a alguien hablar en ruso cuando acabas de escapar de la mafia de ese país.

Te giras sobre la silla con todo el disimulo que te permiten los temblores.

Solo son dos turistas rusos en busca de la Sagrada Familia.

Al verte mirar hacia la barra, el camarero entiende que estás pidiéndole la cuenta y se acerca a tu mesa con el recibo y una sonrisa en la boca, que borra de inmediato para preguntarte si te encuentras bien.

—Tienes cara de susto —dice.

Asientes, tratas de sonreír.

Abres la cartera para invitar a Lucas como le has prometido. El vacío que encuentras en el compartimento de billetes te recuerda que te has gastado todo el efectivo que llevabas encima en el taxi. Apenas te quedan unas pocas monedas, insuficientes para pagar toda la carne que ha comido Lucas, el vegano.

—Con tarjeta, por favor.

—No hay problema.

El camarero vuelve con el datáfono y la misma sonrisa del primer intento.

Pasas la tarjeta por el *contactless*.

—Numerito y al verde, por favor —dice, mientras mira hacia otro lado.

—Claro —dices. Pero cuando acercas el dedo al teclado del datáfono te quedas paralizada. No es que tu mente esté en blanco, es que se ha llenado de ruido. Donde deberían estar los cuatro números del pin ordenados, hay millones de cifras de diferentes tamaños que suben y bajan, se acercan y se alejan a toda velocidad. Es ese zumbido constante, ese ruido de batalla y cañones que no te permite centrarte ni recordar las cosas.

El camarero continúa de pie.

—Estos trastos… —dices.

Metes tu fecha de cumpleaños. No eres tonta. Nunca pondrías esa clave, pero no puedes seguir parada sin que vea al menos que intentas pagar.

—Denegada —dice el camarero.

Tose, extrae el papel y lo arruga.

—Pruebe otra vez.

Mira hacia otro lado mientras hace todo lo posible para que le escuches espirar todo el aire de sus pulmones. Notas que ya no te pide las cosas por favor.

—Disculpe. Hay… un problema.

«Las niñas buenas piden perdón».

—¿Problema?

Te acerca el datáfono y da un paso hacia ti.

—Creo que me he llevado la tarjeta de crédito de mi pareja —improvisas—. ¿Puede esperar un momento? Iré a buscarle al baño. Él conoce el pin.

Sonríes y evitas mirarle a los ojos mientras te levantas.

Atraviesas el bar, tuerces por la máquina tragaperras y llamas a la puerta del baño de hombres.

—Lucas, sé que te he dicho que te invitaba yo, pero tengo un problema con la tarjeta de crédito. ¿Puedes encargarte? Te lo devolveré mañana, cuando me ayudes con ese trabajo.

No contesta.

Llamas de nuevo y, al golpear la puerta, esta se entreabre, por lo que deduces que el pestillo está roto.

—Perdona —dices, mientras cierras de nuevo.

Lucas no responde.

Lo primero que piensas es que a nadie le agrada que lo interrumpan en un momento tan delicado. Lo segundo, que no quiere pagar.

Pero se te ocurre una tercera opción cuando desde el pasillo del baño te llegan de nuevo las voces de los turistas rusos.

—Lucas, no me jodas…

Empujas la puerta y descubres el baño vacío.

La tapa de la taza está bajada y tiene la huella de una zapatilla. Sigues con la mirada las baldosas amarillentas de la pared y el ventanuco abierto a media altura.

Te asomas.

Se trata de un patio interior de manzana, uno de tantos en el Eixample. Alcanzas a ver las terrazas verdes de las primeras plantas de los edificios de viviendas que rodean el patio y en el centro de ellas destaca una pista de baloncesto, enorme, gris, que parece sacada de una película carcelaria y que conecta con una especie de gimnasio decadente.

Supones que Lucas ha huido por ahí en cuanto ha escuchado hablar a los turistas. Seguro que le ha pasado lo mismo que a ti en un primer momento: habrá pensado que eran amigos de los del Rose Tattoo.

¿Y ahora qué?

Apoyas las manos en la pared y miras al suelo para concentrarte. Piensas.

Te giras, contemplas la puerta; después, la ventana de nuevo. Piensas.

No tienes dinero para salir por la puerta delantera del local con dignidad.

—¿Todo bien por ahí? —pregunta el camarero desde el pasillo. Mierda.

—¿Está bien tu amigo? —insiste.

—Bien lejos —murmuras.

—¿Cómo?

Por segunda vez hoy te ves obligada a seguir los pasos de Lucas.

Ya no vas a encontrarlo, pero no tienes otra opción.

Te subes de pie sobre la taza del váter y te cuelas arrastrándote por el ventanuco del baño.

«Las niñas buenas no roban».

Al menos os habéis intercambiado los teléfonos, recuerdas mientras corres a través de la cancha de baloncesto.

12

Mensajes

Pamplona, dos días antes de viajar a Barcelona

Cierras la puerta, te tumbas en la cama nido de tu antiguo cuarto de adolescente y apagas la luz. Desearías disponer de un interruptor así para tus pensamientos. Vienes de hablar con papá, mientras cenabais en la cocina. Ha calentado unas alubias de bote en el microondas, pero tenías el estómago cerrado.

—Y vuelta a lo mismo... De verdad, deja de insistir, por favor —te ha dicho.

—Aunque no lo hayas visto, has tenido que escucharlo. Estabas a mi lado.

No habías pisado el suelo de esta cocina desde que te mudaste a Madrid. Pero nada ha cambiado. La vajilla de toda la vida, las baldosas amarillentas, el reloj de pared Festina estropeado, los armarios panelados con madera oscura, el mismo trapo de cuadros deshilachado colgado del asa del horno, el olor a mamá... Te preguntas cuánto tiempo perdurará en esa casa; ¿y en tu memoria? Te aterroriza pensar que un día puedas olvidar para siempre su olor, su voz, el sonido de su risa.

Papá tampoco ha cambiado. Se quedó atascado en un punto pasado de su vida, con las agujas de ese reloj Festina.

—Iba pensando en mis cosas, cariño. De todas formas, sería cualquiera, alguien a quien no has reconocido. Ha sido un día complicado.

Siempre le quita hierro a todo, como si por evitar hablar de los problemas, estos fueran a desaparecer.

—Papá, piénsalo…, justo hoy, después de venir del cementerio. Reconoce que es raro.

Papá ha suspirado y se ha llevado los dedos al puente de la nariz antes de preguntar:

—¿Has dicho que eran dos?

—Sí, un hombre blanco vestido con ropa común: vaqueros y camisa. Me ha hablado como si nos conociéramos. El otro tipo era negro, y lo que me ha llamado la atención de él es que llevaba puesto una especie de sayal blanco.

—Y solo porque uno llevara esa túnica blanca, ya crees que ambos son ángeles enviando un mensaje desde allí arriba. —Ha mirado al cielo.

—Yo no he dicho que fueran ángeles.

—No, pero lo llevas insinuando un rato.

Silencio.

Así empezó mamá. Historias incoherentes, obsesiones con ciertos temas, preocupaciones absurdas.

—Entonces ¿quiénes eran? —has preguntado, ya con los ojos húmedos—. ¿Por qué dos desconocidos iban a decirme eso el mismo día que venimos de enterrar a mamá? Vaya puntería. ¿No te parece un poco extraño? Espero que todo te vaya muy bien —has dicho, imitando la voz del mensajero—. ¿Qué desconocido dice eso? A mí no me había pasado nunca. Hasta hoy. Justo hoy.

Papá ha suspirado de nuevo mientras dejaba caer su cuerpo y su paciencia desvencijada sobre una de las sillas de la cocina.

—Yo qué sé. Lo mismo era José Mari.

—¿José Mari? —has preguntado, torciendo el gesto.

—Sí, mujer. ¿No te acuerdas? Es un africano que vende de todo: calcetines, relojes, pulseras, gafas de sol de plástico. Está siempre por los bares de la calle Estafeta. La gente le llama José Mari, cariñosamente; aunque no sé cuál es su nombre en realidad. Suele vestir túnicas de colores. Se acerca a las cuadrillas que están poteando y todos acaban comprándole cosas. Es muy gracioso y cae muy bien. Menuda labia tiene el tío para vender. Tengo el cajón lleno de calcetines con la bandera de Jamaica. Aunque no recuerdes quién es, seguro que él te ha reconocido y...

—No, no —has interrumpido. Te desespera cuando hace esto—. Estoy convencida de que no era un vendedor ambulante. No llevaba ningún artículo. Además, me ha tocado la mano con intención, quería que me fijara en él. Tenía sitio de sobra en la barra y ha apoyado su mano sobre la mía.

—La villavesa habrá dado un frenazo y no le habrá quedado más remedio que agarrarse a lo primero que ha pillado.

—Ya habíamos parado. La villavesa había abierto sus puertas frente a una marquesina. Ha sido intencionado. Ha sucedido tal y como te lo cuento: esos dos hombres —has hecho el gesto de poner comillas con los dedos al decir «hombres», aunque odias ese gesto porque mamá lo usaba siempre para hablar de tus «novias»— se han acercado con calma hasta donde me encontraba, y uno de ellos me ha tocado la mano para llamar mi atención. Después de decirme que esperaban que todo me fuera bien, han dado la vuelta y han bajado del autobús.

Papá ha negado con la cabeza, sin decir palabra, y eso te ha traído recuerdos: tú sentada en esta silla, un año antes de marcharte de casa; él haciendo ese mismo gesto, con la mirada perdida en esas baldosas, sin defenderte de mamá, que te gritaba porque estaba sufriendo una de sus crisis.

—El otro dices que tenía el pelo castaño y que iba vestido con camisa y vaqueros. Con esa descripción podría ser cualquier habitante de Pamplona.

Has suspirado. Seguía sin creerte.

—El caso es que los dos me han transmitido confianza de alguna manera. El que iba vestido con ropa común me ha dicho que esperaba que todo me fuera muy bien. Pero lo ha dicho de una forma sincera, como si me conociera. Creo que de verdad deseaba que me fuera bien.

En ese momento la discusión se ha diluido en un silencio largo apenas interrumpido por el ruido de la lámpara fluorescente de la cocina. Aunque te ha sacado de quicio que papá te rebatiera una y otra vez lo que estabas segura de haber visto, no era el día más apropiado para acabar riñendo.

Te has retirado a tu cuarto para intentar dormir.

Pero es imposible.

Tu cabeza contiene explosiones, fuego, cañones disparando de un barco a otro entre el oleaje despiadado y la furia iracunda de una tormenta eléctrica en alta mar.

Lo más duro es aceptarlo, dicen. Es difícil, pero se puede lograr. Te acompaño en el sentimiento, nos tienes ahí para lo que necesites, date tiempo, qué injusticia, con lo buena que era tu madre; frases manidas y desgastadas que carecen de valor porque, en definitiva, estás sola en esto. Nadie puede entrar dentro de tu pecho con una escoba para ayudarte a barrer el sufrimiento que se agolpa en tu interior. Te tienes que remangar y limpiarlo todo tú. Frotar hasta que salgan las manchas de dolor.

Todo el mundo pierde a sus padres tarde o temprano. Es ley de vida, dicen.

Lo que no es ley de vida es la manera en la que te han arrebatado a mamá.

No recuerdas con claridad el momento en el que esos dos policías te explicaron sus averiguaciones. El cerebro tiende a borrar los momentos traumáticos para protegerse a sí mismo. Todo lo relativo a la muerte de mamá lo grabaste en tu memoria de manera difusa. Son escenas y fotografías que bien podrían haber ocurrido hace años o, como es el caso, ayer mismo. Pero hay una verdad indeleble en tu mente: mamá ya no está. Aquellos policías te dieron lo que ellos llamaron la buena noticia: no encontraron restos de semen en el cuerpo de mamá. Cuando todo va mal, la escala de lo que son buenas y malas noticias se desajusta y se calibra de forma perversa.

—Aunque —añadieron después— hay signos evidentes de abuso, por lo que todo apunta a una violación.

Encontraron el cadáver en una carretera cercana a la playa, a las afueras de Barcelona, en Gavà.

Te limpias las lágrimas con las mangas de la camiseta. Aprietas la cara contra ellas. Intentas obtener la misma sensación que tenías de pequeña cuando te sumergías por completo en la bañera: escapar a otra dimensión. Era como atravesar un agujero negro, doblar el espacio-tiempo para aparecer en otra galaxia. Pero para alejarte del dolor no hay atajos cósmicos. Sabes que tardarás en confirmar que el único remedio eficaz para aprender a vivir con el sufrimiento de haber perdido a una madre es, precisamente, el tiempo.

Como maniobra de distracción, decides centrarte de nuevo en el mensaje de esos dos tipos del autobús. Quizá así consigas desconectar de los recuerdos, aquietar el ruido en tu mente y dejar de sentir ese puñal clavado en el pecho.

Te levantas y te sientas en el escritorio que tantos malos ratos de estudio te hizo pasar durante los años de instituto, el mismo que mamá utilizaba algunas noches cuando se llevaba el trabajo a casa. Si ella te ha enviado un mensaje desde dondequiera que esté a través de esos dos desconocidos del autobús, quizá también dejara otra prueba en este mundo terrenal, una que te ayude ahora a entender los motivos que la llevaron a Barcelona, aunque no fuera dirigida a ti. Se ha marchado sin decirte adiós, y lo único que deseas es encontrar una nota, un vídeo, un mensaje; mantener una última conversación con ella. Cualquier cosa que te sirva como despedida. Extraes su móvil y su ordenador portátil del cajón del escritorio.

En el teléfono no encuentras nada que te llame la atención. Una conversación con papá en WhatsApp donde le pasa la lista de la compra; otra con un tal Ancín en la que hablan de ir al gimnasio; un mensaje automático de su psiquiatra recordándole la fecha de su próxima revisión; un agradecimiento a una felicitación de cumpleaños; varias llamadas perdidas de papá y otras amigas que tú ya ni llegaste a conocer. Te guardas el dispositivo en el bolsillo.

Decides echar un vistazo al ordenador. Pero justo cuando vas a encenderlo, papá llama a la puerta.

Escondes el portátil en el cajón y lo cierras. Es mejor que no vea que sigues dándole vueltas al tema del autobús.

Papá abre.

—¿Vas a dormir en esta habitación? —te pregunta.

—Sí. Estoy cómoda, no te preocupes.

—No la habíamos tocado en años.

Echas un vistazo. Es el cuarto de una adolescente de los noventa: la misma colcha, el mismo escritorio, los mismos pósteres de Brad Pitt, DiCaprio, Oasis y Green Day colgando de las paredes y el mismo barco pirata de Lego cogiendo polvo sobre la estantería.

—Aunque tenga treinta años, en el fondo sigo siendo tu pequeña —dices, sonriendo.

Pero papá se pone serio.

—Estoy preocupado por ti —dice.

—Estoy bien, de verdad. Descansa, anda.

—Dejaré la puerta abierta, por si me necesitas en cualquier momento.

Piensas que te encantaría dormir con él, como cuando eras niña y tenías una pesadilla, esconder la cabeza entre sus brazos y su pijama hortera de franela a cuadros y sentir que no existe nada en el mundo que pueda hacerte daño.

—Estaré bien —mientes.

Papá no es muy de decir según qué cosas, así que se acerca y te da un abrazo. Después, te besa en la frente.

—Buenas noches.

—Buenas noches, papá.

En cuanto sale del cuarto secándose las lágrimas, sacas el portátil de nuevo del cajón y lo enciendes.

Te encuentras una pantalla de acceso con el usuario Maite por defecto. El sistema operativo pide una contraseña para iniciar sesión.

—Mierda —dices—. ¿Qué clave usabas, mamá?

Pruebas con el nombre de papá. Tecleas: «Rafa».

Aparece un mensaje diciendo que la contraseña es errónea.

«Rafael».

Tampoco.

El nombre de mamá: «Maite».

Nada.

Se te acaban las ideas, así que pruebas una última contraseña. Estás segura de que no va a funcionar: «Leyre».

El sistema se desbloquea. Estás dentro.

Quizá sea un hecho banal, pero una pátina de lágrimas comienza a cubrir tus ojos al descubrir que tu madre utilizaba tu nombre como contraseña después de tantos años sin hablaros.

No conoces el sistema operativo. Apenas tiene menús, opciones o aplicaciones. Tampoco parece que mamá guardara aquí ningún archivo.

Suspiras. Tenías la intención de hallar fotos, documentos donde poder ver a qué dedicó sus últimos días. Estás desesperada por comunicarte con ella por última vez, aunque sea en diferido.

En el escritorio solo hay dos accesos directos: Chat y Correo.

Leer sus correos electrónicos sería un buen punto de partida, pero decides que para eso ya habrá tiempo. Tienes curiosidad por echar un vistazo a la otra aplicación. Haces doble clic sobre el icono azul con forma de bocadillo de cómic que hay encima de la palabra «Chat». Tarda un par de segundos en cargar. Cuando termina, el programa muestra una pantalla oscura que parece ser un sistema de mensajería instantánea. No hay ninguna conversación abierta con anterioridad, o no sabes cómo encontrarla. Pero algo llama tu atención. En la esquina inferior izquierda, una ventana emergente se desliza de abajo arriba. Clicas encima.

Invitado: Hola

Abres los ojos y lees el saludo diez veces. Te preguntas si es un mensaje en tiempo real o si, en cambio, se trata de una conversación anterior que tu madre dejó sin responder.

Invitado: Hola?

No hay duda. Está ocurriendo ahora, en este momento. Sea quien sea la persona que escribe desde el otro lado, se está dirigiendo a ti en tiempo real.

«Las niñas buenas no hablan con desconocidos».

Yo: Hola

Invitado: He recibido una alerta de conexión a estas horas y me ha extrañado

Invitado: Quién eres? Nos hemos dejado algo pendiente?

Yo: Soy Maite

No deberías haber respondido eso, pero lo has hecho. El indicador de que tu interlocutor está escribiendo aparece y desaparece en varias ocasiones. Está pensando la respuesta. Dudas. Lo que acabas de hacer no está bien. Si esta persona conocía a mamá, deberías darle la noticia de su muerte, o al menos no hacerte pasar por ella. Decides rectificar y empiezas a teclear una excusa, pero el desconocido se adelanta.

Invitado: Hola, Maite. Ya está hecho. La doctora está trabajando en este momento

Yo: Quién eres? Solo me sale «Invitado» como nombre.

Invitado: Creí entender a la doctora que no ibas a venir. Nos vemos a las 4:00?

Yo: De acuerdo. Dónde?

Invitado: Donde nos dijiste. Santi ha ido hace rato a preparar todo. Aunque sigo pensando que no es el mejor sitio

No tienes ni idea de quién es este tipo ni de por qué tiene un sistema de mensajería que parece hecho a medida para comunicarse con mamá. Sea quien sea, no sabe que mamá ha muerto. ¿O acaso solo te está siguiendo el juego para descubrir quién eres?

Tienes que averiguar dónde se supone que habéis quedado.

Tecleas, nerviosa. Te tropiezas con los dedos, reescribes la frase varias veces porque no sabes cómo plantearlo sin que se note que no eres mamá, que no eres Maite.

Yo: Recuerdas si se puede aparcar cerca?

Te la has jugado. Esto puede funcionar si el punto de encuentro es un sitio poco conocido o un lugar al que mamá y esta persona no suelen ir con asiduidad.

Está tardando demasiado en responder.

Te levantas de la silla. Das un par de vueltas a la habitación sin quitar los ojos del portátil mientras te muerdes las uñas. Hasta que, por fin, aparece la ventana emergente de nuevo.

Invitado: Sí. Hay un aparcamiento nada más salir de la carretera nacional, pero es mejor que dejes el coche en el otro. El que está a un lado de la iglesia de Eunate es más discreto. Conviene que nadie nos vea allí teniendo en cuenta lo que vamos a hacer.

13

Vera y Walter

Barcelona, en la actualidad

Es de noche en Sant Just Desvern. A través de la ventana de tu habitación de la masía se logra colar un rayo de luz ámbar de una farola próxima. Tras ella, se intuyen las sombras de los edificios colindantes que crecen hasta casi ocultar el cielo nocturno.

Estás sentada en una silla, en el centro de tu habitación. Has cerrado con llave, has pasado el pestillo y, por fin, tienes a Lucas al teléfono.

—¿No crees que te has pasado? —dices.

Te está asustando, y con razón. Sientes un escalofrío en la espalda y te levantas para encender la lámpara de pie con la esperanza de que te ayude a ahuyentar el miedo.

Pese a que sabes que la habitación está cerrada, miras a ambos lados antes de volver a sentarte en la silla.

—Solo eran unos turistas. No tenían nada que ver con esos mafiosos —insistes.

—Leyre, ahora mismo estoy frente a un espejo. Tengo la cara hinchada, el labio partido, los dos ojos morados y todavía hay sangre seca en mi barbilla a causa de la paliza que me han dado en el Rose Tattoo.

Bueno.

Quizá no exagera tanto.

—Necesito esconderme durante un tiempo —dice.

Y a ti te quedan cuatro días para acceder al teléfono de Fernandito.

—Conozco a esa gente, Leyre. Sé de lo que son capaces. No bromeaban con lo de que si no los ayudaba, me iban a... —¿Lo oyes sollozar?—. La paliza que me dieron no fue nada; los he visto llegar mucho más lejos.

La imagen mental de esos dos hombres golpeando a Lucas te provoca un acto reflejo: diriges la mirada hacia un lado y tus ojos se clavan en el trozo de cincha que cuelga del radiador, en las manchas marrones de la pared.

—Pues acude a la policía. No puedes enfrentarte a ellos tú solo —dices.

Ojalá tú pudieras pedir esa clase de ayuda, pero Helena te dijo que no confiaras en nadie.

Silencio.

—¿Lucas?

—Esos mafiosos no son los únicos que me buscan —dice.

—¿Cómo?

—Cuanto menos sepas, mejor. Es por tu seguridad.

Te vibra el móvil.

—Espera un momento. Creo que me llaman.

No es una llamada, es un mensaje de Helena. Te pide que vuelvas a casa.

—¿Quién es? —pregunta Lucas.

—Nadie.

Te pones de cuclillas frente al radiador. Tomas la cincha entre los dedos. Te la imaginas rodeando una muñeca, seguida de un brazo que se une al cuerpo de una persona que está retenida contra su voluntad en este cuarto oscuro.

—Necesito tu ayuda, Lucas. Por favor.

Silencio.

—Por favor.

Lo oyes respirar por el auricular mientras esperas.

—Ven a verme —dice.

—¿En serio? Gracias, de verdad. Salgo ahora mismo. Dame tu direcci...

—Hoy ya es tarde. Mañana, a las siete.

Su estúpida regla.

Le das un puñetazo a la pared.

Inspiras. Espiras.

Repites el proceso.

Necesitas a Lucas.

Inspiras.

—Está bien. —Espiras—. Mañana a las siete, entonces. Dame la dirección de tu casa.

—No estoy en casa de mis padres.

—¿Todavía vives con tus padres? —Te da la risa—. Es hora de salir de la Comarca, Frodo.

Pese a que hace un rato le ha hecho gracia la referencia a *El señor de los anillos*, ahora no lo oyes reír.

—Estoy escondido. Te diré cómo encontrarme. Pero este canal puede ser inseguro.

Te pone de los nervios.

—De acuerdo, pero...

De pronto, la lámpara de pie se apaga y la habitación se queda a oscuras.

—Un momento —dices.

Caminas a tientas hasta la pared y presionas el interruptor de la bombilla del techo, pero tampoco se enciende.

Abres la puerta, el pasillo solo te devuelve oscuridad y silencio.

Parece que hay un fallo eléctrico en la masía.

—Lucas, tengo que dejarte. Nos vemos mañana. Espero tu dirección. No me falles.

Desciendes las escaleras e iluminas tus pasos con la linterna del móvil hasta que llegas a la planta baja, donde ya no te hace falta porque las lámparas todavía alumbran el zaguán.

—*Hey.* —Es una voz femenina que llega desde la puerta de la cocina.

Te giras. Ella se acerca a ti.

—*New housemate? Hi, I'm Emily.* —Es la chica australiana.

—Jelou —dices—. Yo... *I'm Leyre.*

Te da la mano mientras sonríe. Tiene los ojos azules y un tatuaje tribal que viene de la muñeca para terminar en la mano y que te llama la atención por su tamaño. Lleva puesto un conjunto ajustado de hacer yoga, deportivas y una chaqueta fina de plumas, de esas que se enrollan para viajar.

Te explica que se va a trabajar, que lleva el vestido de azafata de eventos en la mochila que le cuelga del hombro, que hoy le toca en la sala Apolo y algunas cosas más que su acento te impide descifrar. Por sus gestos entiendes que no tiene demasiadas ganas de ir.

Tratas de responderle algo, pero no te salen las palabras en inglés. Ella se ríe al verte gesticular como un gorila y te disculpa con la mano. Parece simpática.

—*See you around* —se despide, mientras su melena rubia desaparece con prisa por la cocina.

—*Bye* —aciertas a decir.

Entras en el despacho de Manel. Luz cálida, humo de incienso flotando en suspensión, alfombra polvorienta y telarañas en cada ángulo recto. La televisión retransmite un partido sin volumen y la radio susurra la opinión en catalán de un periodista sobre varios agujeros que han aparecido en las inmediaciones del Camp Nou dos días antes del próximo partido del Barcelona en competición europea.

—Perdona que te moleste, Manel. Se ha ido la luz del primer piso.

—*La mare que em va parir* —se queja desde su sillón—. Siempre estamos igual. Fernandito sabe cómo arreglarlo. ¿Te importa avisarle, por favor? Ahora estoy ocupado —dice, señalando el teléfono que tiene apoyado sobre el pecho—. Búscale en su habitación.

No se te ocurre ninguna excusa creíble para evitar a Fernandito.

—¿Me puedes recordar cuál es?

Su «habitación» es una vieja autocaravana aparcada en mitad de la jungla que forman las plantas del jardín de la masía. Está en un claro delimitado por las ramas de los árboles que se yerguen como garras que amenazan la estructura oxidada del vehículo. El terreno yermo que lo rodea parece un aviso de que hasta las malas hierbas mueren a su alrededor. Está tan sucia y descuidada como el resto del jardín. Caminas despacio, aprovechando la poca luz de las farolas de la calle que se cuela entre la maleza, hasta detenerte frente al vehículo.

Te pones de puntillas para dar dos golpes tímidos en la puerta.

—¿Fernando?

Silencio.

Golpeas de nuevo. Esta vez con más fuerza.

—¿Fernando? —insistes.

—Me llamo Fernandito. ¡¿Qué hostias quieres?! —grita desde el interior.

«Las niñas buenas no tienen miedo».

—Fernandito. —Carraspeas y te aclaras la garganta—. Perdona que te moleste. Estamos sin luz en el primer piso. Manel me ha pedido que te avise.

—¿Quién eres?

—Soy Leyre. Llevo poco tiempo en la masía. Nos hemos presentado esta mañana.

Escuchas pasos y el sonido de botellas de vidrio chocando entre sí. Clinc, clanc.

La puerta se abre y unos calzoncillos amarillentos aparecen a la altura de tus ojos. Aparte de eso y unas chanclas, Fernandito solo viste una camisa hawaiana desabotonada sobre sus huesos. Un olor acre intenso emana del vehículo.

—¿Qué quieres?

Debido a la diferencia de altura entre la autocaravana y el suelo, ves el interior de la vivienda entre las piernas de Fernandito. El suelo está cubierto de botellas de cerveza vacías, envoltorios de comida rápida y ropa sucia. Sobre la mesa no hay ninguna sustancia que se pueda comprar en un supermercado ni anunciar por televisión.

La falta de equilibrio y el gesto que tiene Fernandito confirman que está más allá que aquí.

—Decía que se ha ido la luz del primer piso. Manel me ha dicho que sabes cómo arreglarlo.

Fernandito se queda parado, en *stand-by*. Si fuera un ordenador, moverías el ratón o presionarías cualquier tecla para continuar.

—¿Nos conocemos? —dice, mientras trata de enfocar las pupilas en ti.

Lo repites más despacio.

—Sí. Soy Leyre, la de Pamplona. Hemos hablado esta mañana, en la cocina.

Sacude la cabeza.

—Es verdad. Perdona, tía. Ya me acuerdo. Cada día me funciona peor el coco.

Fernandito vuelve a quedarse callado, mirando al infinito y con la boca abierta. Está viajando a algún lugar lejos de aquí.

—¿Fernandito?

—De Pamplona... —dice, sin conseguir enfocar la mirada—. Mi ciudad maldita.

—¿Maldita?

Asiente, con los ojos muy abiertos.

Te mantienes en silencio, esperando a que desarrolle. Necesita más tiempo del que considerarías normal en otra persona.

—Estuve por allí un verano, en los noventa, durante los sanfermines —dice, mientras utiliza dos dedos para retirar los restos de saliva blanca de la comisura de sus labios—. Negocios, ya sabes.

—¿Drogas? —preguntas. Y al instante te arrepientes de haber abierto la boca—. Perdón.

Pero él no se lo toma mal.

—No pongas esa cara, tía. ¡Ni que hubiera ido a matar a nadie! A ver si voy a tener yo la culpa de que a la gente le guste pasarlo bien. —Suelta una carcajada entrecortada. Es como si le doliera el hígado al reír—. No veas lo que se vendía en una noche. Me quitaban los cacharros como caramelos.

—¿Cacharros?

—Tú no has salido mucho, ¿no? Los gramos de veneno, de *speed*. Mi truco de toda la vida era guardarlos en los calcetines. Se hacen pelotitas con bolsas de plástico anudadas, se esconden entre las piernas y los calcetines y a vender. Pero lo que no sabía era que los sanfermines iban a ser semejante locura. Llegué el primer día y en dos horas agoté todo lo que llevaba. Pim, pam. Vendía un pollo detrás de otro. El segundo día, en vez de calcetines, me puse las medias del Barça.

Ríe de nuevo. Te enseña su sonrisa negra.

Observas sus piernas; te parecen las ramas muertas de un árbol. Imaginas a un Fernandito de dieciocho años, igual de delgado, pero que todavía conservaba todos los dientes, con la camiseta hawaiana naranja que lleva ahora, los calzoncillos hasta el muslo y las medias azulgrana.

—En las medias me cabía cinco veces más mercancía que en los calcetines. ¡En tres días había agotado lo que había llevado a Pamplona! Y todavía me dio tiempo de salir de fiesta y disfrutar.

—Entonces, si te fue tan bien, ¿por qué dices que es una ciudad maldita para ti?

Fernandito se queda callado. Su mirada se pierde de nuevo, como si estuviera rebobinando la cinta de sus recuerdos. Después, abre los ojos y acierta a enfocar sus pupilas en ti.

—Por una mujer.

Fernandito baja el escalón que separa su autocaravana del suelo. Das un paso atrás.

—Recuerdo que era un jueves, sobre las dos de la madrugada, más o menos. Había vaciado ya la media izquierda del Barça y apenas me quedaban dos gramos en la derecha. Estaba dentro de un antro oscuro de la calle Jarauta. Todavía puedo oler el sudor y el serrín del local. Sonaban canciones de grupos de punk: La Polla Records y algunos en euskera que no conocía. Me había comido una pepa hacía un rato y estaba con unos calores que no podía con mi vida, así que salí del garito a tomar el aire. La tía estaba de pie, apoyada en una pared frente al bar. Fue como si alguien la hubiese puesto allí para mí, ¿sabes? Yo, sudando, con la cara desencajada y los ojos como faros; ella, tan limpia, tan tranquila, olía a colonia, como si acabara de ducharse. Se llamaba Mara. Me preguntó si me quedaba algo. Yo le respondí que a ver si me veía cara de camello. Me dijo que sí, que tenía cara de camello, pero de los malos, de los que no entienden el negocio, de los que venden dos y se comen tres. Compartimos lo que me quedaba y estuvimos bailando, de antro en antro, hasta que se hizo de día y me llevó a una *rave* frente a un río. Allí se acercaron varias personas a pedirme. A esas alturas de la fiesta, yo no podía responderles; solo les enseñaba las medias del Barça caídas hasta los tobillos. No sé si lo entendían, pero dejaban de insistir. Cuando nos dieron las dos del mediodía, nos marchamos de allí. Acompañé a Mara caminando hasta su casa, en el barrio de Iturrama. Nos besamos en su portal, pero no me dejó subir a su piso. Me preguntó si quería que nos viésemos al día siguiente. Le dije que no podía, que tenía que volver a Barcelona porque ya se me había acabado la mercancía y allí no tenía cómo conseguir más. Me dijo que ella podía ayudarme si yo quería. Y como soy gilipollas, acepté.

Fernandito golpea la autocaravana. Una, dos y tres veces; hasta abollar la chapa del vehículo. Después, agita la mano en el aire y se lleva el puño a la boca. Lo muerde.

—Es que si la pillo ahora mismo, la mato. Te lo juro.

Esa reacción violenta te pone alerta. ¿Y si es él? ¿Y si Fernandito es lo que has venido a buscar? Su conexión con Pamplona, sus antecedentes, su rabia incontenible. Son muchas casualidades. Quizá este lugar esté relacionado con un asunto de venta de drogas. Quizá mamá y Sandra lo estaban investigando.

—¿Qué pasó? —preguntas.

—Quedamos al día siguiente en una pequeña ciudad que estaba a una hora de Pamplona. Tumela.

—Tudela —corriges.

—Eso. Tumela. El plan era muy sencillo; o eso me prometió esa zorra. Quedábamos con su contacto en Tumela, en un polígono de las afueras. Yo le daba el dinero a cambio de la droga. Fácil, ¿no? Mara me convenció para que comprara una cantidad importante, porque así me harían un precio especial. Además, había ganado mucha pasta y ya te he contado que, durante los días anteriores, la demanda era infinita en las calles, así que estaba seguro de poder venderlo todo. El intercambio fue rápido, sin ningún problema. Yo le pagué, y él me dio una bolsa del Eroski, aún me acuerdo, con la mierda dentro. Antes de subir al coche, comprobé que todo estuviera bien. Lo escondimos en el hueco de la rueda de repuesto de mi maletero y salimos de allí en dirección a Pamplona. De camino, Mara me dijo que se estaba meando, así que paré en la primera gasolinera que encontramos. Ya sabes por dónde voy, ¿no?

—No tengo ni idea.

—Al rato, después de retomar el viaje, llegamos a un peaje cerca de Pamplona.

—El de Noáin —dices.

—El que sea, joder. Nada más cruzar ese peaje, nos estaba esperando la Guardia Civil. Me trincaron. Pasaron diez coches delante del nuestro a los que no pararon. Fueron directos a por nosotros. Con todo lo que llevaba encima, sumado a mis antecedentes, no me libré de la cárcel. Mara se hizo pasar por una autoestopista que yo había recogido en una gasolinera y la creyeron. Vieron a una niña pija con un quinqui como yo y no tuvieron duda de a quién creer.

—Pero ¿cómo lo supieron? ¿Por qué solo pararon tu coche?

—En aquel entonces todavía no había móviles. Mara fingió que se meaba para así obligarme a parar. Me dijo que iba a aprovechar para hacer una llamada por el teléfono fijo de la gasolinera. Estoy seguro de que en ese momento avisó de mi matrícula y de cuánto nos quedaba para llegar al peaje. Hija de puta…

—¿Por qué?

—Porque es lo que se hace. Fueron los propios tipos que me vendieron la droga, los amigos de Mara. Ella dio el chivatazo a la policía y, mientras me trincaban a mí, sus amigos pasaban el triple de droga en otro coche. Es lo de siempre: la policía contenta porque ha pillado algo y los de Tumela, más felices todavía. El único que se comió el marrón fui yo.

Escuchas un ruido a tu espalda. Unas ramas se mueven y aparece Roberto. Camina encorvado, se ajusta las gafas y arruga la nariz mientras saluda con la otra mano.

—Fernandito, se ha ido la luz en el primer piso. ¿Puedes mirarlo, por favor?

—Vete a tomar por culo.

Te preguntas cuánto tiempo llevaba Roberto escuchando escondido entre las sombras del jardín. ¿Os estaba espiando?

—Es tu responsabilidad arreglarlo. Si no, se lo diré a Manel.

—Que sí, que sí —interrumpe Fernandito—. Que no hace falta que me amenaces con Manel. Ya me ha avisado ella. —Te señala—. Ahora iba.

Mientras os acercáis a la masía, Fernandito te habla de Roberto, que camina varios metros por delante.

—De ese no te fíes ni un pelo —susurra—. Hazme caso. Es mierda mal cortada.

Tú caminas asintiendo y siguiendo el esqueleto de Fernandito hasta la puerta de la casa.

—Voy a mirar el cuadro eléctrico —dice, señalando una caja que hay pegada a la pared de piedra, justo al lado de la puerta principal de la masía—. Sube al primer piso y avísame cuando vuelva la luz.

La luz vuelve en cinco minutos.

Bajas las escaleras y sales de nuevo al jardín, pero Fernandito ya no se encuentra allí para avisarle. La puerta de la verja oxidada está abierta e intuyes que ha debido de salir a la calle.

—Ya te he dicho que Fernandito lo arreglaría.

Te giras. Es Manel. Viene del cobertizo donde está la lavadora.

—Es un manitas —añade, mientras se abrocha el chaleco de lana.

—Me ha costado más sacarle de su autocaravana que lo que ha tardado en solucionar el problema.

Se ríe.

Entráis en la masía.

Manel abre una especie de armario del que saca un cubo y una fregona.

—De primeras puede llegar a chocar, lo sé. Pero es un buen hombre. No sabes el trabajo que me quita desde que vive aquí. Tú tranquila, mientras le digas que vas de mi parte, te ayudará en todo lo que necesites. No dudes en pedírselo, que para eso está.

—Al principio lo he notado… indispuesto. Pero luego hemos hablado durante un buen rato. Me ha contado que estuvo en Pamplona, trabajando, incluso que pasó por la cárcel. —Pruebas suerte, quizá Manel tenga más información.

—Todo eso te ha contado, ¿eh? Por eso voy siempre armado —dice, apuntándote con la fregona como si fuera un rifle.

Te ríes, porque es lo que se supone que hay que hacer.

—Como te dije ayer cuando llegaste a la masía, aquí no pedimos el currículum a nadie. Me da igual que haya estado en la cárcel; mientras no me demuestre lo contrario, para mí es una buena persona —dice.

«Las niñas buenas no juzgan a los demás».

—En fin, Leyre. Voy a limpiar el cobertizo, que me lo han dejado hecho una mierda —dice, mientras se agacha para coger el cubo y la fregona—. A ver si no me dan las tantas como siempre, que hoy necesito descansar. Hablamos otro día.

Te despides de él.

Tú también deberías irte a dormir. Ha sido un día largo, es tarde y estás agotada.

Los cañonazos no solo no han cesado, sino que esa presión continua en el cráneo ha ido a más. Tu cerebro ha llegado a un punto al final del día en el que te suplica parar.

Mientras subes las escaleras hacia tu habitación, miras el móvil. Tienes unas cuantas llamadas perdidas y varios mensajes de papá y Helena. A él no quieres llamarle; sabes que se pondrá pesado y te pedirá que vuelvas a casa. Helena te responde a la foto que le enviaste y confirma lo que sospechabas: esa mancha marrón de la pared parece sangre. Le escribes un «gracias». Sigues sin hablarle de la casa donde estás, pero le cuentas que has encontrado algo relacionado con mamá y Sandra.

En penumbra, recorres el pasillo que precede a tu habitación, distraída escribiendo el mensaje a Helena. De pronto, tu pie izquierdo patina sobre una masa blanda que te hace perder el equilibrio y resbalar. El móvil sale volando, y tú caes al suelo de espaldas.

Dolorida, tardas varios segundos en incorporarte y, cuando logras hacerlo, entiendes qué ha pasado.

En el suelo, aplastada y extendida por tu pisada, hay una mierda de perro.

La puerta de la habitación frente a la que Sultán ha dejado su regalo se abre.

—¿Todo bien por aquí? He oído un golpe tremendo.

Una mano te ofrece su ayuda.

—Sí, sí. Me he resbalado —dices, mientras restriegas la zapatilla contra el mosaico de baldosas del suelo, tratando de limpiarla.

Le das la mano y, al ponerte de pie, te encuentras con unos ojos verdes y grandes que ya habías visto antes.

—Vera, ¿verdad? —dices.

—Sí. Y tú eres Leyre, la nueva. Me han hablado de ti.

Sabes que tiene dieciocho años, te lo dijo Roberto, pero lleva puesto un pijama de Harry Potter que la infantiliza aún más. Debe de haber salido de la ducha hace poco, porque su pelo rubio está mojado y despeinado. Aun así, te parece muy guapa.

—Perdona si te he molestado. Me he resbalado con la obra de arte de Sultán —dices, señalando el derrape marrón del suelo.

—El Michelangelo de Barcelona —dice Vera muy solemne.

Un ladrido sube desde la planta baja, como si Sultán estuviera escuchando la conversación. Vera y tú os miráis y reís.

—Justo salía de la ducha cuando he oído el ruido. ¿Te has hecho daño?

—No, estoy bien. Ha sido el remate final para un mal día.

—Para un día de mierda —dice, y te pide perdón enseguida. Se ruboriza, pero no parece hacerlo por el mal chiste, sino por lo escatológico del tema. Por su forma de expresarse y actuar, tienes la impresión de que ha ido a un buen colegio o pertenecido a una de esas familias donde las apariencias pesan tanto que aplastan la naturaleza real de cada individuo. Te preguntas qué hace en un lugar como este.

—Sultán acostumbra a hacer sus cosas en las puertas de los que no le caen bien o no le tratan como se merece —te explica.

—Y tú, ¿qué le has hecho?

—No. En mi caso creo que es por culpa de Bu.

—¿Bu? —preguntas.

—Pasa y te lo presento. Así limpiamos esa zapatilla.

—No, no. Tengo el baño aquí mismo.

—Entra, por favor. Las habitaciones de este lado cuentan con baño privado. No pensarás pasear descalza por toda la masía con este frío. Además, has resbalado frente a mi puerta, así que, de alguna manera, me siento responsable.

—¿Es el código de honor de la masía o algo por el estilo?

Vera sonríe y sujeta la puerta para que puedas acceder a la habitación.

Es un espacio de unos cuarenta metros cuadrados. Tiene una cama de matrimonio, dos armarios y la parte del salón está diferenciada del resto de la estancia mediante una pequeña estantería con libros. Hay un sofá *chaise longue* frente a una televisión de unas cincuenta y cinco pulgadas. A la derecha, una puerta da paso al baño privado.

—Está mucho mejor que mi habitación —dices.

—El alquiler también es más alto.

Un gato persa salta sobre los brazos de Vera.

—Y este es Bu. Se llama así porque tiene esta cara de susto —dice, sujetando de los mofletes al gato—. Tiene loco a Sultán y creo que es el culpable de que hoy nos haya firmado la puerta. ¿Verdad, Bu? —dice, mientras le da un beso en la frente.

—Es precioso.

—A mi chico no le hace demasiada gracia que esté aquí, tiene alergia a los gatos, y a Bu tampoco le gusta Walter. Pero este pequeñín lleva más años que él conmigo, así que no hay discusión.

Acaricias al gato.

—Es gracioso, porque cuando Walter viene, es el propio Bu el que abandona la habitación por iniciativa propia. No se va muy lejos y, después, vuelve conmigo en cuanto Walter se marcha a trabajar. ¿A que sí, bonito? No te sorprendas si algún día se cuela por el roto de la puerta de tu habitación y te lo encuentras en tu cama. Le gusta mucho entrar ahí cuando Walter está en casa. Lo bueno para Bu es que Walty trabaja demasiadas horas, por lo que esta bolita de pelo se pasa el día a mi lado.

Estás parada en medio de la habitación, descalza de un pie y con una zapatilla sucia en la mano.

—Ay, perdona. Yo explicándote mi vida y tú esperando. Ven, vamos al baño —dice, y deja caer al gato sobre la cama.

El espejo del lavabo todavía está empañado. Sientes el calor del vapor de agua e intuyes un fino aroma a champú de manzana.

Sueltas la zapatilla en el plato de la ducha, y Vera acciona el grifo para limpiarla.

—No es la primera vez que Sultán nos hace esto. Creo que cada vez soporta menos a Bu.

Vera cierra el grifo. La zapatilla ha quedado impoluta, pero empapada. Cuando la saca de la ducha para dejarla sobre el lavabo, te fijas en que hay un iPad reproduciendo un videoclip de Oasis sobre el inodoro.

—Anda, ¿te gustan? —dices.

—Es uno de mis grupos favoritos. Siempre pongo música mientras me ducho —dice, y activa el sonido.

—¡Me encantan! —dices, recordando las paredes llenas de pósteres de tu habitación en la casa de tus padres—. Aunque nunca he tenido la oportunidad de verlos en directo.

—Yo vi a Noel Gallagher hace un par de años. Quítate la camiseta y los vaqueros; también te los has manchado.

Obedeces y te quedas en ropa interior.

—¿Y esa pulsera? —pregunta.

—Es del Download.

Otra que, como papá, piensa que no tiene sentido llevar el recuerdo de un festival de música en la muñeca. Te tapas la pulsera con la mano, en un acto reflejo.

—Creo que tú eres más de otro tipo de pulseras —dices, señalando una de oro que lleva en la muñeca. Parece cara.

Ella sonríe.

—Para qué mentirte. La verdad es que sí.

Vera lava ambas prendas con jabón y, justo cuando comienza a secarlas con papel higiénico, escucháis un ruido. Bu se revuelve y sale disparado de la habitación.

—¿No tienes frío? —dice una voz grave a tu espalda.

Te giras.

Se dirige a ti. Te está mirando.

Traje largo, corbata, guantes de cuero, zapatos negros.

El hombre de casi dos metros besa a Vera en la mejilla.

—Hola, Walty. Mira, esta es Leyre. Ha alquilado la habitación que hay al final del pasillo.

Walter se gira hacia ti. Se inclina para darte dos besos.

—Vístete —te dice al oído.

Huele a la colonia amarga que usaba tu tío Anselmo.

Después, Walter rodea a Vera con su brazo y se agacha para igualar su altura.

—Llegaré tarde. Voy a tener que meter unas cuantas horas esta noche —le da un beso—. Había olvidado la cartera, pero ya me marcho.

Lo acompañáis a la puerta y, mientras baja las escaleras, escuchas a Sultán gruñir y a Manel tranquilizar al animal.

—¿A qué se dedica para trabajar a estas horas de la noche? —preguntas.

—¿Mi Walty? Es conductor de FanCar. Casi siempre le tocan los turnos de noche o tiene que meter horas extras, así que nos vemos muy poco tiempo cada día. —Pone cara triste.

—¿FanCar?

—Sí, una de esas empresas de vehículos VTC que hacen competencia a los taxistas. ¿No la conoces?

14

FanCar

Barcelona, hace un año

Cada vez que Walter se monta en su coche, cierra los ojos y sueña con dos cosas. Primero, con el futuro: se imagina volviendo a su país, huyendo de los problemas. Esta no es la clase de vida que esperaba encontrar cuando se mudó a España. Después, sueña con el pasado: recuerda los abrazos de su hija Paula.

Ambas cosas son solo eso: sueños.

El traje es negro, a juego con la carrocería y los cristales tintados del Mercedes. Si es de día, lleva gafas de sol. Pero hoy no. Hoy es de noche, y eso solo significa una cosa: es hora de cazar.

Walter gira la llave del contacto. El motor del Mercedes ruge como una leona hambrienta, y la noche es su sabana.

Las matrículas azules falsas las guarda en un doble fondo del armario de su habitación.

El vehículo duerme dentro del terreno que rodea la masía, en la zona del jardín que da a la puerta más grande, por donde antiguamente accedían los carros de caballos que se guardaban dentro de las cocheras. Esa zona también se utilizó como búnker durante la Guerra Civil. Pero como el resto de la casa, su uso ha ido cambiando mucho con el paso de los siglos.

Walter lleva viviendo en Barcelona dieciséis años; pero solo ocho en la masía. No se mudó porque fuera uno de esos noreuropeos ávidos de sol, playa y cultura catalana —¿qué hay más catalán que vivir en una masía?—, sino porque lo mejor que pudo permitirse con su sueldo y situación fue una habitación en esta casa.

Cada noche, mientras espera el verde de cualquiera de los semáforos de la avenida Diagonal, se pregunta qué sucedería si acelerara y dejara atrás esta ciudad para siempre.

Todo comenzó cuando una desaparición y un despido se sucedieron en un breve espacio de tiempo.

Llevaba dos años con Raquel: uno saliendo y otro de matrimonio. Se conocieron en un partido de fútbol de solteros contra casados. Walter jugaba en el de solteros y estrelló un balón, sin querer, en la cara de la portera del equipo contrario. Comenzaron a quedar a escondidas, a compartir el asiento de atrás del Mercedes y hacer cada vez más cosas juntos; entre ellas un bebé, Paula, que se cobró un divorcio, el de Raquel con su marido de entonces, y una boda, la de Raquel también, pero esta vez con Walter. El matrimonio fue por lo civil y lo veloz, y las discusiones llegaron al mismo tiempo que ambos empezaron a conocerse. Paula era demasiado pequeña para enterarse de nada. Walter subía el volumen de *Toy Story*, la película favorita de la niña, y ella se quedaba embobada mirando la televisión de la habitación alquilada de la masía. La situación en casa se contagió a su trabajo. Walter se transformó en un hombre taciturno, oscuro y huraño. Creaba mal ambiente y resultaba incómodo trabajar a su lado. Su rendimiento descendió. Además, estaba harto del ladrillo, del frío, de cargar como una mula para llegar a casa con los riñones destrozados. Que sí, decía, que en los buenos tiempos precrisis ganaba una pasta, de ahí el Mercedes. Pero las cosas habían cambiado mucho en el sector. Un mes después, el jefe de la empresa de construcción para la que trabajaba le explicó que estaba despedido. Pero Walter no podía rendirse. Había sacrificado mucho para tener una vida mejor, así que se aferró a un futuro improbable pero todavía posible, y no perdió la esperanza de llegar a él. Estuvo en paro un año hasta que, por fin, un día le contrataron en un empleo nuevo. El coche y el dinero ya los tenía. Disponía de carnet de conducir, no constaban antecedentes penales en su historial y la nacionalidad española la había obtenido unos años antes. Esos tres requisitos fueron los únicos que necesitó para acceder a una licencia VTC. Cincuenta mil euros después, hizo feliz a un tipo que en su día pagó diez veces menos por los mismos papeles.

La entrevista de trabajo para FanCar fue un trámite, hasta su hija Paula la podría haber pasado. Se lo pintaron todo muy bonito: *smartphone* nuevo, capado, con la aplicación de la compañía preinstalada, y sueldo mínimo garantizado, propinas aparte. Después, con una sonrisa sacada de la página tres del Manual del Reclutador, la encargada de Recursos Humanos dijo:

—Bienvenido, Wally. Y que recojas muchos *riders*.

—Soy Walter.

—Pues eso.

Esto alivió sus problemas económicos, pero no los sentimentales. Los suegros y la cuñada de Walter estaban al tanto de que su matrimonio con Raquel no pasaba por el mejor momento, y eso fue un problema cuando Walter se convirtió en sospechoso principal el día que Raquel y Paula desaparecieron. El caso pudo haber sido un caramelo para muchos periódicos digitales y prensa de sucesos: padre de origen extranjero sospechoso de la desaparición de madre e hija españolas. Pero Walter tuvo suerte, la noticia no se filtró y su cara no salió en ningún programa matinal. ¿La actuación de Walter? Merecedora de Oscar. Fingió no saber nada durante meses: en los interrogatorios, en la búsqueda, pegando carteles con los padres de Raquel. Jamás encontraron nada contra él. Cuando por fin todos le dieron por inocente, Walter se permitió llevar unas flores al lugar donde conoció a su mujer: el campo de fútbol municipal de Nou Barris. Se acercó hasta la portería, dejó el ramo sobre el punto de penalti y le pidió perdón por no haber estado ahí cuando le necesitó. Después, golpeó el poste de la portería con la punta de acero de sus botas hasta hacerse daño.

Aquella tarde, de rodillas sobre la hierba artificial del terreno de juego, Walter sintió una forma extraña de vacío. Una sensación que se instaló en su ser y que se tornó en siniestra en poco tiempo.

La certeza de que nada sería igual.

Cuatro y media de la madrugada. El Mercedes negro se refleja en la cristalera de un edificio de oficinas de la avenida Diagonal. Gira hacia la zona de Sarrià. Walter prefiere trabajar cerca del área del Port Olímpic, repleta de turistas confiados y con demasiado alcohol encima. Pero no es conveniente pescar siempre en las mismas aguas y por este barrio también hay discotecas.

Detiene el coche frente a la puerta de una de ellas: Bling Bling.

Baja la ventanilla del copiloto un par de centímetros, lo justo para escuchar la conversación de cuatro chicas que están paradas en la acera. Walter duda que les hayan pedido el DNI para entrar en la sala.

—Genial, no contestan. Va a ser imposible conseguir un taxi ahora —dice una de ellas. Es la más atractiva de todas. Melena rubia, lleva un vestido blanco ceñido al cuerpo, el teléfono en una mano y los zapatos de tacón en la otra.

—Ya está la optimista. Menuda noche llevas, tía —dice una amiga suya. Morena, pestañas postizas, vestido negro, bolso Louis Vuitton.

—Es lo que tiene salir de fiesta por la zona alta. Aquí nadie usa el metro —dice la primera.

—A ver, si te parece salimos por tu nuevo barrio y nos ligamos a unos chungos, solo para que a ti te quede más cerca —dice la morena.

Walter escucha las risas de las amigas.

—Muy graciosa. Cómo nos lo pasamos todas, ¿eh? —dice la rubia del vestido blanco—. Y vosotras siempre igual, bailándole el agua, riendo sus chorradas y haciendo lo que dice.

—Venga, Vera, no te enfades. Era solo una broma —dice otra de las amigas, intentando apagar la mecha de una bomba que parece a punto de estallar.

Pero la morena, lejos de eso, contraataca.

—A ti lo que te pasa es que todavía estás con el runrún de Marc en la cabeza.

—Y a ti lo que te pasa es que eres gilipollas. Mira, que os den a todas —sentencia la chica.

Una de las puertas traseras del coche de Walter se abre y una melena rubia se asoma al interior.

—¿Está libre?

Walter tarda unos segundos en reaccionar.

—¿Habías encargado un coche a través de la aplicación? —pregunta, consultando su móvil—. No me sale nada aquí.

La chica resopla.

—Es igual —responde—. Olvídalo. Ya me busco otra cosa.

Un portazo.

Ella se aleja en dirección contraria.

Walter arranca con suavidad su Mercedes. La ventanilla bajada le permite escuchar la conversación.

—¿Dónde piensas llegar andando, Vera? —grita una de las chicas—. Espera con nosotras, no seas tonta. Compartiremos un taxi. Podemos pedirle que nos lleve a nosotras a Pedralbes y que luego te baje a ti hasta tu nuevo barrio.

Ella no contesta y sigue caminando calle abajo, en dirección a la avenida Diagonal. Walter sube Tuset con la intención de dar la vuelta a la manzana. Baja por Balmes y gira hacia la derecha para enfilar Diagonal.

Enseguida encuentra a la chica. Va descalza, con los tacones en la mano. Walter reduce la marcha cuando se pone a su altura y baja por completo la ventanilla del copiloto para asomarse.

—Hola… Escucha. Nunca recojo a nadie que no haya hecho una reserva primero —miente—, pero me da no sé qué verte así, caminando descalza. No vas a conseguir un taxi a estas horas y no quiero dejarte tirada. Si sigues interesada, te llevo.

La chica duda unos segundos. Baja la cabeza para ver sus pies descalzos y doloridos; después de toda la noche, no aguanta sobre esos tacones ni un segundo más. Se queda parada sobre la acera y levanta la mirada de nuevo para comprobar el camino que le quedaría por delante: un horizonte interminable de farolas a lo largo de toda la avenida Diagonal.

—No he reservado. ¿No te metes en un lío por llevarme?

—Bueno, si me guardas el secreto, ganamos los dos. Yo me saco unos euros sin el bocado de la empresa y tú tienes quien te lleve a casa. ¿Te parece?

Walter detiene el Mercedes, y ella se monta en el asiento trasero.

—Muy bien. ¿Adónde vamos?

—A Hospitalet.

Walter mira por el espejo retrovisor y se da cuenta de que la chica está llorando.

—¿Estás bien? Te he escuchado discutir con tus amigas.

Ella no responde. Su mirada se pierde a través de la ventanilla.

—Soy Walter. Además de chófer, estoy acostumbrado a hacer las funciones de consejero, incluso de psicólogo, si es necesario.

Ella hace un ademán de sonreír y responde.

—Yo soy Vera, y estas que ves son las dos últimas lágrimas que van a resbalar hoy por mis mejillas. Solo dos, porque no voy a permitirme ni una más. Ya he soltado demasiadas por muchos gilipollas.

—¿Por tus amigas? —pregunta Walter—. ¿O por Marc?

Deja de mirar las luces de la ciudad y se gira hacia Walter, que se arrepiente por haber ido demasiado deprisa.

—Vaya, sí que tenías la antena puesta, ¿no?

—Perdona, no era mi intención. Pero tu amiga no es la persona más discreta.

La conversación termina. Walter mira por el espejo retrovisor: Vera, derrumbada sobre el asiento trasero, iluminada por la pantalla de su móvil, mueve los pulgares a toda velocidad. Walter supone que debe de estar escribiendo un mensaje al tal Marc.

O quizá el mensaje vaya dirigido a sus padres, quizá les esté avisando de que llega dentro de unos pocos minutos.

Los labios de Walter forman una media sonrisa.

No le explica a Vera que se equivoca. Que nadie debería esperarla despierto esta noche. Obvia decirle que la matrícula que lleva es falsa. Tampoco le advierte de que ha apagado el móvil que, entre otras cosas, sirve para registrar su ubicación y recorrido en los servidores de la empresa FanCar. No le confiesa que tiene hambre, que hace unos días que no caza. Ni que, de entre los cientos de transportes que circulan por la noche en una ciudad del tamaño de Barcelona, Vera ha elegido el peor.

Walter observa los ojos verdes de su pasajera a través del espejo. Se mueven, frenéticos, de izquierda a derecha, leyendo una conversación en la pantalla de su teléfono; discusiones posadolescentes. Unos problemas que ahora parecen un mundo, pero que él le va a enseñar a relativizar.

La experiencia le dice que es mejor que esté distraída. Cuanto más tardan en enterarse de su situación real, menos numeritos en el coche. Odia los pataleos y los gritos.

Porque hay una pregunta evidente: si Walter es el cazador, entonces ¿quién es Vera?

—La presa —susurra, sin que ella lo escuche.

15

Eunate

Pamplona, dos días antes de viajar a Barcelona

Papá siempre guarda las llaves en el mismo cajón, y eso es una ventaja cuando necesitas su Volkswagen Tiguan. No aprendió nada de aquella vez que decidiste tomar prestado su viejo Vectra para ir a fiestas de Estella y terminaste estrellándolo contra la rotonda de Príncipe de Viana, sin carnet, con dieciséis años.

Pamplona estaba desierta a las 3:25 de la madrugada, y apenas has tardado diez minutos en salir de la ciudad. Tras pasar los túneles de la sierra del Perdón, has acelerado a través de la autovía del Camino de Santiago y, poco después, antes de llegar a la localidad de Puente la Reina, el GPS te ha dicho que el desvío estaba muy cerca. Has tomado la salida y te has incorporado a una carretera nacional, dejando atrás la autovía y los pequeños pueblos de Obanos y Muruzabal.

A partir de ese momento, la contaminación lumínica ha quedado engullida por la noche, dando paso a largos campos de cereales regados por la oscuridad. Has estado a punto de poner las luces de larga distancia, pero has preferido ser discreta, por si no estabas sola en tu destino. Tras aparcar el coche en el arcén, a doscientos metros de Eunate, has caminado en penumbra por una pista de grava hasta la pequeña iglesia que alguien decidió construir lejos de cualquier núcleo urbano.

Te encuentras frente a la puerta.

Ese extraño con el que has hablado desde el ordenador de mamá te ha dicho que habían quedado a las 4:00.

Son las 4:10.

Miras alrededor, pero estás sola. Comienzan a llegar las dudas. ¿Y si has hecho el viaje en balde? ¿Y si todo era una broma de mal gusto? Pero ¿quién era ese desconocido y por qué ha querido reírse de ti? Todo es demasiado extraño.

Aunque estás segura de que no hay nadie, decides dar una vuelta a la iglesia para comprobar el lugar. No sabes qué buscar. ¿Otra señal de mamá? Enciendes la linterna de tu móvil y, mientras caminas, alumbras el suelo y lees información sobre Eunate en internet.

La iglesia románica se construyó en la segunda mitad del siglo XII y su origen siempre ha estado rodeado de misterio. Algunas tesis apuntan a que fue levantada por caballeros templarios. Los que han llegado a esta conclusión se basan en algunos elementos arquitectónicos, como su planta octogonal, sus marcas de canteros, algunas de las cuales solo han sido localizadas en otros edificios atribuidos al Temple, o el supuesto Baphomet que hay esculpido en piedra en los capiteles de la puerta norte. El Baphomet es una mezcla de hombre y macho cabrío, de culto pagano, a veces atribuido a los caballeros templarios.

El demonio, piensas, y un escalofrío asciende por tu espalda.

«Las niñas buenas no creen en fantasmas».

Escuchas susurros; es el viento que mece las hojas de los árboles que flanquean la iglesia. Levantas la vista del móvil e iluminas sus ramas con la linterna para confirmar que sigues sola. Tragas saliva y continúas leyendo.

El caso es que parece que no hay evidencias suficientes que avalen esta teoría. Pero esas leyendas y su extraña ubicación, lejos de cualquier pueblo, han atribuido a Eunate un atractivo singular y diferente a cualquier otra iglesia.

—¿Qué tiene que ver esto con mamá? —dices, tratando de ahuyentar el miedo. Como si por hablar en voz alta dotaras de normalidad a lo extraño que supone estar sola de madrugada en este sitio.

Con más temor que convicción, saltas el muro que rodea la construcción y comienzas a bordear el claustro exterior del templo, formado por una arquería octogonal. Cuentas treinta y tres puertas arqueadas. Dato que no cuadra con el significado de Eunate en euskera: cien puertas. Esto es un hecho que no sabes si tiene relevancia, pero que, sin querer, te lleva a recordar algo que decía mamá y en lo que no dejas de pensar desde su muerte.

Ella imaginaba la vida como una sucesión de puertas. Cada decisión que tomamos nos presenta diferentes caminos, distintas puertas. Nosotros abrimos la que creemos mejor para nuestros intereses y objetivos, pero en realidad nunca podemos prever al cien por cien lo que encontraremos al otro lado, ya que una puerta dará lugar, a su vez, a otras puertas nuevas. Es un camino que se inicia al nacer y termina cuando morimos. Nosotros estudiamos, valoramos, ponemos en balanza cada elección y, basándonos en nuestra experiencia e intuición, atravesamos la puerta que creemos más acertada. Pero siempre estamos a merced de lo desconocido, de lo que podamos encontrar al otro lado.

«Creíste abrir la puerta correcta cuando te mudaste a Madrid para escapar de mí».

Fue la última frase que escuchaste salir de su boca. Un grito de fondo, mientras hablabas por teléfono con papá, y los dos fingíais no haberla escuchado.

Dos cañonazos explotan en tu cabeza al recordarlo. El estruendo, bum, resuena en la batería y casi alcanza el pañol de pólvora de tu barco pirata.

Verte allí sola, a oscuras, pasando frío en medio de la nada; esa es la basura que había como premio esta noche por no abrir la puerta que decía «Vete a dormir». ¿Qué esperabas encontrar?, ¿otros dos «mensajeros» enviados por mamá?

Bum. Más cañonazos en tu mente.

Bum.

Un aviso aparece en tu teléfono: «Nivel de batería muy bajo». El móvil se apaga y, con él, la única luz artificial que alumbraba las tinieblas de campos de cereales navarros.

—Lo que faltaba. Ya está. ¿No querías señales, Leyre? Aquí tienes una señal. Vuelve a la cama.

Te sientes imbécil e ingenua por esperar a nadie en una iglesia vacía a las cuatro de la madrugada. ¿Cómo iba a tener esto algo que ver con la muerte de mamá? Ella siempre te decía que bajaras de las nubes, que dejaras de soñar con mundos irreales. «Las niñas buenas no inventan».

Te preguntas de nuevo quién será el usuario anónimo de ese chat y por qué te ha gastado esta broma de mal gusto el mismo día que has enterrado a mamá.

Rendida, terminas de rodear el templo para volver al coche. Pero, cuando estás a punto de llegar a la parte que da a la carretera nacional, las ves.

Cuatro luces se acercan despacio hasta convertirse en dos coches que se meten en el pequeño aparcamiento que hay a un lado de la iglesia. Las piedras de la pista de grava repiquetean con el paso de los neumáticos.

Ya no tienes tiempo de salir de allí. Tampoco sabes si quieres hacerlo. Te escondes detrás del muro de un metro ochenta que rodea las treinta y tres puertas del octógono. Si las personas que van en esos coches deciden entrar en el perímetro, va a ser imposible que no te descubran.

¿Quién es esta gente?

«Las niñas buenas no hablan con desconocidos».

Piensas en mamá. No te la puedes imaginar quedando a escondidas en un sitio así. Aunque, cuando estaba con sus brotes, era capaz de todo.

Un hombre se baja del primer coche, y oyes el pitido del cierre centralizado. Una mujer vestida con una bata blanca sale del segundo vehículo y le saluda mientras abre el maletero.

La voz masculina se acerca a ella y dice:

—Llegamos todos tarde. Cómo se echa de menos a la jefa para poner orden.

¿La jefa era mamá?

—No ha sido fácil ocuparme sola de ella.

—Lo sé, lo sé. Y lo siento. Pero ya sabes las normas. Es una ciudad pequeña y no pueden vernos juntos.

—No imaginas lo que pesaba.

—Gracias por ocuparte, Helena. Y por asumir el riesgo de llevar el cuerpo a tu casa.

—Es lo que hay. Soy la única con los conocimientos necesarios para hacerle una autopsia. Además, aquí hemos ayudado todos. Vosotros dos habéis asumido el riesgo de extraer el cuerpo del cementerio. ¿Qué se comenta en tu periódico?, ¿ha llegado la noticia?

—En la redacción se debaten entre si somos unos vándalos ladrones de tumbas o una especie de secta satánica. Por suerte, no hay comercios con cámaras de seguridad en la zona cercana al cementerio, y el vecino que ha avisado a la policía es un anciano del pueblo, un tío segundo suyo, que solo ha dado datos vagos acerca de nosotros. Estaba demasiado oscuro para que nos viera las caras. De todas formas, hemos hecho bien en no acudir al entierro esta mañana; si ese hombre nos hubiera visto allí, quizá nos habría reconocido después, por la noche.

—Aunque no os haya visto, lo mejor es enterrarla aquí. Lo siento por la familia, pero no podemos arriesgarnos a devolver el cuerpo a su nicho teniendo a los municipales rondando la puerta del cementerio. ¿Os ha dado tiempo a venir a cavar el agujero?

—A este no. Tenía cosas que hacer. He venido yo solo y he hecho lo que he podido. Ahora lo ves y decides, quizá tengamos que cavar un poco más.

—Hablando de este, ¿sabes algo de Iñaki?

No tienes batería en tu móvil. Anotas en tu mente: Helena e Iñaki.

—Ha escrito hace nada. Debe de estar al caer.

—Es mejor que empecemos cuanto antes. Toma. —La mujer saca lo que parece ser una pala del maletero y se la da al hombre—. ¿Dónde es?

—Allí, al fondo.

Ella enciende una linterna. En ese momento ves que lleva un pico en la otra mano.

Rodean el templo por la parte exterior, atravesando el campo. Los sigues por dentro del perímetro, parapetada por el muro de piedra. Intentas mantenerte a una distancia prudente que te permita escuchar sin ser descubierta.

La tal Helena apaga la linterna y ambos se convierten en dos sombras dibujadas por la luz de la luna y las estrellas.

La voz de ella te resulta familiar. Pero está demasiado oscuro para distinguir sus caras.

—Aquí es —dice el hombre.

Comienzan a cavar.

—No sé cómo lo hacemos, pero siempre nos toca pringar a ti y a mí —dice él.

—Menos quejas, Santi. Si nos damos prisa, entre los dos podemos acabar en media hora. Ya has avanzado bastante antes.

—Me he pegado una buena paliza.

Helena, Iñaki y Santi. Helena, Iñaki y Santi, te repites para no olvidar sus nombres.

—A todo esto, no me has dicho nada sobre el tema. ¿Has encontrado algo? —El hombre señala hacia el aparcamiento, donde están los coches.

La tal Helena suspira.

—Algunas marcas en la piel, heridas y cardenales en las muñecas que no encajan con la hipótesis del suicidio por ahorcamiento que plantea la policía. Esas señales en las muñecas hacen que sea difícil pensar que se suicidara. Creo que mis sospechas son ciertas. Tuvo que suceder algo más.

—Mira, no te lo tomes a mal, ¿vale? Sé que erais muy amigas y que todo esto es muy duro para ti. Pero el tema del suicidio, qué quieres que te diga. A mí me cuadra. Seguía el mismo camino que la jefa. Pasaban demasiado tiempo juntas.

—No empieces de nuevo, por favor —interrumpe la mujer.

—No, escucha. Escúchame por una vez. Soy consciente de lo difícil que es perder a alguien cercano. Joder, también era mi amiga. No lo olvides. Pero lo que dice la policía tiene sentido. Al igual que la jefa, pasó años buscando una explicación a ese crimen que ella creía cierta y, poco a poco, fue descubriendo que no era así. No tenía por dónde tirar ya. Por eso empezó con las pastillas y la depresión. Y no me extraña. Tuvo que ser muy duro ver que la justificación en la que se había apoyado para hacer todo lo que hizo se derrumbaba.

—¿Ahora eres psicólogo?

—No es eso. —El tal Santi chasquea la lengua—. Lo que ocurre es que tengo miedo de que repitas sus errores. De que también te obsesiones. No me gustaría ver cómo tiras tu vida intentando demostrar que no se suicidó. Me da miedo que termines igual que ellas por perseguir la verdad de Maite.

En ese momento, tus ojos no pueden abrirse más. Acaban de pronunciar el nombre de mamá: Maite.

Las palas, el agujero, ¿son para tu madre? ¿Tienen su cuerpo en uno de esos coches? ¿Ella era la «jefa» de estas dos personas? No puede ser. Han mencionado algo de un suicidio, y mamá no se ha suicidado. A ella la asaltaron, violaron y mataron en Gavà.

Intentas asomarte, ver por encima del muro. Te obligas a pensar que solo es una casualidad, que no tiene por qué ser mamá. Hay muchas Maites en el mundo.

Aunque, visto lo visto, cada vez menos.

—Lo único positivo que puedo sacar de todo esto —dice Santi— es que esta es la última locura que hacemos por la inspectora Elizalde.

Ahora sí. Te llevas las manos a la boca para callar un grito. Ya no hay duda; han dicho el nombre, el apellido y su profesión. Maite Elizalde, inspectora de la Policía Foral. Tu corazón parece esa especie de pera o *punching ball* que los boxeadores golpean a toda velocidad en sus entrenamientos. Puedes oír el redoble cardiaco rebotando contra tu pecho. Esos dos desconocidos están hablando de mamá.

Mejor dicho: van a enterrar a mamá.

Por segunda vez en menos de veinticuatro horas, teniendo en cuenta que esta mañana has asistido a su entierro.

Santi posa la mano sobre la mejilla de Helena y se acerca, despacio. Parece que va a besarla, pero ella se retira y le da un manotazo.

—¿De verdad te parece el momento?

—Perdona, Helena. Tienes razón —dice, mientras retrocede un paso.

—Pues claro que tengo razón, joder. No va a volver a pasar; y mucho menos ahora. Imbécil.

La mujer vuelve con paso firme hacia el aparcamiento, y el hombre la sigue unos metros por detrás. Ella abre el maletero.

—Tú agárrala de los hombros, que tienes más fuerza —dice Helena.

—¿Esto es sangre? —dice él.

—¿Cómo te crees que se hace una autopsia?

Ambos sacan un bulto alargado y lo llevan hacia el lugar donde han cavado el hoyo. Cuando pasan cerca de tu escondite, percibes el hedor insoportable del cadáver de mamá.

Mientras aprietas la espalda contra el muro e intentas que tu respiración no te delate, piensas cómo salir de allí cuanto antes. Debes ponerte a salvo y llamar a la policía.

Pero no puedes. Por tres motivos:

- Un miedo atávico imposibilita tus movimientos.
- Te descubrirán si te mueves, y esos dos ya tienen el agujero hecho.
- Tampoco tienes batería en el teléfono para avisar a la policía.

Solo te queda una opción: quedarte quieta y en silencio hasta que esos dos tipos terminen de hacer lo que han venido a hacer. Con mamá.

Ese es el plan.

La pareja deja la bolsa con el bulto al borde del hoyo. Él dice:

—Espera, ¿cómo lo hacemos?

—¿Necesitas un croquis? Hay que dejarla dentro del agujero.

—Ya lo sé, joder. Pero me da cosa tirarla… Se trata de Sandra.

¿Cómo? ¿Ahora ha dicho Sandra? ¿No es mamá?

—Ya me entiendes. No es el cadáver de una desconocida. Es nuestra Sandra.

Añades a tus notas mentales dos palabras: Sandra y cadáver.

Las preguntas se agolpan en tu cerebro: ¿Quiénes son estos dos? ¿Acaso son asesinos a sueldo? Han mencionado a Maite Elizalde, tu madre. Han dicho que ella los ha llevado a esta situación, por lo que debían de conocer a mamá. ¿De qué? ¿Están relacionados con su asesinato? Por otro lado, parecen apreciar a esa tal Sandra, no pueden haberla matado ellos. ¿Qué hacen con su cadáver? ¿Forman parte de alguna especie de secta que se dedica a profanar tumbas? ¿Han elegido la iglesia de Santa María de Eunate por su supuesto origen templario y su Baphomet esculpido en piedra? ¿Está todo esto relacionado con el mensaje de esos supuestos ángeles del autobús? ¿Alguna evidencia más que confirme que te estás volviendo loca?

No tienes tiempo para pensar en más hipótesis sin sentido. Todo ocurre en apenas tres segundos: primero, una chaqueta te cubre la cabeza, viene de tu espalda; luego, una voz masculina que no habías oído hasta ese momento te dice que no te muevas. Pero lo haces, y tu grito se ve interrumpido por un golpe seco, metálico, en la cabeza que lo funde todo a negro.

16

Maquinaria pesada

ACTA DE TRANSCRIPCIÓN DE DECLARACIONES EN SEDE JUDI-CIAL Juzgado Central de Instrucción Número Seis de la Audiencia Nacional. Funcionarios transcriptores: 98.417, 98.128, 101.451 y 101.093
Declaración de Lucas Gamundi Ripoll
Registro Salida N.º: 73.270/'12 MRVN-AI
Fecha de inicio: 27/04/2028
Hora de inicio: 11:01:33

Magistrado, M.: Querría interrogarle a raíz de las imágenes halladas en las cámaras de seguridad de la empresa de maquinaria pesada Guada Demoliciones S. L. de Rubí. Me consta que ha visto usted las imágenes en su anterior comparecencia. ¿Podría confirmarlo?

Lucas Gamundi, L. G.: Lo confirmo.

M.: Acérquese un poco más al micrófono, por favor.

L. G.: Perdone. Digo que lo confirmo.

M.: Los vídeos de las cámaras de seguridad muestran a veinte sujetos entrando en la empresa Guada Demoliciones S. L. de Rubí y extrayendo diversos materiales. ¿Conoce a las personas que aparecen en esas imágenes?

131

L. G.: Algunos son miembros de mi iglesia.

M.: ¿Se reconoce usted entre los asaltantes?

L. G.: Afirmativo.

M.: Entre el material sustraído figura lo siguiente: nueve martillos neumáticos para asfalto CH-2M, diez picos, diecinueve palas y una retroexcavadora con martillo hidráulico de la marca CASE. ¿Puede confirmar que es uno de los responsables de sustraer el material anteriormente citado?

L. G.: No lo recuerdo. No estoy familiarizado con las marcas y modelos.

M.: Pero, marcas comerciales aparte, sí confirma haberse llevado esa cantidad y tipo de material.

L. G.: Sí, lo confirmo.

17

Noche en vela

Barcelona, en la actualidad

Tras despedirte de Vera y salir de su habitación, te has encerrado en la tuya con llave. Incapaz de dormir, has dejado pasar las horas tumbada sobre las sábanas raídas y amarillentas de la cama, mientras le dabas vueltas a tu situación. Llevas dos días en esta masía y ¿qué has averiguado? Nada. Estás perdiendo el tiempo. No has dejado a papá en Pamplona, cargando con su duelo él solo, para venir a Barcelona de vacaciones. Necesitas abrir la puerta de los secretos de Fernandito. Es vital que lo hagas. Ese tío esconde algo. Él es el motivo por el que estás en esta casa.

Miras el móvil por undécima vez: Lucas todavía no te ha enviado su dirección. ¿Tanto le cuesta compartir una ubicación? Es un puto hacker, no tu abuela de noventa y cinco años.

Le escribes un mensaje para recordárselo; es el tercero ya.

Bloqueas el teléfono y te lo llevas al pecho. Intentas calmarte. Quizá estés sacando las cosas de quicio.

Desde que mamá ha muerto, el mundo que te rodea es otro. Los estímulos que te llegan a través de los sentidos lo hacen atenuados y recubiertos de un tinte nostálgico. Todo esto te está afectando más de lo que imaginabas. Además, te dieron un golpe en la cabeza hace tres días en la iglesia de Eunate. Quedaste inconsciente. Te recuestas boca arriba en la cama y te llevas las manos a las sienes; notas que desde entonces hay cosas que no funcionan bien ahí dentro.

Vives nerviosa y alterada, duermes mal. Cada vez que intentas concentrarte en una tarea oyes esos disparos, ese estrépito de cañonazos en tu mente. Pensamientos intrusivos, andanadas de recuerdos repetitivos. Es una traca continua de explosiones que no cesa en todo el día y que no te permite pensar con lucidez. Te aturullas.

«No estás bien».

Y luego está lo de no recordar algunas cosas, como el pin de tu tarjeta.

Así empezó mamá.

Enciendes el móvil de nuevo y buscas en internet.

«La amnesia disociativa es la pérdida de memoria originada por un acontecimiento traumático o estresante, que produce una incapacidad para recordar información personal importante. Puede proceder de la preocupación por un tremendo conflicto interno (como sentimientos de culpa por ciertos impulsos o acciones, dificultades interpersonales aparentemente imposibles de arreglar)».

«Sentimientos de culpa y dificultades interpersonales», repites para ti misma.

Lanzas el teléfono contra el colchón y hundes la cara en la almohada para llorar.

Las noches en vela son peligrosas, te dejan pensar.

Cuando logras calmarte un poco, te incorporas y te sientas al borde de la cama. Sacas del bolsillo el muñeco pirata de Lego y le das un beso.

Te calma durante unos segundos, pero enseguida tu mente viaja a la deriva de un recuerdo a otro. Las escenas de un pasado gris regresan y te arrastran donde no quieres. Pamplona, tu infancia y mamá, escenas que rebotan en tu cabeza sin que puedas evitarlo. Hubo un tiempo en el que mamá todavía estaba bien. Después, llegó su enfermedad, que arrasó con su personalidad y, en consecuencia, con vuestra relación. Los brotes. Tratas de imaginar la vida que llevó durante los últimos años, cuando ya no vivías en casa.

Bum.

Un cañonazo perfora el casco de tu barco. Saltan astillas de madera a tu alrededor. Te aferras al timón como puedes para no caer al mar.

De nuevo, la sensación de culpa por haberte marchado se clava en tu vientre y sientes el frío metal de los remordimientos desgarrándote las tripas.

«Las niñas buenas no lloran».

Hoy te va a resultar difícil pegar ojo. Ojalá no hubieras tirado a la basura todo el blíster con las pastillas para dormir que te dio papá.

Harta de dar vueltas entre las sábanas, desbloqueas el móvil de nuevo. La luz azul de la pantalla ilumina tu cara mientras deslizas el dedo para recorrer las noticias del día. Todo el mundo está hablando de esos agujeros que están surgiendo en Barcelona. Por lo que parece, el tema se ha agravado y ya nadie se lo toma a broma.

> **@marta1992_m** dice: esto ya no son cuatro niñatos haciendo una gamberrada. Los agujeros se han multiplicado por tres en las últimas veinticuatro horas.

> **@tudiariodigital** dice: ¿Piensa el presidente del Gobierno seguir impasible frente a estos actos terroristas?

> **@soy_jaume_bcn95** dice: wow! Barcelona llena de agujeros empieza a parecerse a un colador gigante.

Apagas el móvil.

Dejas pasar los minutos, te revuelves sobre el colchón, pierdes la cuenta del tiempo que llevas tumbada. Intercambias tu descanso por tribulación, por un dolor que no se va, por pensamientos mezclados y difusos. Hasta que, poco a poco, el cansancio pesa lo suficiente en tu cuerpo y en tu mente. Los buenos y malos recuerdos, las batallas a cañonazos que se libran en tu cabeza, comienzan a disiparse. La tormenta amaina y un claro aparece en el cielo nocturno, sobre el mar. Es un juego entre la vigilia y el sueño en el que, por fin, tu cerebro termina por rendirse.

Estás dormida.

—¡No vuelvas a acercarte a ella! —te despierta un grito, seguido de más golpes. Es una discusión en la habitación de al lado, deben de ser Roberto y su pareja, María, pero los oyes como si estuvieran sentados al borde de tu cama.

Desorientada, abres los ojos y te los frotas. No te lo puedes creer; necesitabas descansar, recuperar el sueño perdido, apagar todo ese ruido de tu cabeza al menos durante unas horas.

El sonido de un jarrón haciéndose añicos retumba en la pared que separa ambas habitaciones. Roberto, que es quien ha debido de esquivarlo, dice:

—¿Has perdido la cabeza?

—¡Qué poca madre! ¿Crees que no veo cómo la miras?, ¿cómo miras a todas?, ¿cómo hablas con ellas como si tuvieras alguna oportunidad? ¡Estoy harta!

—¿Harta, tú? Pues vuelve a tu país tercermundista del que no debí sacarte.

Así es Roberto por dentro.

Suena el armario al recibir el impacto de una silla, o de algo parecido. Tú permaneces inmóvil en la cama, con los ojos abiertos.

—Eso mismo voy a hacer. ¿Acaso crees que no me atrevo?

—¿Con tu mamacita? —dice Roberto, poniendo un mal logrado acento mexicano en la última palabra. Supones que no ha salido del país en su vida.

—Sí, con mi mamá, pendejo.

Enciendes la televisión en busca de distracción. Lo primero que encuentras es el resumen de la última jornada del Open de

Australia. Alcaraz contra un tipo de apellido alemán. Ni siquiera te gusta el tenis, pero cualquier cosa es mejor que escuchar a esos dos. No sabes si es porque todavía estás medio dormida, pero la escena de la discusión se sincroniza con los movimientos del partido. La pelota es una ofensa cada vez mayor. En la televisión le toca sacar al jugador alemán; en la habitación, a Roberto.

—Pues ya estás tardando, zorra. Y que sepas que tú te lo pierdes.

Servicio muy agresivo. Alcaraz corre hacia la red. A tus oídos llega el resto de María.

—No seas mamón. Claro, yo me lo pierdo. Yo me pierdo tus maltratos verbales, tu machismo, tus fantasmadas delante de todo el mundo, tu pedantería injustificada, tu aliento a caca, tu andar de parranda, tu coqueteo con cualquier mujer que te dice hola por simple educación. Porque tú no ves la cara de asco que ponen ellas cuando les hablas, pendejo. No lo ves. Tu vanidad te ciega. Pero ellas sí ven tu barriga y el hedor asqueroso que desprendes.

Bonita dejada. De la tele sale el murmullo del público de Melbourne. Roberto intenta llegar a la bola.

—¿Asco? Y tú qué sabrás. Pues nada, ya te lo digo yo. No tienes ni idea de nada. Pero te vas a enterar ahora, y tanto que sí. Que sepas que Mónica, la de mi trabajo, no piensa lo mismo que tú.

Seguro que la frase anterior sería totalmente cierta si Roberto cambiara la palabra «trabajo» por «prostíbulo».

Resto *in extremis* desde la red, levantando la pelota que, contra todo pronóstico, acaba dentro. María retrocede como puede para alcanzar la bola. Alcaraz llega con tiempo de sobra para preparar la volea. Mira a su oponente. Tú oyes a María reír y cómo después dice, muy tranquila:

—Roberto, mi amor, desengáñate. No eres capaz de hacer feliz a una mujer en la cama. Porque, simplemente, no eres capaz.

Al mismo tiempo Alcaraz revienta la pelota. Punto de juego, set y partido. Melbourne estalla en aplausos. El portazo final indica que no queda tiempo para más. Estás sentada en la cama, con los brazos en alto, celebrando el tanto final de María.

Los gritos de la ya extinta pareja pronto son sustituidos por los sollozos ahogados de Roberto. Parece que tiene para rato. Machista, racista; no ha podido caerte peor. Pero en el fondo sientes pena por él. Su fanfarronería solo parece un escudo para una persona que vaga solitaria por el mundo fingiendo no serlo, con la esperanza de encontrar un lugar en una vida anodina a la que le queda un día menos para terminar.

Desvelada y consciente de que será una noche larga, decides ir a la cocina a tomar un vaso de agua.

Desciendes las escaleras que llevan a la planta baja. Con cada paso, notas las baldosas frías al contacto con los pies descalzos. La casa está a oscuras. Vas palpando a tientas las paredes, sin encender la luz ni hacer ruido, para no despertar a nadie. Lo único que logras oír en este momento son algunos coches que pasan por delante de la masía y la respiración tranquila y placentera de Sultán, que siempre duerme sobre la alfombra del recibidor.

Cuando alcanzas el último escalón, te das cuenta de que una luz tenue, ámbar, se desliza por el hueco inferior de la puerta del despacho de Manel. Te sorprendería que siguiera despierto a estas horas. Decides acercarte para comprobarlo. Quizá puedas volver a preguntarle por Fernandito, lograr que te cuente algo más. A veces, el silencio y la oscuridad de la noche confieren a dos sonámbulos la intimidad y confianza que el sol les roba.

Caminas hacia la puerta, sigilosa.

Observas la cola de Sultán mecerse de un lado a otro como una palmera. Le haces un gesto para que siga durmiendo y acercas la oreja a la puerta del despacho en busca de ronquidos.

Justo cuando tu cara roza la madera, la puerta se entreabre y de ella emana humo de incienso, olor a tabaco de pipa y una voz que no reconoces.

Corres para esconderte; no quieres que Manel piense que eres una cotilla. Pero por el camino se te cae del bolsillo el muñeco pirata de Lego. Oyes el eco que provoca el plástico al rebotar por las baldosas del enorme zaguán. Hombre al agua. Sin tiempo para recuperarlo, logras ocultarte entre la pared de roca del fondo del zaguán y uno de los sillones desvencijados que hay junto a esta, lejos de ventanas y luces de farolas, en la parte más sombría de la estancia.

Sultán levanta la cabeza y te mira sin entender tu comportamiento. Después vuelve a apoyar la papada sobre la alfombra.

Del despacho salen dos hombres. La luz resulta insuficiente para lograr ver sus caras.

—Ven la semana que viene. —Reconoces la voz de Manel.

—¿A la misma hora?

El otro tiene un acento extraño que no eres capaz de ubicar.

—Sí, lo siento. Los de la masía hablan…, ya sabes. Tiene que ser a esta hora. No quiero que nadie nos vea y estropee lo nuestro. ¿Podrás?

—Podré.

Ambas siluetas se acercan y se funden en una sola. Se están abrazando. ¿Besando?

Te acuerdas de Roberto, de sus cotilleos sobre la homosexualidad de Manel.

En ese momento, la puerta del despacho se cierra con el anciano en su interior. El otro hombre camina en dirección a tu escondite. Si te descubre allí de cuclillas, escondida, no vas a saber qué decir.

Contienes la respiración mientras intentas ponerle cara a esa sombra. Está demasiado oscuro, pero sabes, sientes, que solo os separan unos pocos pasos.

El desconocido se detiene. ¿Te mira? Por si acaso, te cubres por completo tras el sillón.

Escuchas que Sultán se levanta; supones que para olisquear al invitado. Después sus pezuñas repiquetean en las baldosas. Se está acercando a ti.

Elaboras posibles excusas para justificar qué haces en ese lugar. Todas ellas suenan ridículas en tu cabeza. ¿Me quedé dormida aquí abajo? ¿Me he perdido porque hay que ver lo grande que es esta masía?

Oyes el tintineo de los pasos de Sultán, cada vez más próximos. El invitado de Manel sigue ahí. Notas su presencia, aunque no has vuelto a percibir sus movimientos ni su respiración.

Asomas un ojo por el lateral del sillón. Confías en que la oscuridad te mantenga invisible. Ves la silueta del hombre en forma de sombra. Tiene un objeto en la mano. Sabes de qué se trata. Es un trozo de ti. Lo está mirando y eso te molesta. Supones que estará preguntándose qué hace un juguete infantil en medio de un salón como ese, en una casa sin niños. Jamás le habías dejado tocar ese muñeco a nadie. Sientes rabia, impotencia. Ese hombre tiene una parte de tu vida entre los dedos. Tus recuerdos. El lazo que une el presente con tu infancia, con mamá.

Sultán rodea el sillón y te frota la trufa húmeda en el brazo. Comienza a lamerte la mano. Haces aspavientos para que se vaya. No te hace caso.

El hombre lanza un suspiro. Suena a cansado, suena a enfadado.

Suena a que te ha descubierto.

Crees que va a preguntarte en cualquier momento a qué estás jugando, que va a pedirte que salgas de ahí.

Pero enseguida oyes sus pasos de nuevo y hueles lo que parece ser humo de tabaco. Sultán percibe el nuevo estímulo y sale disparado hacia él.

Te asomas con miedo por encima del sillón y compruebas que el invitado no había suspirado por haberte descubierto, sino que había encendido un cigarro y estaba exhalando la primera calada.

El desconocido gira hacia la puerta de la cocina que conduce a la salida exterior, siempre abierta, y lo alcanza la luz de las farolas lejanas, que ilumina media silueta y deja ver su espalda. Es un hombre de gran altura, jersey negro de cuello alto, vaqueros y zapatos oscuros. Antes de desaparecer, mira a su espalda, hacia ti. Te quedas petrificada.

Pero está demasiado oscuro. Es imposible que te haya visto.

La brasa del cigarrillo se enciende mientras él aspira una última calada antes de continuar su marcha y desaparecer entre las tinieblas del jardín. Luego, oyes el sonido de la verja de metal, atenuado por los latidos de tu corazón, que rebotan en tus tímpanos.

Aliviada, dejas caer tu cuerpo contra la espalda del sillón. Liberas toda la tensión acumulada y, pese a que no te ha descubierto, lloras.

Lloras porque no se ha llevado un simple juguete o trozo de plástico. Lloras porque la pareja de Manel ha cortado el hilo que te unía a un lugar y a un tiempo pasados. Lloras porque ese desconocido te ha convertido en una apátrida. Porque, como has leído tantas veces, la patria de una persona es donde habita la memoria de su infancia, y ese hombre te acaba de robar para siempre el vehículo con el que recorrer el camino de vuelta a ese lugar.

18

FanCar

Barcelona, hace un año

Vera sabe que la forma más corta de llegar a Hospitalet desde la discoteca Bling Bling no es bajando por Muntaner.

—¿Te has perdido?

Walter mira por el espejo retrovisor, pero no dice nada.

—¿Me oyes?

Giran hacia la izquierda en una calle perpendicular a la calle Aribau.

Dejan atrás su ruido amortiguado de bares y gente de fiesta que está viviendo otra noche, ajena al pequeño mundo de terror que va a empezar a crearse en el interior del coche.

—¿Te has quedado mudo de repente o qué te pasa? —Vera ya ha tenido bastante con aguantar a las imbéciles de sus amigas, como para ceder ante un conductor engañaguiris—. Has dado la vuelta y estás subiendo de nuevo.

El Mercedes negro atraviesa las calles del distrito del Eixample. Es uno más entre los muchos objetos que crean sombras monstruosas proyectadas por las luces de las farolas. El resto del paisaje lo componen los edificios y la malla perfecta de calles dibujadas por decenas de manzanas de forma octogonal.

Vera se da cuenta de que cada vez están yendo un poco más rápido. Ha sido algo sutil, pero lo ha notado. Walter ha ido acelerando poco a poco.

—Voy a Hospitalet. Pon el GPS, que lo tienes ahí para algo —dice con la voz más firme que es capaz de proyectar una persona que ya ha empezado a dudar de las intenciones del hombre que está al volante.

Una parte pequeña dentro de ella la hace sentirse ridícula por temblar; seguro que el conductor solo está nervioso porque se ha equivocado de camino o, como mucho, es un timador que quiere arañar unos cuantos euros a la carrera. Hace nada estaba hablando con él, incluso parecía simpático. Mañana se reirá cuando se lo cuente a sus amigas.

O no.

No es justo que por ser tía tenga que pasar miedo en este tipo de situaciones.

Se acuerda de los anuncios con el eslogan de «Me gusta ser mujer».

El tema es que, por si acaso, Vera envía un mensaje a Marc, su ex.

Yo

Creo que estoy en peligro.

Comparto ubicación en tiempo real.

Atento, por favor. No es broma

Marc

No empieces

Deja de intentar llamar la atención

Lo nuestro ha terminado. Olvídate de mí

—Sé dónde está Hospitalet. Viví allí al lado varios años —dice Walter.

Los enormes ojos verdes de Vera, iluminados por la pantalla del móvil, se clavan en el espejo retrovisor. Ha dicho que vivió allí. ¿La conocerá del barrio? Quizá esto no sea casualidad. Hay mucho loco suelto. ¿La habrá seguido alguna vez? Intenta recordar su cara; al subirse al coche no se ha fijado. Se inclina sobre el asiento para comprobar si le reconoce. Pero el conductor está de espaldas y ella solo es capaz de verle la nuca y unos ojos negros, cansados y ojerosos, que se reflejan en el espejo.

—Para ahora mismo.

Silencio.

—¡Que pares, joder!

El Mercedes negro se detiene. Pero no porque lo haya ordenado Vera, sino porque el semáforo está en rojo.

Vera ve un coche de los Mossos d'Esquadra en el semáforo de enfrente, en el carril contrario. Lo que daría por ser capaz de chasquear los dedos y aparecer sentada en ese otro vehículo.

La cuenta atrás del semáforo verde está a punto de llegar a cero. Es el momento. Vera tiene que reaccionar y debe hacerlo rápido.

Sus manos temblorosas desabrochan, a la segunda y de la manera más torpe posible, el cinturón de seguridad.

Walter ha oído el sonido. Clic. Y la mira por el espejo retrovisor.

Ella se lanza a abrir la puerta. Busca la manilla a tientas, pero no la encuentra porque en los coches caros a veces prima el diseño frente a la practicidad o, como se podría traducir esta noche, la muerte frente a la vida.

Walter usa ese segundo que pierde Vera para activar el cierre centralizado desde los mandos situados en el reposabrazos de la puerta delantera. Esto sí lo hicieron bien los de Mercedes.

Vera grita.

Su móvil, ¿dónde está? Se le ha debido de caer sobre la alfombrilla al revolverse para intentar salir. Echa un vistazo rápido, palpa el suelo del coche y busca bajo el asiento delantero. Pero está demasiado oscuro y se rinde enseguida; ahora lo único que le importa es que esos policías la vean.

El semáforo se pone en verde y los dos coches se acercan el uno al otro, muy despacio.

Vera grita más fuerte, siente cómo se desgarran sus cuerdas vocales. No para de patalear y golpear la ventanilla trasera con ambos puños. Le grita al cristal, y este le responde formando círculos de vaho.

Las luces de largo alcance del coche de los Mossos parpadean durante un segundo. ¿La han visto?

Ambos coches comienzan a cruzarse despacio. Cuando están a la misma altura, el policía que va conduciendo dirige su mirada hacia ella. Ahora ya no hay duda; la ha visto, la ha tenido que ver.

Vera hace aspavientos a modo de saludo; con las fuerzas renacidas de una náufraga que acaba de avistar un barco desde la orilla después de haberse rendido a morir.

En ese momento, suena la sirena del coche patrulla y sus luces azules se encienden por completo, iluminando el interior del Mercedes de Walter.

Vera siente alivio; de hecho, siente el alivio más grande de toda su vida. Pero, al mismo tiempo, también es el más corto. Dura solo dos segundos: el tiempo que tarda en exhalar un suspiro de resignación y caer en la cuenta de que los cristales del Mercedes están tintados.

Grita. Golpea ahora la luna trasera mientras las luces azules se le reflejan en las mejillas húmedas por las lágrimas.

Tan cerca y tan lejos.

El coche de los Mossos sigue su camino y desaparece calle arriba, directo a otra emergencia que atender.

19

Escondido

Barcelona, en la actualidad

Despiertas con los párpados cosidos por hilos de legañas; anoche te dormiste llorando. Sigues intranquila, con la respiración acelerada y la misma niebla mental que te acompaña desde que enterrasteis a mamá. Buscas el muñeco pirata de Lego para tratar que haga su magia, que te infunda calma. Pero no está. Ahora lo recuerdas: se lo llevó aquel hombre, la pareja de Manel. Se te humedecen los ojos de nuevo; esta vez de rabia. Hundes la cara con fuerza entre las sábanas y las dejas empapadas con los restos de tus tormentos. Gritas.

«No estás bien».

Todavía tumbada sobre la cama, giras sobre ti misma hasta quedar boca arriba.

¿De qué sirve dormir unas horas si despiertas igual de cansada? ¿Cuántos días más podrás aguantar este ritmo?

Tomas una bocanada profunda de aire que apenas te recompone y te incorporas para estirarte y mirar la hora.

Las 14:20. Mierda.

Has pagado la falta de sueño nocturno malgastando toda la mañana en la cama y, aun así, te sientes como si solo hubieras dormido media hora. Tienes la cara agarrotada, la mente embotada y te duelen todos los músculos del cuerpo.

«Las niñas buenas no se quejan».

Encuentras varias notificaciones al encender el móvil:

- Nueve llamadas perdidas de papá.
- Cinco llamadas pérdidas y dos mensajes de Helena.
- Un mensaje de un número desconocido.

Igual que hacían los participantes de esos concursos de televisión que veías con mamá cuando eras pequeña, escoges la caja sorpresa: el mensaje del desconocido.

+34645852145
Leyre, soy Lucas. A las 15:00 en plaza Europa

¿Ya? ¿Eso es todo? ¿No hay más instrucciones? Esperabas un piso, un portal, una cafetería.

Lucas está tan paranoico con eso de que le persiguen, que te ha escrito desde un número diferente al suyo.

Miras en Google Maps cuánto se tarda en llegar a plaza de Europa desde la masía: treinta y cinco minutos.

Todavía estás a tiempo.

Te pones los vaqueros, las Vans, la camiseta de manga larga de tu adolescencia de Blink-182 y sales corriendo de la habitación.

Tras ascender las escaleras del metro en plaza de Europa, te encuentras con una zona ajardinada que hace las veces de rotonda y desde la que te dan la bienvenida varias torres altas que la rodean. El sol se refleja en los cientos de metros cuadrados de cristales que cubren sus fachadas y tienes la sensación de que los edificios te miran desde las alturas. Son seres gigantes de acero, cristal y hormigón que se inclinan para intimidarte y aumentar tu ansiedad.

Las farolas de la plaza y las calles adyacentes están repletas de carteles que anuncian una feria tecnológica en la zona. Supones que eso justifica el ajetreo de personas que te encuentras a esta hora del día.

Esperas de pie, frente a la carretera, junto a un grupo de hombres trajeados que hablan en inglés. Cuando el semáforo se pone en verde, cruzas el paso de cebra sin dejar de comprobar tu móvil cada cuatro o cinco segundos: Lucas sigue sin enviarte más instrucciones.

—Disculpe —le dices a un chico joven que se choca con tu hombro en mitad de la carretera.

Cuando ves que él no te pide perdón, le llamas gilipollas con la boca pequeña.

Avanzas hacia el centro de la plaza a base de pasos tímidos, sin saber muy bien dónde te diriges, hasta que decides sentarte en un banco para esperar.

La plaza es una enorme explanada por la que corre el aire fresco de enero. Refugias las manos en los bolsillos y agradeces que los árboles raquíticos que adornan la zona no logren quitarte el calor del sol del mediodía.

Miras la hora: 15:11.

Echas un vistazo a los transeúntes mientras te preguntas si no habrás llegado demasiado tarde a la cita.

Suena tu móvil.

Lo sacas del bolsillo, pero cuando lo miras, solo ves tu papada reflejada en la pantalla apagada. Sin embargo, el sonido de la llamada no ha cesado. Te palpas los vaqueros y te sorprendes al comprobar que viene del bolsillo trasero.

Es un teléfono pequeño, diminuto, que se dobla sobre sí mismo. No conoces el modelo ni tienes idea de dónde lo has sacado.

Aceptas la llamada.

—En el hotel Porta Fira. —Oyes. Es una voz que no reconoces.

—¿Quién eres? —preguntas.

—Me envía Lucas. Te espero en los baños de la planta baja.

El desconocido cuelga.

Miras hacia los edificios contiguos a la plaza: el hotel Porta Fira es diferente al resto. Se asemeja al tronco de un coral rojo que se tambalea a cien metros de altura sobre un mar de cielo azul.

Una vez entras en la recepción del hotel y esquivas a toda la gente que se agolpa en la planta baja, llegas a los baños, donde alguien te chista a través de la puerta entreabierta del servicio de mujeres.

Entras.

—Toma —dice.

Es un chico joven, de veintitantos. Tardas unos segundos en caer en la cuenta de que se trata de la misma persona que se ha chocado contigo en el paso de cebra, hace un momento; él ha debido de meterte el móvil en el bolsillo.

No se presenta, no te pregunta si eres Leyre. Solo te da un casco de moto y una opción: ponértelo.

—Sígueme. Pero no bajes la visera todavía —dice, mientras se asoma por la puerta del baño.

Él se pone otro casco y te da la mano para recorrer el vestíbulo del hotel. Te llama la atención que no deja de mirar a su alrededor constantemente.

—¿De verdad hace falta tanta precaución? —preguntas, una vez en el exterior.

—Es por Lucas. Le buscan y, si le buscan, es probable que me sigan a mí. No quiere involucrarte.

—¿En qué? —preguntas.

Se sube a una scooter roja, japonesa. Te pide que te subas en la parte trasera.

—Ahora te bajaré la visera, ¿vale? No la subas hasta que te avise de que hemos llegado. El viaje durará media hora, más o menos.

El chico abre una aplicación en el móvil y en tu casco comienza a sonar música evangélica a todo volumen.

Se gira para hablarte, pero no logras escucharle porque, dentro de tu casco, tienes a un señor cantándole a Dios que nada le falta si tiene su amor.

Te baja la visera. Es opaca.

Solo ves oscuridad.

Solo escuchas música.

Supones que habéis salido de la carretera principal porque lleváis diez minutos recorriendo lo que parece ser un camino empedrado. Botas sobre el asiento trasero mientras te agarras a los asideros de la parte de atrás de la moto, que pierde velocidad poco a poco. Cuando se detiene por completo, el chico se baja y te quita el casco.

La luz del sol te obliga a entornar los ojos hasta que tus pupilas se acostumbran.

—¿Dónde estamos? —preguntas.

El chico sonríe y te das cuenta de que eres imbécil por hacer esa pregunta. Si tuviera pensado decirte dónde estáis, no habrías llevado ese casco opaco.

Miras a tu alrededor: es una zona rural flanqueada por montañas bajas que parecen lejanas. No dirías que estás en un pueblo porque no ves ninguna otra casa aparte de la que tienes delante. El terreno, árido y polvoriento, está rodeado por una cerca metálica romboidal. En el centro hay una construcción sencilla de una sola planta, fachada blanca y tejado de chapa verde. Oyes a unos perros ladrando.

—Por aquí —dice.

Entráis en la edificación y recorréis un pasillo que tiene a los lados varios espacios diferenciados por un muro fino de un metro de altura. Hay un perro en cada uno de ellos; algunos ladran, otros duermen o están quietos con el rabo entre las patas.

—Hay muchos perros —dices.

El chico asiente.

—Antes era un establo; ahora es una protectora de animales —dice.

A medio pasillo, en una de las zonas delimitadas, encontráis a Lucas acodado sobre el muro.

—¿No estás demasiado lejos de la Comarca, Frodo? —dices, a modo de saludo.

Lucas sonríe.

Te acercas hasta él y le das la mano mientras echas un vistazo a su espalda. Su cubículo tiene una almohada y una colcha tiradas sobre la tierra. A un lado, una Biblia; al otro, un cuenco para perros lleno de agua.

—¿De verdad estás durmiendo aquí? —preguntas.

—Tengo todo lo que necesito. Y es lo más seguro, de momento —dice.

—No nos ha seguido nadie —dice el otro chico, que se retira para dejaros solos.

—Gracias, Óscar.

Lucas se pone a cuatro patas y comienza a andar como un perro hacia el cuenco de agua. Agacha la cabeza hasta sumergir la boca. Un montón de burbujas de aire suben a la superficie mientras trata de beber.

Cuando termina te mira.

—Perdona, te he asustado —dice.

—¿Por qué… te mueves como un perro?

—Solo fue una de mis fases. Tranquila, no me he vuelto loco.

Ahora le recuerdas lamiéndose las heridas frente al Rose Tattoo.

—No dejas de sorprenderme.

—Esto no es lo peor que podrías descubrir de mí.

—¿Te refieres al trabajo que hiciste con esos rusos? Lo de Marbella.

—Por ejemplo.

—¿Hay más?

Lucas suspira. Te mira muy serio.

—Estuve muy cerca del maligno. Conocí a la gente equivocada. Personas que estaban dispuestas a vender su alma a cambio de un estatus o placeres mundanos. Me perdí en el alcohol. Acudía a reuniones nocturnas donde invocábamos a los que eran capaces de proporcionarnos estas recompensas. Hice actos de los que me arrepiento y avergüenzo. Fui tentado por el diablo y vi el mal con mis propios ojos. Hasta que un día, la luz entró en mi vida y conseguí salir de aquello. —Sonríe y extiende los brazos en alto de forma ceremoniosa—. Conocí a Dios.

La escala de medida de la desesperación de una persona va de cero a pedir ayuda a Lucas. Y tú has venido a buscarle a un establo.

—Lucas, desde que nos conocimos ayer, hemos hablado las suficientes horas como para darme cuenta de que no eres igual al resto de la gente. Pero todavía no logro adivinar por dónde vas a salir. Cuando ya creo haberlo visto todo con tu regla de pecar de siete a ocho o tu obsesión por las plantas, te comportas como un perro y me descolocas todavía más.

Eufemismos para evitar decir que el tío está como una cabra.

—¿No soy igual que el resto? —dice, ya erguido sobre sus dos piernas.

—Por ejemplo, ¿podrías dejar de mirarme así?

—Así, ¿cómo?

—Así —dices, señalándole—, como un robot, sin pestañear. La gente no hace eso.

Lucas parpadea varias veces. Las pestañas apenas se mueven por culpa de la inflamación que tiene en ambos ojos.

—Ahora te has pasado —dices—. ¿No lo ves? Todo lo que haces parece estudiado. Es como si planearas cada gesto, cada palabra.

Está claro que se le dan mejor los ordenadores que las personas.

—Y también podrías empezar a explicarme a qué viene tanta precaución para venir a verte.

—Es mejor que no lo sepas.

—¿Han vuelto a contactar contigo esos mafiosos?

—No es eso —suspira, mientras se sienta sobre su colcha—. Estoy metido en… un asunto que se me ha ido de las manos.

—¿En qué?

Niega con la cabeza.

—No puedo decírtelo. Ahora mismo eres la única persona en la que puedo confiar, con la seguridad de que no estás quemada.

—¿Quemada?

—Quiero decir que al resto puede que ya los esté siguiendo la policía, como a mí, porque saben demasiado o están metidos hasta el fondo en esto. Tú estás limpia.

—¿La policía?

—A partir de ahora solo me comunicaré contigo a través del teléfono nuevo que te hemos dado hoy. Mañana cambiaré de escondite porque desde aquí no puedo trabajar en lo mío.

¿Lo suyo? ¿De verdad vas a confiar en este tío?

—Estaré en un piso, en Barcelona, y desde ahí me resultará más fácil ir a tu masía a ayudarte con ese teléfono.

—¿Vendrás mañana, entonces? ¿Puedo contar contigo?

Lucas calla mientras calcula.

—Pasado mañana. Dame un día más para organizar unas cosas.

Os despedís ahí mismo. Lucas dice que le perdones por no acompañarte al exterior del establo, pero puede haber drones buscándole.

En la puerta, encuentras dos motos que no estaban antes, además de la scooter que te ha traído a ti. Junto a ellas hay tres hombres y una mujer, todos llevan todavía los cascos colgando de sus brazos.

La mujer te mira. Tiene unos treinta años, pelo rizado y va vestida con ropa de camuflaje, como si viniera de jugar una partida de *paintball*.

Te saluda levantando la cabeza.

—Hola —dices.

—Hola, guapa. ¿Estás aquí por lo mismo que nosotros? —te dice.

—¿Cómo? —preguntas.

—Los agujeros —dice ella.

Uno de los hombres que está a su lado le da un codazo, y la mujer baja la mirada.

20

La autocaravana

Barcelona, en la actualidad

Ya ha oscurecido en Sant Just Desvern. Te ha traído de vuelta a la masía el mismo chico que te llevó a ese establo con su scooter roja. Tienes la cabeza como un cencerro después de pasar media hora escuchando música evangélica a todo volumen dentro de ese casco opaco.

Cruzas la calle de la masía y, cuando estás a punto de entrar en el terreno, te encuentras con Fernandito en la puerta del jardín. Lleva la correa de Sultán en una mano y una litrona de cerveza en la otra.

Te quedas paralizada frente a la verja. Pero te ha visto. Ya es tarde para esconderte.

Fernandito te dice que se lleva al perro a dar un buen paseo.

—Hasta el final del pueblo y volver. En esa zona hay muchos perritos, ¿verdad, Sultán? —dice.

Mientras desaparecen calle arriba, se te ocurre una idea.

Necesitas averiguar cuanto antes si Sandra estuvo en esta masía. O mamá.

Atraviesas el jardín, con cuidado de no arañarte la cara con las ramas de los arbustos que crecen sin control, hasta que llegas a esa especie de claro donde vive Fernandito.

Te llaman la atención unas marcas sobre el suelo de tierra. Es un surco que va desde las sombras frondosas del jardín hasta la puerta de su vivienda; es como si alguien hubiera arrastrado algo pesado por allí. El escalón metálico que precede a la puerta de la autocaravana también está cubierto de tierra en los bordes.

Tratas de entrar, pero la puerta está cerrada con llave. Mientras intentas forzarla, te parece oír un ruido entre las matas de hierba. Das una vuelta sobre ti misma, pero no ves a nadie. Estás nerviosa, solo es eso. Por si acaso, echas un vistazo a tu alrededor: el claro donde se encuentra aparcada la autocaravana está rodeado de plataneros y arbustos frondosos, no hay ninguna ventana de la masía que dé a este lado del terreno, por lo que no es posible que ningún inquilino te haya visto. Pero pensar en ventanas te ha dado una idea.

Buscas una piedra por el suelo. Eliges una en concreto: te cabe en el puño y tiene un extremo puntiagudo y alargado.

Subes por las escaleras de la parte trasera de la autocaravana, gateas por el techo y enseguida encuentras lo que buscas: una claraboya.

Golpeas con la piedra su cierre hasta destrozarlo.

Miras de nuevo a tu alrededor por si has llamado la atención de algún inquilino con tanto ruido. Estás sola.

Te descuelgas.

Una vez dentro, echas un primer vistazo. Fernandito parece sufrir síndrome de Diógenes agudo. Es como si la autocaravana hubiera caído por un acantilado para acabar en este jardín tras dar diez vueltas de campana. Los cajones abiertos, ropa sucia repartida por el suelo y los muebles, dos *compact discs* de Peret y Estopa sobre la mesa con marcas de polvo blanco por encima de las carátulas, revistas mojadas. El olor de esta pocilga te revuelve el estómago. Decides tratar de encontrar rápido lo que has venido a buscar. Según te dijo Roberto, Fernandito se dedica a acosar y sacar fotos a escondidas a las inquilinas que se hospedan en la masía. No crees que haya dejado su móvil aquí si se ha marchado con Sultán, pero quizá encuentres objetos personales o fotos de las mujeres. Un escalofrío recorre tu espinazo solo de imaginar que das de bruces con una fotografía de este depravado en la que salga mamá. Mueves trastos y abres armarios hasta que te ves obligada a parar; el mal olor es demasiado intenso. Intentas averiguar de dónde procede. El baño debe de llevar meses sin ver una fregona y la orina que hay adherida al suelo emite un hedor intenso; pero no es eso. Aquí hay algo más. Te tapas la nariz con el cuello de tu camiseta de Blink-182, pero la pestilencia traspasa la tela. Es insoportable. Ese olor asqueroso se cuela por tus orificios nasales y los pudre a su paso. Huele igual que hace cuatro días, en Eunate, cuando Helena y ese tal Santi sacaron el cadáver de Sandra del maletero para enterrarlo.

Eso te hace recordar el surco que acabas de ver sobre el jardín y la tierra adherida al escalón de la puerta de la autocaravana.

Huele a carne en descomposición.

Y viene del dormitorio.

Imaginas lo peor.

Te acercas, temblorosa, y el hedor se intensifica con cada paso.

Con cuidado, pellizcas un extremo de las sábanas y tiras de ellas.

Nada. Una camiseta, manchas oscuras en la bajera de algodón, a saber de qué, calcetines, una almohada amarillenta y poco más. Pero está ahí, sabes que está ahí porque es imposible que esa fetidez nauseabunda venga de otro lugar.

Tomas aire y aguantas la respiración con la intención de evitar inhalar esa peste una y otra vez. Estás a punto de vomitar. La sensación te resulta similar a ingerir y mantener en la boca un trozo de carne putrefacta.

Te agachas, buscas debajo del colchón.

Ahí está.

Lo has encontrado.

Está tumbado sobre el suelo. Tiene el pelo gris, lleno de costras y heridas. Tu instinto te obliga a apartarte y te tapas de nuevo la nariz con la camiseta.

Cuando reúnes el valor suficiente para volver a mirar, te horrorizas al averiguar de qué se trata.

156

Es un perro muerto.

Por su estado, debe de llevar mucho tiempo allí. Tiene coágulos de sangre, el pelo gris encrestado y la mirada vacía de una merluza de pescadería.

La arcada que sientes es tan grande que necesitas llevarte las manos a la boca para evitar echarlo todo allí mismo.

Te levantas, das tumbos por la autocaravana, esquivando latas de cerveza vacías y envoltorios de comida precocinada, en busca de un recipiente, una papelera o un cubo donde soltar lo que llevas dentro. Pero no encuentras nada parecido. Por un segundo, te planteas vomitar en el suelo; Fernandito no lo notaría entre toda esta mierda. Tropiezas con un perchero de camino al fregadero, que está repleto de vasos y platos sucios. *Overbooking*. En el último momento, cuando ya no aguantas más, se te ocurre abrir la mampara de la ducha y soltarlo ahí dentro.

Mientras recobras el aliento y te limpias la boca y la nariz con el antebrazo, te das cuenta de que has vomitado al lado de un objeto metálico, alargado.

Te acercas a examinarlo y logras entender de qué se trata. Está salpicado por la mezcla de bilis y trozos de comida sin digerir que has expulsado, pero no hay duda de que es un rifle. Fernandito guarda un arma en su autocaravana.

Fijas la mirada en el rifle. Estás recordando lo que Fernandito ha dicho cuando os habéis encontrado. Sultán y él se iban a una zona, al final del pueblo, donde hay muchos perros. ¿Se dedica a cazar perros y traerlos a su autocaravana?

Un estruendo te saca de tus cavilaciones.

Das un salto hacia atrás.

En un primer momento, piensas que se ha disparado el rifle. Pero lo que ha sonado ha sido la puerta de la autocaravana. Alguien ha golpeado la chapa metálica desde el exterior con un golpe seco, firme.

Te asomas por la ventanilla, ya amarillenta por la nicotina adherida durante años, y logras ver una figura que se mueve rápido y desaparece entre los arbustos del jardín. No reconoces de quién se trata, pero está claro que ha querido asustarte. Llevaba ropa clara y unas zapatillas de deporte rojas que destacaban en la penumbra.

21

La caseta

Hendaya, Francia, 1998

El niño que sueña con correr descalzo por la playa de Hendaya se despierta con un espasmo y se abraza a sí mismo, aterido.

Lo más duro de despertar es el momento en el que su cerebro se percata de que su cuerpo sigue encerrado; cuando los colores azules, luminosos y oníricos de la playa de Hendaya se difuminan para dejar solo una oscuridad helada.

El niño no está enterrado bajo tierra, pero esta caseta de madera le recuerda a un ataúd.

Los primeros días gritaba y lloraba hasta hacerse daño en la garganta. Se desgarraba las cuerdas vocales una y otra vez, sin descanso y sin que sirviera de nada. La caseta está en el jardín, pero demasiado apartada de la ciudad para que alguien pueda oírle.

No se le ha ocurrido pensar en la posibilidad de morir de hipotermia porque solo tiene siete años y los niños de su edad no imaginan esas cosas. Los niños de siete años juegan, corren, saltan, ríen y tienen la esperanza de que sus castigos terminen en algún momento.

En la caseta de su perro Seb no hay juguetes ni dibujos en las paredes; ni siquiera rotuladores para crearlos él mismo. Lo único que le conecta con el exterior es el agujero que hay en la madera. Apenas cabe un ojo, pero es una ventana al mundo y su salvavidas mental en este momento.

Cuando tiene miedo, mira por el agujero y ve la luz del sol.

Cuando siente que se ahoga, acerca la boca al pequeño orificio y respira.

Cuando necesita hacer pis, usa el agujero.

Pero cuando tiene que hacer «eso otro», el agujero no sirve. Es demasiado pequeño y la caseta es un lugar cada vez más asqueroso.

El pienso de Seb sabe a cartón mojado, pero es lo único que hay.

El niño cierra los ojos y sueña. Pero ya no sueña con correr descalzo por la playa de Hendaya. No sueña que su madre lo espera frente al casino antiguo del boulevard de la Mer con una toalla seca para arroparle. Simplemente sueña con que pase la noche; tiene mucha sed y mamá no va a llenarle el cuenco de agua hasta la mañana siguiente.

Sus sueños se han hecho tan pequeños como esa caseta.

22

FanCar

Barcelona, hace un año

Esta noche Walter no consigue apartar los ojos del espejo retrovisor.

Se está saltando una de sus normas fundamentales: no empatizar con ellas. Una regla que hasta ahora había cumplido sin excepciones. Pero Vera parece distinta a las otras. Ella no aparta la vista del espejo. Es una mirada cubierta de lágrimas, temerosa, pero también tiene un brillo valiente. Walter no sabría describirlo. Le desconcierta y atrae a partes iguales.

Lo peor para él es que, por primera vez, está dudando.

Hace cinco minutos que el coche de los Mossos ha desaparecido tras un chaflán. Ellos casi han llegado al local de Walter, en Poblenou. El barrio tiene zonas con bares y discotecas, llenas de gente a estas horas; pero esta calle no es una de ellas. Aquí las tinieblas dominan las aceras.

El Mercedes se detiene en medio de la carretera, frente a la puerta de una fábrica abandonada.

Ahora es cuando Walter debería accionar el mando a distancia para abrir la puerta automática y meter el coche dentro de su guarida, como tantas otras veces. Pero no lo hace.

Tiene el dedo sobre el botón del mando, y una gota de sudor le resbala por la frente. ¿Por qué?

Ha visto algo.

—Mierda —murmura.

—Déjame bajar, por favor —dice Vera con voz trémula.

Walter mete primera y se aleja con prisa de ese lugar donde siempre termina su noche. Donde los gritos se ahogan. Donde sus víctimas entran despiertas para salir dormidas.

—Nos están siguiendo —dice Walter.

—¿Qué?

—Por eso no te he dejado bajar antes —improvisa.

Vera se gira y mira por la luneta.

—No hay nadie —dice. Después, vuelve a girarse hacia delante, se seca las lágrimas y medita durante tres segundos lo que va a decir—. Escucha, déjame bajar del coche. Me he fijado en cómo dudabas con ese mando en la mano. No eres mala persona. Estás a tiempo de que todo esto solo se quede en un mal trago para mí. Punto. Nada más. No he visto bien tu cara, no eres mi *driver* asignado en FanCar porque no había reservado ningún coche; no puedo identificarte en la aplicación. Prometo no mirar tu matrícula al bajar. Por favor…

—No te miento, Vera. Nos siguen de verdad.

—Si no hay nadie —dice ella, llorando.

Vera se hunde en el asiento de atrás, abatida. Walter intuye sus pensamientos: estoy en manos de un psicópata. Es lo que siempre percibe en las pupilas húmedas de sus víctimas. Vera se agacha, mete la cabeza entre las piernas y se lleva las manos a la cara.

De pronto, una luz blanca ilumina el interior del coche.

Walter pisa a fondo. Las ruedas del Mercedes chillan.

Vera se revuelve sin control en el asiento trasero; es un trapo dentro del tambor de una lavadora. Está intentando incorporarse para ver de dónde proviene la luz, pero la fuerza de la aceleración es tal que le resulta imposible. Cuando la velocidad se estabiliza, consigue arrodillarse sobre el asiento y mirar hacia atrás.

Los dos lo están viendo.

Un Audi A3 negro pasa sobre las marcas de neumático que el Mercedes de Walter acaba de pintar sobre el asfalto. Está a una manzana, pero se acerca.

—¡Era verdad! Nos siguen —dice Vera, con un tono de alegría impropio de alguien a quien están persiguiendo.

—Te lo he dicho. Agárrate fuerte.

El Mercedes da un giro de ciento ochenta grados, derrapa y acelera en dirección a su perseguidor.

—¡¿Qué haces?! —grita Vera.

Los dos coches se acercan el uno al otro, recortándose los pocos metros que todavía los separan.

Están a punto de chocar de frente. Pero el Audi da un volantazo en el último instante y esquiva por dos centímetros el impacto. Después pierde el control hasta golpear con el costado unos contenedores.

En ese momento, Walter y Vera son capaces de distinguir las figuras que ocupan los asientos delanteros del vehículo.

—Parecen dos mujeres —dice Vera.

—Tenemos que aprovechar ahora para despistarlas —dice Walter.

—Pero ¿quiénes son y qué quieren?

—Robarnos —miente. Walter no le explica que es la segunda vez que las ve—. Se lo han hecho a otros compañeros. Te arrinconan y te hacen parar el coche en cualquier calle. Suelen ir armadas y son violentas.

Walter pisa a fondo. Sube a toda velocidad la calle de la Marina en dirección a la avenida Diagonal. Los semáforos no existen en este momento.

De nuevo, sin poder evitarlo, posa la mirada en el espejo retrovisor y observa cómo Vera cierra los ojos en cada cruce.

Se oyen bocinazos. Están a punto de chocar en varias ocasiones con algunos taxis y autobuses nocturnos que todavía circulan a esas horas. Atraviesan varias calles en zigzag, seguidos por el A3, hasta que Walter tuerce hacia la derecha y enfila la avenida Diagonal. El coche que los persigue no reacciona igual de rápido al giro, pero en el último momento logra rectificar y agarrarse al asfalto de la avenida como si en lugar neumáticos tuviera garfios.

Al cabo de treinta segundos, vuelven a tenerlo a su espalda.

Ambos coches vuelan por la avenida Diagonal. Atraviesan la plaza de las Glòries y dejan su torre con forma de bala a la derecha.

Vera y Walter maldicen al unísono. Este último infla el pecho para coger aire y pregunta:

—¿Llevas el cinturón?

—¿Qué?

—¡Que si llevas puesto el cinturón de seguridad!

Vera se palpa el torso y dice que no.

—Póntelo. ¡Ahora!

Walter gira el volante y el coche bota al impactar contra el escalón que divide ambos sentidos de la avenida. Están circulando por encima de la mediana. Acelera de nuevo hasta que la aguja marca ciento treinta y cinco kilómetros por hora.

El otro vehículo consigue alcanzarlos por el carril derecho y se pone a su par. La ventanilla del asiento trasero desciende y un brazo de mujer se asoma. La que estaba de copiloto empuña un arma y se ha pasado a la parte de atrás para disparar.

—¡Tiene una pistola, Walter! ¡Acelera!

La primera bala silba cerca.

La segunda revienta el faro derecho trasero.

La tercera bala rebota en una farola y destroza un escaparate.

—¡Nos están dando! —grita Vera, mientras se agacha—. ¿No puedes correr más?

El A3 aprovecha la cuesta de un paso de peatones para subir a la mediana y ponerse detrás del Mercedes de Walter. Desde ahí tienen un blanco mucho más fácil.

Suenan bocinazos intermitentes. Vera se pregunta si no sería más apropiado pitar primero y disparar después.

—¡¿Por qué nos pitan?! ¡¿No les vale con los disparos?!

—¡No son ellas! —grita Walter. Y Vera, por lo que sea, recuerda las clases de matemáticas del colegio privado que tanto lloró abandonar cuando las cosas empezaron a ir mal en casa:

Si un tranvía sale de Badalona a las cinco de la mañana para hacer su primera ruta del día, a una velocidad constante de cincuenta kilómetros por hora, y un siniestro coche, perseguido por otro coche aún más siniestro, sale de Barcelona a la misma hora a ciento cuarenta kilómetros por hora, ¿en qué punto de la avenida Diagonal se transformarán en un amasijo de hierros?

Vera traga saliva al imaginar la respuesta. Después, cierra los ojos y se prepara para el impacto.

La bocina del tranvía sigue sonando.

Walter aprieta los dientes.

Ahora o nunca.

Un volantazo a esa velocidad puede resultar mortal. Pero no salir de la trayectoria de un tranvía que circula en dirección contraria a ti aumenta de manera exponencial esa probabilidad de morir. Una decisión así requiere tiempo para no errar, y eso es justo lo que no tienen.

Las manos de Walter, doloridas por agarrar con fuerza el volante, dibujan un pequeño giro hacia la izquierda, suficiente para esquivar el impacto frontal de la enorme masa metálica del tranvía. El retrovisor derecho sale volando, pero salvan la embestida.

No puede decir lo mismo el A3, que besa con su parte trasera el morro del tranvía y da varios giros de trescientos sesenta grados, sin llegar a volcar, hasta chocar con una farola. La parte delantera del coche se convierte en un acordeón metálico estropeado.

«Quizá estén muertas», piensa Walter. Si no es así, al menos las ha dejado fuera de combate por hoy.

El Mercedes abandona las vías de la mediana y termina de recorrer la avenida Diagonal. Desciende varias calles mientras deja que el sonido de ambulancias y coches de policía se pierda cada vez más en la distancia.

Tras cinco minutos, al contrario que sus pulsaciones, el coche sí es capaz de reducir su velocidad hasta meterse en un aparcamiento de tierra, frente a la playa de la Nova Mar Bella, casi al límite de la ciudad con la vecina Sant Adrià.

Después del infierno vivido hace unos minutos, aquí solo se oye el suave repiqueteo de los neumáticos al pisar la gravilla del aparcamiento y el sonido de las olas del mar.

Todavía no ha salido el sol, pero ya huelen el amanecer de un nuevo día; de una nueva vida. El aroma a salitre huele a renacer.

—¿Estás bien?

Ella no responde.

—Ha faltado poco —insiste.

Silencio.

Walter echa el freno de mano. Suena el cierre centralizado y dice:

—Esperaba un gracias, al menos. No podía dejarte que bajaras y fueras caminando sola de noche, sabiendo que esa gente estaba siguiéndonos. Créeme, no tenían buenas intenciones.

—Ya me ha quedado claro que no —dice Vera, con la mirada perdida y el cuerpo todavía tembloroso.

Walter sale del coche y saca del maletero un destornillador eléctrico y dos matrículas falsas de repuesto. Deja la puerta abierta para hablar con Vera mientras se agacha frente a la parte trasera del vehículo. Ella está en trance; tanto que ni siquiera se da cuenta de lo que está haciendo Walter.

—Nos han seguido desde la discoteca —miente—. No estaba seguro en un primer momento. Por eso no te he dicho nada, para no asustarte.

—¿Para no asustarme? —dice Vera desde el interior del coche—. Pues menos mal.

—Y por eso no hemos ido hacia Hospitalet —miente de nuevo—. Como me ha parecido que nos seguían desde el principio y tengo un garaje en Poblenou, pensaba despistarlas y escondernos dentro.

—¿Quiénes eran?

—Un problema —murmura Walter, mientras sustituye la placa trasera.

—¿Cómo dices? No te he oído —grita Vera desde el asiento.

—Digo que no es la primera vez que actúan —grita Walter desde el exterior—. Son una banda organizada que se dedica a robar de noche. Atacaron a un compañero de FanCar hace unos días —improvisa, recordando una noticia del periódico—. Por suerte, él no llevaba pasajeros en ese momento, pero le robaron el coche. Suelen servirse de dos vehículos. Te siguen hasta una zona que consideran idónea para no ser vistos y te cierran el paso entre los dos coches. Después se bajan armados y te quitan todo lo que pueden.

—Madre mía.

—Si cuando voy solo ya me da miedo, no quiero imaginar lo culpable que me sentiría si a ti, como pasajera, te hicieran daño. Una vez que alguien sube a este coche, se convierte en mi responsabilidad.

Walter rodea el Mercedes, se acuclilla frente a la matrícula delantera y comienza a desatornillarla.

—Eran dos mujeres —dice él.

—Sí. Al principio solo he podido ver sus siluetas. Pero cuando una de ellas ha bajado la ventanilla para dispararnos, le he visto la cara.

Ambos se quedan en silencio. Suenan las olas del mar, que hoy está revuelto, y el ruido intermitente del destornillador eléctrico.

—Gracias —dice Vera, con voz todavía trémula—. Perdona por no habértelas dado antes. Pero ni siquiera me hablabas. He llegado a pensar que eras un loco o algo parecido.

Walter se ríe. Guarda en el maletero el destornillador y las matrículas que acaba de quitar.

—Perdona, me he puesto nervioso y... soy un torpe. Tenía miedo y estaba concentrado, comprobando si las había despistado.

—Pero ¿por qué no me has dejado bajar cuando han pasado los Mossos?

—Teníamos a esas mujeres encima. Aunque estuvieran allí los Mossos, seguía siendo peligroso. Ya has visto cómo se las gastan.

—Espera, espera. —Vera se baja del coche y se lleva las manos a la cabeza—. Es muy serio lo que ha pasado. Nos han perseguido a toda velocidad y nos han disparado. ¡Disparado!

Vera, los ojos abiertos, una mano en la frente y la otra en la cadera, camina en círculos.

—Es muy fuerte. Tenemos que denunciarlo.

—Eso pienso hacer —miente Walter, otra vez.

—Te acompaño a la comisaría. Tendremos que dar declaración los dos.

Walter tarda unos segundos en contestar. Finge que se lo piensa.

—Mejor me encargo yo solo. Podría meterme en un lío si en mi empresa se enteran de que llevaba una pasajera sin declarar.

Vera asiente. Lo entiende.

—Aun así, no creo que haga falta. ¿Has visto cómo ha quedado su coche? —dice él.

Silencio.

—¿Crees que han muerto? —pregunta Vera.

Permanecen callados cinco minutos más, sentados en el capó del Mercedes, mirando cómo se filtran las olas a través de la arena de la playa, pensando en que podrían haber sido ellos los que acabasen estrellados contra esa farola.

—Tengo que marcharme, Vera. Puedo dejarte aquí o llevarte a Hospitalet, como querías en un principio. Si vienes conmigo, te prometo un viaje más tranquilo y placentero que el de antes.

—No sé si me apetece —dice ella.

Walter tuerce el gesto.

—¿Sin disparos ni nada? Me voy a aburrir.

Los dos explotan a reír. En situaciones de estrés, la tensión tiende a salir por cualquier recoveco.

Vera mira alrededor. Solo ve mar y un aparcamiento de tierra vacío. Están en la otra punta de la ciudad, muy lejos de casa.

—Voy hacia allí de todas formas —añade Walter—, no es ninguna molestia para mí, de verdad. Además, no te cobraré —sonríe.

Vera acepta el ofrecimiento, y el Mercedes arranca de nuevo.

Durante el trayecto hasta Hospitalet, su relación empieza de cero. Esquivan la tensión, logran dejar a un lado lo que acaban de vivir y les da tiempo a conocerse lo suficiente como para saber que desean hacerlo más a fondo.

Cuando llegan a Hospitalet, Vera se apoya en la ventanilla y, antes de despedirse, dice:

—Quizá deberíamos intercambiar nuestros teléfonos.

Walter sonríe.

23

Vera

Barcelona, en la actualidad

Atraviesas el jardín en línea recta metiéndote entre zarzas y arbustos para llegar cuanto antes a la masía. La puerta de la cocina está abierta, como de costumbre. Todavía tienes el susto en el cuerpo y las manos manchadas de vómito. Te encierras en el baño de la planta baja: es un espacio diminuto donde el pie del lavabo casi roza el inodoro. Mientras frotas tu camiseta con agua y jabón de manos, repasas lo que acabas de hacer en la autocaravana. Has limpiado con agua el plato de ducha en el que habías vaciado el contenido de tu estómago. Después, has pasado tu propia camiseta por la superficie del rifle porque el vómito había logrado alcanzarlo. Quizá no era necesario; Fernandito tiene la autocaravana hecha una pocilga, pero has preferido asegurarte de que no sospeche que has estado allí dentro.

Envías un mensaje de audio a Lucas explicándole todo: lo del rifle, lo del perro, lo de esa persona que ha golpeado la chapa de la puerta antes de desaparecer entre la penumbra del jardín. Quizá así se salte su estúpida regla y venga cuanto antes a ayudarte.

Te pones la camiseta, todavía mojada, y sales del baño. Te encuentras a Roberto y Manel en el salón. El primero lleva una sudadera blanca; el segundo, chaleco de lana en tonos beis y pantalón de pana marrón. Están de pie, charlando sobre una alfombra polvorienta. Una lámpara colgante y la tele, sin sonido,

170

iluminan la estancia. Pese a que Manel evita fumar en las zonas comunes, huele un poco al humo de tabaco que alcanza el salón desde su despacho.

Se te quedan mirando. Uno a los ojos; el otro no.

—Perdón, estoy empapando todo —dices, mientras señalas la camiseta que gotea.

—Hola, Leyre —dice Manel, sonriendo—. ¿Qué te ha pasado?, ¿te has caído al Llobregat? Si buscas la lavadora, la guardamos en el cobertizo del jardín.

Roberto no saluda, se limita a seguir mirando tu pecho mojado.

—Era solo un poco de barro, no te preocupes. La acabo de lavar a mano. Si veo que las manchas no se han ido, mañana la meto en la lavadora.

Manel asiente poco complacido, supones que es porque cree que le vas a llenar de agua toda la casa. Después se gira para seguir hablando con Roberto.

—Las habitaciones cuestan lo que cuestan. Es un precio fijo. No puedo descontar nada solo porque María ya no vaya a vivir contigo.

—Pero no es justo. Debería ser un precio por inquilino.

—Lo que no voy a hacer es cambiar las reglas por una sola persona. Eso sí que sería injusto con el resto de los que llevan años pagando un precio fijo por habitación. Muchos también viven solos y nunca se han quejado.

Roberto suspira.

—Mujeres —dice, mientras te dirige una mirada al pecho de nuevo.

—¿Perdona? —pregunta Manel.

—Estoy harto. No me han traído más que problemas. Pensaba que María sería la excepción, pero se ve que no. Lo he dado todo por ella: dejé mi barrio, mi trabajo. Es cierto que ya no tenía familia ni amigos allí, pero cambié mi vida en Murcia por María, por comenzar de cero con ella en esta casa. Y ahora se va y me deja aquí tirado. En fin, desde este momento, mi relación con las tías va a ser muy diferente —dice, muy serio, y vuelve a mirarte.

En ese momento te das cuenta de que todavía no te has movido de la puerta. Carraspeas.

—Bueno —dices—, voy a subir a mi habitación a ver si descanso un poco. No he parado en todo el día.

—*Bona nit*, Leyre. Y perdona el espectáculo —dice Manel, mientras dirige una mirada a Roberto.

Al pasar entre los dos hombres agachas la cabeza y es entonces cuando reparas en ellas.

Son unas zapatillas rojas; las mismas que has visto desaparecer entre los arbustos, frente a la autocaravana. Están un poco sucias de tierra, pero son esas. Estás segura. Roberto te ha descubierto fisgoneando y ha golpeado la chapa del vehículo.

—Descansa. Y ya hablaremos —dice Roberto, que por primera vez desde que has entrado te mira a los ojos. Sientes que está escrutando tu reacción.

Se te revuelven las tripas de nuevo, como en la autocaravana, pero esta vez es debido a la ansiedad. Estás a punto de preguntarle de qué quiere hablar, pero decides no hacerlo delante de Manel. No sea que descubra que te dedicas a registrar las habitaciones de los inquilinos.

¿Qué hacía Roberto en el jardín? ¿Estaba espiándote?

Subes de dos en dos los escalones que llevan al primer piso y recorres el pasillo hasta tu habitación. Solo deseas echar el pestillo y esconderte. Dejar que tu mente descanse. Atenuar el ruido. Retirar los cañones y pedir una tregua en la batalla. Dormir.

Estás cargando con demasiadas cosas: mamá, Sandra, los ataques de ansiedad, las lagunas de memoria, Fernandito, la autocaravana, el cadáver del perro de debajo de su cama, el rifle, la cincha de tu radiador, la sangre en la pared, los tres días que quedan para «la fecha» y ahora, también, Roberto.

Mientras introduces la llave en la cerradura, oyes un ruido a tu espalda, en el pasillo donde se supone que no debería haber nadie. Tu corazón sale impulsado hasta tu garganta como si fuera una bola de *pinball* y, antes de girarte, ya imaginas a ese hombre al fondo del corredor, mirándote de forma asquerosa.

—¿Roberto?, ¿eres tú?

Tus palabras se diluyen entre la penumbra y las sombras de muebles y jarrones antiguos que custodian ambos lados del pasillo.

«Las niñas buenas no temen a la oscuridad».

De pronto, oyes un maullido que viene desde el suelo. Bajas la mirada hacia allí. Se trata de Bu, el gato de Vera, que está sentado cerca de tus pies y trata de llamar tu atención. Ha debido de salir de tu habitación por el roto de la puerta en cuanto te ha oído llegar.

Maúlla de nuevo.

—¿Qué haces aquí, Bu? No me lo digas, Walter está en casa y no quieres estar con ese imbécil. Tranquilo, puedes quedarte conmigo esta noche.

Te agachas para acariciarlo, pero Bu se da la vuelta y sube con agilidad las escaleras hacia la última planta.

Decides seguirlo.

Es la primera vez que estás aquí arriba. El segundo piso de la masía está formado por un angosto pasillo enmoquetado en rojo, con estancias a ambos lados. Huele a humedad. El techo es mucho más bajo que en las otras dos plantas y también hace más frío a causa de su cercanía con el tejado. Todas las habitaciones están cerradas excepto la última, por la que avanza la luz blanca de la luna, que estira la sombra del gato a lo largo de todo el corredor y le da el aspecto de una bestia enorme y encrestada. Te viene a la mente la imagen que has visto hace un rato del perro muerto, de su pelo gris cubierto de sangre.

—Bu, ven aquí, bonito —dices, con voz temblorosa.

El gato no se inmuta. Sigue parado en la puerta de la última habitación, mirando al frente, esperándote.

Avanzas despacio. Por un lado, para no asustar a Bu; por otro, para no despertar a los inquilinos que están durmiendo en las habitaciones que hay en esa planta. Con cada uno de tus pasos, el suelo de madera cruje bajo la moqueta. Cuando casi estás a la altura del gato, rozas el pelo de su lomo con las yemas de los dedos, pero Bu se revuelve y corretea hasta el fondo de la estancia.

Es un cuarto minúsculo, abuhardillado, que parece hacer las funciones de trastero porque está lleno de utensilios y muebles polvorientos. Un cable pelado sin bombilla cuelga del techo. Una claraboya que da al tejado es la única fuente de luz.

—Bu, ¡no! —gritas con un susurro, adivinando los planes del gato que, en cuatro sencillos saltos, sube por unas cajas apoyadas bajo la ventana del techo y desaparece a través de ella.

La última claraboya por la que te cuelas esta noche. Lo prometes.

Las cajas son demasiado endebles para ti. Aprovechas una silla destapizada que hay justo bajo la ventana.

Trepas.

Una vez arriba, sin querer, ruedas media vuelta hasta quedar tumbada sobre las tejas que separan la vieja masía del cielo.

Todas las estrellas de la inmensidad de la noche caen sobre ti como agujas de oro que te dejan boquiabierta.

Oyes las garras de Bu repiquetear sobre el tejado hasta que se detiene a tu lado.

—¿Querías enseñarme esto, ¿verdad, pequeño? —Lo acaricias—. Tengo que reconocer que es impresionante. Voy a subir aquí cada vez que necesite escapar de esos locos que viven ahí abajo. ¿Me acompañarás?

—Tendrás que pedirme permiso a mi primero —interrumpe una voz.

Das un pequeño brinco y te giras para ver de quién se trata.

—¡Joder! Qué susto me has dado.

Vera sonríe. Está sentada justo a tu espalda, un poco más arriba.

—Perdona —dice, sin poder parar de reír—. Y tú, chaquetero, ¿qué rápido me cambias? —El gato se acerca a ella y la roza con el lomo, ronroneando—. Ya, claro, a buenas horas, guapo.

Te relajas después del susto, descuelgas los hombros y sueltas todo el aire de los pulmones. Se te escapa media sonrisa.

—No quería asustarte. Suelo subir mucho por aquí a escribir y pensar en mis cosas —dice—. Es mi refugio secreto, mi universo mágico. Aquí arriba es como si no me alcanzaran los problemas.

Trepas a gatas el tejado, con torpeza, hasta que logras sentarte al lado de Vera. Ella cierra un cuaderno de tapas azules y lo deja a su derecha. Te preguntas qué estaba escribiendo.

—¿Qué tal? ¿Te vas adaptando a la ciudad y a la casa?

—Más a lo primero que a lo segundo —dices.

Ambas os reís.

—Tranquila, yo llevo un año y estoy igual.

—De momento creo que eres la única persona normal que he conocido en esta masía, junto con Manel.

—Y mi Walty —corrige Vera.

—Eso, y Walter —dices, bajando la mirada. Después, intentas cambiar de tema—. Bueno, ¿y qué escribes?

—¿Cómo?

—Acabas de decirme que sueles subir a este tejado para escribir, y he visto el cuaderno.

Vera sonríe y percibes un brillo nuevo en sus ojos verdes.

—Quédate con mi nombre: Vera Sala —dice, pasando la mano por el aire como si estuvierais viendo un cartel con su nombre—. Algún día te lo encontrarás de bruces cuando entres en una librería. En un estand de esos que colocan en las puertas para anunciar las últimas novedades de los autores superventas.

¿La chica apunta, quizá, demasiado alto?

—¿Has publicado algo?

—De momento, no. —Te mira haciendo una mueca falsa, como si fuera a llorar—. Pero dame tiempo. Estoy trabajando en una historia muy buena.

Notas cómo su expresión se ilumina mientras habla del tema.

—¿Una novela?

—Sí. Se titula *La casa de los perdidos*. Trata sobre la relación que mantienen los diferentes habitantes de una masía situada a las afueras de Barcelona.

—Basada en hechos reales, por lo que veo —dices.

—Ni confirmo ni desmiento.

Ambas reís.

—Ahora que lo pienso, quizá tenga que cambiar algunos nombres para evitar denuncias cuando mi best seller me convierta en millonaria.

Lo dice tan seria que dudas si reír o asentir para no ofenderla.

—¿Puedo preguntarte por qué ese título?

—¿*La casa de los perdidos*? Muy fácil. Si te paras a analizar este lugar, todos los que hemos acabado aquí lo hemos hecho porque, de algún modo, no hemos encontrado nuestro sitio en el mundo o porque hemos perdido, al menos durante un tiempo, nuestro camino en la vida. El libro es una comedia romántica, pero también trata ese tema; hallar tu sitio. Todos los personajes parecen muy diferentes entre sí, pero conforme avanza la historia se ve que tienen algo muy importante en común: no encontrar su lugar. Eso los unirá y se crearán lazos entre algunos de ellos. También conflictos. La idea inicial era que fuera una historia bonita sobre la vida. Pero ya veremos —dice, haciendo el gesto de cerrar los labios como si tuvieran una cremallera.

—Yo soy más de novela negra, pero haré una excepción contigo y me compraré tu libro. Siempre y cuando me lo firmes.

—Será todo un honor. Genial, ya tengo mi primera lectora —dice Vera, levantando los brazos en un gesto triunfal—. Me has caído bien. Te invitaré a pasar las tardes en la piscina de mi futura mansión. Después, cenaremos los platos más exquisitos de mi cocinero personal y saborearemos los mejores vinos de mi bodega.

Sonríes. No sabes si bromea o si de verdad tiene esos pájaros en la cabeza.

Os quedáis en silencio durante unos segundos, mirando el cielo estrellado. Supones que Vera seguirá soñando con lo de ser escritora; tú piensas en lo que te ha traído a este lugar.

—¿Qué tal te llevas con el resto de los habitantes de la casa? —preguntas.

—Depende. Con algunos me llevo bien, pero con la mayoría intento llevarme lo justo y necesario. A veces me obligo a hablar con ellos solo para que me den inspiración para mis libros. Las mejores tramas son las que no son ficción. Si te digo la verdad, los habitantes de esta casa son una mina de ideas. Podría escribir una novela de cada uno de ellos. ¿Tienes curiosidad por alguien en particular?

—Fernandito, por ejemplo —propones.

—Buena elección. Un personaje muy interesante. Pero si no estás escribiendo un libro como yo, te recomiendo que te alejes él.

—Sé a qué te refieres. Anoche, antes de estar contigo, tuve que pedirle ayuda para que arreglara la luz del primer piso. Me estuvo contando cosas sobre su pasado. Sé que estuvo en la cárcel por vender drogas.

—Sí. Pero eso no es todo.

—Ah, ¿no?

—Se ha quedado tocado de la cabeza después de años de excesos. No trabaja, vive en esa autocaravana a cambio de ayudar a Manel con las tareas de la masía. Está siempre tan colocado que no sé cómo no ha tenido alguna vez un accidente con el taladro, la segadora o alguna de las herramientas que utiliza a diario. Apenas duerme. He pasado frente a su autocaravana muchas noches y siempre tiene la luz encendida y la música a todo volumen. Ha habido ocasiones en las que no ha salido de allí en semanas.

Aparece de nuevo en tu cabeza la imagen de ese perro muerto, del rifle en la ducha. Evitas decirle a Vera que has entrado a escondidas en la autocaravana.

Te quedas callada, pensando. No solo se dedica a sacar fotos a las mujeres de la casa, como te dijo Roberto, Fernandito tiene que estar relacionado con lo que buscas en esta masía. Cada vez estás más segura. Necesitas averiguar más sobre él y te sientes tan cómoda hablando con Vera que estás a punto de contarle el motivo que te ha traído a este lugar, pero prefieres dar algunos rodeos, ser más sutil.

—¿Y Manel sabe lo de las drogas? —preguntas.

—Uy, Manel se entera de mucho más de lo que aparenta. Yo creo que lo sabe, pero hace la vista gorda con él porque le viene muy bien que Fernandito se ocupe de todas las tareas que él ya no es capaz hacer debido a su edad.

—Entiendo que Fernandito es uno de los personajes de tu libro, ¿no?

—Sí —dice, con una sonrisa cómplice—. Pero he cambiado algunos aspectos de su personalidad. En mi libro es una buena persona; en la vida real, tengo serias dudas.

—Ya veo.

Vera dirige su mirada al cielo estrellado. Habéis llegado a un callejón sin salida en la conversación. Decides aparcar el tema de Fernandito de momento.

—¿Algún personaje más basado en hechos reales?

Vera inclina la cabeza y pone una media sonrisa, que te resulta inquisidora.

—No soy una cotilla. Solo quiero saber dónde me he metido —aclaras.

—Entre tú y yo: todos —dice Vera—. No he creado ningún personaje desde cero. Todos son personas reales que viven en esta masía. Por ejemplo, está Pons, veinticinco años, solo sale de su habitación cuando tiene que hacer alguna sesión de fotos. Trabaja como diseñador gráfico; todo a distancia. En sus ratos libres se dedica a poner canciones de series de anime y a jugar a videojuegos con el volumen a tope. Si pasas por delante de su cuarto, sientes los disparos en el pecho. Una especie de *hikikomori* versión catalana.

—¿Un qué? —arrugas la frente.

—Esos adolescentes japoneses que no salen de su cuarto en años. Se retiran de la sociedad y solo ven el mundo a través de internet. Hay miles de casos en Japón. Bueno, aquí también habrá, solo que no le han puesto nombre.

—Vale. Apuntamos a Pons como habitante de *La casa de los perdidos.*

Vera se ríe.

—Me encanta escuchar el título en la boca de otras personas. Haces que parezca una realidad y no solo el sueño de una ingenua.

Vera se queda inmersa en el cielo de nuevo. Tú no puedes dejar de mirarla.

—Perdona. A veces soy muy peliculera —dice—. Vale, sigamos. Tenemos a Fernandito y Pons en la lista de perdidos. Después está Carla, de unos cuarenta años, que se ha montado su lavandería particular y clandestina.

—A ver, a ver. ¿Cómo es eso? —preguntas, entre risas.

—Se dedica a lavar la ropa para gente que no vive en la casa. No me lo ha dicho, pero nadie necesita poner seis lavadoras al día. Supongo que les cobra menos que en la lavandería de la esquina y saca algo de dinero. Todos contentos; menos Manel, claro, que es quien paga el agua y la electricidad.

—Ahora que lo dices, el día que la conocí se marchó porque tenía que hacer una colada.

—Ahí tienes la prueba. —Se ríe—. Ah, y olvida encontrar la lavadora libre en algún momento. Es imposible. Carla trabajaba limpiando casas, pero perdió su empleo, no sé muy bien por qué. ¿Quién me falta? Ah, Irene. Lleva pocos meses y no la conozco demasiado; pero apunta maneras. Es una mujer de unos cincuenta años, portera de un edificio de la Bonanova, que llena el frigorífico de más comida de la que es capaz de consumir. Se le pudre toda. Si puedes, evita guardar tus cosas en la nevera que hay al lado de la puerta de la cocina. Huele fatal.

—Madre mía, cada cual mejor.

—Luego está Emily, que es australiana. No sé mucho de ella porque solo habla con Irene y Carla; y a mí esas dos no me tragan. Pero si alguien ha venido desde Australia para terminar en esta masía, es que también se ha perdido un poco, ¿no crees?

—Está claro —dices—. De momento, vamos para pleno en tu lista de perdidos. ¿No hay ningún inquilino que se salga del perfil? Tengo curiosidad por la joya de la casa: Roberto. He tenido el placer de hablar con él y conocerlo un poco.

Vera resopla.

—De ese ni me hables. Cada vez que me lo encuentro me mira como Sultán miraría a un trozo de ternera recién asada. Me ha soltado varios comentarios fuera de lugar. Una vez hizo uno sobre mis piernas delante de Walter y estuvieron a punto de llegar a las manos. Desde entonces, va con más cuidado.

—Cuando hablé con él, mencionó lo mucho que le atraes. Incluso insinuó que sería capaz de ser infiel a su novia por ti.

—Por mí y por cualquier tía que tenga la mala idea de saludarle.

—Mierda. Yo he hablado un par de veces con él —bromeas.

Vera se ríe.

—Pues bienvenida a la lista de Roberto.

—Si lo llego a saber.

—Bueno, ibas a entrar en esa lista solo con vivir en la misma casa que él y ser una mujer guapa, así que no te preocupes.

Notas cómo te ruborizas por el comentario.

—Walty dice que Roberto tiene una obsesión conmigo —sigue Vera—. Intento no cruzarme con él por la casa. Pero al final es imposible no vernos.

—Sé que lo ha dejado con su novia —dices.

Vera asiente.

—Lo sé. Ahora está más salido que nunca. Una vez, hace medio año más o menos, escuché cómo hablaba con Fernandito y le decía que le gustaba atar en corto a sus novias, que un guantazo de vez en cuando las ponía en su sitio. ¿Tú te crees? Esa es la clase de persona que es Roberto. No sé si será verdad o no, porque ya te habrás fijado que es un fantasma y la mitad de lo que cuenta se lo inventa. Pero solo el hecho de hacer ese comentario ya me parece suficientemente grave.

Asientes.

—¿Te puedo hacer una pregunta? —dices.

—Claro.

—¿Por qué te has perdido tú? Quiero decir… ¿Qué haces en esta casa? Eres la persona que menos encaja en esta masía.

—Gracias por el halago. Si sigues subiendo por aquí, quizá te cuente mi historia.

—Hecho —dices—. Me está gustando mucho hablar contigo.

Os calláis durante un par de segundos, hasta que un ruido que viene del jardín llama vuestra atención.

Un hombre abre la puerta de hierro oxidada y entra en la propiedad.

—Ese no vive aquí —dice Vera, susurrando. Después, se levanta y te ofrece la mano—. Vamos. Hay que bajar a avisar a Manel de que alguien se está colando en el jardín. Quizá tengamos que llamar a la policía.

—¿No lo sabes?

Vera te mira sorprendida. Por un momento, los papeles han cambiado y pareces estar al tanto de algo sobre esta masía que ella desconoce.

—Es la pareja de Manel.

—¿Cómo? ¿Pareja?

—O follamigo, lo que sea.

—No tenía ni idea de que Manel tuviera de eso. Pero ¿por qué entra así a estas horas de la noche? Parece que se está colando en la casa para robarnos.

—Como me lo contó Roberto, daba por hecho que ya lo sabía todo el mundo. El pobre Manel se oculta en su propia casa.

Vera vuelve a sentarse, abre su cuaderno y empieza a hacer anotaciones.

—Supongo que se debe a la mentalidad y la educación que ha recibido alguien que ha crecido en un pueblecito del interior en los años cincuenta —dice Vera.

—Eso y el tipo de convivientes que tenemos en la masía. Es absurdo que tenga que verse con alguien a escondidas, de noche y en su propia casa. Como si fueran dos adolescentes —dices.

—De una manera u otra, estamos condicionados por las personas que nos rodean y por las ideas que, tanto ellos como nosotros, hemos mamado a lo largo de nuestra vida.

—Triste, pero cierto. Anota esa frase para tu libro.

Vera sonríe.

—Y aquí, damas y caballeros, tenemos al último perdido de nuestra lista. El que me faltaba —dice.

—¿Manel?

—Claro. Un hombre que tampoco logra encontrar su sitio en el mundo y ha terminado en esta casa, ahogado económicamente y atrapado entre estas paredes de piedra con tipos como Roberto, que tienen odio o miedo a una parte de su persona, y que le obligan a ocultar algo que no debería, si no quisiera. Pero, al fin y al cabo, escondiéndose en la casa de los perdidos, como todos nosotros.

—Supongo que tienes razón.

—Y tú, Leyre, ¿cuándo te perdiste? Si puede saberse.

La pregunta a bocajarro te pilla desprevenida. Miras al cielo y buscas las palabras adecuadas. No sabes por dónde empezar ni hasta dónde contar.

—No tengo claro cuándo me perdí, pero sí cuándo me di cuenta de que estaba perdida. Fue justo antes de venir a esta masía, cuando murió mi madre.

—Vaya, lo siento. —Lo dice muy seria, y parece afectada de verdad—. Eso me pasa por preguntar.

Agitas la mano en el aire para quitarle importancia.

—¿Era muy mayor?

Niegas con la cabeza.

—Me tuvo muy joven.

Suspiras.

—Murió aquí, en Barcelona. Encontraron su cuerpo en Gavà, frente a la playa, con signos evidentes de violencia. De las personas que la asesinaron no se sabe nada.

Vera abre los ojos sin pestañear, y el verde de sus iris empapados por una pátina de lágrimas vale más que todas las palabras que te pueda decir.

—¿La mataron?

Asientes.

—El caso es que su muerte ha sido un seísmo que ha removido las columnas sobre las que había cimentado mi vida. Tuve que volver de Madrid, donde vivía, a Pamplona, donde crecí, para acudir al entierro y acompañar a mi padre. Desde entonces, han vuelto todos los recuerdos de mi infancia y adolescencia con mi madre. Solo esos. Es como si no tuviera recuerdos de mi vida sin ella.

Vera asiente, para que continúes.

—A mis treinta años he aprendido que por mucho que dejes un lugar, tu vida sigue allí de alguna manera. Cuando vuelves, te la encuentras, esperándote. Es igual pero distinta, lo cual genera incomprensión. Llevaba años navegando sin brújula ni rumbo fijo, a tientas, viéndolas venir. Había dejado de lado todo lo que de verdad era importante, como mi familia, creyendo que estaba avanzando y solucionando los problemas, cuando no era así. Solo estaba dando tumbos sin sentido. Escapé a Madrid y ahora, de nuevo, en lugar de afrontar el problema..., de afrontar su muerte —corriges—, no se me ocurre otra cosa que irme a Barcelona. Huir otra vez para buscar cosas que quizá no existan. Y no sé por qué te estoy contando todo esto si te acabo de conocer —dices, ruborizada.

Vera te agarra la mano y sientes un calor reconfortante.

—¿El hecho de que tu madre muriera en Barcelona es lo que te ha hecho venir a esta ciudad?

—Sí —dices. Pero no continúas, y eso resulta cortante.

—Perdona, no tienes que darme más explicaciones si no quieres. Si te sirve de algo, me alegro de que te unas a la lista de perdidos. No importa que te hayas dado cuenta de todo eso a tus... treinta años, has dicho, ¿no? Nunca es tarde. Yo tengo dieciocho, de los cuales he tirado uno en esta casa persiguiendo el sueño de ser escritora, sin saber si llegará a hacerse realidad.

Vera se gira y saca de un bolso dos botellines de cerveza.

—Pero por primera vez tengo alguien con quien hablar, aparte de Bu y de Walty, que ninguno me da mucha conversación, la verdad. Así que brindemos por ello. Están calientes, pero nos servirán.

—Vaya, veo que subes aquí preparada.

—No creas. Hoy me he dejado el abrebotellas en mi habitación. No te muevas, ahora vuelvo —dice haciendo un ademán de levantarse que tú detienes posando tu mano sobre la suya. Sientes electricidad con el contacto. Os miráis. Está esperando a que te expliques.

—Qué poca calle tienes —dices, sonriendo.

Sacas la llave de tu habitación y en cinco segundos las dos botellas están abiertas y listas para brindar.

Chocáis los vidrios en el aire.

Bebes un buen trago y no puedes evitar pensar otra vez en todo lo que te ha traído a este lugar. En mamá. En el rompecabezas que tienes en mente. En lo rápido que sucedieron las cosas en Pamplona hace apenas unos días. Sin entrar en esos detalles, le cuentas a Vera la teoría de tu madre sobre la vida y las puertas que eliges abrir. Lo improbable que habría sido conoceros si mamá siguiera viva. Ella toma notas en su cuaderno mientras ambas os quedáis en el tejado durante una hora más, apurando esas cervezas, escapando de los problemas, compartiendo esa extraña noche templada de invierno, como si fuera solo vuestra, como si os perteneciera en exclusiva. Como si fuerais las únicas dueñas de su calor.

24

Despierta

Pamplona, un día antes de viajar a Barcelona

Recuperas la consciencia y palpas el entorno con las manos. Estás tumbada sobre una superficie acolchada. Sientes un dolor pulsante en la cabeza que te impide incorporarte y todo te da vueltas. Haces el esfuerzo de abrir los párpados. La luz te apuñala las retinas y lo ves todo borroso. Pero cuando se te adaptan las pupilas, reconoces la lámpara de araña del techo que le encantaba a tu madre. Tú la odiabas. Decías que no pegaba nada con el resto del salón. Estás en casa de papá otra vez.

—Lo sentimos mucho por el golpe, Rafael. No la reconocimos. Estaba muy oscuro —dice una voz masculina.

—¿Quiénes son estos dos señores, Helena? —Es papá. Está en la cocina, hablando con tres tipos. Puedes ver sus figuras a través del cristal translúcido de la puerta. Ellos han debido de traerte a casa después de que perdieras el conocimiento. Solo recuerdas que estabas escondida detrás de un muro, en la iglesia de Eunate, viendo cómo ese hombre y esa mujer hacían un agujero para enterrar el cadáver de una tal Sandra.

—Perdona. Son Iñaki y Santi. Compañeros míos —dice la mujer.

—Encantado. Siento conocerle en estas circunstancias —dice uno de ellos.

—Yo también —dice papá.

La mujer tose.

Tu padre trata de sonar menos cortante:

—Muchas gracias por traerla a casa. Helena, dices que son tus compañeros. ¿Son ustedes médicos?

—Sí —escuchas decir a uno de los hombres.

—No —dice el otro al mismo tiempo.

Hay un silencio incómodo.

—Muy bien —suspira papá—, Helena, Iñaki y Santi, si es que vosotros dos os llamáis así. ¿Me podéis decir qué hacíais en Eunate a las cuatro de la madrugada con ella?

«Ella» eres tú.

—Es… complicado, Rafa —dice Helena—. Quizá sea mejor que te lo explique en otro momento, más tranquilos. Hoy ya tienes bastante con lo de Maite.

Ahora que Helena ha utilizado el diminutivo de papá, Rafa, con tanta familiaridad, has caído: conoces a esa mujer. En Eunate no reconociste su voz y tampoco viste su cara porque estaba demasiado oscuro. Se trata de una amiga de mamá que trabaja como doctora en la Clínica Universitaria. Aunque Helena es más joven, ambas tenían muy buena relación. Recuerdas que fue la primera persona que le recomendó a mamá acudir a un especialista cuando empezó a manifestarse su enfermedad. Pero desde que te mudaste a Madrid, no habíais vuelto a coincidir.

—Helena, por favor —dice papá, con un tono alejado de su paciencia habitual—. No tengo ni idea de qué hacíais en Eunate a esas horas de la madrugada, pero creo que no es casualidad que os encontrarais con ella allí.

—Está bien —dice.

Oyes el sonido de las sillas al ser arrastradas e imaginas a tu padre y a sus tres invitados tomando asiento.

—Ellos dos no son médicos —dice Helena—. Santi es periodista e Iñaki es policía foral, compañero de Maite y Sandra. Juntos ayudábamos a Maite en…

Sandra, ahora te acuerdas de ella. Era amiga de mamá y trabajaban juntas como inspectoras de la Policía Foral de Navarra. Cuando las dos estaban vivas.

186

—¿En qué? No te calles. ¿En qué ayudabais a mi mujer, si puede saberse?

Helena tarda un par de segundos en contestar.

—Si ella nunca te lo ha dicho, prefiero respetar su decisión.

—Genial. Vas a respetarlo, ¿no? No me jodas, Helena. Es un poco difícil que Maite pueda contármelo ahora mismo, ¿no te parece? Creo que tengo derecho a saber a qué se dedicaba mi mujer en secreto. Porque permíteme que esté un poco sorprendido al enterarme de que la persona con la que me casé y tuve una hija, la mujer que ha dormido a mi lado cada noche durante más de treinta años, llevaba una doble vida que yo desconocía hasta ahora.

Papá suspira. Todo esto le sobrepasa. El mismo día que entierra a mamá, se entera de que había una parte importante de su vida que mantenía en secreto.

—Es lo mejor —dice Helena—. Maite lo quiso así. Supongo que lo hizo por tu seguridad, para protegerte. No vas a obtener nada bueno sabiéndolo. Además, lo que Maite haya hecho a escondidas no cambia lo mucho que te ha querido siempre.

—Entiendes que me sienta engañado, ¿no? Soy el único tonto de esta cocina que no sabe a qué se dedicaba mi mujer.

—No es eso, Rafa.

Silencio.

—Rafa…, solo puedo decirte que, hace unos siete años, Maite nos pidió ayuda durante una investigación. Extraoficial, quiero decir. Iñaki trabajaba con Sandra y tu mujer en la Policía Foral antes de que la echaran del cuerpo y…

—¿Y este otro qué pinta aquí? —interrumpe tu padre.

—Santi, como te he dicho, es periodista. Maite contactó con él a raíz de una serie de reportajes que publicó en su periódico y que estaban relacionados con la investigación. No tuvieron mucha repercusión y pasaron desapercibidos para la mayoría de la gente, pero no para Maite. Lo que sí puedo asegurarte es que, dadas las circunstancias, lo de esta noche en Eunate ha sido nuestro último trabajo.

Ninguno de los tres va a reconocer que te ha citado a través de esa especie de chat que has encontrado en el ordenador de mamá. No sabes con quién de ellos has hablado, pero sospechas que no ha sido Helena. Uno de esos dos tipos guarda silencio porque no quiere enfrentarse a tu padre. Aun así, él no se va a quedar contento. En cuanto te recuperes, insistirá en saber cómo sabías la hora y el lugar en el que habían quedado esos tres «compañeros» de tu madre. Si ella quiso ocultarle todo esto a papá, ¿vas a contarle tú que estaban enterrando a Sandra?

«Las niñas buenas no son chivatas».

—Rafa, no llores. Todo irá mejor. Ya verás —dice Helena.

No puedes verle desde el sofá, pero imaginas a papá derrumbado sobre el mantel a cuadros azules de la mesa de la cocina.

La puerta se abre de pronto, y los cuatro salen al recibidor. Cierras los ojos e intentas no emitir ningún ruido; no quieres que descubran que estás despierta. No los ves, pero intuyes que te miran.

—¿Cómo lo lleva? —pregunta Helena, en voz baja, para no despertarte—. ¿Qué tal ha estado los últimos días?

—Desde lo de Gavà —dice papá, con un hilo de voz—, todo es diferente. No es la misma. Estoy muy preocupado por ella. Yo ya no sé cómo ayudarla.

«Empieza por ayudarte a ti mismo, papá», piensas. Él no está mejor que tú. Reconoces que el asesinato de mamá en Gavà te ha golpeado fuerte, que estos últimos días no estás siendo la hija que tu padre conocía y necesitaría ahora a su lado. Pero quizá la hija que él recuerda es la adolescente que se fue a trabajar a Madrid hace doce años y que ya no volverá jamás.

—Es difícil aceptar que la persona que más quieres ya no está —dice Helena—. Además, la muerte se produjo de una manera que ningún ser humano está preparado para asumir.

Te mareas de nuevo.

Las voces se difuminan en una nebulosa sonora hasta que dejas de escuchar la conversación. Tu mente intenta almacenar la nueva información que has obtenido con miedo a que no esté allí cuando despiertes. Recapitulas. Mamá investigaba un caso junto a Helena y esos dos hombres, Iñaki y Santi, que ni tú ni papá conocíais. También estaba involucrada Sandra, la compañera de la Foral de mamá y propietaria del cadáver que han enterrado esta noche en Eunate. ¿La mataron ellos tres? Si no es así, ¿es posible que sepan quién mató a mamá? Se te cierran los párpados y se te nubla la vista. El último pensamiento que eres capaz de elaborar es que mamá le pidió a Helena que guardara el secreto, que no contara nada sobre sus actividades; ni siquiera a su propio marido.

Tienes que hablar con Helena.

25

Una cita

Barcelona, en la actualidad

Hoy no sabes qué te sucede. Te has despertado con la cabeza más embotada todavía que ayer, más ida. Superar la pérdida de una madre conlleva altibajos: mejoras durante unas horas y, de repente, caes en picado de nuevo.

El caso es que no deberías haberle hablado así a Lucas.

Al oír el sonido del móvil y ver que se trataba de un mensaje suyo, has supuesto que, tras recibir el audio que le enviaste anoche desde el baño de la masía, ese en el que le explicabas lo que viste dentro de la autocaravana de Fernandito, había dejado de lado eso tan importante que tenía que hacer hoy para ayudarte a ti.

Pero Lucas nunca hace lo que esperas.

Lucas
Leyre! Puedes estar frente al Camp Nou
dentro de una hora? Necesito que me
hagas un favor

Leyre
Un favor? En serio?
No has escuchado mi audio de ayer?
Fernandito tiene un rifle y un perro
muerto en su autocaravana!!!

Lucas
Mañana te ayudaré con lo tuyo,
tienes mi palabra. Pero hoy tengo algo
muy importante que hacer y eres la única
persona en la que puedo confiar
Puedes estar en una hora allí?

Leyre
Puto hobbit de los cojones!

Has borrado el audio que le has enviado a continuación donde le presionabas más para que viniera a la masía y volvías a insultarle. Al reproducirlo, te has dado cuenta de que se te notaba demasiado nerviosa. Sonabas a pirada. Esperas que te haya dado tiempo a eliminarlo antes de que lo escuchara.

Lo has sustituido por:

Leyre
Perdona, Lucas. En una hora estoy allí

Bajas del tranvía en la parada de Maria Cristina. Los coches pitan porque un carril de la avenida Diagonal está cortado. Esquivan muy despacio una serie de conos naranjas que rodean un cráter enorme abierto en el asfalto.

Cruzas la carretera dejando a un lado el agujero.

Te detienes frente al escaparate del edificio de El Corte Inglés y lo usas a modo de espejo. Te limpias una legaña del ojo izquierdo, te colocas un poco la ropa y te echas un vistazo rápido: la mirada cansada, la camiseta de manga larga de Blink-182, todavía llena de manchas que no conseguiste eliminar, las ojeras, el cabello despeinado. No intentas peinarte. Total, te lo acabas encrespando cada vez que te rascas por culpa de los nervios.

«Las niñas buenas no se ensucian».

Has quedado con Lucas a las 11:30 y son las 12:00. Aun así, te vas a permitir parar un momento en un cajero para sacar dinero. Le diste todo el efectivo que tenías al taxista que te llevó hace dos días al Rose Tattoo y ahora solo te quedan cincuenta céntimos en la cartera.

Cruzas la carretera y te acercas a unos bloques de edificios negros que tienen un rótulo giratorio de CaixaBank en la parte superior. Los árboles contiguos se reflejan en las ventanas más bajas. Supones que, aparte de oficinas, tendrán cajeros.

Encuentras uno en el exterior, pero estás nerviosa y no te aclaras con los menús en catalán.

Te atoras.

¿Dónde está la opción de cambiar de idioma?

Sientes un cañonazo que te retumba en la cabeza.

Tras presionar varias teclas erróneas por culpa de los temblores de manos, consigues escribir el importe: trescientos euros. Pero ahora te pide el pin para confirmar la operación.

Sigues sin recordarlo.

Te rascas el pelo con ambas manos.

Pruebas distintas combinaciones de números, hasta que el cajero se traga la tarjeta. Intentas buscar la forma de que te la devuelva entre las opciones en catalán, pero te agobias y no entiendes nada de lo que pone. Golpeas la pantalla con ambos puños.

Te separas del cajero y miras a tu alrededor. Decenas de peatones pasan a tu lado, te esquivan sin mirarte, motivados por esa prisa inherente a las grandes ciudades.

Miras hacia arriba de nuevo: el rótulo giratorio con el nombre del banco. Estos edificios deben de ser la sede principal. Aquí podrán ayudarte.

Entras y caminas hacia el mostrador de recepción, pero antes de que puedas alcanzarlo, te intercepta un hombre del personal de seguridad.

—¿Trabaja aquí? —te pregunta, y en su tono expresa la certeza absoluta de conocer la respuesta de antemano.

—Necesito efectivo. Soy clienta del banco, pero el cajero que tienen ahí fuera se ha tragado mi tarjeta.

—Esto no es una sucursal, señora. Es un edificio de oficinas.

—Lo sé —improvisas. Quizá puedas sacar dinero con tu DNI si das con la persona adecuada. Tratas de impostar la voz para hacerla sonar segura—. De hecho, estoy citada para una reunión de trabajo en estas oficinas, pero pensé que también sería posible aprovechar para extraer *cash*. —Lo dices en inglés; en las empresas grandes todo el mundo habla en spanglish, como si fueran de Miami—. ¿Me indica dónde está el ascensor, por favor? Ya sacaré dinero en otro momento.

El hombre te mira de arriba abajo y llama a su compañero con una inclinación de cabeza.

—Es domingo —dice—. Apenas hay empleados trabajando arriba.

Para cuando quieres darte cuenta, los dos gorilas ya te han levantado del suelo por ambos brazos y te han sacado a la calle.

Se sacuden las manos como si estuvieras llena de polvo o les dieras asco.

Sientes ganas de gritarles, de insultarlos, pero consigues mantener el control. Ya llegas demasiado tarde a tu cita con Lucas. Te limitas a decirles que pondrás una queja por las formas con las que te han tratado.

—Ya la hemos oído, señora. Haga lo que tenga que hacer.

Bajas por Gran Via de Carles III y te metes en una bocacalle perpendicular al Camp Nou. En la avenida de Joan XXIII, justo en la puerta del estadio del Fútbol Club Barcelona, te está esperando Lucas.

—Vaya pintas —dice—. ¿No tienes frío con esa camiseta? Aunque sea de manga larga, estamos en enero.

Tampoco es que él vaya mucho mejor vestido. Oculta la cara tras unas gafas de sol y las solapas de un forro polar azul de segunda mano, que le cubren la mitad de las mejillas.

—Llegas tarde.

—Lo siento mucho —dices—. He tenido un problema...

—Sígueme.

—… con el banco porque necesitaba di…

—A diez pasos detrás de mí.

—… nero. ¿Cómo?

Está muy serio. No deja de mirar en todas las direcciones. Rodeáis las instalaciones del Camp Nou, separados en todo momento por una distancia que no haga pensar a nadie que vais juntos. Lucas dobla una esquina y cuando lo haces tú, no está. Lo has perdido.

Giras sobre ti misma y echas un vistazo a las calles que se unen en el cruce en el que te encuentras, pero no lo ves.

Das unos pocos pasos, dubitativa, y al pasar frente a unas obras, un brazo te agarra y tira de ti.

—Perdona —dice Lucas.

Estáis agachados detrás de una escombrera, rodeados de montones de tierra y vallas amarillas.

—¿A qué viene todo esto?

—No me siento seguro en la calle. Creo que todavía no saben dónde me escondo, pero no tardarán en averiguarlo.

Se quita las gafas de sol y ves el reflejo del miedo en sus ojos.

—Lucas, ¿quién era esa gente que estaba ayer contigo en ese establo? Los de los cascos de moto.

—Compañeros, hermanos. Hijos de Dios que buscan salvarse.

Cierras los ojos, te rascas el pelo. Tratas de encontrar en algún lugar de tu ser la paciencia que no heredaste de papá.

—Me preguntaron si yo también había ido a ese sitio por lo de los agujeros. ¿Tienes algo que ver con eso? —Señalas con el dedo en dirección a la avenida Diagonal, donde está el último cráter que has visto—. ¿Te busca la policía?

—Es mejor que no sepas nada.

Lucas se asoma por la esquina de la escombrera.

—Sígueme —dice.

No sabes si está tan loco como para involucrarse en las acciones de ese grupo terrorista o solo se ha obsesionado con el tema y juega con sus amigos a soñar que forman parte de eso.

Lo sigues sin perder los diez pasos de distancia.

—¿Cuál es el plan? ¿Quieres que vigile por si aparece alguien? ¿Me ves capacitada para defenderte de esos mafiosos? ¿Qué esperas que haga si llega la policía?

—No hables tan alto; se supone que no vamos juntos.

Te detienes.

—Lucas, esto no tiene ningún sentido.

—Eres la única persona en quien confío y, al mismo tiempo, me necesitas para que te ayude.

Te llevas los dedos al lagrimal para pensar.

Tiene razón. Sin él, no podrás acceder al teléfono de Fernandito.

Suspiras y aceleras el paso para no perderle.

—Vale. Pero ¿dónde se supone que vamos?

Empiezas a creerte su juego y sentir miedo. La última vez que le seguiste acabaste en un restaurante de la mafia rusa, cubierta de sangre.

—¿Lucas? —insistes.

Lucas tarda unos segundos en contestar. Finalmente, se detiene, gira la cabeza con discreción y dice:

—Quiero que me acompañes a misa.

—¿Cómo?

Te cuesta procesarlo.

—¿Vas en serio? —preguntas.

—Para mí es importante. No me atrevo a ir solo. Llevo días sin asistir y, con todo lo que ha pasado y presiento que va a pasar, lo necesito.

Contienes la risa. Es una risa incrédula, nunca mejor dicho. ¿Pasa la noche durmiendo en un establo para esconderse y ahora se expone de esta manera solo para ir a misa?

—Si lo hago, ¿prometes ayudarme mañana?

Lucas levanta el pulgar, sin girarse.

—Pase lo que pase. Dilo —insistes.

—Pase lo que pase, mañana iré a esa masía y entraré en las cuentas de ese tal Fernandito.

—Fernandito y Roberto. Ahora hay intereses de demora —dices.

Lucas suspira. Te parece que susurra unas palabras. ¿Reza?

—Lo haré.

—¿De verdad?

—Sí. Te ayudaré.

No puedes evitar acercarte para darle un abrazo de agradecimiento. Notas su cuerpo rígido y cuando te separas de él, te das cuenta de que un rubor recorre sus mejillas.

—No, si al final nos haremos amigos tú y yo, Frodo.

Lucas dibuja media sonrisa mientras baja la mirada al suelo.

—Vale —dices—. Explícame qué tengo que hacer. ¿Te sigo a diez pasos y si aparece alguien con pinta de mafioso o secreta te aviso?

—Toma —te dice.

Notas que palideces cuando ves que lo que ha depositado sobre la palma de tu mano es un cuchillo. Lo examinas: negro mate, de unos veinticinco centímetros y parece profesional, del ejército o algo así.

—Lo siento. No tengo nada mejor, de momento.

—¿Qué se supone que debo hacer con esto? —dices, paralizada mientras miras el arma.

—Quiero que vayas detrás de mí con sigilo. Si ves que alguien me mira más de la cuenta o me sigue, llámame al número nuevo. He tirado la otra tarjeta SIM. Si la cosa se tuerce y ves que no voy a poder escapar, usa el arma.

—Ni de coña —dices, devolviéndole el cuchillo—. Esto es tuyo. ¿Por qué no lo llevas tú?

—No hay horario de misa de siete a ocho de la tarde. —Te vuelve a dar el arma.

—Tu estúpida regla —te quejas. Este hombre necesita ayuda profesional.

—Si quieres que mañana esté vivo para poder ayudarte, haz esto ahora por mí. Con suerte no tendrás que usarlo.

Callejeáis por Les Corts unos minutos. No sabes si Lucas se ha perdido o si está dando vueltas para despistar a sus supuestos perseguidores. Te gustaría llegar ya a su iglesia porque el simple hecho de notar el peso del cuchillo en tu bolsillo te hace temblar. Además, te sientes idiota en medio de esta operación. Nadie le está siguiendo. A vuestro alrededor solo hay algunos padres caminando con sus hijos, con bolsas de deporte, parejas con silletas y turistas que se acercan al Camp Nou. Parece un domingo cualquiera.

Atravesáis un grupo de más de veinticinco jóvenes vestidos con la camiseta del Barça. Están tomando cervezas frente a un bar, algunos hablan, otros cantan canciones futboleras. Son tantos que no queda sitio en las mesas de la terraza y muchos están de pie, en corros, botellín en mano. Parece una despedida de soltero, porque uno de ellos lleva la camiseta del Madrid con el número diez de Figo a la espalda. Seguro que es el más culé de todos.

Te llega un mensaje.

Lucas
A tu espalda. Chica rubia.
Nos está siguiendo. Posible rusa

¿Posible rusa? Esto es ridículo.

Aun así, Lucas te envuelve con sus paranoias y reconoces que cada vez sientes más miedo.

Miras a tu espalda. Buscas a la chica, pero solo hay camisetas azulgranas, gente de pie riendo, vidrios de botellines de cervezas atravesados por el sol, gorros y banderas con motivos del club.

Hasta que la ves.

¿Qué hace aquí?

Destaca entre la gente. Es como si estuviera superpuesta entre dos grupos de aficionados del Barça. Pantalones ajustados, jersey oliva de cuello alto, ojos verdes a juego que te miran de refilón antes de perderse entre la gente. ¿Es ella?

Intentas alcanzarla.

Corres y atraviesas el grupo de la despedida de soltero. Lo haces con tanto ímpetu que llamas su atención. Se giran hacia ti y empiezan a decir tonterías. Llevan un buen pedo.

—Os dije que nada de putas —dice el de la camiseta del Madrid.

—Gilipollas —le dices, mientras le empujas. El chico pierde el equilibrio y sus amigos lo sujetan, sin parar de reír.

Se acerca a ti y te pone la mano en la cadera. Estás tan nerviosa que no sabes por qué haces lo que haces.

Sacas el cuchillo y pegas un corte al aire.

Todos se apartan, se alejan en todas direcciones. Algunos botellines de cerveza se estrellan contra el suelo.

—¡Niñatos! —gritas.

Vuelves a guardar el cuchillo y corres. Te cuelas entre los coches en busca de la chica rubia. Pero ya no está.

¿Era ella?

¿Os estaba siguiendo Vera?

26

Lucas y el pastor

Barcelona, en la actualidad

Hay unas treinta personas en el exterior de la iglesia. Charlan, se saludan amistosamente, se ponen al día después de toda la semana sin verse. Cuando se deciden a entrar, Lucas los mira de soslayo desde su asiento de la primera fila. Reprueba, niega con la cabeza mientras levanta el reloj y suspira de forma airada, histriónica, para que todos lo vean.

Lleváis una hora dentro, esperando de pie. Vosotros, los que teníais prisa, los que llegabais tan tarde. Os habéis situado separados el uno del otro, por si en cualquier momento los que buscan a Lucas se presentan en esa iglesia. Tú te has sentado en la última fila; Lucas, lo más cerca posible del altar. Justo como él ha indicado antes de entrar.

La iglesia evangélica es un local situado en el bajo de un edificio de viviendas, en el distrito de Les Corts. Lo han adecentado, pero está muy lejos de la opulencia de las catedrales católicas a las que estás acostumbrada. Hay un altar microfonado, varias filas de sillas de plástico plegables y mucha luz fluorescente. Te recuerda más a un concesionario de coches que a un templo cristiano.

Según ves en las fotos de los recortes de un periódico local que hay colgados en el corcho de la entrada, el lugar ha mejorado mucho en los últimos años gracias al dinero aportado por los fieles que acuden semanalmente. La noticia dice que cada uno donó lo que pudo, según sus posibilidades, y ahora «el sitio ha dejado de ser ese local austero, desvencijado y con paredes llenas de desconchones». En cambio, es un lugar luminoso, donde predomina el color blanco. «Cuenta con un proyector con el que acompañar la palabra de Dios con imágenes, aire acondicionado, calefacción y un buen sistema de altavoces de la marca AKG, para que el sonido se reparta de manera uniforme a través de toda la estancia». Esto último, según reza el pie de una de las fotos, «lo recomendó uno de los fieles, Lucas, basándose en su experiencia adolescente como cantante de un grupo de death metal».

Lucas se gira y, desde su silla, te da las gracias con los labios, sin emitir sonido. «De nada», respondes, pero él no puede leerte los labios porque ya se ha dado la vuelta de nuevo. Tiene el extraño poder de hacerte sentir estúpida.

El móvil pequeño vibra dentro de tus vaqueros.

Lucas
Gracias por acompañarme
Vengo a esta iglesia desde hace cuatro años
Cada domingo
Jamás he faltado

Leyre
Nunca te has puesto enfermo?

Lucas
Sí, pero eso no es excusa para no venir

Leyre
Hemos llegado demasiado pronto, no?

Lucas
Al principio llegaba a la hora, como
todo el mundo, pero no me daba tiempo
a rezar nada

Sus obsesiones.

Lucas
Suelo llegar al templo a la vez
que Oriol

                                            Leyre
                                            Oriol?

Lucas
Oriol García, el pastor. Viene un rato
antes para preparar la misa
Le pedí una copia de las llaves, para
poder venir por mi cuenta y estar más tiempo,
pero no quiere dármelas. Dice que si
dependiera de mí, dormiría en el templo

Mientras Oriol y los asistentes se sitúan en sus puestos y se preparan para empezar, Lucas reza. En un momento dado, se gira hacia el resto de los parroquianos levantando el dedo índice:

—Dios nos pone a prueba a diario y solo los que estén decididos a seguirle alcanzarán el reino de los cielos.

La gente no le hace caso. Entiendes que ya están acostumbrados.

Lucas
Aquí he encontrado un grupo de amigos,
no me siento solo, sabes?
Estoy arropado por el calor de la comunidad
Pero acudir al templo un día a la semana
y predicar por las calles en mis ratos libres
no es suficiente
Dios me pide más, lo noto

Leyre
No crees que esto puede ser
otra de tus obsesiones?

Lucas
Hablas como mi madre

Leyre
Lo de las plantas, los ordenadores…

Lucas
En esos casos, sí
Mi madre dice que tengo que cambiar,
que no puedo llevar todo al límite o jamás
seré feliz con nada, que hay que
aprender a conformarse

Leyre
Creo que tu madre tiene razón

Lucas
Puede ser, por eso rezo ciento noventa y
ocho minutos al día, mil trescientos ochenta y
seis minutos a la semana, para que Dios me
ayude a ser menos obsesivo,
pero esto es diferente
La fe, me refiero,
no es una obsesión

—*Bon dia*, Oriol. —Lucas saluda con aspavientos al pastor, que se acerca al micrófono para comenzar con la ceremonia.

El pastor lo mira, pero solo responde con un discreto alzado de cejas, suficiente para satisfacer a Lucas y evitar que insista.

—Antes de comenzar —dice el pastor—, me gustaría sacar el tema de nuestro futuro templo. Como sabéis, la comunidad ha crecido mucho durante los últimos dos años y ya apenas tenemos sitio para todos en este local. Desde que terminamos de reformarlo, los donativos que habéis ido aportando, sumados a los de las empresas y organizaciones que también nos han apoyado, nos han permitido tener una buena cantidad desde la que partir. Sin embargo, no es suficiente para acometer el proyecto que anhelamos, el que esta comunidad necesita.

Oriol García enciende el proyector. Aparecen unos planos y una imagen renderizada de un edificio de líneas limpias minimalistas.

Observas a Lucas. Se revuelve en su sitio, parece incómodo.

—Os presento nuestro nuevo templo. Un lugar moderno, acorde a los tiempos que corren, con espacio suficiente para todos los que somos y para todos los que vendrán en el futuro. El edificio se emplazará en la localidad de Rubí, tendrá aparcamiento y conexión con la línea de ferrocarriles de la Generalitat, por lo que todos los que vivís en Barcelona podréis acudir sin problema.

Los fieles murmullan, se escuchan exclamaciones de asombro y de pronto rompen a aplaudir.

Excepto Lucas. Él no aplaude.

El pastor sonríe, pide calma con la mano para que bajen el volumen y espera durante dos segundos antes de continuar.

—Pero, como os he adelantado, para poder mudarnos de este local a este edificio —señala la imagen proyectada en la pared— nos queda camino por recorrer. Necesitamos la ayuda de todos para dar el último empujón. Cada donativo, por pequeño que sea, nos acercará un paso más hacia Rubí.

Lucas se gira. Está rojo, los labios apretados y murmura frases ininteligibles en voz baja, hasta que grita:

—¡Eso no es lo que Dios quiere! —Señala con el dedo los planos del nuevo templo.

Se escucha el suspiro del pastor a través de la PA. El micrófono hace un ruido debido al acople del sonido.

—Lucas, por favor. No empieces —suplica el pastor.

—Estamos cayendo en su trampa —dice, mientras se pone de pie sobre la silla de la primera fila. Después, dándole la espalda a Oriol García, se dirige al resto de los fieles—: ¡Esto es justo lo que hacen los católicos! Los edificios hechos por el hombre son lo mismo que las imágenes opulentas o los objetos bañados en oro que veneran los católicos. ¡Nosotros no somos así! No los necesitamos para relacionarnos con Dios.

—¡Lucas, para! —grita el pastor—. O me veré obligado a pedirte que abandones el templo.

El murmullo de los asistentes crece. Se miran los unos a los otros y gesticulan.

—Los auténticos cristianos no necesitan imágenes ni construcciones ostentosas hechas por el hombre para dirigirse a Dios. ¡Podemos y debemos hablar con él a través de la oración! —dice. La sangre colorea su cara y, cuando grita, se le salen los ojos de las órbitas. Está fuera de sí.

Te alegras de no haberte sentado a su lado.

—No queremos templos altos ni despilfarros. Este local que tenemos es modesto pero suficiente. ¡Terminaremos venerando a un edificio en lugar de a Dios!

—Lucas, por última vez: o paras esta locura o te vas. Para siempre —avisa el pastor.

—Tenemos que ir más allá, hermanos. Oriol ha hecho mucho por esta comunidad, pero ha perdido la perspectiva. Su manera de conducir esta iglesia no es la correcta. Nosotros necesitamos llegar más lejos como cristianos. ¡Os animo a que no le sigáis! ¡Este pastor se ha corrompido!

—¡Largo de aquí! —sentencia Oriol con un falsete involuntario propio del que no acostumbra a levantar la voz de esa manera—. Por favor, Jonathan, Álex, sacadlo fuera.

Los hermanos Jonathan y Álex alzan a Lucas de las axilas sin ninguna dificultad y le arrastran a través del pasillo formado entre las dos hileras de sillas del templo.

—¡¿Qué hora es?! —te grita al pasar a tu lado.

No entiendes nada.

—¡Que qué hora es! —insiste Lucas.

—Las dos —aciertas a decir.

—¡Mierda! Si no reventaba a estos dos.

Su estúpida regla.

Lucas patalea y continúa gritando mientras lo levantan y transportan hacia el exterior.

—¡Hermanos! ¡No escuchéis a este pastor!

Cuando Lucas está a punto de cruzar la puerta de salida, pronuncia unas palabras que sorprenden a todos. No sabes si va en serio o si se trata de una mentira práctica con el beneplácito de Dios.

—¡Este pastor no es de fiar! ¡Tiene asuntos oscuros y los descubriréis muy pronto! ¡Cuando lo hagáis, os pido que me sigáis a mí!

La gente, harta de tantas interrupciones, rompe en aplausos cuando los dos hermanos dejan a Lucas en el exterior.

Aprovechas que las decenas de ojos dejan de mirar hacia la puerta y vuelven a atender a Oriol para salir del local.

Lucas está sentado en la acera, la cabeza gacha, el gesto contrariado, la cara roja.

Te planteas de nuevo si estás acudiendo a pedir ayuda a la persona más adecuada. Es evidente que no está bien. Es obsesivo, paranoico y su compañía es sinónimo de problemas. Muchos problemas.

Pero tú eres la que guardas un cuchillo en el pantalón.

—¿Dónde estabas? —dice—. ¿No ves que podrían haber venido los rusos o la poli?

—Toma esto —dices, devolviéndole el arma—. ¿Qué ha pasado ahí dentro? No puedes inventarte ese tipo de acusaciones contra una persona.

Lucas levanta la mirada y sonríe enseñando sus dos colmillos.

—Solo es un paso más del plan que Dios ha preparado para mí.

27

La granja

ACTA DE TRANSCRIPCIÓN DE DECLARACIONES EN SEDE JUDI-CIAL Juzgado Central de Instrucción Número Seis de la Audiencia Nacional. Funcionarios transcriptores: 98.417, 98.128, 101.451 y 101.093
Declaración de Lucas Gamundi Ripoll
Registro Salida N.º: 73.270/'12 MRVN-AI
Fecha de inicio: 27/04/2028
Hora de inicio: 12:05:27

Magistrado, M.: Trataré de no reiterar cuestiones sobre las que ya se le ha interrogado, pero sí me gustaría preguntarle por un asunto concreto a raíz de la documentación aportada por el Grupo de Delitos Telemáticos de la Guardia Civil.

Lucas Gamundi, L. G.: De acuerdo.

M.: Durante el registro de su domicilio se incautaron más de 50.000 tarjetas SIM. ¿Reconoce ser el propietario de estas?

L. G.: Sí.

M.: ¿Utilizó usted estas tarjetas para crear cuentas falsas en redes sociales?

L. G.: Sí.

M.: Las pruebas aportadas por el Grupo de Delitos Telemáticos apuntan a que usted controlaba una granja de bots de más de 800.000 cuentas falsas. ¿Lo confirma?

L. G.: Lo confirmo.

M.- En paralelo a esto, ¿puede explicar cómo logró distribuir material pederasta desde la cuenta del pastor de su iglesia, Oriol García?

L. G.: Tenía su usuario y contraseña de correo electrónico desde hacía más de un año. Hasta entonces solo accedía a su buzón para enterarme antes que nadie de los planes que tenía para nuestra iglesia.

M.: ¿También es responsable, por tanto, de los envíos de correos similares desde las cuentas de correo de otros pastores evangélicos de la provincia de Barcelona?

L. G.: Sí.

M.: ¿Puede explicarnos cómo lo hizo?

L. G.: Conseguí sus credenciales mediante diversos e-mails de *phishing* enviados desde la cuenta de Oriol. Al ser un remitente legítimo, todos cayeron en la trampa a la primera. Después, envié más de cien correos desde las cuentas de los pastores.

M.: ¿Qué relación tiene la granja de 800.000 bots con el robo de credenciales y envío de e-mails pederastas que realizó, señor Gamundi?

L. G.: Publiqué los falsos e-mails con contenido pederasta de los pastores en las 800.000 cuentas de bots en el mismo día. Logré un alcance de veinte millones de visualizaciones en redes sociales, en todo el mundo, e incontables noticias en medios digitales, prensa escrita y televisión. El asunto fue *trending topic* durante una semana.

M.: ¿Con qué propósito?

L. G.: Manipular la opinión pública y ganar adeptos para mi causa.

28

En el tejado

Barcelona, en la actualidad

Has acompañado a Lucas al piso donde se esconde manteniendo en todo momento la distancia de diez pasos, pero esta vez sin cuchillo. Te ha obligado a dar un rodeo por la ciudad que os ha llevado tres horas porque, según él, controlan sus recorridos habituales. Pese a que durante el trayecto se ha ocultado detrás de quioscos, árboles y esquinas, no has visto a nadie que os siguiera. Has vuelto a sentirte ridícula por dejarte arrastrar por el miedo y las historietas de Lucas. Pero al menos ha prometido ayudarte. Os veréis mañana a las 19:00 en la masía.

Después, has vuelto a Sant Just caminando porque no tenías dinero suficiente para el tranvía. Apenas queda gente por el pueblo: comerciantes bajando las persianas de sus negocios, coches que se meten en garajes y peatones que abren portales con prisa después de una larga jornada o que salen de ellos con bolsas de basura. Por fin, avistas la masía a un par de manzanas. Miras la hora en el móvil: las 21:00. No entiendes por qué has tardado tanto en encontrarla. Tus lagunas mentales son cada vez más habituales.

Así empezó mamá.

Sigues dándole vueltas al tema. Te planteas llamar a Helena. No es psicóloga, pero sí doctora, y necesitas a alguien que te confirme lo que leíste en internet, que te diga que todo esto se ha generado como consecuencia del peso que cargas encima y de lo que estás sufriendo desde que mataron a tu madre. Que lo que te sucede es normal, que no te estás volviendo loca. Que eso de la amnesia disociativa es reversible. Que no te está pasando lo mismo que le pasó a mamá.

Pero te va a echar en cara que no le has devuelto las llamadas. Ni a ella ni a papá.

Bum.

La culpa.

De camino a Sant Just, no has encontrado ninguna sucursal abierta donde poder reclamar la tarjeta. ¿Cómo piensas sobrevivir sin dinero los dos días que en teoría te quedan en Barcelona? Quizá Lucas pueda ayudarte también con eso.

No deja de sorprenderte.

En esa iglesia evangélica has visto una cara de Lucas que no conocías. Ni siquiera se alteró de esa manera cuando aquel hombre de canas le amenazó en el aparcamiento con una pistola; ni después, cuando le apalizaron en el Rose Tattoo.

Ha estado todo el camino de vuelta a su escondite enviándote los mismos mensajes una y otra vez. Despotricando contra el pastor de su iglesia y sus métodos, hablando sobre los verdaderos cristianos, insistiendo en que tiene una misión y bla, bla, bla. Tres horas repitiendo lo mismo. Todas sus acciones y conversaciones giran en torno a la religión. Está obsesionado. Has intentado cambiar de tema, convencerle de que viniera esta noche a la masía, pero ha sido imposible. Ha dicho que tenía cosas importantes que hacer. Ejecutar su plan.

Así lo ha llamado: «ejecutar».

Crees que lo de los rusos, la policía y lo que le ha pasado en la iglesia le ha dejado más tocado de lo que ya estaba.

Te mueres de hambre, incluso te planteas robar una pizza precocinada o un poco de embutido en el pakistaní que hay frente a la masía, pero decides que es mejor no llamar la atención en el barrio.

Son las nueve y veinte de la noche cuando abres la verja oxidada y entras al terreno de la casa.

—¡No me toques los cojones!

—Háblame bien, Walter.

El sonido viene del interior de la masía y se cuela por una ventana abierta de la cristalera del salón. Hay tres personas iluminadas por la luz del televisor: son Walter, Manel y Fernandito. Los dos primeros discuten de pie; el último, cerveza en mano, los escucha desde el sofá destartalado en el que está sentado.

—Me mato a trabajar con el coche para pagarte la mitad de mi sueldo. Estoy empezando a hartarme de que subas los precios cada año y, perdóname, viejo, pero creo que es comprensible.

—No es mi culpa. Yo no te he puesto a conducir ni he elegido ese trabajo para ti. Solo soy el dueño de esta casa. Nuestra relación se limita a que tú me pagues el alquiler y, a cambio, yo te proporcione una habitación. Eso es todo. Tus problemas personales no me incumben.

No puedes entrar en la masía porque interrumpirías la discusión, pero tampoco quieres que te vean allí y piensen que estás poniendo la oreja.

Te escondes detrás del tronco de un platanero.

«Las niñas buenas no cotillean».

—Sal ahí fuera y trabaja. Eso es lo que tienes que hacer para que tus problemas se terminen.

—No me digas lo que tengo que hacer, viejo.

—¡Eh! ¡Quieto ahí! —Fernandito se pone de pie al ver que Walter levanta el puño.

Este parece calmarse y baja el brazo.

—No te la juegues, Walter —dice Manel con una voz cruda, inédita para ti.

No oyes respuesta.

Fernandito y Manel se sientan en sus sillones, pero pasan varios segundos sin que logres ver dónde está Walter. Hasta que…

—Aparta.

Un bloque de hormigón trajeado te empuja con la facilidad de un parpadeo. Tú no aciertas a decir nada. Te incorporas apoyándote en el platanero, y Walter desaparece entre las sombras del jardín. Oyes cómo el motor de su Mercedes ruge furioso.

No te puedes creer que te haya empujado así. ¿Quién se ha creído que es? Te ha pillado tan de sorpresa que ni siquiera has tenido tiempo de responderle.

Entras en la masía y, cuando llegas al salón, Manel parece notar la indignación en tu cara.

—Supongo que no estás acostumbrada a tratar con personas así —dice, a modo de saludo—. No se lo tengas en cuenta. Carga con mucho estrés y eso no es bueno para nadie. No sé hasta dónde habrás oído… —tantea.

—Poco. Algo acerca de que estaba harto de trabajar y pagar tanto por el alquiler.

—Y yo de limpiar mierda, no te jode —se queja Fernandito—. Este tío es tonto.

Manel le hace un gesto con la mano para que se calme.

—Desde hace algún tiempo, necesito ir detrás de él para que esté al día con los pagos. No me agrada, pero tengo mis propios problemas económicos y no puedo permitirme habitaciones que no sean rentables en la masía.

—Claro —dices.

—Disculpa, me sabe fatal. Fernandito trabaja en la casa y ya me ha visto en mil batallas, pero tú no deberías haber presenciado esta escena, Leyre.

—No pasa nada. Es normal. Somos muchos inquilinos diferentes y todos tenemos nuestros problemas.

—No, sí pasa. No es apropiado. Lo siento de verdad. Este tipo de situaciones son las que generan mal ambiente en una casa. No hay lugar para esto dentro de la familia que pretendo que seamos. La bandera del jardín no tiene ningún sentido si hay alguien como Walter que no respeta los valores básicos que pretendo mantener.

—Familia Masía —dices, recordando el lema que ondea sobre el mástil que hay clavado en el jardín.

Manel asiente.

—Me resulta desagradable ir persiguiendo a los inquilinos para que me paguen, pero ahora mismo estoy en un mal momento económico. Así es mi vida —suspira—. He sido rico tres veces, ¿sabes? Y lo he perdido todo en tres ocasiones. Hablo de bancarrotas totales. La última vez fue cuando llegué a esta masía que, como te conté el otro día cuando nos conocimos, obtuve como cobro de una deuda. Estoy recuperándome, pero muy poco a poco. El dinero que os cobro a cambio de las habitaciones me da para ir arreglando la casa y devolver alguna que otra de mis muchas deudas. Además, los amigos de Hacienda me mantienen a raya, vigilan cada movimiento, cada ingreso y cada euro que entra y sale de mis cuentas. Tengo que justificarlo todo. Un asesor me ayuda a llevar esto de forma correcta, porque a mi edad ya no me aclaro.

—Tienes mucho mérito —dice Fernandito.

—Tiene su explicación. Soy hiperactivo desde que nací. Nunca fui a ninguna consulta para que me lo diagnosticaran, como hacen con los niños de ahora, pero estoy convencido de ello. Me resulta imposible quedarme quieto. Me paso el día dándole vueltas a la cabeza, planeando cómo mejorar esto y lo otro, creando nuevas ideas de negocio, buscando inversiones. Además, mi mente no es capaz de percibir el riesgo. —Sonríe, sabedor de que esto causa interés en el receptor cada vez que lo cuenta—. Sí, sí, no pongas esa cara, que no lo digo yo. Esto me lo explicó un buen amigo psicólogo con el que voy de vez en cuando a comer paellas al Port Olímpic. Yo nunca lo había visto así hasta que él, que me conoce muy bien desde hace años y sabe de mi trayectoria, me lo diagnosticó. Resumiendo, si tengo un plan de negocio en el que creo, me vuelco en él sin reparo y no soy capaz de detectar los riesgos económicos que acarrea. Es decir, mi cerebro puede encender la bombilla de las ideas, pero al mismo tiempo, esa luz lo nubla todo y no consigo valorar los inconvenientes. Solo veo las ventajas de apostar por cualquier operación.

—Eso puede acabar muy bien, pero también muy mal —dices.

—Exacto. Cuando un proyecto sale adelante, soy lo que ahora llamarían un emprendedor, porque me he atrevido a crear negocios nuevos e invertir donde a otros les ha faltado valor o no han sabido ver la oportunidad. En cambio, cuando sale mal, me convierto en un mero jugador de tragaperras que está saltando a una piscina sin ser capaz de ver que está vacía. Esto me ha traído muchas alegrías, como te digo, he sido rico y he vivido muy bien gran parte de mi vida. Pero también me ha traído desgracias. Estuve casado, pero mi mujer me dejó; no es fácil construir un proyecto de vida con alguien que ofrece estos altibajos. Después, no conseguí encontrar a ninguna pareja que aceptara la poca estabilidad que yo era capaz de ofrecer. Así que no he tenido compañía femenina desde hace unos cuantos años ya. Vi que eso no era para mí. Pero no estoy mal, Leyre. He aprendido a disfrutar de mi soledad y me ha servido para descubrirme a mí mismo y abrirme a cosas diferentes.

—Claro que sí, Manel —dice Fernandito levantando una cerveza al aire.

—En fin —dice él, para luego golpearse las rodillas con las palmas—. Este viejo ya ha contado demasiadas batallitas por hoy. Me voy a dormir. Aquí os dejo.

Manel desaparece por la puerta.

—Yo también subo a mi habitación —dices. No piensas quedarte a solas con Fernandito.

—Te ha estado buscando Roberto —dice.

Te detienes bajo el dintel de la puerta y te giras para mirarle: está sonriendo.

—Ah… ¿Te ha dicho por qué?

Fernandito niega con la cabeza, sin dejar de mirarte y sonreír con sus dientes negros. ¿Roberto le ha contado que te colaste en su autocaravana?

—Mañana hablaré con él. Hoy es un poco tarde —dices, mientras pones el primer pie en las escaleras—. Buenas noches.

Subes lo más rápido que puedes. Dejas atrás el primer piso y tu habitación, por si Roberto te oye llegar. Bajarás más tarde, sin hacer ruido, cuando él esté dormido.

Ahora solo quieres estar en un lugar.

—Te parecerá bonito abrir la primera cerveza sin esperarme —dices, mientras te asomas por la ventana del tejado.

Vera se gira y sonríe.

—¿Quién dice que sea la primera?

—Con que tengas otra para mí, me vale —dices, y te sientas a su lado.

Vera saca otro botellín de su bolso.

—Y bien fría, como la noche que tenemos hoy. ¿Te encuentras bien? Tienes cara de haber visto un fantasma.

—Una Torreznos, además. Me encanta esta cerveza —dices, obviando su pregunta—. Cómo me cuidas. Así no voy a dejar de venir a tu sitio secreto. Vas a perder esa intimidad y magia que buscas cuando subes a este tejado.

—Ya es demasiado tarde para deshacerme de ti. Es la segunda noche consecutiva que coincidimos aquí arriba y que no me dejas escribir mi novela. Así que he optado por tratarte bien para que no le cuentes mi secreto a alguno de esos especímenes con los que compartimos casa. Ya sabes lo que dicen: mejor malo conocido que…

—Que Fernandito por conocer —terminas, ofreciendo tu cerveza para brindar.

—Que bueno por conocer. Pero también me sirve —dice Vera, haciendo chocar su botellín con el tuyo.

Necesitas sacarle el tema, averiguar si era ella la chica que os estaba siguiendo hoy. La supuesta rusa, según Lucas.

—¿Qué tal el día? ¿Has hecho algo interesante aparte de beber cerveza en lo alto de una masía? —preguntas.

—He estado trabajando en la documentación de mi novela. Primero en mi habitación, hasta la hora de comer y, después, por la tarde, en Barcelona.

—Me ha parecido verte esta mañana en la zona de Les Corts.

—¿A mí? Imposible —dice—. Ya te digo que por la mañana no he salido de casa. Luego, he estado dando vueltas por el barrio Gótico, buscando localizaciones. Pero eso ha sido a partir de las cuatro. Creo que meteré una escena en la plaza de Sant Felip

Neri. Tiene una atmósfera especial. No solo por la historia que ha quedado grabada en las marcas de metralla de las paredes, sino porque es un precioso rincón más tranquilo que el resto del barrio, donde creo que puedo escribir una escena romántica o incluso íntima, ya me entiendes.

—Te vi de espaldas. O creí verte, mejor dicho. La chica se parecía mucho a ti: melena suelta, rubia, delgada, mismo estilo de ropa.

—Igual tengo una gemela por ahí —ríe—. Ya te digo que no puede ser. Lo más cerca que he pasado de Les Corts ha sido con el metro, bajo tierra, y por la tarde.

Quizá no fuera ella. La verdad es que esos niñatos de la despedida de soltero te habían puesto muy nerviosa.

—¿Y qué se te había perdido a ti en Les Corts? —te pregunta.

—Quería ver de cerca el Camp Nou y sacar unas fotos para enviárselas a mi padre. Es muy culé —improvisas.

—¿Puedo verlas?

—¿Cómo?

—Las fotos. ¿Me las enseñas? Soy aficionada a la fotografía, quizá te pueda echar una mano con algunos retoques.

—Ah…, no tengo aquí el móvil. Pero tampoco son gran cosa. Ya te las enseñaré. Por cierto —dices, intentando cambiar de tema—, ¿qué tal vas con la novela? ¿Ha aparecido un personaje femenino muy inteligente e interesante? ¿De Pamplona, quizá?

Vera sonríe.

—La verdad es que no he empezado todavía a redactar el borrador. Lo que estoy haciendo es tomar notas en este cuaderno. Apunto ideas, situaciones, características de los personajes, diálogos, escenas. De momento, todo lo que estoy escribiendo es real, no me he inventado nada. Cuando llegue la hora de escribir la novela, tendré que hacer limpieza de este batiburrillo de anotaciones y juntar las mejores ideas, uniéndolas con el pegamento de mi imaginación.

—Ese cuaderno tiene que ser interesante. ¿Me dejas leerlo? —dices, ¿quizá demasiado directa? Es posible, pero esas notas pueden serte de mucha ayuda para lo que has venido a buscar en esta masía.

—Ni lo sueñes. Contiene anotaciones muy íntimas. Cuando no lo llevo encima, lo tengo muy bien escondido en un sitio que ni siquiera mi Walty conoce.

—Ahora que lo mencionas..., me acabo de cruzar con él.

—Por la cara que pones deduzco que ha sido igual de simpático que el día que te pilló en ropa interior en mi habitación.

—Peor. Me ha empujado.

—¿Cómo? —dice Vera—. ¿Hablas en serio?

Asientes.

—Me va a oír mañana.

—No, no le digas nada, por favor. Creo que le he pillado en mal momento, solo eso. Acababa de discutir con Manel en el salón y cuando salía me he puesto en su camino sin querer.

—Me da igual. No es motivo para empujarte. Lleva meses irreconocible. De verdad.

—Se le veía estresado —dices, mientras bebes un trago del botellín. Te sienta bien. Notas el alcohol recorriéndote el estómago y cómo tu cuerpo se relaja por primera vez en todo el día.

—Sí, mucho. Es por el dinero y su trabajo. Entre tú y yo, llevamos un tiempo tiesos. Walty se empeña en que busque un empleo. Pero si lo hago, jamás terminaré la novela. Necesito dedicarle el cien por cien de mi tiempo a este sueño. Solo puse esa condición cuando me fui de casa de mis padres tan joven para vivir con él. Es verdad que, a cambio, Walty está metiendo horas extras como nunca y eso le genera un estrés que, en fin, ya lo has visto.

—¿Soléis discutir mucho por este tema?

Vera menea la cabeza arriba y abajo mientras bebe un trago de cerveza.

—Le digo que podría volver una temporada a casa de mis padres mientras acabo la novela, y así él alquilaría una habitación más barata en otro lugar. Pero no quiere oír nada sobre separarnos. Si supiera que no he escrito ni una sola palabra durante el año que llevo en esta masía, que todo lo que tengo es un cuaderno lleno de notas inconexas sobre las personas que viven aquí, me mataría. A veces dudo si hice bien al dejar a mis padres y los estudios para mudarme con Walty tan pronto: yo sigo sin empezar el libro y él está cerca de tener un infarto a causa del estrés.

Piensas que si no ha logrado escribir ni una sola línea en un año, quizá la literatura no sea para Vera.

—Trabaja muchas horas, ¿no? Lo digo porque todas las noches está fuera.

—Sí. Sobre todo, por la noche. No tiene un sueldo fijo. Trabaja para FanCar, creo que ya te lo conté.

—Sí, una de esas empresas de vehículos VTC.

—Exacto. Así que cobra según los viajes que haga. Por eso puede calcular día a día cómo le está yendo el mes y meter horas extras en caso de que sea necesario.

—Y este mes no le está yendo bien.

—Ni este ni el anterior ni el año entero. Los conductores que trabajan para FanCar cobran muy poco. Con su sueldo no nos da para alquilar un piso para nosotros solos, pero sí para mantenernos aquí, en esta masía que ofrece habitaciones más grandes que las de un piso compartido de cualquier edificio de viviendas común, por el mismo precio.

Ambas bebéis un trago de cerveza y os quedáis en silencio durante unos segundos. Lo rompe Vera.

—No se lo tengas en cuenta, ¿de acuerdo? Perdió a su exmujer y a su hija hace tres años. Todavía lo arrastra; tiene días de mal humor, otros de bajón.

—Vaya, no lo sabía.

—Un accidente de coche. Fue terrible. Murieron las dos en el acto. Aparte de eso, vive muy agobiado por el dinero y yo tengo parte de la culpa. Si trabajara, todo sería más fácil. Walty es muy buena persona.

29

La Bella Durmiente

Hendaya, Francia, 2005

El adolescente que dejó de soñar con correr descalzo por la playa de Hendaya tiene solo la misma edad que tú cuando una chica te rompió el corazón por primera vez; aunque él siente que ha pasado mucho más tiempo. Su vida durante sus primeros años de existencia parece una obra protagonizada por otra persona. Como una de esas películas VHS que su madre guarda en el mueble de la televisión. Los recuerdos se reducen a unos pocos fotogramas en su memoria. Hay lagunas e imágenes en blanco y negro. Momentos brumosos que no logra ver con claridad, pero que sabe que sucedieron porque los siente a menudo. ¿Por ejemplo? Cuando su madre le encierra debajo de la cama que comparte con Thierry, su padrastro. Es una de esas con un colchón encima de un canapé, con espacio para guardar ropa y sábanas. Cada vez que está allí dentro, la oscuridad, el sudor y los temblores lo transportan a todas esas noches que vivió en el interior de la caseta de Seb en el jardín. Él disimula, engaña a su madre y a Thierry e intenta no exteriorizar esos sentimientos. Ni siquiera hace preguntas; a mamá no le gustan. El pasado es una de las muchas cosas prohibidas por su madre. Tabú.

Lo de la caseta se terminó el día que un vecino escuchó llantos y llamó para preguntar. Su madre salió del paso diciendo que se trataba del perro. Pero desde entonces y por si acaso, le empezó a encerrar dentro de casa, en el canapé. Él lo agradece, es más caliente y cómodo que la caseta de Seb.

No ha tenido demasiadas ocasiones de hacer amigos y, cuando las ha tenido, no se le ha dado bien. Fue a un colegio durante dos meses y, cada vez que los niños se acercaban para hablarle, los asustaba diciendo cosas como:

«Vamos a morir todos. Solo hay que estar limpio y preparado para cuando llegue el momento».

O mientras tiraba al suelo el almuerzo de un compañero aseguraba que:

«El chocolate no sale en la Biblia».

De todas formas, no fueron esos los motivos que le sacaron del colegio, sino la fe de su madre. No había traído a un ser a este mundo para que terminara con la clase de valores que promueven esos centros.

Los colegios franceses aseguran que enseñan lo ideal si lo que quieres es educar a tu hijo en la neutralidad, el diálogo entre culturas y la laicidad. Por eso, su madre enseguida decidió que lo más conveniente sería la escuela en casa. La familia de Thierry tiene dinero, así que ella puede permitirse hacer de profesora y cuidar de la casa todos los años que sean necesarios.

Su madre conoció a Thierry durante unas vacaciones en Hendaya. Nada más enviudar, embarazada, dejó su Galicia natal y se fue a pasar el duelo un mes al sur de Francia, de donde nunca volvió.

El adolescente que dejó de soñar con correr descalzo por la playa de Hendaya habla castellano y gallego con su madre y francés con su padrastro. A sus abuelos maternos no los conoce; a los padres de Thierry, hace un año que no los ve. Algo tuvieron que ver unas preguntas que hizo el padre de Thierry sobre las heridas y marcas que la madre del adolescente se ve obligada a hacerle en nombre de Dios cada vez que se sale del camino. Así que, entre esto y que no va al colegio, su único contacto humano se resume en su madre y su padrastro.

Los días pasan lentos en la casa de Hendaya. Su madre lo despierta pronto para rezar en la cocina, después desayunan con Thierry un vaso de leche y cinco avellanas y a las nueve de la mañana comienzan las clases. Las llevan a cabo en el salón, donde han instalado una pizarra como la que tienen en los colegios de verdad. Su madre odia que los llame así, «colegios de verdad». Lo cierto es que en casa algunas de las materias son diferentes a las de esos colegios llenos de niños, y más que deberían serlo, como suele decir ella. Es una profesora exigente que busca lo mejor, y no es lógico que, de seis horas de clase, tenga que dedicar dos a materias que no tienen nada que ver con el estudio de la Biblia. A él tampoco le gustan las matemáticas, pero una vez al año viene a casa un inspector a hacerle preguntas. El año pasado falló dos, lo que se tradujo en dos días dentro del canapé. Un ocho no está nada mal, pero su madre no quiere que baje el rendimiento en el próximo examen o el inspector le obligará a volver a un colegio de verdad.

Por un lado, él quiere; sabe que allí podría hacer amigos y conocer chicas. Siente mucha curiosidad por hablar con una. Las ha visto en películas y por la ventana. Pasean por la playa, hacen surf. Pero él tiene prohibido acercarse al mar. Su madre dice que debe esperar hasta cumplir los dieciocho para hablar con una jovencita porque cada vez vienen más torcidas, y él solo es un niño.

Hoy tiene la tarde libre. Sus padres han ido al supermercado después de comer, así que está solo en casa. Como premio por terminar pronto los deberes, su madre le ha dicho que puede ver una película de las cinco que tiene permitidas. Todas son dibujos animados de Disney. Ha visto millones de veces cada cinta y no conoce otras. Pero no se aburre. De hecho, sigue descubriendo nuevos detalles que las hacen cada vez más fascinantes.

Cierra la ventana y la puerta del salón. Una luz tenue formada por los últimos rayos de la tarde atraviesa las cortinas de poliéster rojo. Abre el cajón del mueble que soporta la televisión y su dedo recorre el lomo de las cintas con los nombres de las películas: *Dumbo, Bambi, Blancanieves, La Cenicienta* y la que busca.

Introduce la cinta VHS de *La Bella Durmiente*. Durante los últimos meses se ha convertido en su película favorita. Ha encontrado un significado nuevo en ella. Otra manera de vivirla.

Pulsa el Play del reproductor y se oye el sonido de los cabezales, que comienzan a girar.

El adolescente que dejó de soñar con correr descalzo por la playa de Hendaya se mantiene de rodillas sobre la alfombra, frente a la televisión. Con la mano izquierda maneja el reproductor de vídeo y los botones de volumen de la tele; la derecha la introduce dentro de sus pantalones.

Se sabe la película de memoria.

Pulsa el botón que dice Fast Forward para hacer avanzar unos minutos la cinta.

Se baja los pantalones y sube el volumen del televisor al máximo.

Juega con el botón Mute que quita de golpe el sonido de la película. Lo desactiva cada vez que habla el príncipe azul y lo activa cuando es el turno de la Bella Durmiente. Se mete en el papel, sustituye el diálogo masculino por su propia voz. Siente que la protagonista de dibujos animados está de verdad en ese salón de la costa vasca francesa, frente a él.

Está hablando con ella.

Los diálogos se suceden y su mano continúa bailando por encima del calzoncillo. Decide bajarlo también.

Rebobina para repetir la escena. Silencia y habla. Juega con los dedos. Las palabras quedan entrecortadas por su aliento acelerado. Comienza a mover la mano más y más rápido hasta que el clímax se aproxima. Está tardando muy poco. Con Blancanieves no le pasaba, pero esta chica es diferente.

Ahora que siente que está a punto, vuelve a pulsar Fast Forward para llegar a la escena que le interesa: la del beso.

Se trata de la escena en la que el príncipe azul despierta a la Bella Durmiente del hechizo con un beso. No contiene diálogos, pero el adolescente sigue su propio guion. Dice:

—Despierta.

La escena apenas dura unos segundos, así que rebobina continuamente.

—Despierta, princesa.

Se acerca al mueble del televisor y comienza a besar la pantalla. Grita.

—¡Despierta!

Rebobina.

—¡Despierta!

Rebobina unos segundos de nuevo. Ya casi lo tiene.

—¡Despierta, princesa!

Sabe que está a punto de conseguirlo. No es su primera cita. Ya han hecho esto otras veces, pero en esta ocasión siente que es hora de llegar más lejos.

Mete su pene en la ranura del reproductor de vídeo, donde introdujo la cinta hace unos minutos.

Rebobina una vez más. Esta va a ser la última. Empuja y grita con todas sus fuerzas:

—¡Despierta! Prince...

—¡Dios mío! —La voz de su madre irrumpe de pronto.

El adolescente da un salto y se aparta del mueble del televisor. Ha sentido una especie de pinchazo que le ha cortado la piel al salir. La pantalla queda llena de babas, y el reproductor de vídeo inundado de sangre. Un reguero rojo comienza a descender por sus piernas formando una mancha sobre la alfombra.

Las llaves del coche y las bolsas de la compra resbalan de las manos de su padrastro, que no da crédito a lo que está viendo.

Su madre siempre ha sido más resolutiva. No pierde el tiempo. Saca el VHS ensangrentado del reproductor, abre la tapa protectora y comienza a tirar de la cinta para extraerla. Sus manos rojas la destrozan por completo.

Él no para de llorar.

Su madre le agarra del brazo y le golpea en la cara con la palma de la mano. Después, sin girar la cabeza, le dice a su marido que llame a una ambulancia y continúa abofeteando a su hijo.

—Esto va a suponer muchos días dentro del canapé, ¿me oyes? Muchos días y muchas noches.

—Lo siento, mamá.

—No vuelvas a llamarme así. ¡Me avergüenzas! A partir de ahora, ya no soy tu madre. Te vas a referir a mí por mi nombre: Aurora.

Aurora le golpea de nuevo, pero él no la mira. No puede quitar ojo al charco que ha formado su sangre. No teme por su salud ni por los médicos, ni siquiera por los largos días que pasará rezando en la oscuridad de ese canapé. Lo que ocurre es que se ha dado cuenta de que no es un príncipe, que tampoco tiene sangre azul, sino roja, y, lo peor, que esa princesa de la que estaba enamorado no va a volver jamás porque Aurora la ha matado.

30

La caza

Barcelona, en la actualidad

Walter aprieta contra el volante los dedos enguantados en cuero y pisa a fondo el acelerador. El rugido del motor del Mercedes negro deja una cicatriz en la noche de Sant Just Desvern al atravesar su calle principal. Tras dejar atrás Esplugues, se incorpora a la avenida Diagonal. Las matrículas falsas y sus intenciones se diluyen y pasan desapercibidas entre las luces de semáforos, escaparates, farolas y vehículos. Algunas personas levantan la mano al ver el VTC, pero Walter no los recoge. Aquí no. Esos jóvenes, chicos y chicas solitarios plantados en cualquier acera, nunca sabrán que acaban de tener el mayor golpe de suerte de su vida. No habrá nada como esto. Aunque un día compren el boleto ganador de la lotería, aunque encuentren su amor soñado en una calle recóndita de la otra punta del mundo. Nada lo superará jamás.

Evitar que Walter se cruce en tu vida marca la diferencia entre que esta continúe o termine.

Aprovecha un semáforo en rojo para inclinarse y meter la mano en la guantera. Sus dedos recorren los lomos de los cinco discos que guarda. Todos son bandas sonoras de Disney y otras películas de animación. Elige uno de ellos, el que tiene la caja más rayada por el uso, y lo introduce en el reproductor. Suena:

Hay un amigo en mí. Hay un amigo en mí.

Walter no canta; no disfruta de la música. Lo que sucede es que necesita escuchar esa canción cada vez que sale de caza. Le transporta a un tiempo y un lugar ajenos al vacío actual que le succiona por dentro.

Todavía sigue cabreado por la discusión. El viejo le pone de los nervios. Manel le presiona demasiado con el alquiler. Walter ha estado a punto de soltarle un puñetazo. Lo ha pagado empujando a la nueva mientras iba hacia el coche. ¿Qué hacía detrás de ese platanero? Cotillear, seguro, como todos en esa masía. Solo espera que no se lo cuente a Vera. Esa tal Leyre es una mala influencia para ella. Si Vera se entera, insistirá con que no es bueno tanto estrés. Dirá que algún día lo pagará caro, que le dará un infarto y será demasiado tarde para rectificar. El estribillo de siempre. Él solo quiere que Vera sea más realista, que se olvide de lo de escribir y busque un trabajo de verdad. A veces se le nota demasiado que solo tiene dieciocho años. Hay noches que, sentado en ese asiento solitario del Mercedes, le da por pensar. Se plantea dejarla. Quizá sería mejor que Vera tuviera su vida independiente o volviera con su familia. Walter no sabe el tiempo que será capaz de hacer lo que hace sin consecuencias.

Y para él, cambiar de vida no es una opción.

Necesita calmarse un poco, dar una vuelta y cazar. Se dirige a la zona de Poblenou. Es uno de los barrios más fructíferos de la ciudad, pero hace tiempo que no lo frecuenta debido a que le pareció que el dueño de un local se quedó con su cara mientras recogía a una chica que luego salió en las noticias.

Gira a la derecha para bajar por Lepant y deja a su espalda La Monumental. Hoy es domingo, hoy toca ir a la sala Razzmatazz.

Walter está al tanto de todas las fiestas, conciertos y eventos que se celebran cada noche en Barcelona. Si fuera lunes, iría a los Blackout Mondays de la Opium; los jueves toca Obsession, en Bling Bling.

Los conciertos son su evento favorito. Son diferentes, nada rutinarios, siempre especiales.

Cuando llega a la discoteca, ve varios coches alineados frente a la puerta principal. Hay tres vehículos negros con el motor en marcha que son parte de la flota de FanCar. No se detiene. Decide que es demasiado arriesgado esperar junto a ellos, teniendo en cuenta que hoy no le toca trabajar y que lleva una matrícula falsa.

Sigue recto y gira en la siguiente manzana para ver qué se respira por allí.

Premio.

Y de los gordos.

Walter conduce despacio, intentando igualar el paso de la chica que cojea. El tacón de uno de sus zapatos está roto y se abraza con las manos a sí misma. Dos buenas señales: tiene frío y no puede llegar muy lejos caminando.

La ventanilla automática de la puerta del copiloto baja, y la voz de Walter sale a través de ella:

—Hola. ¿Has pedido un FanCar?

La chica no responde, pero la música de *Toy Story* debe de llamar su atención, porque se agacha para mirar extrañada el interior del coche. Es mayor de lo que Walter buscaba, pero atractiva. Le servirá.

Walter trata de esbozar su mejor sonrisa frente al retrovisor; cuando la tiene, se inclina hacia la ventanilla.

—Hola —dice de nuevo, mientras baja el volumen del reproductor y repite la pregunta.

—Hola. No, no he pedido un FanCar. Lo siento.

—No importa. Si lo necesitas, puedo llevarte. Acordaremos un precio fijo por la carrera.

—No hace falta. Gracias.

—Vamos. Tienes un zapato roto y estás helada.

La chica suspira e inclina la cabeza.

—Esto no es legal. Lo sabes, ¿no?

Walter sonríe.

—¿Cuánto?

—Depende de dónde quieras ir.

—Voy al Putxet, cerca de los cines Balmes.

Walter calcula un precio por debajo de las tarifas habituales del mercado y dice que serán diez euros.

La chica acepta y abre la puerta delantera para montarse.

—Mejor detrás —dice Walter—. Normas de la empresa.

Ella maldice mientras se dirige al asiento trasero y se monta en el coche. Walter mete primera.

—¿Sueles hacer esto mucho?

—¿El qué?

—Recoger gente que no ha pedido tus servicios y negociar un precio fuera de la aplicación de FanCar para ahorrarte su comisión.

—De vez en cuando.

El Mercedes callejea por el barrio de aspecto industrial de Poblenou, dibuja ochos entre varias manzanas de edificios.

—Voy a dar un pequeño rodeo para evitar un control de policía. No quiero que nos hagan perder el tiempo. No te preocupes, es precio cerrado.

La chica se revuelve intentando accionar el botón del elevalunas eléctrico.

—¿Puedes bajar la ventanilla de atrás? Me estoy asfixiando.

—No es necesario. Ya casi hemos llegado.

—¿Cómo que casi hemos llegado? Si estamos al lado de donde me has recogido. Te he dicho que vivo en el Putxet.

El coche gira de nuevo y atraviesa una calle que, con los comercios cerrados, es solo una copia de una copia de cualquier otra calle del barrio. Pero esta esconde un secreto.

Walter reduce hasta poner primera. Acciona el mando a distancia y mete el coche por una enorme puerta metálica arqueada en su parte superior. La chica grita. Él sube el volumen de la música al máximo, y el coche queda engullido por un pasillo estrecho, dejando la calle desierta.

Tras de sí, solo queda penumbra; farolas calladas y contenedores torcidos sobre aceras vacías.

En el exterior del Mercedes únicamente se oye el ruido de los neumáticos al pasar por encima de los viejos adoquines que componen el suelo del corredor.

Dentro del coche, en cambio, la chica suplica, golpea los cristales, pide salir del vehículo y llora. Intenta abrir las dos puertas traseras una y otra vez, romper los cristales a patadas. Walter sube el volumen de la banda sonora de *Toy Story*.

El callejón termina y se abre a un patio de estilo berlinés, rodeado de edificios de una sola altura, una chimenea cilíndrica y vegetación. El vehículo se detiene en el centro.

Se trata de una fábrica en desuso, construida a finales del siglo XIX por un empresario alemán de origen judío que se dedicaba a fabricar muñecas de porcelana. La producción estuvo activa durante muchas décadas. Todavía se puede leer un cartel en la entrada al patio que dice «Fábrica de juguetes». Walter no ha querido retirarlo en todo este tiempo porque, en cierto modo, ese lugar se sigue usando para fabricar muñecas con las que jugar.

Ningún edificio de vecinos o de uso público tiene vistas al patio de la fábrica. El lugar es perfecto como guarida.

La chimenea original de veinticinco metros, que durante años expulsó al cielo barcelonés el humo producido por la cocción de la porcelana, está en el centro del patio. Alrededor, hay varios edificios de dos alturas donde se situaban las cadenas de montaje y las oficinas. En las plantas bajas hay cuatro locales con puertas correderas de garaje. Una de ellas se abre cuando Walter presiona el botón de otro pequeño mando a distancia.

El Mercedes negro entra, y la puerta se cierra de forma automática tras él.

—Ahora puedes gritar todo lo que quieras.

El interior es un espacio diáfano, grande, iluminado únicamente por los faros del coche. Está lleno de polvo, suciedad y gritos ahogados en el tiempo. En el centro: dos sillas.

Walter sale del coche y abre un armario eléctrico de metal que cuelga de una de las paredes. Dentro hay un maletín negro, del cual extrae una pistola, tres bridas, una jeringuilla cargada y un pañuelo.

Walter abre la puerta trasera del vehículo.

—Sal del coche —dice, apuntando con la pistola.

La chica obedece, y Walter mueve la pistola hacia el centro de la sala, donde están las dos sillas enfrentadas. Son de metal y están atornilladas al suelo. La más cercana da la espalda a los potentes faros del coche.

—Siéntate en la del fondo.

La chica camina temblorosa y se sienta. Entorna los ojos mientras la luz cegadora del Mercedes ilumina sin piedad su rostro húmedo por las lágrimas.

—Por favor… —balbucea.

Walter se sienta en la otra silla, de espaldas al coche, y le lanza las tres bridas.

—Primero, los pies. Ata cada uno de ellos a una pata de la silla.

Ella pone cara de no ser capaz de creer lo que está viviendo.

—Bien fuerte. Muy bien. Ahora, las manos, por favor.

—¿Qué vas a hacerme? —acierta a decir, entre sollozos.

—Las manos, he dicho. Ponte la brida y termina de cerrarla con la boca.

La chica no deja de llorar mientras muerde y estira el extremo de plástico de la brida.

Walter baja el arma por primera vez. Le pone un trapo manchado de sangre seca en la boca y lo ata alrededor de la cabeza.

—Vale, lo has hecho muy bien. Ahora que nos hemos calmado un poco, escúchame.

La joven sorbe con fuerza y se seca las lágrimas usando las manos atadas.

—Tu vida, tal y como la conoces, ha terminado. No deberías haberte subido a mi coche, pero ya es tarde para volver atrás. Te conviene tener muy claro esto para entender lo que te voy a explicar a continuación.

La chica grita con todas sus fuerzas.

—Cállate. Este sitio está preparado para que nadie pueda escucharte desde el exterior. Cuanto más tiempo pierdas en gritar, más sufrirás. ¿Quieres seguir sin dejarme hablar o vamos al grano?

La joven cierra los ojos y niega con la cabeza sin cesar, intentando despertar de la pesadilla.

—Bien. En este momento, tienes dos opciones y —mira su reloj— dos minutos para decidirte por una de ellas. Ninguna te va a gustar. Respecto a eso no hay nada que yo pueda hacer.

La chica grita con todas sus fuerzas.

—Opción número uno: te pincho esto en el cuello. —Levanta la jeringuilla—. En unas horas, despertarás en otro lugar, uno peor que este, del que no saldrás jamás. Olvídate de tu nombre, de volver a sentir el calor del sol. Olvida a tu madre, a tu padre y a tu puto perro, si es que lo tienes. Serás una prisionera y, como tal, permanecerás encerrada en una habitación donde sufrirás todos y cada uno de los segundos que te queden de tu miserable vida, porque te aseguro que será miserable. Imagina el peor dolor que hayas experimentado y multiplícalo por todo el miedo que sientes en este momento. Así, durante días, noches enteras, meses sin descanso, hasta que tu cuerpo no lo soporte más y mueras sin que nadie sepa, ni siquiera tú misma, dónde estás. Soñarás que vuelves a este momento, que sigues sentada en esta silla. Tras cada nueva herida, vejación y hueso roto suplicarás que aparezca yo en ese agujero infame para ofrecerte la opción número dos, pero ya será tarde.

La chica grita de nuevo y se revuelve y ahoga en sus sollozos. Intenta volcar la silla, pero es inútil porque está clavada al suelo.

—¡Shhh! —Walter hace un gesto con la mano pidiendo calma—. Todavía no has escuchado la segunda opción. —Suspira y se toma dos segundos para ordenar sus palabras antes de continuar. Decide ir al grano—. Te sacas un ojo con tus propias manos. Aquí y ahora. Tú sola; yo no puedo ayudarte ni darte ninguna herramienta. Sé lo que estás pensando, pero créeme, es posible hacerlo. Y si lo haces, vivirás.

—¡Efts nfrmo! —grita la chica a través del trapo.

—Puede ser.

La chica grita algo ininteligible, y Walter decide quitarle el trapo durante un momento.

—¡¿Por qué no me matas ya?! —llora ella—. ¡Acaba con esto directamente!

—No funciona así. Te estoy dando una oportunidad.

—¡No te creo! ¡Eres un psicópata!

La chica está tiritando. Tiene la piel pálida y la mirada perdida. Parece estar a punto de desmayarse.

—Te queda un minuto.

Ella mira hacia arriba, aprieta los ojos con todas sus fuerzas y llora un grito al techo frío de la fábrica.

—¿Lo prometes?

Walter no responde.

—¡Prométemelo! ¡Dame tu palabra de que no me matarás!

Walter asiente, impasible. Después, se deja caer sobre el respaldo de la silla y espera.

La respiración de la chica se acelera cada vez más. Mira su mano. Tiembla. Suelta un grito desgarrador para envalentonarse. Al abrir la boca, se cuela en su interior el sabor salado de las lágrimas. Se atraganta con las flemas, tose y mira su mano de nuevo. Forma una garra con los dedos y dice:

—Joder.

Acerca la garra a su ojo derecho y clava las uñas.

El grito esta vez es tan grande y prolongado que hace que Walter se ponga en pie y se lleve las manos a la cabeza.

El globo ocular está sobre la mano de la chica, fuera de su cuenca. El nervio óptico hace un pequeño chasquido cuando separa el ojo más de cinco centímetros de su lugar original. Clac.

Walter se agacha hasta quedar de cuclillas, contemplando el horror.

La chica se tambalea, pero no se ha desmayado todavía.

La evisceración ha dejado un reguero de sangre sobre su cara.

Walter rompe su quietud y en dos zancadas alcanza el coche. Abre la puerta para sacar un cuchillo grande de un bolsillo falso del asiento delantero. La música sale del interior del vehículo:

Sin perder más tiempo, rodea a la chica por detrás.

Hay un amigo en mí. Hay un amigo en mí.
Y cuando sufras, aquí me tendrás.
No dejaré de estar contigo.

—Es lo mejor para ti —dice Walter, que la agarra por el pelo y le coloca el filo del cuchillo en el cuello.

—¡No! —grita ella, tapándose con una mano la cuenca del ojo entre alaridos de dolor—. ¡Lo has prometido!

—Las promesas solo tienen valor si salen de la boca de alguien con ganas de vivir para cumplirlas. Y yo ya estoy muerto por dentro.

31

El cuaderno

Barcelona, en la actualidad

Te despierta el sonido del teléfono. Es la doctora devolviéndote las llamadas. Dudas si apagar el móvil; siempre es mal momento. Pero no puedes evitarla durante más tiempo y, sobre todo, llevas días preocupada por tus síntomas. Necesitas un diagnóstico, aunque sea telefónico, que te tranquilice, que te diga que, después de un evento tan traumático como lo es el asesinato de una madre, es normal la ansiedad, las lagunas mentales, ese ruido en tu cabeza que te impide pensar con claridad.

—Hola, Helena.

Te incorporas sobre el borde de la cama, y al hacerlo un rayo de sol del mediodía te alcanza la cara mientras te retiras las legañas de un ojo con la mano.

—¡Por fin! ¿Dónde estás? Nos tienes preocupados. Rafa y yo llevamos días buscándote por todos lados.

De nuevo, la culpa retorciendo tus tripas.

Bum.

Están abordando el barco pirata. La sangre corre por la cubierta, y la metralla agujerea el velamen.

—Dile a mi padre que estoy bien, que no se preocupe. Volveré pronto. Todo acabará mañana.

—¿Mañana? ¿Qué pasa mañana?

—Sé que me he marchado en el peor momento posible, después de la muerte de mi madre. Dile que lo siento mucho. O ya se lo diré yo.

Oyes un suspiro a través del auricular.

—Dime al menos dónde estás, por favor. ¿Qué significa esa foto de la cincha y la mancha de sangre que me enviaste?

—Es mejor que no, Helena. No quiero que vengáis mi padre o tú a buscarme. Soy mayorcita. Sé cuidarme sola.

—Escucha, ayer, cuando hablé con Rafa por última vez, le dije que me habías escrito y que estabas bien. Le mentí. Cree que estás a punto de volver a casa y le convencí para que no llamara a la policía, pero no creo que pueda evitarlo durante mucho tiempo.

—¿Policía? Helena, dime que no le has dicho a mi padre nada de nuestra conversación en tu casa. —Sabías que era cuestión de tiempo.

—No.

—¿Seguro? —insistes.

—Tienes que decirme dónde estás. Necesito saber que hago bien cubriéndote.

Te tomas un segundo para decidir si la crees.

—Está bien. Pero no se lo digas a mi padre.

—De acuerdo.

—Júralo.

Helena suspira de nuevo.

—Te lo juro. ¿Dónde estás?

—Estoy en Barcelona.

—¿Qué? ¿En Barcelona?

—Sí.

—¿No ves que estás actuando sin pensar las cosas?

Ya estamos con lo mismo.

—Así empezó mamá. Dime algo que no sepa, Helena.

—¿Qué? No he dicho eso.

—Tengo que averiguar qué paso con Sandra y con mi madre.

—No. Tienes que volver a casa, es muy peligroso. Escucha, no estoy segura ni sé los detalles, pero creo que Sandra se acercó demasiado y que por eso terminó así. Ese fue su error. Llegó demasiado lejos con la gente equivocada. Todos hemos ido demasiado lejos; tú ahora la que más. Tienes que decirme dónde te encuentras exactamente.

—No vengas a buscarme, Helena.

—No iré a buscarte, sino a ayudarte. Iré sola. No le diremos nada a Rafa. Te lo prometo.

—Te digo que no quiero que vengas.

—Necesitas ayuda. ¿Te recuerdo que Sandra está muerta?

—¡Que no! —gritas—. ¡No vengas! Sé lo que me hago.

—Seguro…

Hay un silencio de varios segundos. Ambas estáis tomando aire para tranquilizaros y volver al tono original de la conversación.

—Escucha, no quiero que te pase lo mismo que a Sandra —dice Helena. Está llorando.

—De verdad —dices, intentando calmar tu voz, aunque tu respiración continúa acelerada—. No puedo marcharme ahora. Falta solo un día.

—¿Un día para qué?

—Para la fecha.

—¿Qué fecha?

—La que encontré. Helena, ¿es normal que se me olviden las cosas a raíz de la muerte de mi madre?

—¿Cómo dices?

—Necesito un diagnóstico que me deje tranquila. Tengo lagunas mentales importantes y…

—¿A qué fecha te refieres? —te interrumpe.

—Es igual —dices—. Gracias por nada.

Cuelgas.

«Las niñas buenas no discuten».

Te estaba poniendo de los nervios con tanta pregunta, y darle más detalles iba a suponer que apareciera dentro de cuatro horas en Barcelona; o peor aún, que viniera con papá.

Necesitas aire, respirar. Es como si de repente la habitación se hubiera hecho pequeña. Sientes que las paredes y el techo se han ido comprimiendo conforme Helena te agobiaba con sus preguntas, y ahora apenas queda oxígeno a tu alrededor.

Subes las escaleras de la masía y recorres el pasillo del último piso tambaleándote. Buscas tu dosis diaria de tejado, de desconexión mental. Descansar sobre las tejas calientes por el sol y dejar que el viento te roce los dedos, la nuca, el pelo, y se lleve consigo en un suspiro todo el barullo mental.

Cuando llegas a la buhardilla donde está la ventana que da al cielo abierto, tus ojos se detienen en un punto. Al ser mediodía, la luz que se cuela del exterior atraviesa el polvo en suspensión de la estancia e ilumina los muebles que hay amontonados en la esquina. No te habías fijado antes porque esa zona de la habitación está demasiado oscura por la noche y nunca te detienes en ese cuarto. Pero un mueble te llama la atención. Es una mesilla de noche envuelta en telas de araña que tiene un cajón a medio abrir.

Te acercas e introduces la mano.

En el interior hay un cuaderno. Es uno de esos con tapas azules acartonadas que venden en cualquier librería de barrio. Tiene un título garabateado a mano: *La casa de los perdidos.*

Lo abres.

Hay un montón de anotaciones. Echas un vistazo rápido, pasas varias hojas. La documentación que está llevando a cabo Vera para su novela es extensa. Te dijo que la tenía guardada donde nadie, ni siquiera Walter, pudiera encontrarla. Por lo que parece, habla de todos los inquilinos de la masía. No se salva ninguno. Como te explicó ayer, ha ido anotando sus impresiones sobre ellos para su novela, además de muchas otras ideas, sentimientos y emociones personales.

Continúas deslizando las hojas de papel con el pulgar en busca de algunos nombres: Maite, Sandra, Fernandito, Roberto y, aunque te cueste reconocerlo, Leyre. Quieres saber qué piensa de ti.

Te llama la atención que faltan varias páginas que Vera ha arrancado; supones que se trata de ideas descartadas.

Si este cuaderno contiene datos sobre las personas que conviven o han convivido con Vera en esta masía, es probable que encuentres información útil para averiguar qué les sucedió a mamá y Sandra.

Oyes un ruido tras de ti y el susto te hace dar un brinco.

Es Vera. Está descolgándose por la ventana, de espaldas a ti. No te ha visto.

Guardas el cuaderno en el cajón. Intentas cerrarlo sin hacer ruido.

—Hola, Vera.

—Uy, Leyre. ¿Qué haces aquí? —Motas cómo sus ojos se desvían hacia la mesilla donde está el cuaderno.

—Quería tomar el aire. Estaba a punto de subir al tejado. Aunque tenía dudas de que estuvieras a esta hora del día ahí arriba.

—La verdad es que ya me iba. Había subido a pensar en mis cosas —dice, seria.

—¿Está todo bien?

—Sí, tranquila. Solo necesito una de nuestras charlas de tejado.

—Claro, dime.

—No, no. Ahora no puedo. Acabo de ver —dice, señalando la ventana— a Walter aparcar su coche. Parece que ha vuelto de trabajar más pronto de lo habitual. Quizá podamos comer juntos. Es triste, pero trabaja tanto que tengo que aprovechar cada momento que tenemos para vernos, ¿sabes?

—Claro, no te preocupes; ve con él. Hablamos luego, por la noche, en nuestro tejado.

—¿Cómo que «nuestro»? Qué morro tienes —dice, y se acerca con una sonrisa contenida para darte un beso en la mejilla. Sientes sus labios suaves sobre la piel—. Me alegro de que hayas venido a esta casa, Leyre.

Cuando se retira, no consigues articular palabra. Un calor impropio del invierno te recorre el cuerpo.

Se da la vuelta.

—¿Bajas conmigo? —pregunta, señalando el pasillo que conduce a las escaleras.

—Sí —aciertas a decir.

Al salir de la habitación, te giras para mirar de reojo el cajón de la mesilla de noche.

Vera va delante de ti, se gira mientras camináis por el corredor enmoquetado y te sonríe.

Tú le devuelves la sonrisa y te sientes sucia.

La estás traicionando. Leer su cuaderno sin su permiso supone violar su privacidad.

«Las niñas buenas no cotillean».

Lo haces por mamá, por Sandra. Por ellas estás aquí, por ellas has arriesgado tu vida. No puedes quedarte a medias ahora. No hay código moral que valga.

—Lo siento, Vera —murmuras para ti misma.

—¿Has dicho algo? —pregunta ella.

—No, nada —dices, mientras piensas que en cuanto Vera se encierre con Walter en su habitación, te espera un rato de lectura en esta buhardilla.

32

La casa de los perdidos

Notas para la redacción de mi primer *best seller* millonario

¡Eureka! Esta mañana, frente al folio en blanco, he visualizado la primera escena de mi novela. Me ha venido así, sin más. Sé que debería ser capaz de describir la sensación, como escritora que soy, pero no puedo. Ha sido mágico. Inefable (palabra nueva de escritora para mi lista). Simplemente lo he visto en mi cabeza.

El libro comienza la noche en la que me subí al coche de Walter y me salvó; porque lo hizo. Me salvó de mi vida anodina, de mi familia de abogados venidos a menos, de mis estudios de Derecho y de mis amigas simplonas de ese colegio caro que mis padres ya no eran capaces de pagar. En aquel momento en el que decidí poner el pie en su coche yo no lo sabía, pero me estaba salvando de todo eso. Me abrió las puertas de la aventura. Adiós al sueño de mi padre de convertirme en la abogada estrella de la ciudad para luego acabar estrellada como él; hola a mi sueño de ser escritora. Esta obra no vería la luz si no fuera por Walter, así que se lo merece todo.

También puede estar bien dedicarle unas palabras a Walter en las primeras hojas, como hacen los escritores famosos.

Este primer capítulo de la novela será una especie de flashback que servirá para que los lectores entiendan cómo nos conocimos y de dónde venimos. Además, aquella noche fue una película de acción en toda regla, con escena de persecución incluida. La novela no puede empezar con más ritmo (no voy a tener que inventar nada para hacer que esta parte resulte más interesante).

Después de esto, convendría meter un capítulo sobre nuestra llegada a la masía, donde pueda describir la casa y algunos de los personajes. Tengo que conseguir trasladar al papel la atmósfera bucólica que se respira en este lugar. Una auténtica masía catalana, rodeada de vegetación, llena de historia propia y de personas a las que conocer. Es increíble. (Obviar el hecho de que Walter vive aquí desde hace años y que vino con su mujer Raquel y su hija Paula, queda más romántico decir que llegamos a la casa juntos). Es lo más barato que hemos encontrado, pero es perfecta para una escritora.

Capítulo 2 (o uno de los primeros)

Aunque el libro comience con mucha acción, quiero que sea una buena novela romántica. Lo de chico conoce chica (tomar ideas de los libros de Elísabet Benavent; he buscado en Google y dicen que es la mejor escritora del género) y todo eso. Así que ahora estoy en ese punto de la historia donde la pareja está muy enamorada y todo son detalles y mariposas de colores (describir a Walter más atractivo de lo que es en realidad puede ser un punto muy a favor para que su personaje enganche. ¿Qué actor podría encarnarle el día que lleven mi obra a la gran pantalla? Brad Pitt está ya mayor, quizá Chris Hemsworth).

La escena es esta:

Walter llega cansado a casa después de un largo día conduciendo. Trabaja mucho para sacarnos adelante. Abre la puerta de nuestra habitación, está empapado por la lluvia (dejar claro que va siempre vestido con su traje y corbata, pero no uno de enterrador como los que lleva siempre, sino elegante, italiano, y dejar claro que a la protagonista, o sea, a mí, le pone mucho que vista así). Su cara se ilumina por la gran cantidad de velas encendidas que hay en la habitación. Sus cejas se elevan al ver los candelabros y pétalos de rosa repartidos por la cama y los muebles; no se puede creer la cantidad de tiempo que he tenido que invertir preparando esta sorpresa. Abrimos una botella de vino (aunque en la vida real hemos bebido un Don Simón, decir en el libro que era una botella de las caras. ¿O quizá el Don Simón nos hace más humanos a los ojos del lector?). En la novela, Walter es un romántico empedernido y él también tiene esta clase de detalles y sorpresas con la protagonista (inventar ejemplos de esto para demostrarlo). Dejar claro que una lágrima sale del ojo de Walter y le resbala por la mejilla en cuanto ve las velas. Justo cuando la lágrima alcanza la boca de Walter, la protagonista (o sea, yo) se la quita con un beso. Feliz primera semana en nuestro nuevo (para mí lo es) hogar, cariño (buscar un apelativo diferente a cariño para referirme a Walter. Probaré a usar Walty con él durante unos días a ver cómo suena. Si me gusta y no queda demasiado cursi, lo uso en la novela).

Esta mañana me he sentado en el salón de la planta baja para planificar la novela y para conocer a algunos de los personajes que llenarán sus páginas: los inquilinos de la casa. He decidido tomar prestadas sus historias, sus vidas, igual que hago con Walty y conmigo misma. Una buena novela debe tener verosimilitud, y nada ayuda más a ese fin que obtener las ideas de la vida real.

Los primeros que se han acercado a saludarme han sido Roberto (algo cachas, se nota que levanta pesas, tripa cervecera, camiseta de tirantes blanca y unos cuarenta y cinco años largos, confirmar este dato) y Carla (pelo caoba, diastema en sus incisivos superiores, un poco más joven, unos cuarenta). Son pareja. Él se ha interesado por mi trabajo como escritora y me ha parecido muy simpático; quizá demasiado vacío de mente para mi gusto, pero simpático. De hecho, me ha decepcionado comprobar que me trataba tan bien y espero que no todos los inquilinos de la casa sean tan atentos y amables como Roberto, de lo contrario no habrá conflicto, y sin conflicto no hay novela. Por suerte, enseguida se ha presentado Carla y me he llevado una alegría al ver lo mal que le he caído. Ha sido seca, adusta, incluso borde al no devolverme ninguna de mis sonrisas. Creo que le ha molestado la conexión que hemos tenido Roberto y yo desde el principio.

* Idea importante: dado que Walty y yo nos llevamos veintidós años y nadie de mi entorno ha entendido mi decisión de dejarlo todo para irme a vivir con él, creo que voy a enfocar la historia hacia eso. Será una novela romántica que tratará sobre un amor incomprendido, pero al mismo tiempo puro, donde además hablaré de temas como el paso de los años, perseguir un sueño y lo difícil que es encontrar tu lugar en el mundo. Es importante que la mayor parte de la historia transcurra en la masía. El hecho de que la casa esté llena de personas que no encuentran su sitio en la vida me ha dado una idea: la novela se va a titular *La casa de los perdidos*.

Estaba pensando en empezar a poner fechas en cada anotación, pero ¿para qué? Esto no es un diario.

Es la cuarta vez esta semana que intercambio algunas palabras con Pons. Apenas había dedicado tiempo a conocerle. Pensaba que sería un personaje insulso, secundario; incluso barajé la opción de borrarlo de la historia. Pero hoy me ha hecho cambiar de idea.

Pons siempre está en casa, trabaja por remoto, es diseñador gráfico y fotógrafo. Tiene veinticinco años (dato confirmado). La protagonista (*importante: he decidido que se llame Vera, como yo. No queda creíble que mi personaje lleve otro nombre distinto) está sentada, escribiendo su novela, cuando Pons se acerca a ella para charlar un rato. Le cuenta a Vera (se me hace raro hablar en tercera persona de mí, pero de esta forma será menos confuso cuando esté escribiendo el primer borrador de la novela y consulte estas notas) que hoy tiene que ir a Barcelona a hacer una sesión de fotos. Vera se muestra interesada: Ah, ¿de verdad? Pensaba que diseñabas carteles, logotipos y cosas así, no sabía que también eras fotógrafo. Charlan un rato sobre su trabajo. Al final, Pons se ofrece para crear la cubierta de la futura novela de Vera y para sacarle unas fotos para la solapa del libro físico. Vera acepta (cómo no voy a aceptar... ¡Tendré una cubierta profesional gratis!).

* He leído en internet que los buenos escritores como Gabriel García Márquez evitan utilizar adverbios terminados en «-mente». Definitivamente, no tienen ni idea.

Carla lo ha dejado con Roberto (introducir una breve explicación o más detalles en los capítulos anteriores sobre su historia de amor, sin irme por las ramas; aquí la que importa soy yo). Ha alquilado otra habitación para ella sola, como es lógico. Me la encuentro en la zona de la colada. Vaya a la hora que vaya, Carla siempre está ahí. Creo que se dedica a lavar ropa para gente de fuera de la casa (este dato puede ser una de esas tramas paralelas que dan lugar a situaciones graciosas en una comedia romántica. Ella lo oculta, pero todos saben lo que hace y, de repente, aparecen por la casa clientes variopintos. Puede funcionar). El caso es que no me ha saludado cuando nos hemos cruzado. Me he quedado pasmada, con cara de tonta, como si hablara con una pared de cemento. Nunca le he caído bien y tampoco se ha esforzado en disimularlo. Pero es que ahora parece que quiere demostrarme lo mucho que me odia. Está claro que me culpa de estropear su relación con Roberto. Qué quieres que te diga, yo no tengo la culpa de que él me mire así o de la química que tuvimos desde el primer día. De todas formas, me viene bien una enemiga en la novela para darle vidilla a la trama. Conflicto, *baby*, ¡conflicto!

Con Pons me entiendo muy bien porque los dos somos artistas. Aparte, solo nos llevamos siete años y eso se nota. Las fotos son geniales. Me saca algunas en blanco y negro, mirando a cámara en plan escritora. Parezco una intelectual. El tío tiene un pequeño estudio casero, con focos y diferentes objetivos fotográficos. Ha colgado una sábana blanca en la pared para crear el fondo de mi *book*. Después, como me hace las fotos gratis, me pide que me pruebe algunos disfraces que tiene allí amontonados. Es un encargo de una empresa de disfraces baratos, de esos que venden en los bazares asiáticos. Me pruebo algunos de troglodita sexy, Blancanieves sexy, Cenicienta sexy, Mamá Noel sexy. Todo así. Es lamentable que todos los disfraces de mujeres tengan que ser en este plan; incluso los de princesas Disney. ¿En qué momento de la película la Bella Durmiente enseñaba media teta? En fin, accedo porque me parece justo devolverle el favor y sacarme las fotos a cambio de las de escritora. Después, me pide algunas otras subidas de tono para una colección que está preparando, pero no he aceptado (quizá deba sacarme esas fotos, puede dar mucho juego ir a más con Pons, por el bien de la trama). Le digo que en otra ocasión (no mencionar que le he guiñado un ojo, en la novela todo tiene que parecer fortuito, nada preparado). Es muy amable de todas maneras.

Me tomo un café con Irene en la terraza del restaurante gallego del final de la calle. Hablamos y nos conocemos (más bien, le he hecho miles de preguntas sobre su vida triste y anodina). Paga ella y me ofrece repetir otro día. Acepto (no sé por qué). Tiene unos cincuenta años, trabaja como portera de un edificio de La Bonanova y... (no la he mencionado antes en la trama y puede que no la mencione nunca más; menudo peñazo de tía).

No sé cómo continuar la historia. No sé cómo continuar la historia. No sé cómo continuar la historia. No sé cómo continuar la historia. No sé cómo continuar la historia. No sé cómo continuar la historia. No sé cómo continuarrrrrrrrrrrrrrr.

Un mes sin escribir.

Dos meses sin escribir. ¡Feliz aniversario!

Tres meses sin escribir.
Vera, eres un fraude.

Importante: dejar de enfrentarme al folio en blanco cada mañana y pensar una manera de continuar la novela.

Quinto mes sin escribir.

Siete meses y medio sin escribir ni una sola palabra.

Apunte: hay escritores de brújula y de mapa. Los de mapa son los que planifican su novela antes de enfrentarse al papel. Los de brújula, en cambio, comienzan a escribir y se dejan llevar por la historia y los personajes sin conocer de antemano qué va a pasar. Yo no soy ni de brújula ni de mapa; necesito un GPS. Estoy perdida, atascada. No se me ocurre nada para continuar la trama ni para construir los personajes. Pero ¿qué puedo hacer? Las palabras no aparecen por arte de magia cuando me siento frente al folio en blanco. ¿Será que no valgo para esto? Quizá mi Walty tenga razón cuando dice que debería buscar un trabajo de verdad.

Casi once meses sin escribir. Doy pena.

Un sonido interrumpe tu lectura.

Parece que Vera está discutiendo con Walter en la primera planta y los gritos llegan hasta la buhardilla en la que te encuentras.

Decides guardar el cuaderno en el cajón de la mesilla y salir de allí, no sea que a Vera se le ocurra subir a su sitio secreto para desconectar, pensar o escribir sobre la discusión y te sorprenda leyendo su cuaderno.

Cuando bajas las escaleras y llegas a la primera planta de la masía, los gritos han cesado.

Recorres el pasillo, pero Vera y Walter ya no están allí o bien se han encerrado en su habitación.

Decides ir a tu cuarto a esperar un tiempo prudente antes de volver a subir a la buhardilla a continuar con la lectura del cuaderno.

Pero algo te llama la atención nada más entrar.

Se trata de un papel que alguien ha dejado pasar por el roto de la puerta. Intrigada, te agachas para recogerlo, lo desdoblas y lees el mensaje que contiene.

33

Helena

Pamplona, unas horas antes de viajar a Barcelona

Has encontrado el número de Helena en los contactos del móvil de mamá. Necesitabas hablar con ella, que te aclarara las cosas. Helena era amiga de tu madre, recuerdas que se conocieron durante una investigación por asesinato en la que trabajaron juntas. El culpable recibió un disparo de la policía mientras trataba de huir, y estuvo ingresado en el hospital donde trabajaba Helena. Mamá todavía no era inspectora, y Helena acababa de empezar sus prácticas. Se entendieron desde el principio y continuaron siendo amigas, pese a que la vida las llevó por caminos distintos.

A Helena las cosas le han ido mejor.

Helena está viva.

Es un chalet independiente a las afueras de Pamplona, de formas geométricas y cristales enormes que llenan la mayor parte de la fachada.

Sales del coche de papá con prisa. La puerta del jardín está abierta. Una fila de maceteros led más altos que tú iluminan el terreno de noche. Piedras blancas, bojes esféricos, palmeras, un estanque con forma de riñón rodeado de una alfombra tupida de césped natural y una piscina cubierta. Helena te espera con los brazos cruzados y la espalda apoyada en el marco de la puerta principal de la casa. Te mira y niega con la cabeza.

—¿Te encuentras bien?

—No. Lo de mi madre me está afectando mucho más de lo que esperaba.

Helena se hace a un lado.

—Pasa, te vas a helar con solo esa camiseta aquí fuera.

—Entiéndeme —dices—. A todo el mundo le afecta la muerte de una madre, es solo que mi madre y yo no teníamos la mejor relación. Por no decir que hace años que no nos hablábamos. No esperaba que su muerte pusiera mi mundo tan patas arriba.

El interior te recuerda a un museo de arte moderno. Aunque logra huir de esa frialdad estética de las revistas de decoración y se acerca a lo que llamarías un hogar, está repleto de esculturas y cuadros abstractos, recuerdos de viajes exóticos y fotografías de su familia.

—Lo sé. Debería guardarla en un armario. —Habla de la foto que estás mirando—. Hace ya cuatro años que me separé de Carlos.

No dices nada. No eres quién para dar consejos sobre cómo desenquistar el pasado.

—Voy a preparar café. Se me caen los párpados. ¿Quieres?

—Un cortado, por favor. De todas maneras, no esperaba dormir nada esta noche con todos esos cañonazos.

Mientras Helena enciende la cafetera en la cocina, te pide que esperes en el salón. Ambas estancias están diferenciadas por una isla de mármol de Carrara. Solo ese espacio es el doble de grande que el piso entero de tus padres.

—¿Qué cañonazos? —pregunta desde la isla.

—Es igual —dices.

Helena no insiste. Oyes ruido de cafetera, armarios y tazas.

—Tras hacerle la segunda autopsia a Sandra —dice, sin que necesites sacar el tema—, encontré algunas cosas. Lo primero, tenía marcas en las muñecas que no aparecen reflejadas en el informe oficial. Lo segundo, eso que ves ahí. —Señala una pieza metálica que está encima de un cenicero—. Pensaba comentárselo a Iñaki y Santi cuando termináramos de enterrar a Sandra, pero apareciste por allí antes y preferí no hacerlo. Creí que era mejor enseñártela a ti primero.

La examinas, te la acercas a los ojos y le das vueltas entre los dedos. Tiene el diámetro de una moneda de veinte céntimos, pero se parece a una pila de botón. No sabes de qué se trata. Te lo guardas en el bolsillo, junto al muñeco pirata de Lego.

—Estaba dentro de su estómago, y eso solo quiere decir una cosa: Sandra se lo tragó antes de morir porque no quería que se lo quitaran. O lo que es lo mismo, esperaba que lo encontráramos. Esto y las marcas en las muñecas sugieren que Sandra no murió a causa de un ahorcamiento, como apunta la autopsia oficial, sino que estuvo retenida, atada por las muñecas en otro lugar y después fue transportada hasta la pensión de Badalona donde la encontraron. Estoy segura de que los golpes y el resto de las heridas que presentaba se los hicieron en ese primer sitio en el que la retuvieron.

La miras con la misma cara con la que te miraba mamá cuando le explicabas cómo funcionaba el mando de la PlayStation.

—Hay más —dice con un tono más pausado—. Recibí una llamada de Sandra la semana pasada, unos días antes de morir. Apenas tuvimos tiempo para intercambiar cuatro frases, pero me dijo que había encontrado una pista importante en Barcelona, y te juro por mi hija que en su discurso no percibí intención alguna de que fuera a suici…, de que quisiera dejar la investigación a medias, sino todo lo contrario. Me dijo que me lo contaba porque necesitaba que alguien más lo supiera en caso de que a ella le pasara algo. Por eso, nunca creí el resultado de la autopsia oficial. Me resultaba inverosímil que Sandra se ahorcara en esa pensión de Badalona. ¿Entiendes?

Y no. No entiendes nada.

—Alguien ha querido taparlo —aclara—. Hay personas, policías quizá, interesadas en ocultar el asesinato de Sandra y lo que estaba a punto de averiguar. No podemos fiarnos de nadie.

—Lo que me gustaría que me explicaras es qué hacíais con el cuerpo de Sandra en Eunate.

—¿De verdad no te acuerdas de nada? —dice, mientras entra en el salón con dos tazas de café. Te ofrece una.

—Me desmayé gracias a la hostia en la cabeza que me dio tu amigo Iñaki. No es que no me acuerde, es que no estaba consciente —dices, mientras das un sorbo a tu taza. Es el mejor café que has probado en tu vida.

—Perdona. —Bebe también—. Iñaki no te reconoció. Te encontró agazapada detrás de ese muro, a oscuras. Todos estábamos muy nerviosos.

Asientes.

—Sandra Ancín apareció muerta en Badalona el otro día.

Anotas en el móvil el apellido de Sandra: «Ancín». Te suena, pero ahora mismo no sabes de qué.

—Creemos que está relacionado con lo que sucedió en Gavà.

«Lo que sucedió».

—¿Con mi madre?

Helena se sienta en la esquina de un sofá blanco de diseño que debe de medir unos ocho metros. Te hace un gesto para que hagas lo mismo.

—Empieza desde el principio, por favor. Si mi padre no sabía nada, imagínate lo que puedo saber yo, que llevaba años sin hablar con ella.

Helena te mira sorprendida.

—¿Nunca te lo contó? Dejamos de hablarnos cuando me fui a Madrid. Mantenía el contacto con mi padre. Bueno, lo justo: llamadas por los cumpleaños y Año Nuevo. Nos poníamos al día en cinco minutos y poco más.

Sientes la culpa otra vez en el estómago. Bum. Introduces la mano en el bolsillo de los vaqueros y agarras con fuerza el muñeco pirata de Lego.

—De acuerdo —dice, y toma aire durante dos segundos antes de continuar—. Cuando Maite fue expulsada de la Policía Foral debido a su enfermedad… —Se detiene. Notas cómo se le quiebra la voz. También ella está muy afectada por la muerte de mamá—. Perdona, es difícil hablar contigo de esto.

—No te preocupes.

Helena inspira y espira, traga saliva e intenta calmarse. Contiene las lágrimas. Mamá, Sandra; dos amigas suyas muertas durante la misma semana. Tiene que estar hecha polvo.

—El último caso en el que Maite trabajó la afectó mucho. Quiero decir que se convirtió en una obsesión para ella. La investigación oficial no era responsabilidad de la Policía Foral, por lo que no estaba asignada al caso. Pero se dedicaba a ello por su cuenta, incluso continuó investigando cuando la expulsaron del cuerpo. Sandra la ayudaba desde dentro, proporcionándole información y más de un favor. Con el tiempo, el caso se cerró oficialmente, pero ambas siguieron con la investigación. Sé que viajaron a Barcelona hace un año y llegaron a acercarse mucho a lo que buscaban. Tuvieron un accidente tras una persecución. Estrellaron el coche contra una farola después de chocarse con un tranvía. No conozco todos los detalles porque Sandra y Maite no lo compartían todo con nosotros. Digamos que Santi, Iñaki y yo las ayudábamos en todo lo que podíamos, pero cuando se trataba de tomar riesgos, se encargaban ellas solas. Lo que viste en Eunate es lo más lejos que nosotros tres hemos llegado sin ellas.

Suena el teléfono. Es papá.

—Se habrá despertado.

—Será mejor que te vayas. Estará preocupado.

Suspiras.

Rechazas la llamada. Pero escribes enseguida un mensaje: «Llegaré en 15 minutos».

—Puedes venir aquí mañana por la mañana y seguimos hablando —te ofrece Helena.

Asientes y le das las gracias. Necesitas hacerle muchas preguntas, pero mañana ya estarás lejos de aquí.

Al responder a tu padre desde el móvil de mamá, has visto otra conversación, hasta ahora banal, que ha cobrado un nuevo significado después de lo que te ha contado Helena. Por dos motivos:

- Mamá había guardado el contacto de Sandra en el móvil con su apellido, Ancín, que desconocías hasta ahora, en lugar de usar su nombre de pila.
- El último mensaje que Ancín escribió a mamá, supones que desde Barcelona por la fecha, te ha servido para saber qué es esa pieza metálica que tienes en el bolsillo y para qué sirve.

34

Can Ginestar

Barcelona, en la actualidad

Introduces la mano en el bolsillo de tus vaqueros, desdoblas la nota que has encontrado al otro lado del roto de la puerta de tu habitación y la vuelves a leer por quinta vez.

En media hora en Can Ginestar.
VERA

Compruebas el reloj: llevas cincuenta minutos esperando.

Quizá no sea muy original quedar en otra masía cuando ya vives en una, pero este sitio parece especial y te alegra que Vera quiera verte fuera de vuestro rincón secreto. Can Ginestar, según has leído en el cartel de la entrada, es una masía modernista de Sant Just convertida en bar, biblioteca y sala de exposiciones. Te ha parecido muy interesante y debe de aportar mucho a la vida social y cultural del pueblo, pero tú has ido directa al bar.

Estás sentada en una de las mesas que hay dispuestas en el terreno de tierra que rodea la casa, con vistas a las montañas. Los clientes abarrotan la terraza y ocupan las mesas que todavía a esta hora siguen bañadas por el apreciado sol de enero.

Apuras el último trago de cerveza y miras el móvil: muchas llamadas perdidas de papá y Helena, pero ninguna respuesta de Lucas. Has perdido la cuenta de las veces que le has llamado y de los mensajes que le has escrito para confirmar vuestra cita y asegurarte de que no piensa dejarte tirada. Se supone que habéis quedado en veros en la masía luego, a las 19:00.

Todavía desconfías de él.

Por fin, ves llegar a Vera. Lleva un casco de moto en la mano y una chupa de cuero ceñida. Camina entre las primeras mesas de la terraza, te busca entre los clientes. Levantas el brazo y la saludas con una sonrisa. En cuanto compruebas que te ha localizado, te giras hacia la barra y haces el signo de la victoria con los dedos. El camarero comienza a tirar dos cañas.

—Bonito sitio has ele... ¿Estás bien? —La cara de Vera interrumpe cualquier saludo posible.

—Perdón, llego tarde. He estado discutiendo con Walter desde la hora de comer. Al final, le he dicho que me iba a dar una vuelta para pensar, pero la verdad es que no aguantaba que me siguiera mintiendo a la cara ni un minuto más.

—¿Mintiendo?

Vera deja el casco sobre una silla libre y se sienta en la otra. Asiente con la cabeza en respuesta a tu pregunta, respira agitada, traga saliva.

—Cuéntame con calma qué ha pasado. Más que una discusión, parece que hayas visto a Fernandito en pelotas —dices, en un intento de rebajar la tensión.

Vera no sonríe.

El camarero llega con las dos cañas. Se crea un silencio que resulta incómodo para los tres. Cuando las deja sobre la mesa, Vera paga con tarjeta y él se marcha hacia la barra. Te alegras de que te invite porque solo te quedan cincuenta céntimos en la cartera.

—No ha sido una de nuestras peleas habituales —dice.

—No sabía que tuvierais «peleas habituales».

—No sabes muchas cosas.

Te sorprende su tono. Por primera vez desde que la conoces ha sonado severa, lejos de la ingenuidad a la que te tiene acostumbrada.

Carraspeas. Das un trago a la cerveza y borras con la lengua el bigote de espuma.

—Perdona. No quería ser borde —dice—. Es que todo esto empieza a sobrepasarme. —Se le entrecorta la voz—. Te conté que a veces discutimos por el tema económico, ¿verdad? Que se empeña en controlarme y se queja de que no trabajo.

Asientes.

—Y que, además, el hecho de que casi no nos veamos por culpa de todas las horas que mete subido a ese coche, no ayuda a la relación.

—Sí.

—Pues hay… más.

—¿Más?

Suspira, cierra los ojos y te parece que está a punto de romper a llorar.

—A veces pienso que no conozco a Walter.

—¿A qué te refieres?

Vera hace un amago de contestarte, pero se detiene después de mirar a ambos lados de la terraza. Se acerca a ti buscando intimidad. Tú haces lo mismo: apoyas los codos sobre las rodillas y te inclinas hacia ella.

—No mires ahora, pero tenemos compañía.

Simulas un bostezo y echas un vistazo a los clientes.

—Que no mires —te repite Vera—. Está sentado cuatro mesas detrás de ti. Es Roberto. No quiero que escuche lo que tengo que contarte.

Vera apoya la mano sobre tu rodilla. Sientes su calor a través del pantalón vaquero. Sus ojos verdes te enfocan. Ha debido de llorar antes y por eso están enrojecidos, pero piensas que el hecho de conocerla también en las malas te acerca un poco más a ella, a la verdadera Vera. Te está abriendo una puerta nueva, desconocida para ti, a la que no puedes resistirte a entrar.

Empatizas con ella. Las dos estáis hechas una mierda: tú, por mamá; ella, por Walter. Y eso une.

—Conozco un sitio más tranquilo. Vamos —te dice.

Y vas.

Lo primero que sientes es miedo. El olor a gasolina y el primer acelerón te hacen tambalearte sobre el asiento trasero de la Vespa de Vera. Desde el principio deja claro que le gusta la velocidad. Conforme recorréis las calles de una urbanización de chalets, su pelo te roza la cara; son pequeños latigazos de cabello rubio que obedecen sin orden aparente al viento y que transportan hasta tu nariz el aroma a manzana de su champú. Cada vez que Vera gira la empuñadura de la moto para acelerar, sus uñas esmaltadas resaltan sobre su piel clara. Al subir una cuesta de mayor pendiente que las anteriores, pierdes un poco el equilibrio y te agarras a su cintura. Ella se gira y, a través del casco, ves sus pómulos levantados: está sonriendo. Las dos disfrutáis de este momento. No dejas de abrazarla y aprovechas los pequeños botes que das sobre el asiento a causa de los baches y acelerones para acercarte cada vez más a ella. Con las manos en su vientre, notas su respiración acompasada y la forma de su cintura bajo el cuero de su chaqueta. Cierras los ojos con fuerza y varias lágrimas resbalan por tu sonrisa porque, por primera vez desde que murió mamá y durante un instante, tu vida deja de estar patas arriba.

Por primera vez, encuentras sentido a lo que estás haciendo.

Se detienen los cañonazos.

Se apaga el ruido en tu cabeza.

Continuáis ascendiendo la carretera entre árboles y más chalets blancos, hasta que llegáis a una zona abierta. Vera aparca la moto debajo de una farola, justo donde termina el asfalto, y subís caminando un pequeño sendero que se une con una pista de tierra que recorre la sierra de Collserola. Avanzáis un par de minutos por esa especie de balcón esculpido en la montaña con vistas a toda la ciudad de Barcelona y al Mediterráneo.

—Esto es la carretera de las Aigües. Son varios kilómetros de pistas y caminos, pero aquí mismo estaremos bien.

Os sentáis en el suelo, cerca del borde del camino.

—Solo quería un poco de intimidad. No me fío de Roberto.

—Entiendo —dices.

Ambas permanecéis calladas, contemplando los edificios, que son los granos de arena gigantes de una playa kilométrica que desemboca en el mar. Intentas enfocar la mirada en un crucero que se aleja despacio hacia el horizonte azul y te preguntas quiénes serán sus pasajeros, qué problemas les preocuparán en este punto de sus vidas, de qué escaparán. La gente sube a barcos, trenes y aviones para huir. Lo de viajar para vivir nuevas experiencias y conocer otras culturas es una excusa para escapar de la rutina, de nuestra vida cotidiana, de los problemas. Te recuerdas huyendo con dieciocho años, las lágrimas de alivio, sentada con la cabeza apoyada en la ventanilla de ese Alvia que te alejó para siempre de mamá.

Vuelven los cañonazos de remordimientos, el estruendo de la batalla en tu cabeza. Un fogonazo lejano atraviesa la bruma; es la culpa otra vez.

—Tenía la camisa manchada —dice Vera, trayéndote de vuelta a la realidad. Habla en voz baja, pero suena a grito de socorro—. Walter, digo.

—¿Manchada? —No entiendes dónde quiere ir a parar—. ¿Cuándo?

—Anoche. Después de que tú y yo nos despidiéramos. No podía dormir y estuve pensando en lo que han cambiado las cosas estos últimos días.

Suspira.

—Nuestras noches de tejado me gustan mucho, Leyre. Las conversaciones que tenemos hacen que me replantee mi vida y sea consciente de mi lugar actual en el mundo y del que quiero alcanzar en un futuro. Me alegro de que hayas llegado a la masía.

Agachas la cabeza. Sonríes.

—Por eso, cuando Walter entró en la habitación dos horas después, seguía despierta y dando vueltas en la cama. Él se durmió enseguida y fue entonces cuando me levanté a beber un vaso de agua y vi su camisa manchada de sangre.

—¿Sangre? ¿Tuvo un accidente? —preguntas.

—No era suya, Leyre. La sangre no era suya.

—¿Estás segura? ¿Se lo preguntaste?

—Lo he hecho hoy, mientras comíamos. Me ha dicho que ayer se cortó el brazo derecho con la verja del jardín. Ha fingido estar cabreado y ha dicho que piensa hablar con Manel para que la arregle.

—¿Y crees que no fue así?

—Cuando ha ido a ducharse, me he asomado por el quicio de la puerta del baño. Se estaba desvistiendo y, al quitarse la parte de arriba del pijama, he podido comprobarlo. No tenía ninguna herida en el brazo. Ni siquiera un mínimo arañazo. Nada.

Se te ocurre una explicación, pero Vera se adelanta.

—No, en el otro brazo tampoco he visto heridas.

Tu cabeza va a toda velocidad, busca conexiones, ata cabos, intenta relacionar a Walter con el motivo que te trajo a la masía. Pero necesitas descartar todas las opciones primero.

—¿Seguro que ha dicho que se cortó el brazo? Quizá fue la pierna y se manchó la manga de la camisa al mirarse la herida.

—Imposible. Ha dicho que era el brazo. Incluso se lo ha agarrado fingiendo que le dolía. Te lo juro. Se ha cagado en Manel —golpea con el puño el camino de tierra donde estáis sentadas—, en su madre —lo golpea de nuevo— y en toda la masía. —Otra vez.

—Vale, vale, Vera. Tranquila, por favor —dices, mientras envuelves sus manos con las tuyas—. Vamos a pensar. ¿De quién crees que es la sangre?

—No lo sé. Y tengo miedo de hacer suposiciones. Cada idea que se me ocurre me pone más nerviosa. Primero he pensado que es posible que pegara a Manel. Cuando llegó de trabajar, los escuché discutir de nuevo. Walter le amenazó. Durante los últimos meses, han chocado mucho por el tema del alquiler. Incluso estuvieron cerca de llegar a las manos en una ocasión. Pero esa idea la he descartado esta mañana, cuando he visto a Manel desayunando, charlando con Irene sin ningún rasguño. También se me ha pasado por la cabeza otra explicación.

Silencio.

—Puedes confiar en mí, Vera —dices, y te viene la imagen de su cuaderno de tapas azules, su intimidad violada.

«Las niñas buenas no mienten».

Sus ojos verdes húmedos se fijan en los tuyos.

—Tengo miedo de que Walter haya podido meterse en un lío serio debido a nuestros problemas económicos.

—¿En qué tipo de lío?

—No sé, cualquier cosa. Que haya pedido dinero y se haya endeudado con las personas equivocadas; gente peligrosa. Que se haya sentido ahogado y haya recurrido a vender droga. Esto último lo ha llegado a mencionar alguna vez.

—Para, para, para. Espera un segundo, Vera. ¿Tráfico de drogas? ¿Estás hablando en serio? El otro día en el tejado, me pintaste a Walter como un hombre al que la vida había tratado mal y agriado el carácter debido a la muerte de su hija y su mujer en un accidente de tráfico, pero, por otro lado, alguien muy trabajador, recto, incapaz de meterse en líos así.

—Lo sé. ¿Qué quieres que te diga? No es sencillo, ¿vale? No es fácil reconocer en voz alta que eres tan gilipollas que no sabes tomar una sola decisión correcta en tu vida.

Tarda unos segundos en limpiarse el lagrimal con el dorso de la mano antes de continuar.

—Lo de la droga no lo ha llegado a hacer nunca, pero porque yo me he negado.

—¿Te lo ha llegado a proponer?

—Lo deja caer, casi siempre en tono de broma. Dice que sería todo más fácil, que nuestros problemas se solucionarían de un día para otro, sin esfuerzo. Siempre que le hablo de mi novela, él bromea con que tendrá que ponerse a vender droga un día de estos si tardo mucho en escribirlo. Yo me lo he tomado siempre como su manera de presionarme para que me olvide del tema de ser escritora y me ponga a trabajar. Su forma de decirme que baje de las nubes, que lo de las novelas no es algo que pueda pasarme a mí. Casi siempre es un comentario puntual cuando discutimos o una última frase ambigua antes de marcharse a trabajar. Ese tipo de cosas que dices, pero que nunca harías.

—Entiendo.

—Pero un día fue más allá. No sonaba a broma. Empezó a hablar como si lo tuviera todo planeado. Me dijo que los clientes que se montan en su coche, sobre todo los turistas, le preguntan dónde puede conseguir material. Dijo que con su trabajo resultaría muy fácil hacer los intercambios dentro del coche, sin que nadie le viera, y podría justificar los numerosos viajes para ir a recoger y vender la mercancía por el mismo motivo.

—¿Se lo has preguntado? Sin rodeos, me refiero. ¿Habéis hablado de esto hoy?

Vera toma aire y niega con la cabeza.

—No me he atrevido a ser tan directa. Le he preguntado si se ha metido en un lío. Pero él me asegura que no. Nuestra conversación ha sido un bucle infinito en el cual él ha respondido a mis preguntas con excusas que yo no he aceptado. Al final, por teléfono, me ha reconocido que la sangre no era suya. Me ha dicho que era de un cliente que se puso violento, que tuvo que defenderse. Es verdad que a veces recoge borrachos con el coche o gente que se comporta de malas maneras; es lo que tiene la noche. Según él, me soltó la mentira de la verja para no preocuparme, pero no me lo creo.

—¿Por qué no? —insistes.

—Porque no. Porque podría habérmelo contado de primeras. No tenemos secretos; yo ya sé cómo es Walter.

—¿A qué te refieres?

—Quiero decir que no tendría por qué mentirme. Sé que es una persona, digamos, propensa a la violencia.

—¿Cómo? No me dijiste nada de esto cuando te conté que me empujó.

—No es eso. Me refiero a que no es tranquilo, no rehúye el conflicto y no tiene ningún problema en llegar a las manos si es necesario cuando se enfrenta a una situación que él considera injusta. Yo sé que en ocasiones ha llegado a las manos con ese tipo de clientes que te comento; y cuando lo ha hecho, me lo ha contado. No se me ocurre un motivo para que ahora venga con la excusa de la verja del jardín. O sea, que lo del cliente borracho es otra mentira.

—Vera, que no haya sido la verja ni una pelea con un cliente no es suficiente prueba para afirmar que está traficando con drogas.

Vera toma aire.

—Nunca se despega de su móvil del trabajo. Jamás he visto con quién habla, pero sé que tiene contactos, conocidos que andan metidos en esos temas. Yo siempre me he opuesto a ello, por mucho que necesitáramos el dinero. Es más, en aquella ocasión en la que me lo planteó, le dije que si se metía en ese mundo, lo nuestro terminaría. No sé, a veces desearía colarme en su cabeza y entender qué sucede ahí dentro.

Hacéis una tregua en la conversación para observar cómo el atardecer quema las nubes que se estiran sobre el cielo de Barcelona. Piensas en lo que has venido a hacer a esta ciudad, en mamá, en lo que has encontrado hasta el momento. Se viene a tu mente la imagen de Fernandito, de su cochambrosa autocaravana, del rifle, del perro muerto. Roberto. Quizá has seguido las pistas equivocadas. Si mamá y Sandra llegaron hasta este lugar por un motivo, es probable que ese motivo fuera Walter.

—Si fuera posible, ¿de verdad querrías meterte?

—¿Perdona?

—En su mente, quiero decir. Si pudieras saber sus secretos, su verdad, con todo lo bueno y malo que pudiera conllevar, ¿te gustaría?

—Hoy no estoy para juegos filosóficos, Leyre.

—Lo digo en serio. Tú solo responde: ¿lo harías?

—Por un lado, me daría miedo. Muchísimo. Pero sí, me encantaría. Siempre, en cualquier situación de la vida, me quedo con la verdad, por dura que sea, antes que vivir engañada. De todas formas, ¿qué más da? No puedo obligarle a que se abra a mí.

—Vera, hay una manera de entrar en su mente. Quizá no sea la más correcta; de hecho, es ilegal.

—¿A qué te refieres? Ahora tú también me estás asustando.

—Me refiero a entrar en sus cuentas: ordenador, móviles, correo, etc. La gente guarda más información personal en la nube que en su propio cerebro. Algo tan simple como saber qué ha buscado una persona en Google nos puede dar información detallada sobre sus miedos, aspiraciones, dudas o planes. Si conseguimos acceder a su correo, registro de llamadas o mensajes, seguramente averigüemos en qué lío está metido. Encontraremos mensajes con los supuestos clientes o traficantes de droga y podremos leer su contenido.

—No sé, Leyre. Estamos hablando de traicionar a mi pareja. De invadir su privacidad. Yo no soy así.

—Yo tampoco —dices, y agachas la cabeza cuando recuerdas el cuaderno de tapas azules—. En otras circunstancias no te ofrecería esta alternativa, pero creo que puedes estar en peligro.

No le dices que también te mueres de ganas de comprobar si todo esto está relacionado con mamá o Sandra.

Puedes ver la luz naranja del atardecer reflejada en los ojos húmedos de Vera.

—¿Crees que estoy peligro?

—Vera, me has hablado de varias cosas. Algunas son teorías, pero otras son hechos. Has mencionado sangre, narcotraficantes, peleas… ¿Qué quieres que te diga? Sí, para mí hay una posibilidad grande de que estés en peligro.

Vera traga saliva y se lleva la manga de la chaqueta a las mejillas para secarse las lágrimas.

—No se va a enterar —dices, intentando transmitir toda la calma y control que eres capaz de reunir en este momento—. Solo comprobaremos qué está pasando. Si no es nada, él no sabrá que hemos estado husmeando, pero tú te quedarás más tranquila.

—Tengo miedo de lo que podemos encontrar en sus cuentas o de cómo podría reaccionar si se enterara.

—Lo averiguaremos juntas —dices, posando tu mano sobre el hombro de Vera—. De momento no tenemos nada más que suposiciones.

Asiente.

—Hay algo más que debes saber —dice.

Preguntas de qué se trata.

—No le gusta lo nuestro.

—¿Lo nuestro? —dices, ruborizada, y separas la mano de Vera.

—Me refiero a que sabe que nos estamos viendo y cree que eres una especie de mala influencia para mí. Le he explicado que me haces compañía dentro de esa masía de pirados, que hablamos mucho y que eres una buena tía, pero él no se fía.

—Pero ¿de qué tiene que fiarse?

—Lo de siempre, Leyre. Todo se reduce a lo mismo: su miedo a perderme. Te ve diferente, capaz de cambiar mi mundo, de abrir puertas que no conozco y que él sabe que podrían resultarme atractivas.

Aprietas los labios para evitar sonreír. Te frenas a tiempo al encontrarte de bruces con el lado negativo de lo que Vera acaba de contarte.

—Eres consciente de que nadie debería decirte con quién puedes hablar y con quién no, ¿verdad?

—Lo que quiero decir es que no se puede enterar de que le hemos hackeado. Por ti, por tu seguridad. Ya te he dicho que no rehúye de los enfrentamientos.

—Vamos, que me llevaré una buena hostia si me pilla, ¿no?

Vera se pone seria.

—Jamás ha puesto la mano encima a una mujer. Nunca. Pero si descubre que le hemos hackeado, no quiero imaginar cómo sería su reacción.

—No te preocupes. No vamos a hacer esto solas. Voy a pedir ayuda al mejor.

Desbloqueas tu móvil y buscas en la agenda de contactos un número.

Llamas.

Esperas un tono. Dos tonos.

Por fin, tras todo el día intentándolo, escuchas su voz:

—Dime, Leyre.

—Frodo, amigo mío. Espero que ya estés de vuelta en la Comarca. ¿Recuerdas que hemos quedado en una hora en la masía?

35

Un gimnasio de Barcelona

Barcelona, unas horas antes de encontrar la masía

Mamá lo llamaba «unir los puntos». Como esos pasatiempos que vienen en las últimas páginas de los periódicos donde hay que trazar líneas de un punto a otro hasta descubrir la imagen oculta. Decía que sus investigaciones con la Policía Foral eran lo mismo: consistían en hallar diferentes pruebas y unirlas hasta obtener una deducción con sentido. El dibujo escondido.

En cuanto recordaste el mensaje de Sandra Ancín en el móvil de mamá, lo tuviste muy claro.

Tenías solo dos puntos:

- Una pieza metálica del tamaño de una moneda de dos euros que Sandra Ancín se tragó antes de que la mataran.
- Un mensaje de Ancín que decía: «No creo que leas esto, pero he encontrado el gimnasio».

Dos puntos que uniste para obtener el dibujo escondido: la pieza metálica es parte de una de esas pulseras de silicona que portan los socios de algunos gimnasios.

Tú misma tuviste una, cuando pagaste la cuota anual del gimnasio Superfit de Madrid para acabar yendo solo cinco días. Este tipo de pieza se coloca dentro de una pulsera que permite acceder a las instalaciones de los gimnasios y utilizar algunos de sus servicios.

El problema es que, según Google, Barcelona tiene trescientos ochenta y siete gimnasios.

¿A cuál de ellos se refería Sandra?

Aparcas el Tiguan de papá en una calle cercana a la Sagrada Familia. Desde aquí, destacan entre dos manzanas de edificios las torres cónicas de la famosa basílica. Mientras caminas, miras atrás y te da la impresión de que has dejado el coche frente a un vado, pero no quieres perder tiempo en buscar otro lugar. Solo esperas que el Tiguan siga allí cuando vuelvas.

Bajas la calle sin dejar de mirar el GPS mientras decides por qué gimnasio empezar a buscar. Te engulle un grupo de japoneses que sigue a un guía que levanta un paraguas rojo. Barcelona está llena de turistas en cualquier época del año.

Piensa, Leyre. Recorrer los trescientos ochenta y siete gimnasios uno a uno te llevaría más de una semana. Necesitas abordar el problema desde otro ángulo.

Te paras frente a un paso de cebra y extraes del bolsillo de tus vaqueros la pieza metálica. La sujetas con los dedos, la examinas. Es probable que los gimnasios más baratos no dispongan de acceso mediante este tipo de pulsera.

Se te ocurre una idea.

36

Man in the middle

Barcelona, en la actualidad

Habéis vuelto en moto de la carretera de las Aigües y estáis en la cocina de la masía. Tus zapatillas se adhieren al suelo de baldosas amarillentas que llevan meses sin ver una fregona. El olor a comida podrida sale del frigorífico que acabas de abrir. Estás metiendo la cena en una bolsa usada del supermercado Condis: patatas fritas, Coca-Colas, vasos de plástico..., merienda de cumpleaños infantil por gentileza de los otros inquilinos de la masía.

—Solo te falta preparar unas medialunas de Nocilla —dice Vera.

—¿Mejor así? —dices, sacando cuatro paquetes de cervezas del frigorífico. Tampoco son tuyas, pero no esperas que te culpen del hurto; seguro que Fernandito se bebe todo lo que encuentra en esta cocina.

—Eso está mejor. Necesito un trago para relajarme.

—Vamos arriba. Lucas está al caer —dices.

Como si hubiera olido las cervezas a distancia, nada más salir de la cocina te encuentras con los huesos de Fernandito. Cruza sin verte, te atraviesa como si fueras invisible, dando tumbos mientras apoya las manos en el marco de la puerta para no caerse. Deja una estela de olor a alcohol a su paso.

Se detiene entre la puerta de la cocina y Vera.

—Hola, guapa —le dice, tambaleándose.

—Hola.

Tú esperas con la bolsa de la cena en la mano y observas la escena desde la espalda de Fernandito.

—Hace días que no hablamos tú y yo…

—Estoy ocupada, Fernando. ¿Me dejas pasar?

—Chst, chst, chst, chst —dice, y bloquea la puerta con el brazo. Eructa.

—Fernando, por favor —insiste Vera, agriando el gesto.

Te llama la atención que le llame Fernando y él no se queje como hizo contigo.

—No está bien effo…, eso que haces, Verita. Primero me enamoras y luego, adiós. Eso no se hace. No, no, no.

—Estás borracho, Fernando. Déjame pasar. No tengo tiempo ahora mismo para estas chorradas.

—Para mí lo nuestro no es ninguna chorrada, Verita.

—Estás diciendo cosas sin sentido y, de verdad, no tengo tiempo. Estamos ocupadas.

—Ven aquí —dice, agarrando a Vera por la cintura y acercando los labios a su cara—. Dame un besito y verás cómo vuelves a quererme.

—¡Suéltame! —grita Vera, mientras intenta zafarse. Hace un quiebro con el cuello para esquivar la lengua de Fernandito.

Tú sueltas la bolsa y te acercas. Agarras a Fernandito por la espalda y le intentas separar de Vera. La tela de algodón de su camiseta se rasga cuando tiras de ella con todas tus fuerzas.

Fernandito se gira para mirarte. El agujero de la camiseta deja ver parte de sus costillas. Él examina el destrozo. Después se gira e intenta fijar la mirada en ti, sin éxito.

—¿Tú también quieres? —te dice.

Vera aprovecha la situación para esquivarle por la espalda y ponerse a tu lado.

Fernandito se acerca a vosotras meciéndose sobre sí mismo. Hueles su aliento a suelo de bar.

—Ya hablaremos otro día, guapa —dice, apuntando con el dedo índice a Vera—. Quizá en otro momento que no estés tan bien acompañada. —Te mira.

Fernandito lanza un beso al aire que Vera recoge con una arcada.

Su esqueleto ebrio choca con todo a su paso: una pila de revistas, un frutero sin fruta y un ejemplar antiguo de *La Vanguardia* que estaba dentro de este.

Vera todavía está temblando cuando la abrazas.

—¿Estás bien? Qué asco de hombre, joder —dices.

—No le hagáis ni caso —dice Manel, asomado a la puerta que da al salón.

—¿No has visto lo que ha hecho? —preguntas.

—He llegado a ver solo el final, cuando se ha despedido. Aun así, puedo imaginarme el resto. Si bebe, se pone tonto perdido. —Niega con la cabeza—. Pero es inofensivo.

Recuerdas el perro muerto bajo la cama de su autocaravana.

—Me parece que confías demasiado en ese desgraciado —dice Vera.

—No me ha dado motivos para lo contrario. Jamás me ha fallado. Pero no os preocupéis, tendré una conversación con él mañana, cuando le pille más… despejado.

Estás a punto de insistir en que lo que has visto es el primer paso hacia algo mucho más grave, cuando suena tu móvil. Es un mensaje de Lucas.

—Dice que está en la puerta. Enseguida vuelvo.

Sales al jardín y te encuentras a Sultán, que ladra y contonea el rabo, contento.

Lucas cruza la puerta, deja caer al suelo su mochila y se agacha. Avanza a cuatro patas hacia Sultán, ágil, con más soltura que el propio perro.

Te fijas en Fernandito, que ha salido de la casa y observa la escena desde lejos, sentado en una silla de plástico de Coca-Cola descolorida por años de sol.

—¿Quieres parar de hacer eso? —dices.

—Como no estabas, Sultán ha venido a buscarme y me ha dicho que pase.

—¿El perro te ha dicho que pases?

—¡Sultán, ven aquí! —Manel lo llama desde la puerta de la casa, y el perro acude sin dudar.

—Levántate, por favor. Te están mirando —dices, dándole las manos para ayudarle.

—Fue una de mis fases.

—Ya lo sé, ya —dices, apremiándole, sin perder de vista a Fernandito.

Lucas se pone de pie y se sacude los pantalones. Tiene las rodillas llenas de tierra.

—¿Sabes eso que dicen sobre que el perro es el mejor amigo del hombre? En mi caso, en aquella época de mi vida, los perros eran mis únicos amigos.

—No me explico por qué.

—Bueno, es porque para la gente soy un bicho raro. Yo no he…

—Lucas —interrumpes—, para. Era una ironía.

—Quieres decir que se me nota que no encajo, ¿no?

—Encajas en el mundo igual que lo haría Hitler en la NBA.

Lucas no se ríe.

Os acercáis hasta la puerta de entrada a la masía, donde Manel está ocupado atándole la correa a Sultán.

—Mira, Lucas —dices, ruborizada—, te voy a presentar a un ser humano.

—Un placer —dice Manel, atando un collar alrededor del cuello de Sultán—. Pero yo os dejo. Voy a dar una vuelta rápida a este bicho para que haga un pis.

Cuando Lucas y tú entráis en la cocina, te parece que Vera ya se ha quitado el susto del cuerpo y tiene mejor cara.

—Muchas gracias por venir a ayudarnos, Lucas —dice, sonriendo a modo de saludo.

Lucas la mira con los ojos muy abiertos. Pone cara de conejo a punto de ser atropellado.

—¿Lucas? —dices, al ver que no reacciona.

Él no aparta la mirada de Vera.

—¿No habla nuestro idioma? —te pregunta Vera.

—A veces también me hago esa pregunta —dices.

Le das un codazo.

—¡Lucas! ¡Espabila!

—Perdona —dice él.

Lucas, nervioso, emite un ruido extraño al reír. Muestra los colmillos cuando lo hace.

—Vengo a ayudarte con lo de tu pareja.

Te das cuenta de que Fernandito os sigue observando con su mirada perdida a través de la ventana que da al jardín. Ha cogido unas tijeras con las que está podando unas ramas. En su estado, lo raro es que no termine cortándose un dedo.

—Baja la voz, joder —susurras—. Vamos a mi habitación.

Son las 19:00. Es la primera vez que tienes invitados en los veinte metros cuadrados que forman tu habitación. Escondes las cervezas después de pasarle una a Vera; no sea que a Lucas le dé por beber durante su hora del pecado. Si sobrio es capaz de creer que es un perro, no quieres imaginártelo borracho. La merienda infantil a base de refrescos y patatas fritas que has preparado no evita que la estancia siga siendo oscura y decadente. Es como celebrar una fiesta de cumpleaños infantil en un tanatorio. Lucas está sentado en una de las sillas y ha apoyado su portátil en otra. Vera y tú os habéis sentado al borde de la cama.

—Vale, Lucas, ¿qué necesitas? —dices, mientras le acercas una Coca-Cola.

—Si Wilson está al caer...

—Walter —corrige Vera—. Y no tenemos mucho tiempo, llegará enseguida.

—Eso, Walter. Lo mejor es que tú —señala a Vera— vayas a vuestra habitación a esperarle, para que no sospeche nada. Tienes dos objetivos sencillos: asegurarte de que Walter se conecta al wifi de la masía con su teléfono y conseguir que lo use durante el máximo tiempo posible.

—Fácil. Se pasa el día pegado al iPhone —dice Vera, mientras se levanta de la cama.

Posas tu mano sobre su pierna.

—Ten cuidado, ¿vale? —dices.

—No te preocupes. Nos vemos esta noche, en el tejado, cuando Walty se haya marchado a trabajar de nuevo. Ya me contarás qué habéis encontrado.

Vera abre la puerta, se detiene y se gira antes de salir.

—Muchas gracias por lo que estáis haciendo, chicos. De verdad. Os debo una a los dos.

Ambos os quedáis mirando la puerta. En cuanto se cierra del todo, dices:

—¿A qué ha venido eso?

—¿El qué?

—Lo de antes. En la cocina. Te has quedado embobado mirando a Vera.

Lucas no responde. En lugar de eso, parece recordar algo que había olvidado hasta ahora, agacha la cabeza y cierra los ojos.

—No tendrás pensamientos impuros —susurra, y reza una oración que no alcanzas a escuchar. Después, se santigua.

Tú carraspeas y consigues hacerle volver a este mundo.

—Lo primero que haremos —dice— será averiguar la dirección IP de sus dispositivos. Para ello vamos a lanzar un escaneo con una herramienta que creé hace algún tiempo. Utiliza Nmap y algo de Rust.

—No te sigo.

Lucas aparta el aire con la mano, en un gesto que viene a decir que no tiene tiempo para explicaciones.

—Mi herramienta rastreará la red de la masía. Vamos a ver todo lo que hay conectado al wifi en este momento.

Cuando Lucas habla de informática, se convierte en otra persona, alguien que sabe lo que hace y que está muy seguro de sí mismo.

—¿De qué nos sirve? Walter no está en la masía ahora mismo.

—Espera y verás. Estoy exportando el archivo. Vale, tenemos doce dispositivos diferentes conectados. Ahora…

No termina la frase. Le interrumpen dos sonidos: el del motor de un coche y el de la puerta grande de la entrada para vehículos. Te levantas de un salto y miras por la ventana.

—¡Es su coche! ¡Es Walter!

—Vale, ahora volveremos a ejecutar el mismo comando para obtener la lista otra vez. Las direcciones IP nuevas que aparezcan serán las de los dispositivos de Walter que acaban de conectarse a la red.

Pasan unos segundos mientras Lucas revisa los datos de la pantalla de su portátil.

—Nada. Ningún dispositivo nuevo. ¿Este tío no tiene activado el wifi en sus móviles? Vamos a esperar un poco y volvemos a lanzarlo —dice.

Lo vuelve a ejecutar.

—Aleluya. —Mira al cielo—. Hay un equipo conectado. Es un teléfono Android.

—Vera dijo que tenía un iPhone.

Lucas levanta las cejas y sus ojos brillan como canicas recién pulidas.

—Creo que esconde otro teléfono en su coche.

Mueves la cortina y compruebas que Walter sigue en su Mercedes.

—Está consultando el móvil. Puedo ver la luz de la pantalla desde aquí.

—Voy a intentarlo. Puede que su teléfono se conecte automáticamente al wifi si ya lo ha hecho anteriormente —dice Lucas.

Durante unos minutos, solo escuchas el sonido del teclado al ser aporreado. De vez en cuando un sorbo de Coca-Cola, y luego más teclas.

—¿Cómo lo estás haciendo?

—Simplificando mucho, es un *Man in the middle*.

—¿Un qué?

—Un ataque *Man in the middle* es como si alguien abriera las cartas de un remitente y las cerrara sin que el cartero ni el destinatario se enteraran. Voy a posicionar mi ordenador entre el móvil de Walter y el servidor al que se conecta para interceptar sus comunicaciones. Walter no va a notar nada.

—Entiendo —mientes.

Ves disfrutar a Lucas con esto, es un niño con su juguete nuevo, un asesino en serie desvelando su obra al policía desarmado. Destripa orgulloso su plan y quiere que lo entiendas. Desde que ha lanzado el primer comando no ha parado de sonreír ni de enseñar esos dos colmillos afilados.

—Vale, ya está. Soy su *gateway*. Ahora todo su tráfico de red pasa por mí.

Luego habla de SSL strip, protocolos y más cosas que no entiendes. Tú sigues haciendo tu parte: sujetar la cortina.

—Paula dos mil veintidós —dice Lucas.

—¿Qué cojones es eso?

—Su contraseña, mira, lee.

Lees: «P@ul@2022».

—Creí que su mujer se llamaba Vera.

—Se llama Vera y no es su mujer. No están casados.

—Vale, vale, tranquila.

—Paula debe de ser la exmujer o la hija de Walter, ambas murieron en un accidente de… ¿Qué pasa?

Lucas sonríe y vuelve a enseñar los colmillos. Está exultante, irreconocible. Da una palmada al aire y dice:

—La misma clave para todo…, típico.

—¿Quién, Vera?

—No, Walter. Estoy dentro de su correo.

37

Un gimnasio de Barcelona

Barcelona, unas horas antes de encontrar la masía

Te duelen las rodillas de caminar por la ciudad durante horas. Ojalá no hubieras perdido el coche de papá. Te va a matar en cuanto se entere. No sabes si no recuerdas el lugar donde lo habías aparcado o si simplemente se lo ha llevado la grúa.

Es probable que ese tipo de pulseras no se utilicen en gimnasios económicos. Así que has copiado en el móvil la lista de los gimnasios más exclusivos de Barcelona, veinte en total, y has empezado por los catorce que te quedaban más cerca.

En ninguno de ellos has conseguido entrar utilizando la pieza metálica.

Ahora te encuentras en la parte alta de la ciudad, distrito de Sarrià-Sant Gervasi. Según el GPS, estás a unos cien metros del siguiente gimnasio de tu lista: el S Wellness Club. Mientras caminas, echas un vistazo a su web.

El S Wellness Club se inauguró hace solo un año. Tiene plazas limitadas y presume de ser el mejor gimnasio de Europa. El complejo es impresionante: piscinas y spas al aire libre, con vistas a las montañas y a toda la ciudad; varias pistas de pádel y tenis a elegir; un pequeño campo de golf; equipamiento de última generación y grandes cristaleras para llenar las instalaciones interiores de la calidez lumínica del Mediterráneo. Abres el menú de la web y accedes a la parte que dice «Únete al Club».

De las tarifas no hablan. Pero explican algunas ventajas de ser socio, como lo fácil que es «acceder a las instalaciones usando tu pulsera única e intransferible». Incluso muestran una foto de la pulsera. Es de silicona negra, con un hueco en la parte interior donde se puede ver parte de la pieza metálica que contiene el chip.

Cuando retiras la vista del teléfono, te ves reflejada en los cristales de la puerta de entrada al club. Llevas una camiseta ceñida de manga larga de Blink-182, unos vaqueros viejos y unas zapatillas Vans. Cierras los ojos y te arrepientes de no haberte vestido con ropa más abrigada; aunque el invierno de Barcelona sea mucho más suave que el de Pamplona, estás helada.

Un grupo de tres chicos jóvenes sale del club: jerséis lisos por cuyos cuellos asoman camisas azules, gafas de sol caras sobre la cabeza, mochila de ESADE y mocasines relucientes. Te sostienen la puerta mientras entras y te miran poniendo muecas de asco y sonriéndose entre ellos.

La recepción de las instalaciones está inundada por un olor a ambientador. Supones que se trata de un aroma diseñado a medida para el club; es lo que hacen en este tipo de sitios. Esas cosas se estudian. Las marcas pagan a expertos en marketing olfativo para tener un odotipo que defina los valores que quieren transmitir. Piensas que no has tenido tiempo para ducharte desde hace dos días. ¿Qué valores transmite tu odotipo? El recepcionista que hay detrás del mostrador te lo confirma.

—*Bona tarda, vols una tovallola?*

—¿Cómo?

—Perdona. Que si quieres una toalla. Para ducharte o apoyarla en las máquinas.

Es un chico de unos veinte años, de baja estatura, sonriente. El recién estrenado blanqueamiento dental resalta sobre el moreno anaranjado de su piel.

—Es que las hemos cambiado de sitio, ahora están ahí. —Señala un mueble de madera clara.

Agarras una toalla y le das las gracias.

—¿Eres nueva? No me suenas —dice. El joven parece diseñado para sonreír, sea cual sea la situación.

—Hace mucho que no vengo.

—Bueno, pues bienvenida de nuevo a S Wellness. ¿Has traído la pulsera? Si no, puedo buscar tus apellidos en la base de datos y darte una nueva.

—No, no busques nada —dices. El chico te mira sin comprender, con su sempiterna sonrisa—. Quiero decir que no es necesario. La tengo por aquí. Gracias.

—Perfecto. No olvides la toalla en tu taquilla cuando te vayas, por favor. Échala a esa máquina; es para las toallas usadas. Lo digo porque los clientes que vienen una vez cada cuatro meses a veces se olvidan de cómo funciona esto y dejan las toallas sudadas en su taquilla. Acaba oliendo, ya sabes.

—Claro.

Te acercas al torno y sacas la pieza metálica. Sientes los ojos del recepcionista clavados en tu espalda. Intentas tapar su visión con tu cuerpo, para evitar que vea que no tienes la dichosa pulsera de silicona negra. Seguro que se emplearía a fondo en buscar tu ficha para darte una nueva y vería que no eres la de la foto que tienen registrada.

La pantalla led muestra una flecha verde que indica que el torno se ha desbloqueado.

Entras y recorres el pasillo de acceso.

Mientras tratas de averiguar qué es lo que buscas, echas un vistazo a las instalaciones. Son impresionantes. Lo que anunciaba la página web se queda corto. Un enorme espacio exterior se ve desde el distribuidor. Hay varias terrazas verdes destinadas a diferentes actividades: algunas tienen piscinas; otras, pistas de tenis, pádel, solárium. No sabes por dónde empezar. Un cartel sobre el pasillo de tu derecha te da una idea. Dice: VESTUARIS.

El vestuario de mujeres cuenta con paredes revestidas en mármol, bancos de cuero, camas térmicas, asientos individuales, varios jacuzzis con agua fría y caliente, duchas con hidromasaje. Una mujer pasa frente a una de las paredes repletas de taquillas, vestida con un albornoz blanco con el logo dorado de S Wellness bordado en el pecho. Te saluda con una sonrisa extraña. ¿Quiere que la sigas? ¿Es así como funciona? Quizá el hecho de pasar ese chip en concreto por el torno haya servido como señal para detectar tu presencia y ahora alguien vaya a contactar contigo. O quizá hayas visto demasiadas películas de espías.

La mujer pasa a la zona de duchas y se mete en una cabina individual. La sigues y te detienes frente a la puerta de la ducha. Estás nerviosa, no sabes qué es lo que tiene que decirte. ¿Y si guardaba un arma en esa cabina? ¿Demasiadas películas otra vez?

Decides abrir la puerta.

—¡Pero bueno! ¿Se puede saber qué hace?

—Di-disculpe. Perdón, pensaba que estaba libre.

«Las niñas buenas no dicen tonterías».

La mujer, desnuda, te mira de arriba abajo. Su gesto se debate entre la sorpresa, la indignación y el hecho de no comprender qué pensabas hacer entrando en una ducha vestida por completo con ropa de calle.

Vuelves avergonzada a la zona central del vestuario. Estás pensando en marcharte, pero una alarma se activa en tu cabeza cuando una joven cierra una taquilla con su pulsera de silicona. En ese momento recuerdas al recepcionista pidiéndote que, por favor, no olvides tu toalla dentro de la taquilla.

Claro. Eso es. La pulsera no solo sirve para acceder a las instalaciones, también está asociada a una taquilla unipersonal.

Están numeradas, así que sabes que, como mucho, tienes que probar el chip con cien taquillas; noventa y nueve si descuentas la que acaba de abrir esa mujer.

Veinte minutos y sesenta y siete taquillas después, oyes un clic. La puerta de la taquilla número veintisiete queda entornada. Terminas de abrirla con un dedo y echas un vistazo a su interior.

No hay ropa ni bolsos. Por un segundo piensas que está vacía y que ese es el final de tu investigación, pero reparas en la balda superior, que te queda por encima de los ojos, destinada a guardar el calzado. Pasas una mano por ella y la sacas cubierta de una pátina de polvo. Te lo sacudes con tres palmadas y vuelves a intentarlo. Esta vez te pones de puntillas y metes el brazo hasta el fondo de la taquilla.

Hay un objeto rectangular de plástico. Lo extraes.

Parece una tarjeta de crédito, pero es más gruesa, de unos tres milímetros. Soplas para quitar el polvo que tiene sobre uno de sus lados. Hay una serie de caracteres grabados sin sentido aparente. No entiendes nada hasta que le das la vuelta a la tarjeta. Por detrás pone: «Calle de Bonavista, 2. Sant Just Desvern. 21/01/2025».

Eso es dentro de cinco días.

38

Un grito

Barcelona, en la actualidad

Ya ha oscurecido en Sant Just. A diferencia de otras noches, hoy las tejas de la masía están heladas y las estrellas se abrigan detrás de una manta de nubes. Vera se sienta a tu lado, levanta a Bu y lo pone sobre sus piernas para calentarse. Lleva unos *leggins* negros que las estilizan y la misma chupa de cuero a la que te abrazaste esta tarde. Desde el tejado oís la puerta oxidada del jardín: es Lucas, que os mira y levanta la mano para despedirse. Se queda parado durante un minuto largo, sonriendo y agitando el brazo. Hace un gesto extraño que no entiendes. Vera y tú le devolvéis un saludo.

—¿No le has invitado a subir? —pregunta Vera.

—Ha salido con prisa porque son más de las ocho.

De hecho, no ha tenido tiempo de acceder a las cuentas de Fernandito y Roberto. Pero con lo que ha encontrado en el correo de Walter, crees que no será necesario investigarlos.

—¿No es un poco mayorcito para tener hora?

—No es eso. Lucas es muy religioso y solo se permite pecar de siete a ocho cada día. Lo concentra todo durante esa hora porque dice que le salen mejor las cuentas.

—Te estás riendo de mí.

—Para nada. Es una regla que se ha autoimpuesto. Me recuerda a eso que hacen los amish, lo vi en un documental, cómo se llama… ¡Rumspringa! Sí. Es un periodo que tienen durante la adolescencia en el que les permiten salir de la comunidad y saltarse todas sus normas. Pueden utilizar tecnología, probar alcohol y drogas, vestir ropa moderna… Algo así es lo que tiene Lucas durante una hora diaria.

—Parece un tío peculiar.

—No lo sabes bien —dices—. Cuando creo que ya no me puede sorprender más, me suelta una nueva que dobla la apuesta anterior. Tiene solo treinta y cinco años, pero ya ha vivido decenas de vidas. Mira, quizá te sientas identificada con esto en cierta manera. Lucas es como los escritores que presumen de vivir diferentes vidas a través de sus personajes, solo que él las vive de verdad. Ha pasado por muchas fases o etapas y siempre las ha llevado al extremo. Yo conozco unas pocas. Por ejemplo, ahora le ha dado por la religión y es la persona más devota del planeta. Hace años le dio por la botánica, el death metal, la seguridad informática y así con muchos otros temas con los que se obsesiona.

—Da un poco de miedo.

—En el fondo, creo que su comportamiento se reduce a que no termina de encajar en ningún lugar. Por eso busca socializar de otras maneras. Intenta formar parte de un grupo, encontrar su sitio en la vida, y lo hace con todas sus fuerzas; tanto que pasa de largo lo que cualquiera consideraríamos normal.

Vera se mantiene callada.

—Este mundo no está hecho para Lucas Gamundi. Encajaría muy bien en esta masía. No deja de ser otro perdido —dices.

—Leyre, por favor…

Ahora sí, captas la mirada de Vera.

—Perdona, sí. Vamos al tema.

—Gracias —dice. Se le nota tensa.

—No sé cómo contarte esto.

—Me estás asustando.

Te giras para mirar a Vera de frente.

—Hemos encontrado… cosas.

—¿Qué cosas?

Inspiras. Te planteas cómo abordar el tema. Quizá sea mejor ser sincera por una vez con Vera. Al fin y al cabo, es la única persona de la masía en quien confías.

—Tengo que confesarte algo.

—¿Qué pasa? ¿Qué habéis encontrado?

Posas tu mano sobre la suya.

—Te conté que mi madre es el motivo de que haya venido a Barcelona.

Vera asiente.

—También estoy por ella en esta masía. Y por su amiga Sandra.

—¿Quieres decir que tu madre y su amiga estuvieron aquí, en la casa?

Le sueltas la mano. Te rascas la cabeza y te clavas las uñas en el cuero cabelludo. No puedes dejar de mover la pierna. Pero no contestas.

—¿Estás bien, Leyre?

Esto te está superando.

—Mi madre fue asaltada en Gavà, la mataron y la dejaron ahí, en medio de la carretera. Y de Sandra solo sé que la autopsia oficial escondía pruebas y que no murió en Badalona, donde encontraron su cuerpo, sino que alguien transportó el cadáver.

—¿Qué tiene que ver eso con esta masía?

No te cree. Suenas a paranoica.

—Otra amiga de mi madre, Helena, le hizo una autopsia posterior y halló dos pistas: el pase de un gimnasio donde encontré la dirección de esta casa junto a una fecha y marcas en las muñecas de Sandra que indicaban que había sido atada.

Vera te mira como si estuvieras loca. Así mirabas tú a mamá.

—En mi habitación encontré una cincha colgada del radiador.

—Creo que estás hilando cosas que no tienen por qué estar relacionadas —te dice Vera, con los ojos muy abiertos y cara de auténtico pánico. La estás asustando. Por primera vez desde que os conocéis, parece más madura y racional que tú.

—Estuvo aquí. ¿No la viste? Tuviste que ver a Sandra. Ella encontró ese gimnasio, por lo que tuvo que venir también a esta casa. Estoy segura de que estuvo aquí. Quizá lo de la cincha te suene a improbable, pero una voz dentro de mí me dice que estoy en lo cierto. ¿No conociste a ninguna Sandra? Pudo usar otro nombre...

Vera sacude la cabeza y levanta las manos para pedirte que pares un momento.

—¡¿Qué tiene que ver todo esto con Walter?!

Respiras. Te llevas la mano al pecho y tomas aire una, dos, tres veces, tratando de calmarte. Tiene razón, estás presentándole una serie de ideas para las que ella no tiene contexto.

—¿Sabes que Walter guarda un teléfono en su coche? Un Android.

—¿Android? Que yo sepa, solo tiene un iPhone, el de Fan-Car. Lo utiliza también como teléfono personal porque solo habla conmigo.

—Nada más aparcar el coche, ha tardado unos minutos en salir, y ese móvil del que no teníamos constancia ha aparecido conectado a la red wifi de la masía. Hemos conseguido... Lucas ha conseguido una contraseña, no me preguntes cómo. Ha dado la casualidad de ser la misma que usa para el correo. Al salir del coche, no llevaba el teléfono Android encima. Lo ha dejado dentro; Lucas está seguro. De hecho, después de que subiera a vuestra habitación, ya no hemos vuelto a ver ese móvil conectado a la red. Lo apaga cada día antes de entrar en casa y lo esconde en su coche.

—¿Qué habéis encontrado en su correo?

—A eso voy. Los mensajes de correo que tiene en esa cuenta justifican que oculte ese teléfono.

—¿Qué mensajes? Me estás poniendo de los nervios, Leyre.

—Vera —dices, mientras aprietas su mano con fuerza—, creo que estar con Walter en estos momentos es muy peligroso.

—¿Puedes ir al grano de una vez?

—Tiene una cuenta de correo dedicada en exclusiva a sus «negocios». Él nunca envía e-mails, solo los recibe. El remitente siempre es el mismo: una tal Aurora. No tenemos su dirección de e-mail porque Lucas me ha explicado que la tal Aurora utiliza generadores de direcciones de correo temporales y, por lo tanto, cada vez escribe desde un e-mail diferente. Pero siempre los firma con ese nombre, Aurora. La mayoría de esos correos que recibe Walter contienen fechas.

—¿Fechas?

—Sí. ¿Recuerdas lo que me has dicho esta tarde en Can Ginestar? Tus suposiciones acerca de que Walter pueda estar metido en un lío de drogas. Creo que es probable.

Las primeras lágrimas empiezan a deslizarse por los pómulos de Vera.

—Siento ser yo quien te lo diga, pero piénsalo. Es posible que se dedique a transportar drogas o sustancias ilegales. Tendría sentido: él recibe la fecha por correo de esa tal Aurora y lleva el material al punto habitual. Debido a su trabajo, le resulta muy fácil moverse por toda la ciudad sin llamar la atención. Lucas no ha logrado acceder a su cuenta bancaria para ver si hay ingresos que nos puedan hacer sospechar. Lo más probable es que los pagos se hagan en metálico.

Vera permanece callada, niega con la cabeza. Oyes su cerebro centrifugando en busca de una justificación plausible.

—Esas fechas pueden significar cualquier cosa, no podemos saber nada solo porque reciba correos con fechas. Eso no es prueba suficiente —dice ella.

Negación. Reaccionaste igual cuando esos dos policías te dieron la noticia de lo que le sucedió a mamá en Gavà.

Le das la mano a Vera de nuevo.

—La mayoría de los correos contienen solo fechas, como te he dicho, pero últimamente está recibiendo otros donde Aurora le dice que no se la juegue y que sabe lo que está intentando. Esto solo son suposiciones mías, pero quizá Walter ha intentado sacar tajada económica de alguna forma a espaldas de esta gente y le han pillado. Quizá ha estado vendiendo parte de la mercancía por su cuenta o les deba dinero. Yo qué sé…

—Eso explicaría la sangre y por qué estaba tan nervioso durante el último mes —dice Vera, rompiendo a llorar.

Aceptación. Reaccionaste igual cuando esos dos enviados del autobús te dieron el mensaje de mamá.

—No es reciente. Lleva años metido en esto, Vera. Él ya trabajaba para ellos antes de conocerte. Hemos descargado todos los correos de su bandeja de entrada, desde que se creó la cuenta hasta el día de hoy, y hemos monitorizado el buzón para poder leer los nuevos que entren a partir de ahora. Podría enfrentarse a diez años de prisión.

—¿Tanto? ¿Cómo lo sabes?

—Mi madre era inspectora de policía.

—Esto se me está yendo de las manos. No es lo que se supone que tenía que pasar. Esta no es la vida que debería estar llevando ahora mismo.

Tú la abrazas más fuerte. Sientes la piel fría de las mejillas de Vera en tu cuello.

—Quizá sea mejor que te alejes de esta ciudad durante un tiempo. Puedes venir a Pamplona conmigo hasta que todo esto se aclare —dices.

—No —dice, separando su cara de la tuya y secándose las lágrimas—, tengo que terminar mi novela. La publicaré y todo esto se solucionará. Será un éxito. Con el dinero que gane por las ventas, Walter no tendrá que meterse en más líos. Nos reiremos cuando recordemos lo que estamos viviendo en esta masía. Todo se solucionará, ¿verdad? ¿Verdad, Leyre?

No respondes.

«Las niñas buenas no mienten».

Vera aprieta con fuerza tus manos. El prisma de sus lágrimas amplifica el color verde de sus ojos, que se fijan en los tuyos. Está tan cerca que el aroma a champú de manzana te envuelve y embriaga, transportándote mecida hasta el momento en el que ibas abrazada a ella en su moto, cuando viajaste por un segundo a un lugar libre de todos estos problemas. Sientes el calor de las palabras cada vez que pronuncia tu nombre con sus labios. Te está pidiendo, suplicando, que le digas que todo va a ir bien, que su libro será un superventas y que Walter es un tipo normal que solo tiene dos cosas malas: su suerte y sus decisiones.

Pero como no eres capaz de mentirle, le dices toda la verdad: la besas.

Ella se aparta enseguida.

No te da tiempo a sentirte idiota o arrepentirte porque desde el jardín llega un estruendo.

Es un grito.

—Mierda —dice Vera—, es Walter. Lo ha tenido que ver todo.

Se levanta.

—No puedes ir con él —dices—. No después de todo lo que hemos averiguado. Es peligroso.

—Tengo que hablar con Walty, decirle que no…, que yo no quería que pasara esto que acaba de ver. Habrá pensado mal. Necesito entender qué está sucediendo con él, con nosotros, con mi vida. Quiero saber en qué lío anda metido, que me explique todo, porque seguro que hay una explicación. Walty tiene sus cosas, pero no es como crees. Tengo que hacerlo, Leyre.

Antes de desaparecer por la ventana del tejado dice:

—Lo siento. Mañana hablamos de… todo esto, ¿vale?

Tú también abandonas el tejado; no quieres encontrarte con Walter.

Piensas en el grito que ha soltado desde el jardín. Le ha salido del pecho y ha sonado grave, como un rugido. Walter te ha señalado, ¿o señalaba a Vera? Es difícil saberlo porque estaba lejos y los instantes que han seguido al beso han sido muy confusos para ti. Por eso tampoco estás segura de haber entendido bien lo que ha dicho. Lo intentas. Recuperas las últimas dos palabras que han quedado almacenadas entre el desorden de tu memoria y tratas de aislarlas del caos y la confusión. Intentas decodificarlas, quitarles el ruido de los cañonazos que había en ese momento y que las envuelve, alejarte de la tormenta. ¿De verdad ha dicho esa frase?

«Estás muerta».

39

Montjuïc

ACTA DE TRANSCRIPCIÓN DE DECLARACIONES EN SEDE JUDI-CIAL Juzgado Central de Instrucción Número Seis de la Audiencia Nacional. Funcionarios transcriptores: 98.417, 98.128, 101.451 y 101.093

Declaración de Lucas Gamundi Ripoll

Registro Salida N.º: 73.270/'12 MRVN-AI

Fecha de inicio: 27/04/2028

Hora de inicio: 12:55:01

Magistrado, M.: ¿Cuántas personas formaban parte de su organización?

Lucas Gamundi, L. G.: Al principio, pocos. Éramos cinco. Todos veníamos de la misma iglesia.

M.: La misma iglesia de la que usted había sido expulsado.

L. G.: Sí.

M.: ¿Reconoce a esas cinco personas entre los acusados?

L. G.: Sí.

M.: ¿Podría señalarlos y decir sus nombres?

L. G.: Raúl Zalba, los hermanos Óscar y Guillermo López, Eduardo Muro y Marvin Portillo.

M.: Gracias. La organización creció muy rápido en cuanto hizo uso de su granja de bots. ¿Cuántos miembros se reunieron la noche en la que distribuyó esos e-mails falsos de contenido pederasta en nombre de los pastores?

L. G.: Cuarenta y cinco personas. Pero pronto empezaron a surgir imitadores. Individuos y grupos anónimos que no tenían nada que ver con nuestra fe y que se dedicaron a hacer agujeros por la ciudad. Muchos.

M.: ¿Dónde se reunían los miembros que sí comulgaban con su fe?

L. G.: En un claro del monte, en Montjuïc, de difícil acceso.

M.: ¿En qué consistían esas reuniones?

L. G.: Planeábamos las acciones de la noche. Les explicaba que la iglesia había perdido el rumbo. Que ya bastaba de construir templos enormes y edificios ostentosos. Que eso no era ser un buen cristiano. Les decía que nosotros haríamos lo contrario, construir hacia abajo.

M.: En fin, no entraré a valorar su razonamiento en este momento. Pero ¿puede confirmar que manipuló conscientemente a esas personas para lograr su fin?

L. G.: Quería darle un merecido a todos esos falsos creyentes como el pastor Oriol.

M.: Por favor, cíñase a la pregunta. ¿Lo confirma o no?

L. G.: Lo confirmo.

M.: ¿Es consciente de que se le juzga por delitos contra el orden público, específicamente delitos de organización y grupo terrorista?

L. G.: Soy consciente.

40

Tras un grito

Barcelona, en la actualidad

Recorres la masía lo más rápido que puedes hasta llegar a tu habitación. Cierras la puerta con llave y apoyas la espalda sobre ella. Tratas de controlar la respiración. Ha sido un momento muy confuso: el beso, el rechazo y, después, el grito de Walter. Todo en tan solo cuatro segundos. Pero estás segura de que ha dicho eso. «Estás muerta». Dos palabras. Las ha rugido mientras os señalaba y caminaba firme hacia la puerta.

La situación te sobrepasa.

Quizá deberías llamar a la policía. Está claro que Walter es peligroso y os ha amenazado; al menos a una de las dos. Pero ¿qué vas a decir? «Sí, mire, agente, una amiga de mi madre realizó una autopsia extraoficial al cadáver de Sandra, yo he hackeado a la pareja de la chica de la que estoy enamorada, he visto que tiene unos correos con fechas y creo que todo está relacionado». Es ridículo.

¿Enamorada? ¿De verdad lo estás? Esa es otra. Creías que sí, pero ahora no sabes qué pensar. Es una sensación extraña: ese beso no te ha hecho sentir lo que esperabas. No sabes si ha sido por la interrupción de Walter, pero el resultado de juntar tus labios con los suyos no ha sido proporcional a las ganas que tenías de hacerlo. No ha habido reacción química en tu cerebro.

Demasiados pensamientos, demasiados problemas. Demasiados cañonazos en tu mente.

Bum.

Necesitas ayuda.

Lucas tiene el teléfono apagado. No has vuelto a saber nada de él desde que se ha marchado de la masía y se ha despedido de esa forma extraña, cuando Vera y tú ya estabais en el tejado.

Optas por llamar a Helena; es la única capaz de ayudarte en este momento. Un tono. Dos tonos. Tres tonos. Nada. Lleva llamándote de forma compulsiva desde que llegaste a Barcelona. ¿Dónde se ha metido ahora que la necesitas?

Le escribes un mensaje:

Llámame en cuanto leas esto

Te detienes a pensar un momento. Han pasado diez minutos y Walter no ha venido a buscarte. Tiene que estar con Vera. Ella lo habrá interceptado y estarán discutiendo en su habitación.

Imaginas la escena. Vera explicándose, diciéndole que no quería besarte, que te lanzaste justo en el momento en el que él entraba en el jardín de la masía y que ella se apartó en cuanto pudo. Es extraño, pero sientes envidia de la situación. Ahora mismo, te encantaría ser esa persona a la que Vera está levantando la voz. Te encantaría discutir sobre ese beso, sobre vuestros sentimientos. Aclararlo todo. Ser importante para Vera. Ser ese elemento de su vida por el que lucha y no la que lo ha estropeado todo.

Un tema los habrá llevado a otro, y puede que, tras superar el «momento beso», Vera ahora le esté diciendo que sabe lo de los mensajes. Quizá le pregunte si realmente son encargos, si está metido en un lío del que ella deba preocuparse. Una de esas conversaciones donde las parejas, tras un tiempo largo reprimiendo sentimientos, por fin descubren sus cartas y se confiesan lo que nunca se habían contado. Vera haciendo preguntas. Walter inventando excusas absurdas. Y ella se las tragará porque está deseando que todo le vaya bien. Porque solo tiene dieciocho años y la cabeza llena de pajaritos. Porque cree que la vida es un lugar en el que las cosas siempre salen bien, donde puedes dejarlo todo, familia, estudios, para mudarte con un desconocido a una masía destartalada y escribir un libro que se convierta en best seller en su primera semana a la venta. Un lugar donde es posible compartir tu vida con un hombre normal y corriente que no se dedique a transportar sustancias ilegales por la ciudad. Por eso Vera va a creer a Walter. ¿Y si Lucas y tú estáis en lo cierto? ¿Y si Walter no es la persona que Vera cree conocer? ¿Y si es peligroso? ¿Y si esa amenaza, «estás muerta», en realidad iba dirigida a Vera?

Necesitas confirmar que ella está bien, quedarte tranquila.

Sales de tu cuarto. La masía ya se ha quedado a oscuras. Caminas despacio hasta detenerte frente a la habitación de Vera y Walter y pegas la oreja a la puerta.

Silencio.

Parece que Walter ha vuelto a marcharse a trabajar.

Levantas el puño y, justo cuando te dispones a llamar a la puerta, un sonido atraviesa los cinco centímetros de espesor de la madera y se clava en tu oído como una daga afilada.

Es un gemido.

Te separas y aguantas la respiración para poner toda tu atención en el ruido. ¿Están follando? «No puede ser», piensas. Y te llamas imbécil, ingenua y muchas cosas más. Es el típico polvo de reconciliación. El sonido de… ¿una mesa, un mueble, la cama? al ser arrastrado precede a un nuevo gemido. Lo están disfrutando a lo grande.

Basta de flagelarte.

Decides que ya son suficientes puñaladas por hoy y das media vuelta hacia tu habitación.

Cuando entras, encuentras a Bu sobre tu cama. Ha vuelto a entrar por el roto de la puerta.

—Tú tampoco soportas a Walter, ¿eh?

Agarras los cuatro paquetes de cerveza que habías tomado prestados para la merienda y que habías escondido de Lucas y los dejas sobre la mesilla. Abres la primera lata y te la bebes de un trago. Está caliente, pero ni siquiera te importa. Cuando terminas con todas, dejarás de oír en bucle ese gemido de Vera que se ha grabado en tu cabeza, y los cañonazos sonarán cada vez más lejanos.

Te tumbas en la cama; sueltas un suave eructo.

«Las niñas buenas no hacen guarrerías».

Como si fuera una señal de llamada, el gato se acurruca sobre tu pecho. Lo acaricias.

—Mira, Bu, hoy nos haremos compañía. Si ronco, me avisas, ¿vale? A veces me pasa cuando bebo.

El día ha terminado para todos. Pero de forma muy diferente. Cierras los ojos e imaginas ambas escenas en paralelo: por un lado, Vera tumbada sobre el pecho gigante de Walter, sus cuerpos sudados y relajados buscando el sueño y la calma después de la tormenta de placer; por otro, tú, borracha perdida, abrazada a un gato.

—No te ofendas, Bu, pero si este es el final de la película, quiero que me devuelvan el dinero.

41

Josep

Barcelona, seis años antes

Tres de la madrugada. Se enciende la luz del primer piso de un edificio del barrio de Poblenou. Josep deja sobre la mesa un vaso de leche con brandy del que apenas ha bebido un sorbo. Esta noche no está de servicio, pero tiene el sueño trastocado a causa de tantos años trabajando a turnos. Durante las madrugadas de insomnio, ha tomado la costumbre de beber frente a la ventana un trago que le temple mientras la ciudad duerme.

La escena que acaba de suceder en la calle de enfrente le ha llamado la atención. No cree en esas chuminadas que romantizan su profesión: el olfato, la intuición, las corazonadas. Pero reconoce que la escena le ha puesto nervioso desde el primer momento. Es extraño que una pareja se meta en ese local que lleva décadas abandonado. Algunas veces se cuelan yonquis o jóvenes para hacer botellón. Pero tiene el presentimiento de que esto es distinto. Decide que es mejor bajar y asomarse primero, antes de avisar a los compañeros. No está seguro, quizá la distancia desde su ventana y la oscuridad de la noche hayan distorsionado su percepción, pero no le ha parecido que la chica estuviera contenta de entrar en ese edificio.

Sin hacer ruido, bebe de un trago todo el brandy que le quedaba en el vaso, se pone el uniforme y enfunda su arma reglamentaria.

Antes de salir de casa, se asoma al dormitorio para asegurarse de que su mujer sigue roncando. Camina hasta el borde de la cama, extrae el arma y encañona la cabeza de su esposa dormida.

—Querida Montse, mi amor. El día que lo haga, lo tendré todo bien atado. No seré como esos imbéciles que salen en las noticias; yo no reservaré una segunda bala para mí.

Hace retroceder el percutor y dice en un susurro:

—Bang.

Siempre ha creído que merecía una vida mejor.

Cierra la puerta del dormitorio y sale de casa. Cuando se encuentra en el ascensor, sorbe una flema que escupe en el suelo y se mira en el espejo.

—Vamos, Josep —se anima—. Seguro que solo son dos niñatos en busca de un sitio tranquilo para follar. Un par de gritos bien dados y en quince minutos estás en la cama.

42

Una mañana

Barcelona, en la actualidad

El sol ataca cada recoveco de la habitación con tanta virulencia que apenas te atreves a abrir los ojos. Te incorporas en el borde de la cama, retiras las legañas de tus ojos y escupes un pelo de gato sobre la almohada. El sabor de la escasa saliva que tienes te recuerda a la cerveza caliente de anoche y sientes un espasmo. Se llama aversión gustativa, lo leíste en algún lado. Es cuando tu cerebro te protege de ser envenenado basándose en la mala experiencia previa que has experimentado tras ingerir un alimento que no debías. Un dolor de cabeza punzante no te deja pensar en nada más. Los cañonazos no cesaron anoche y la tormenta arreció con cada trago de cerveza. No paraste de beber hasta que el sueño venció tus ansias de autodestrucción y te quedaste dormida.

¿Ya son las doce?

Te levantas con prisa y miras por la ventana: el coche de Walter no está en el jardín. Siempre lo aparca en el mismo lugar, pero allí solo quedan las huellas de sus neumáticos escarbadas en la gravilla. Esto significa que se ha marchado a trabajar. Bien.

Lo siguiente que vas a hacer es buscar a Vera. Necesitas hablar con ella, explicarte, contarle que quizá te precipitaste ayer con ese beso y que sigues pensando que estar al lado de Walter puede ser peligroso.

Mientras escoges y ordenas en tu mente las palabras que vas a decirle, Bu maúlla desde una esquina de la cama. Miras al gato, sobresaltada, no porque te haya asustado, sino porque has caído en la cuenta de algo.

Bu no se ha marchado con Vera y podría haberlo hecho por el roto de la puerta, como otras veces.

—Un momento, Bu. Tú solo vienes conmigo cuando Walter está en casa. Si no, siempre prefieres estar con Vera.

El gato maúlla de nuevo.

—Si Walter se ha ido, eso solo significa que Vera tampoco está en la masía.

Recuerdas el grito de ayer de Walter: «Estás muerta».

Te pones los vaqueros arrugados y sales descalza de la habitación; no te detienes a cerrar la puerta con llave. Recorres el pasillo, apenas iluminado por los rayos de sol que llegan desde el balcón del recibidor del fondo, y te paras frente a la habitación de Vera y Walter.

Un mal presentimiento te recorre la tripa al comprobar que la puerta está entornada. Con cuidado, la empujas hasta abrirla del todo.

—Buenos días. Tú debes de ser... —dice un hombre, mirando una libreta— Leyre. Aparte de la chica australiana, Emily, que no está en casa hoy, eres la única que nos falta.

Es joven, de tu edad más o menos, pero los hombres con uniforme siempre aparentan tener más años. El mosso d'esquadra dice:

—Queríamos hacerte algunas preguntas. El caporal Moreno subirá enseguida. Está hablando con tu casero en la planta baja. Yo soy Roger. He subido a echar un segundo vistazo por aquí mientras tanto.

La habitación está revuelta. Una camiseta colgando de la puerta del armario, una mesa volcada en el centro, sillas desordenadas. Recuerdas el sonido de muebles que escuchaste anoche. Más que un polvo de reconciliación, parece que dejaron entrar a un mapache salvaje.

No entiendes nada, y el mosso parece notarlo en tu cara porque te lo aclara enseguida.

—Ha desaparecido —dice.

—¿Cómo?

—La chica que tiene alquilada esta habitación ha desaparecido. Por eso estamos aquí.

—¿Vera ha desaparecido?

Roger asiente.

—¿Os conocíais mucho? Según tengo entendido —dice, mientras pasa las hojas de su libreta—, llevas muy pocos días en esta casa, ¿no?

Estás a punto de perder el equilibrio; te apoyas en el marco de la puerta.

—S-sí —dices.

—Tranquila, la mayoría de las denuncias por desaparición se resuelven durante las primeras horas.

De pronto, pareces despertar o recuperar algo de energía cuando tienes una idea genial que seguro que no se les ha ocurrido a unos policías que se dedican a investigar desapariciones.

—¿Habéis hablado con Walter? Es su pareja. Vive con ella en esta habitación. Estoy segura de que él...

—Es lo primero que hacemos —dice otra voz nueva—. Pero en este caso ha sido Walter quien ha avisado de la desaparición.

Te giras para ver quién habla. Uniforme, bigote amarillo nicotina y café para llevar, barriga de almuerzo copioso en horas de servicio. Manel le acompaña.

—Leyre, ¿verdad? Soy el caporal Moreno; Josep, si lo prefiere.

A diferencia del otro mosso, este no te tutea. Os dais la mano. La de Josep está caliente; la tuya, helada.

—¿Os ha llamado Walter? —No tiene sentido.

—Así es —dice el caporal Moreno.

—Está de camino —apunta Roger.

Miras a Manel, en busca de una explicación que contradiga a los mossos, pero él se mantiene callado. Está un poco más atrás, en el pasillo, junto a Fernandito.

El caporal se acerca a Manel para hablar con él en voz baja, luego asiente con la cabeza y le da una palmada en el hombro antes de volver contigo.

—Usted es la única persona de toda la casa con la que todavía no he hablado. El resto han salido de sus habitaciones en cuanto hemos llegado y han oído el revuelo. ¿Dónde se había metido?

—Estaba dormida. Anoche... —Te detienes. ¿Qué piensas decir? ¿Anoche me emborraché hasta caer muerta en la cama? Mejor no.

—Anoche, ¿qué? —insiste el caporal.

—Estuve viendo una película hasta tarde y por eso hoy me ha costado despertar.

«Las niñas buenas no mienten».

Josep Moreno dice que entiende, pero su bigote se estira para formar media sonrisa, gesto que traduces por incredulidad.

Necesitas beber agua; no sabes si es la situación o tu resaca, pero no desaparece el mareo.

—Entonces, ayer no estuvo con Vera.

—Disculpe, ¿es una pregunta o una afirmación? —dices. Has visto demasiadas películas o quizá te ayude haber tenido una madre policía.

El caporal obvia la pregunta y añade que varios inquilinos escucharon una discusión que procedía de la habitación de Vera.

—Pero, claro, usted no pudo discutir con ella porque no la vio ayer, ¿verdad? Estuvo en su habitación viendo una película hasta tarde.

Te sujetas con fuerza al marco de la puerta, cierras los ojos y tragas saliva.

—Yo no discutí con ella —dices, mirando al suelo.

El otro mosso, Roger, ha notado que no te encuentras bien y hace un ademán para acercarse a ti. El caporal Moreno le frena haciendo un gesto con la mano.

—¿Mantienen una relación? Quiero decir, Vera y usted, ¿están juntas a espaldas de Walter? Es importante que sea sincera —dice Moreno.

—¿Qué? No. ¿A qué viene todo esto? —dices, y no estás mintiendo.

¿Cuándo empieza una relación? ¿Cuándo comienza a correr el cronómetro? Si es con el primer beso, vuestra relación apenas duró dos segundos. En cambio, si el inicio lo marcan otras cosas menos físicas, como la frecuencia con la que pensabas en ella, la intimidad de las conversaciones que teníais en el tejado, los paseos en moto agarrada a su cintura, respirando el olor a fruta de su pelo o conspirar contra su pareja, en ese caso, la respuesta sería otra muy diferente. Aunque solo por tu parte. Esto último Vera lo dejó clarísimo anoche.

Y ahora tampoco estás segura de lo que sientes tú.

El caporal Moreno te mantiene la mirada.

—Hay varios inquilinos que confirman haberlas visto juntas. Dicen que suelen subir al tejado por las noches. ¿Quizá buscan más intimidad allí arriba?

Desearías no estar aquí en este momento. Piensas en Pamplona, en papá allí solo. Te acuerdas de mamá. Te está interrogando la policía. ¿Cómo puede cambiar la vida tan rápido?

—Solo somos amigas —reconoces—. ¿Puedo saber a qué viene todo esto? ¿Acaso sospechan de mí?

Los mossos se miran. El caporal Moreno se atusa el bigote mientras se gira para dirigirse a ti de nuevo.

—Escuche —dice—, nos han dicho que anoche las vieron besándose en el tejado. No está siendo sincera conmigo y, créame, no va a conseguir nada actuando de esta manera.

Walter se lo ha contado. ¿Quiere inculparte?

Notas un punzón en el pecho. Cada pregunta que escupe el bigote oxidado de ese caporal se te clava en los pulmones y se retuerce hasta expulsar todo el aire. Te agachas y vomitas.

Ambos mossos se apartan de un salto hacia atrás. El caporal Josep Moreno saca un pañuelo de tela del bolsillo y lo agita para desplegarlo por completo. En lugar de ofrecértelo, se agacha y limpia dos gotas de vómito de uno de sus zapatos.

Tú sigues de cuclillas. Intentas recuperarte. Te limpias la comisura de los labios con una manga de la camiseta y las lágrimas con la otra.

—Es importante que nos diga la verdad, señora —insiste el caporal.

—Está bien. Nos besamos. Pero le prometo que fue la única vez. No tenemos ninguna relación. De hecho, fui yo quien la besó; Vera se apartó un segundo después de que apareciera Walter.

Roger toma anotaciones en su libreta.

—Es a él a quien deberían estar interrogando. Walter nos vio y se puso furioso. Ese hombre está metido en líos serios. Es peligroso. Creo que amenazó a Vera cuando nos vio en el tejado y...

—¿Cree? —te interrumpe Moreno.

—No estoy segura. Nos gritó, pero estaba muy lejos. Anoche creí que me amenazaba a mí, pero ahora tengo claro que se dirigía a Vera. Después, supongo que estuvieron discutiendo en la habitación y Walter perdió el control.

—¿Supone o está segura de que discutieron y de que Walter perdió el control? Es muy diferente —dice Josep Moreno.

—A ver —dices, mientras exhalas todo el aire que llevas dentro—, anoche me acerqué hasta esta habitación para aclarar las cosas con Vera después de ese beso. Pero no llegué a entrar. Me quedé en la puerta. Al principio, oí sonidos de muebles y pensé que podía estar pasando algo malo, pero enseguida vi que se trataba de gemidos de Vera. Entendí que estaban..., ya sabe, haciendo el amor. Pero ahora que ella ha desaparecido, creo que pudo tratarse de un gemido de dolor. Sí, tuvo que ser eso. Quizá Walter estaba... asfixiándola o yo qué sé. También oí cómo arrastraban cosas. En ese momento pensé que era el sonido de la cama mientras lo hacían, pero pudo ser un forcejeo o golpes de...

—Pare. Pare un segundo —te interrumpe Moreno.

Roger también deja de escribir en su libreta y levanta la vista hacia su superior, que le hace un gesto con los ojos en dirección a la puerta. Roger se marcha de la habitación.

—¿Por qué no ha sido sincera desde el principio? ¿Se da cuenta de que ahora es mucho más difícil que la crea?

—Lo siento, tiene razón. Tenía miedo de que pensara que yo..., ya sabe —dices.

—Hay otro problema: su versión contradice la de Walter. Él asegura que tras verlas besándose en el tejado, salió de la casa, arrancó el coche y se fue a trabajar.

No estás bien. No te creen y no estás bien.

Estruendo de cañones. Juramentos y voces de combate.

—¿Le sucede algo?

—Estoy un poco mareada.

En ese momento, sabes que el mosso Roger viene de tu habitación porque lleva en la mano una bolsa de plástico del Condis que reconoces. Está llena de latas de cerveza vacías. Susurra algo al oído a su superior. El caporal Moreno te mira de arriba abajo.

—¿Bebió usted anoche? —pregunta, mientras señala la bolsa para que la veas bien.

Suspiras.

—Me tomé algunas cervezas. Pero todas esas latas vacías no son de ayer —mientes—. Necesitaba un trago, eso es todo. En una noche pasé de besar a Vera a creer escucharla haciendo el amor con Walter.

—Entiendo.

Roger se pone en cuclillas frente a ti y te pide que por favor les hables de tu amigo.

Poli bueno, poli malo.

—¿Qué amigo? —preguntas.

—El rarito —grita Fernandito desde el pasillo.

Como si fuera un guardia de tráfico, Josep Moreno levanta la mano en dirección a Fernandito para pedirle que no se meta. Stop.

—Me refiero a… —Roger mira su libreta— Lucas.

—Manel y Fernandito nos han dicho que también estuvo ayer en esta casa —dice el caporal Moreno.

—Sí, pero se marchó antes. Él no llegó a subir al tejado con nosotras.

—Bueno, pudo volver —dice el caporal—. ¿Las vio subir a ese tejado?

Tú haces memoria y recuerdas que sí. De hecho, os saludó de esa manera extraña desde la puerta del jardín antes de marcharse.

—¿De qué se conocen?

—Es un… amigo.

—Ha hecho usted muchos amigos para llevar solo unos días en Barcelona.

Amagas con justificarte, pero no es un delito conocer gente.

—Necesitaremos su apellido. El de su amigo —dice Moreno.

La última palabra la pronuncia con un tono que no te gusta.

—Gamundi. Lucas Gamundi —dices.

Roger anota el dato en su libreta. El caporal le dice a su compañero que localicen a Lucas. Su cerebro debe de ir a mil por hora, porque no tarda ni un segundo en girar el cuello hacia el exterior de la habitación, donde está Manel.

—Manel, escuche. ¿Tenemos noticias de Walter? ¿Contesta a sus llamadas? ¿Piensa venir o vamos a tener que salir a buscarlo?

El dueño de la masía se asoma a la habitación con el teléfono pegado a la oreja. Hace un gesto con el dedo índice pidiendo un momento.

—No sabemos nada, Walter. De verdad. No sabemos dónde está —le dice Manel al teléfono.

El caporal Moreno le pide el aparato.

—Quiero hablar con él.

—Escucha un segundo… Walter, tranquilízate, por fav… No grites… La policía solo quiere hacer su trabajo… Sí… Te los paso.

Manel le da el teléfono al caporal de los Mossos d'Esquadra, y este se lo acerca a la oreja.

—Al habla Moreno.

Silencio.

—¿Hola? ¿Me oye? Walter, ¿está ahí?

Josep Moreno aleja el aparato sin dejar de mirar la pantalla, se atusa el bigote y dice:

—Ha colgado. Roger, llama a comisaría y que lo encuentren.

43

Vera despierta

Barcelona, unas horas antes

Parpadea como si sus pestañas fueran las alas de un colibrí.

Todo está borroso.

Cierra los ojos con tanta fuerza que exprime una lágrima que desciende por su mejilla.

Repite el proceso.

Nada.

Sus pupilas no obedecen lo que el cerebro les suplica que hagan.

El mareo y las náuseas aumentan hasta que no puede controlar las ganas de vomitar. Se inclina hacia la izquierda para intentar que el contenido de su estómago no la salpique y, al hacerlo, le fallan las fuerzas y se dobla sobre sí misma. Está claro que la han drogado. ¿Barbitúricos, benzodiacepinas? Ha oído que los violadores usan estas últimas. Echan Rohypnol en la bebida de sus víctimas y adiós muy buenas. No recuerda que alguien la forzara, pero cierra las piernas en un acto reflejo.

Si sale de esta, incluirá todo esto en su libro.

Vera intenta hacer memoria y volver al instante antes de perder la consciencia. Un dolor agudo acalambra su cabeza. A sus dieciocho años, ha tenido tiempo de sobra de experimentar resacas y migrañas, pero esto es peor. Después de otra cuchillada en las sienes, viene a su mente una imagen borrosa.

Aparece como una foto quemada: es un brazo rodeando su cuello.

Hace un nuevo esfuerzo por recordar y le viene otro fogonazo: está casi a oscuras, la persona que la sujeta se encuentra a su espalda y no consigue verle la cara. Lleva puestos unos guantes de cuero.

Vera vuelve a cerrar los ojos y trata de rescatar los recuerdos: ocurrió en su habitación de la masía.

Discutió con Walter. Estuvieron alrededor de una hora encerrados. Ambos levantaron la voz. Hubo ataques mutuos, y Vera llegó a preguntarle en qué lío estaba metido. «En ninguno —le dijo él—, deja de pensar que tu vida es una de esas novelas que lees». Fue justo tras ese comentario cuando Vera soltó una frase de la que se arrepentiría nada más pronunciarla: «Lo sé porque Leyre y yo hemos accedido a tu buzón de correo». Eso provocó el final de la conversación. Walter se ató la corbata sin retirar los ojos de Vera durante unos segundos que a ella le parecieron interminables, agarró la puerta y se marchó a trabajar. Al salir apagó la luz, una acción que, ahora que lo piensa, fue simbólica, como si para él su pareja ya no estuviera en esa habitación. Después de eso, Vera se quedó allí de pie, llorando en medio de la oscuridad.

La persona que la secuestró no debió de tardar mucho en llegar, porque la sorprendió en la misma posición. Vera no oyó el motor del coche de Walter, así que pensó que se trataba de él, que volvía para arreglar las cosas. De espaldas a la puerta, dijo: «Escucha, Walty. Lo siento mucho».

Después, ese guante negro abrazó su cuello justo antes de sentir un pinchazo.

Abre los ojos de nuevo y esta vez consigue alzar la vista sin marearse. Se encuentra en una habitación que no conoce. La estancia está iluminada por una luz roja que le recuerda a la que usan los fotógrafos en las salas de revelado. La silla a la que la han atado está fijada al suelo de cemento. Frente a ella hay otra silla vacía y al fondo, una puerta cerrada.

Intenta poner las cartas sobre la mesa para ver qué mano le ha tocado. Necesita opciones, una esperanza a la que agarrarse.

La situación es la siguiente: no sabe quién la ha traído aquí ni por qué, pero no ha podido ser Walty. Él nunca le haría daño. Le han atado los pies y las manos con cinchas de plástico a una silla que no puede mover porque está anclada al suelo. Si grita, es muy probable que, en lugar de ayuda, venga la persona que la ha secuestrado.

Tiene que conseguir soltarse y alcanzar la puerta como sea.

No puede perder tiempo, así que primero lo intenta por las malas. Hace fuerza separando los brazos una y otra vez, pero el plástico de la cincha es muy grueso y solo consigue dejar una marca roja alrededor de sus muñecas.

Se le ocurre otra idea.

Deja una mano muerta y con la otra empieza a intentar soltar la correa de su reloj. La manera en la que la han atado dificulta la operación. Tiene las manos contrapuestas, pero poco a poco consigue girar una de ellas y comenzar a deslizar la correa por el pasador. Después, con suavidad, saca la aguja abatible del orificio y desliza la correa por la hebilla. El reloj está a punto de caer al suelo debido al sudor que le perla los dedos, pero consigue evitarlo apretando la mano contra el respaldo de la silla.

Lo tiene.

Lo sujeta con una mano y se seca el sudor acumulado en la otra con el pantalón. Agarra con fuerza la aguja abatible de la hebilla y comienza a frotarla contra la cincha de plástico. Movimientos lentos pero constantes. Solo es cuestión de insistir, y sabe que si algo caracteriza a los escritores que alcanzan el éxito es la persistencia. Cada cinco minutos, tiene que detenerse para descansar los dedos y secarse de nuevo el sudor de las manos. Repite el proceso durante media hora. Está agotada y apenas tiene fuerzas. Duda sobre si será capaz de mantenerse de pie en caso de conseguir romper las cinchas. Tiene sangre en los dedos por agarrar con tanta fuerza la hebilla, y le escuecen los arañazos de la muñeca del otro brazo debido a todas las veces que no ha acertado y que, en lugar de friccionar la cincha, ha hincado la aguja en su propia carne.

Pero no se rinde.

Toma aire y ataca de nuevo.

Palpa la cincha y nota varias hendiduras que le confirman que está avanzando. Poco a poco, cada vez más cerca.

Con todas sus fuerzas, al menos todas las que le quedan, separa las muñecas y el hilo de plástico que queda hace el sonido más precioso del mundo. Es un plac seco y seguro, que suena a... ¿libertad? De momento, a oportunidad.

Con las dos manos ya libres, repite la misma operación de antes; ahora frotando la aguja de la hebilla contra el plástico de los tobillos. Poder mirar lo que hace y disponer de ambas manos le parece un lujo. Esta vez, apenas tarda en romper las ataduras.

Se levanta, pero el mareo la tira al suelo. La euforia de liberarse le ha hecho creer que se encontraba mejor de lo que en realidad está. Tumbada por completo en el suelo frío, levanta la vista, de nuevo borrosa, y ve una botella de agua tirada en el suelo. Necesita hidratarse, pero deshecha la idea de beber; es muy probable que el agua esté contaminada con sedantes.

La puerta del fondo parece bailar al son de sus pupilas, que enfocan y desenfocan su objetivo sin piedad.

Vera hace un ademán de ponerse de pie. Hinca una rodilla, luego la otra, pero le resulta imposible erguirse. Se marea y termina tumbada sobre el cemento otra vez.

Debe conseguir alcanzar la salida como sea.

Se arrastra con los codos para recorrer los metros que separan la silla de la puerta. En ese momento, se da cuenta de que, desde que ha despertado en ese lugar, no ha dejado de llorar. Pero ahora sus primeras lágrimas amargas de impotencia y miedo se mezclan con las de la dulce alegría de sentirse libre.

Cuando se encuentra bajo la manilla de la puerta, estira el brazo desde el suelo y se cuelga de ella. Un golpe de risa sale de su boca al ver que la puerta se abre con tanta facilidad. Ha supuesto menos resistencia de la que esperaba, teniendo en cuenta que la está empujando desde el suelo con las manos heridas y las pocas fuerzas que le quedan. Pero todo tiene su porqué, y enseguida lo entiende.

—Disculpa, Vera. No puedo dejarte salir de aquí —dice una voz que conoce muy bien y que jamás pensó que pudiera hacerle daño mientras sujeta la manilla exterior de la puerta.

44

Una fecha

Barcelona, en la actualidad

Llevas todo el día encerrada en tu habitación. No puedes moverte; eso te ha dicho el caporal Josep Moreno esta mañana, antes de marcharse de la masía. Tienes que estar «localizable» y es mejor que no salgas de Barcelona.

—Perdona, ya estoy contigo —dice Helena, tras dejarte un minuto a la espera al otro lado de la línea—. Estaba limpiando el coche a fondo. No imaginas cómo apestaba el maletero después de lo del otro día. Voy de camino a recoger a mi hija de casa de mi ex y no quiero que se encuentre ninguna sorpresa.

—Claro —dices.

Se muestra más amable, menos nerviosa que la última vez que hablasteis.

Oyes ruido de tráfico y el sonido de los limpiaparabrisas. Puedes imaginar el día gris de invierno, las calles mojadas de Pamplona iluminadas por los reflejos de las luces de los coches en los charcos. Necesitas su ayuda. Le has contado todo lo que ha pasado: lo de ayer con Vera y Walter y lo de esta mañana con los Mossos.

—Entonces ¿te consideran sospechosa? —te pregunta.

—No. Si fuera la sospechosa, ya estaría en comisaría. Sospechan de Walter.

—Pero has dicho que fue él quien llamó a la policía para avisar de la desaparición de…, ¿cómo se llamaba?

—Vera. Sí, pero después le llamó Manel, el dueño de la masía, y le pasó el teléfono al caporal de los Mossos. Pero Walter colgó.

—¿Qué masía? Estás diciendo frases sin sentido, Leyre. Vamos, céntrate. ¿Tienes pruebas de que todo esto ha sucedido de verdad o son suposiciones?

—Mira, es igual. Si no me crees, cuelgo.

—¡No! Espera, por favor.

Esperas.

—A ver si me aclaro. ¿Cómo va a ser Walter sospechoso de secuestrar a su mujer si fue él quien dio el primer aviso?

—Su pareja.

—¿Cómo?

Helena cada vez tiene menos paciencia.

—No es su mujer. Es su pareja. No están casados. Apenas llevan un año juntos.

—Bueno —suspira—, ¿qué más da eso? Ni que estuvieras interesada en ella.

Silencio.

—¿Sigues ahí? —pregunta.

—Walter dio el primer aviso —dices—. Pero después, cuando el caporal Moreno quiso hablar por teléfono con él, colgó. Llevan todo el día buscándole. Se ha fugado, Helena. Walter se ha inculpado él solito.

—Y por eso la policía le ha puesto el cartel de sospechoso a Walter.

—Más o menos... Lo lleva colgado del cuello, sí. Pero hay otro cartel de sospechoso. El de Lucas —aclaras.

—¿Quién?

—Lucas. Es el tipo que me ayudó a hackear a Walter. Un predicador que conocí en la universidad.

—¿Un qué? Madre mía...

—También lo están buscando.

—Y ahora me dirás que ese tal Lucas tampoco da señales de vida.

—No —dices—. No me coge el teléfono. Pero lo de Lucas es más complicado todavía. Creo que le busca la policía por otros asuntos.

—Pero ¡a quién has ido a pedir ayuda!

Pensabas contarle también el tema de la mafia rusa, pero mejor no; le está costando seguir la historia.

—No te enfades conmigo, Helena. Bastante tengo.

Helena suspira. Oyes el sonido del claxon procedente de otro vehículo. La doctora grita que ya va, que ya va.

—Imbécil.

—¿Cómo? —dices.

—Perdona. Se lo decía a un conductor que se ha cruzado y... A ver. —Toma aire—. Tienes que salir de esa casa ahora mismo, por favor. Vuelve a Pamplona. Mira, quizá todo esto que imaginas sea producto del estrés, de la falta de sueño y de todo lo que has vivido en los últimos días, es norm...

—¡Estoy perfectamente! —gritas, quizá demasiado agresiva—. Voy a colgar.

—¡No! ¡Espera! ¿Por qué buscaba la policía a Lucas antes de lo de Vera?

Está alargando la conversación para que no cuelgues, pero no te cree.

Resoplas.

—No tengo muchos detalles. Pero creo que Lucas está relacionado con los actos vandálicos que se están llevando a cabo en Barcelona estos días.

—¿Es el tío de los agujeros? ¿Tu Lucas es Lucas Gamundi?

—Había gente rara en la protectora de animales y una de ellas me preguntó si yo estaba allí por lo de los agujeros.

—¿Qué protectora? Leyre, por favor...

—Donde se escondía Lucas de..., es igual.

—En las noticias solo se habla de esos agujeros.

Enciendes la tele para comprobarlo. Aparecen varios tertulianos debatiendo, mientras el realizador repite una y otra vez las mismas imágenes donde se ven diferentes calles, plazas y zonas

311

de Barcelona con agujeros en el suelo. Algunos son profundos y tienen un diámetro por el que cabría un coche. Las letras que hay sobre una franja roja en la parte inferior de la pantalla dicen que los agujeros se multiplican cada día y que se sospecha que hay imitadores utilizando explosivos para hacerlos. El titular dice: «Fuera de control».

Hay una imagen de Lucas a la izquierda de la pantalla. El pie de foto dice: «Lucas Gamundi, el ideólogo».

—¿De dónde has sacado a ese tío? Has pedido ayuda a un terrorista.

—Ya te lo he dicho. Estaba predicando en la universidad. ¿Es que no te escucha?

—Está bien. No me lo digas si no quieres. Pero tienes que volver.

—Pero ¡si te lo estoy diciendo, Helena! Te está hartando.

—En el supuesto de que sea cierto, ¿le has dicho a la policía que hackeasteis a Walter?

—Claro que es cierto. Y no, no les he dicho nada de eso. No soy tonta.

—Es importante. No deben saber más. Escucha, te tengo que dejar. Estoy llegando a casa de mi ex para recoger a la niña. Te llamo en media hora. Sal de esa casa o masía o lo que sea. Y de esa ciudad, cuanto antes. No confíes en nadie, ¿me oyes? En nadie.

—No lo haré. Recuerdo lo que me dijiste.

—¿El qué?

—Que teníais razones para pensar que alguien desde dentro de la policía estuvo interesado en tapar las pruebas que encontrasteis en el cadáver de Sandra.

Helena suspira o llora. No estás segura.

—Si todo esto es cierto, aléjate de ese tal Walter. Todo apunta a que él está detrás de lo que le pasó a Sandra. No piensas parar hasta encontrarle.

—Y no vuelvas a llamar a Lucas tampoco. Tienes que salir de ese lugar. Volver a casa —insiste la doctora.

—No voy a marcharme, Helena. Y menos hoy. Es el día clave.

—¿Qué día clave?

—La fecha. Creo que por fin voy a averiguar qué pasó con mamá y Sandra. Y con Vera.

Oyes la risa de una niña al otro lado de la línea. Es su hija. Helena imposta la voz para saludarla con cariño. Unos segundos después, retoma el tono serio para dirigirse a ti de nuevo.

—Escucha, mi hija está aquí. Tengo que colgar. Por favor, no hagas más tonterías y vuelve antes de que sea demasiado tarde. Deja de jugar a los detectives. Es muy peligroso. Hazlo por Rafa. Te llamo luego.

Cuelga.

Te quedas con el teléfono en la mano, mirándolo, ensimismada mientras piensas en lo que estás viviendo.

El miedo se ha adherido a tu cuerpo como un simbionte que quiere quedarse y alimentarse de ti cada vez que resuena una pregunta en tu mente:

¿Vera está viva?

Sacudes la cabeza para deshacerte de esos interrogantes.

Quizá estés equivocada. Es posible que Walter la haya secuestrado y la tenga en algún sitio, pero viva. O mejor, quizá Vera solamente necesitaba espacio, escapar de Walter y de ti, pensar en sí misma y poner orden en su vida. Las posibilidades son muchas y muy distintas. ¿Y si los ruidos no fueron causados por una pelea y estaban haciendo el amor realmente? De ser así, podrían haberse fugado los dos. Pero ¿para qué iban a querer marcharse? ¿Por los problemas económicos que arrastraban? ¿Para escapar de las deudas de Walter? Entonces ¿por qué Walter ha dado el aviso de la desaparición de Vera? Es absurdo. Niegas con la cabeza y desechas la hipótesis de la fuga conjunta. Lo que sí puede ser es que la discusión se les fuera de las manos. Es posible que Walter la golpeara por pura rabia al ver vuestro beso. Vera dijo que Walter es un hombre que no rehúye la violencia. Acabas de perder a mamá. Sabes la impotencia que genera ser incapaz de hacer nada cuando un ser querido desaparece de tu lado. Tú no agredirías a nadie, pero

Walter sí. Tuvo que ser eso. Walter sintió tal frustración al darse cuenta de que estaba perdiendo a Vera que la golpeó. Es lo que hacen muchos maltratadores: o conmigo o muerta. Puedes imaginarte a Walter en ese papel. Seguro que, para cuando se quiso dar cuenta, el daño era irreversible. Pero entonces ¿por qué avisó de la desaparición de Vera él mismo? Lo único que se te ocurre es que quería inculparte, cargarte a ti con todo y quedar impune.

Fuera como fuera, tienes el presentimiento de que lo descubrirás esta noche.

Desbloqueas el teléfono de nuevo. Llamas a Lucas.

Apagado.

Tiene la habilidad de desaparecer justo cuando más lo necesitas.

Se te ocurre una idea.

Deberías seguir teniendo acceso al correo electrónico de Walter gracias a las claves que Lucas consiguió ayer.

Introduces la contraseña.

Han llegado dos e-mails nuevos a su buzón. Aurora continúa insistiéndole en lo mismo: «Haz lo que tienes que hacer». Parece que Walter sigue sin cumplir con esa gente, lo cual confirmaría tu teoría de que se ha fugado para escapar de sus deudas, con o sin Vera.

Abres el segundo correo: hay una nueva fecha. Esto te desconcierta y anula la teoría de la fuga porque entiendes que Walter ha empezado a recibir nuevos encargos con normalidad y la situación entre Aurora y él se ha solucionado.

Si Lucas estuviera aquí, le pedirías que hackeara las otras cuentas de Walter para comprobar si menciona a Vera o se comunica con ella a través de otro canal.

Aunque el predicador no responde, le envías un nuevo mensaje contándole esto con la esperanza de recibir su ayuda en cuanto lo lea.

Por otro lado, la policía también está buscando a Lucas. ¿Y si ha tenido algo que ver con la desaparición de Vera? Recuerdas el comportamiento tan extraño que tuvo ayer cuando la conoció, y después cómo la miró fijamente durante un minuto mientras se despedía desde el jardín.

¿Y si creyó que Vera era la rusa que os siguió por la zona del Camp Nou? ¿Y si le ha hecho daño convencido de que pertenece a la mafia? Te parece una idea tan inverosímil como ridícula. Igual que todo lo que hace Lucas, por otra parte. Él se comporta de forma atípica con las personas y tiene ciertas dificultades a la hora de socializar, pero de ahí a hacerle daño a Vera, hay un trecho.

¿De verdad es el responsable de todos esos agujeros?

Mientras reflexionas al respecto, llama tu atención una noticia que aparece en la televisión:

> … las autoridades han confirmado que la autopsia practicada a la joven cuyo cuerpo, recordemos, se encontró frente a las Tres Chimeneas de Sant Adrià el 12 de enero, ha desvelado que fue asesinada. El cuerpo de la joven presentaba lesiones de arma blanca en el cuello y numerosas amputaciones, tal y como aseguró el viandante que la encontró en un primer momento y que dio el aviso a la policía…

Lo de las amputaciones te impacta, pero hay un dato en la noticia que lo hace todavía más.

—Doce de enero —dices, casi en un susurro.

Tu corazón se detiene durante los segundos que tardas en saltar de la cama y sacar el móvil del bolsillo para acceder de nuevo al buzón de Walter. No necesitas descender demasiado en la lista de correos de la bandeja de entrada para encontrarlo. El remitente es una de esas direcciones falsas creadas aleatoriamente.

De: kwymixlkatknuwremk@awdrt.com
Para: Walter456345@gmail.com
Asunto: 12/01

Las fechas de la muerte de esa mujer de las noticias y la de uno de los encargos de Walter coinciden.

45

Fugitivo

Barcelona, en la actualidad

En el suelo de la antigua fábrica de muñecas de porcelana de Poblenou todavía hay restos de sangre. Ya no brilla ni es escarlata; su tono se ha desvanecido, como las opciones de Walter.

Ha estado encerrado en su guarida el tiempo suficiente para hacerse la clase de preguntas que le vienen a la mente a quien ya ha masticado y digerido todos los pensamientos previsibles en sus circunstancias.

¿Ha superado ya el punto de no retorno? ¿Es insensible al dolor ajeno?, ¿y al propio? ¿Debería sentir miedo en su situación?

Las calles están infestadas de policías por culpa de esos pirados que han llenado Barcelona de agujeros.

Lo peor de ser capturado y acabar en la cárcel sería no poder cazar. La vida da muchas vueltas y, quién se lo iba a decir, ahora mismo él se ha convertido en la presa.

Pero Walter tiene un plan.

Son las siete de la tarde y lleva tres minutos fuera de su refugio. Para no llamar la atención, viste vaqueros y sudadera negra con capucha; nada que ver con su traje habitual. En la oscuridad de la fábrica no se había dado cuenta, pero, ahora, la luz de los fluorescentes de la tienda de alimentación en la que se encuentra y el reflejo de las cámaras frigoríficas desvelan una imagen ridícula de sí mismo: los pantalones llenos de manchas y la sudadera, demasiado ajustada, son lo opuesto a la sobriedad de la corbata, el traje y los guantes de cuero que acostumbra a vestir. Mientras recorre los anodinos pasillos del colmado, piensa en cómo se lo va a montar a partir de ahora.

—Dieciséis euros, por favor.

El encargado de la tienda no le mira a la cara. Tiene los ojos fijos en un partido del Barça que emite la televisión que hay a un lado de la caja registradora, algo de agradecer cuando eres sospechoso de la desaparición de tu pareja sentimental. Walter le da los dieciséis euros justos y, sin levantar la cabeza para evitar ser captado por la cámara de seguridad, abandona la tienda con una botella de lejía, un cepillo, estropajos, una barra de pan, un paquete de jamón serrano del malo y una botella de agua. Tan solo ha empleado quince minutos en salir de su escondite, realizar la compra y volver. Tardará más en limpiar las manchas marrones, el globo ocular y el resto de las pruebas que lo inculpan de las atrocidades que ha hecho en esa fábrica.

Ya en su guarida, decide que es mejor idea tomar fuerzas primero antes de empezar a rascar el suelo con el cepillo. Lleva horas sin meter en su cuerpo algo que no sea agua o anfetaminas. Se sienta en una de las dos sillas enfrentadas que hay en el centro de la fábrica; la otra la ocupa su víctima, ya tuerta, ya muerta. Mientras agarra el cuchillo y la barra de pan, acuden a su mente los recuerdos.

Cómo la secuestró, los gritos de dolor, el ojo en el suelo, el cuchillo cortando la primera capa de carne de su cuello después de haberle prometido no hacerlo.

Levanta la vista hacia su invitada. Pese a que el ambiente de la fábrica es frío, no tardará en oler a descomposición. El *rigor mortis* la ha dejado irreconocible. Sin quitarle ojo, nunca mejor dicho, Walter se mete una loncha de jamón en la boca y comienza a cortar la barra de pan con el cuchillo. Su mente divaga. Piensa en lo mal que le han ido las cosas a Vera, piensa en las otras chicas, en las que han pasado por este lugar. Cuando termina de abrir el pan, se da cuenta de que el cuchillo todavía tiene restos de sangre. Ha manchado un poco la miga, pero no se puede arriesgar a volver a salir para comprar otra barra. Introduce el jamón y, con el bocadillo en una mano y el cuchillo en la otra, observa la botella de lejía que está en el suelo, esperando a ser utilizada. Por un momento se plantea si no sería mejor para él, para el mundo, que bebiera un litro de lejía en lugar de comerse el bocadillo.

Suena un aviso en su ordenador. Es un nuevo mensaje.

De: dhm48268@zzrgg.com
Para: Walter456345@gmail.com
Asunto: 21/01

—Joder, eso es hoy —dice, en voz alta.

Suspira.

—No hablaba contigo —le dice Walter al cadáver, mientras se levanta. Después, abre la puerta del coche y deposita el cuchillo cubierto de sangre reseca en el asiento del copiloto. Se deshará de él lejos de la fábrica. Si lo encontrara la policía, podría traerle problemas.

«Pero ¿esta gente no es consciente de cómo está la ciudad?», piensa mientras relee la fecha del encargo.

Sabe que no puede fallarles de nuevo. Se la está jugando. Lo han dejado bien claro: es su última oportunidad. La próxima vez que la cague, simplemente no recibirá más e-mails. Con todo lo que eso implica.

Se come medio bocata y deja la otra mitad encima de la silla.

Abre el único armario que hay en la sala y se desnuda utilizando la puerta metálica de este a modo de biombo para colgar la ropa. Se calza los zapatos y se pone la corbata sin mirarse a un espejo; son muchos cuellos anudados a lo largo de estos años.

Extrae una jeringuilla del armario, comprueba que está cargada, la guarda en la guantera.

Arranca el coche. No es el Mercedes que la policía busca, sino un Skoda Octavia robado con matrículas falsas. Da marcha atrás y los faros dejan de iluminar poco a poco el cadáver tuerto, hasta que desaparece en la oscuridad de la fábrica.

Con suerte, traerá a alguien a quien sentar en la otra silla.

Está lloviendo y es una noche de viernes extraña por culpa de esos agujeros. Aparte de los polis y sus controles, no hay ni un alma por la ciudad. Se siente expuesto al ser el único que recorre esas calles, y estúpido por detenerse frente a un semáforo sin peatones que atraviesen el paso de cebra. Al menos, aprovecha la parada para meterse un punto de *speed*. Acumula demasiado cansancio y prevé una noche larga.

—Vamos, Walter —se dice a sí mismo.

Hoy evitará acercarse a las discotecas, seguramente estén cerradas. Pero sabe dónde buscar sin llamar la atención. Barcelona cuenta con cierta variedad de locales clandestinos que abren a cualquier hora y día de la semana. Solo es necesario conocerlos. Por suerte, ese trabajo lo realizó hace años, cuando empezó en esto. Se trata de bajar al inframundo de la noche y hablar con las personas adecuadas. Ir escarbando aquí y allá hasta dar con todos los garitos. Estos van cerrando conforme los detecta la policía, para abrir de nuevo en otro lugar. Una vez que has frecuentado esos locales, sabes a quién preguntar para enterarte de dónde han movido el antro de turno.

Walter comienza recorriendo las calles de Marina. Después sube por la calle Tánger mientras maldice; el local que conoce está cerrado y apenas hay movimiento más allá de algún que otro peatón sacando a pasear el perro o bajando la basura. Sus nervios agradecen no haber encontrado ningún coche de los que llevan luces azules en el techo.

Decide conducir hasta la zona del Raval evitando las calles principales, pero allí también está todo cerrado. Golpea el volante con el puño. Empieza a desesperarse. Se detiene un momento frente al MACBA, donde todavía quedan algunos *skaters* apurando los últimos trucos de la jornada en los bordillos del museo, y saca la bolsa de *speed* para meterse otro poco. Está sudando y su cerebro procesa las ideas a toda velocidad. Decide volver y probar suerte en el Eixample. Al fin y al cabo, es donde más antros ilegales conoce.

Por fin, en una calle perpendicular a Balmes, encuentra abierto uno de esos lugares. La persiana metálica del garito asciende hasta la mitad de su recorrido. La sujeta un brazo delgado, con un reloj dorado en la muñeca, que precede a una mujer que sale de cuclillas del local para evitar golpearse la cabeza. Walter sube el volumen de la música y piensa que lo siente, rubia. Suena la canción de cada noche:

Hay un amigo en mí. Hay un amigo en mí.

Tras salir del local, la chica camina mirando a su espalda. El coche de Walter comienza a acercarse despacio e intenta igualar el paso de la joven. Su procedimiento habitual. Cuando lo consigue, baja la ventanilla y dice:

—¿Te llevo?

—¿Tienes complejo de taxista?

—Solo te ofrezco un plan para alargar la noche —dice, tocándose la nariz dos veces con el dedo índice.

La mujer examina el exterior del coche; después mira a Walter.

—¿Eres un secreta? Solo he bajado a echar la basura.

—¿Bajas siempre tan arreglada a tirar la basura? ¿Y la bolsa? —dice Walter, con una sonrisa.

Ella se esfuerza para evitar sonreír también.

—Ya la he tirado.

—Escucha, he visto de dónde has salido. Seguro que han cerrado cuando mejor te lo estabas pasando.

La mujer suspira. Luego, se le traba la lengua a causa de lo que ha consumido, cuando dice:

—Es por lo de los agujeros. Hay mucho poli por ahí y no quieren líos.

—Vamos, anda —dice Walter—. Conozco otro garito. No soy policía, te lo aseguro.

La chica se dirige a la puerta del copiloto. Se tambalea un poco al andar.

—Mejor en el asiento de atrás, por favor. Esta puerta está rota.

Para evitar que le pregunte por la canción infantil, Walter decide bajar el volumen. Son todas unas cotillas.

—¿Dónde está ese sitio que conoces? —pregunta, mientras intenta atarse el cinturón de seguridad sin éxito.

Walter toma aire antes de responder: ella huele al tipo de colonias que Vera ya no puede comprar.

—Muy cerca de aquí. En Poblenou.

Walter se dispone a activar el cierre centralizado cuando un coche de la Guardia Urbana dobla la esquina que hay tras ellos. Encienden la sirena un segundo, para avisar.

—Mierda, tenemos compañía.

La chica no sabe que se ha metido en la boca del lobo, por eso dice:

—Joder, corre. Tengo el bolso lleno de mierda.

La presa pidiendo huir con su cazador.

El Skoda Octavia se salta el primer semáforo en rojo que encuentra en su camino y se pone a noventa kilómetros por hora en la Gran Via.

La policía tarda dos segundos en encender las sirenas por completo y acelerar.

Un poco antes de Tetuán, Walter dobla una esquina y se mete en un aparcamiento público.

Desciende una planta y, cuando cree haberlos despistado, un destello azul en su retrovisor, que viene de la cuesta curvada de acceso a la planta −1, le indica lo contrario. Los policías deben de estar registrando el aparcamiento.

El Skoda desciende dos pisos más hasta encontrar un hueco donde Walter aparca de manera precisa en una sola maniobra. Después, apaga las luces y se tumba entre su asiento y el del copiloto.

Están detrás de una furgoneta Fiat de color blanco.

—Agáchate, joder —dice Walter.

La chica no colabora. ¿Qué le ha pasado? Hace nada estaba suplicando que acelerara para huir. No le ha parecido que fuera tan puesta como para no entender la situación. Walter agita la palma de la mano arriba y abajo e insiste:

—Que te agaches, cojones. Nos van a ver.

Walter levanta un momento la cabeza para mirar dónde están. La luz azul de la sirena del coche de policía, sin sonido, ilumina con más intensidad que antes la cuesta por la que ellos han bajado hace un momento.

—Que te tumbes, te digo. Están cerca —susurra Walter.

La joven sigue sin reaccionar. Parece haberse quedado petrificada mirando el suelo del asiento del copiloto. Walter sigue la línea invisible que une las pupilas de la chica con el enorme cuchillo ensangrentado que hay sobre la alfombrilla delantera; lo dejó ahí después de comerse el bocadillo, con la idea de tirarlo en un contenedor, lejos de su escondite.

Las luces del coche de la Guardia Urbana iluminan el techo del aparcamiento. Están en la misma planta que ellos. Avanzan despacio. Uno de los policías conduce; el otro, con la ventanilla bajada, lleva una linterna en la mano y comprueba el interior de cada coche.

Walter dice:

—Mierda.

La chica los ve y el mundo vuelve a dar la vuelta; ahora le conviene ser descubierta por la policía. ¿Qué más da un poco de cocaína en su bolso comparado con la muerte?

Intenta abrir la puerta, pero Walter la ha cerrado. Comienza a gritar desesperada durante el tiempo que Walter tarda en desabrocharse el cinturón, agacharse para coger el cuchillo de la alfombrilla del copiloto y pasar al asiento trasero para hundir la hoja en el estómago de la chica.

Permanece tumbado sobre el cadáver todavía caliente de la joven, hasta que el parpadeo de luces azules le saca de su ensimismamiento y le hace abandonar el Skoda, arrastrándose entre los vehículos del aparcamiento para huir a pie.

46

Muchas fechas

Barcelona, en la actualidad

Doce de enero. Encontraron el cuerpo de una joven con amputaciones el 12 de enero. La misma fecha que aparece en uno de los últimos encargos que Walter recibió vía e-mail. Te llevas las manos a la cara. Cada cañonazo se traduce en nuevas palpitaciones en las sienes. Tu vaso de ansiedad se desborda otra vez. Imaginas a Walter matando a esa chica, arrancándole partes de su cuerpo, sin alterar ese semblante serio que ahora entiendes por siniestro. Después de todo lo que ha sucedido, con lo que sabes, no te sorprendería ver a Walter en el papel de asesino. Pero piensas en Vera y te obligas a dudar. Todo esto tiene que ser simple coincidencia. En una ciudad tan grande como Barcelona, durante veinticuatro horas nacen y mueren muchas historias paralelas que dan pie a miles de casualidades diferentes. No se le pueden atribuir a Walter todos los acontecimientos del día 12 de enero por el hecho de tener un e-mail con esa fecha.

¿O sí?

¿Y si coincidieran el resto de las fechas de esos correos con sucesos similares?

Desbloqueas el móvil de nuevo. Creas un archivo de texto y haces una lista con todas las fechas que encuentras en los correos de Walter. Después, las buscas en Google junto a otras palabras clave: «desaparición», «cuerpo», «asesinato», «amputación». Enseguida obtienes correlaciones. Cuando no son las mismas fechas, son días cercanos.

La primera fecha que coincide es el 14 de febrero de 2024, se trata de una chica de diecinueve años, natural de Sabadell, que desapareció después de salir con sus amigos por Poble Sec. Una amiga afirmó que la chica dijo que estaba cansada y se marchó a casa sola. Encontraron el tronco de su cuerpo semienterrado en la playa de Gavà, junto a la cabeza. Sus extremidades todavía no han aparecido.

Meses más tarde, el 13 de mayo, desapareció una joven de Burriana que estaba pasando el fin de semana en Barcelona. En YouTube hay un vídeo de un amigo suyo, un tal Luís, contándole al reportero de turno de uno de esos programas de sucesos cómo ella salió un momento de un bar del Born para fumar y ya no volvieron a verla. En este caso, todavía no se ha encontrado el cuerpo.

El 20 de noviembre de 2024 desapareció una veinteañera austriaca que estuvo de fiesta por la zona del paseo marítimo. Sus amigos la vieron por última vez en la discoteca Opium. El cuerpo apareció sin dedos en un camino rural de Viladecans.

Las fechas de los correos y las noticias continúan.

—Joder, como mínimo hay doce coincidencias —dices en voz alta, y Bu parece entenderte porque se revuelve nervioso sobre la cama.

Tienes que contárselo a los Mossos. Helena se equivoca; es imposible que la policía esté involucrada en esto.

Es cierto que lo que habéis hecho, hackear a Walter, es ilegal. Pero podrías salvarle la vida a Vera si compartieras con los Mossos lo que has descubierto.

Primero, tratas de hablar con Lucas, que no responde al teléfono. Le dejas varios mensajes de audio explicándole tus nuevas averiguaciones.

Después, llamas a Helena. Necesitas decirle que esto es muy gordo, que ya son muchas evidencias, que la investigación te queda demasiado grande y que tenéis que involucrar a la policía. Lo que acabas de encontrar lo cambia todo; ahora debe creerte.

Ha insistido en que no hables con nadie y huyas de ese lugar, pero no puedes volver a Pamplona y fingir que nada ha sucedido. Está en juego la vida de Vera.

—Vamos, vamos, Helena —le dices al teléfono.

Pero Helena no responde.

Lo intentas tres veces más con el mismo resultado.

—¡Mierda!

Hasta ahora solo habían sido suposiciones, indicios. Estaba claro que Walter llevaba tiempo metido en asuntos sucios, pero todo parecía un lío de drogas, trapicheos o negocios con personas de esas a las que es mejor no deber dinero. Walter se dedicaba a transportar mercancía de un lugar a otro en fechas determinadas. Punto. ¿Mercancía ilegal? Sí, pero sin sangre.

¿Es posible que Walter se dedique a matar por encargo?

Todas esas noticias de chicas muertas te dicen que sí, que ese tío es un asesino. Por eso pasa fuera de casa tantas noches. Se dedica a secuestrar a personas inocentes, torturarlas y matarlas por encargo. Es un enfermo que disfruta arrancando partes del cuerpo de sus víctimas, joder. Basta con que esas chicas se crucen con Walter en una fecha que coincida con uno de esos encargos para que su vida termine.

Mientras piensas en esto, el recuerdo de Vera viene a tu cabeza, provocándote un nudo en la garganta. Imágenes intermitentes parpadean a toda velocidad frente a ti. Cañonazos destrozando tu barco. La culpa por no haber sabido protegerla. Es Vera hablándote de su sueño de ser escritora en el tejado. Champú de manzana. Labios rosas. Es Vera sonriendo. Son sus ojos verdes con la profundidad de galaxias infinitas mirándote. Son sus ojos verdes, ahora apagados. Es el charco de sangre en el suelo. Son las cuencas de los ojos de Vera, vacías. Es Vera sin tres dedos. Vera sin media pierna.

Sacudes la cabeza. Basta. Y hundes la cara en la almohada.

«Las niñas buenas no lloran».

Quieres, necesitas, creer que Vera está viva. Agarrarte a eso para obtener las fuerzas suficientes para continuar buscándola.

Pero cada minuto sin noticias suyas es una tonelada de negatividad sobre tu pecho lleno de dudas.

Hay algo que no cuadra: ¿por qué Walter ha pasado de ir a por desconocidas, en muchos casos extranjeras, a secuestrar a su propia pareja?

Nada tiene sentido. Hasta que lo tiene.

Anoche, mientras discutían, Vera le contó que habíais descubierto los e-mails. Le dijo que sospechabais que estaba metido en un lío serio, pensando que sería algo relacionado con deudas o tráfico de sustancias ilegales. Todavía tenía la esperanza de reconducir la situación, de poder ayudarle. Seguro que le dijo que no pasaba nada, que entre los dos lo superarían. Vera pensaba que solo era cuestión de dinero a deber. Walter debió de sentirse expuesto y decidió cortar por lo sano: ocupándose de ella e inculpándote a ti.

Tiene sentido.

¿Qué es capaz de hacer una persona como Walter con tal de evitar que le pillen?

Si le ha pasado algo a Vera, ¿eres tú la siguiente? ¿Qué le hizo a Sandra? ¿Y a mamá?

—Ese cabrón trató de inculparme. ¿Te das cuenta, Bu? —dices, mientras miras al gato como si esperaras su opinión—. Se llevó a Vera y después llamó a la policía, acusándome. Pero no contaba con lo que acabo de descubrir sobre el resto de las fechas.

Vamos a ver quién gana.

Aplicando lo que has visto en el buzón de Walter, buscas en Google cómo crear una cuenta de correo anónima. Enseguida encuentras plataformas que permiten hacerlo de manera gratuita. Son direcciones de correo aleatorias que duran diez minutos activas. Apenas te lleva un par de clics de ratón crear una. Descargas todos los correos electrónicos de Walter y los adjuntas a un nuevo e-mail. Añades también los enlaces a las noticias de las secciones de sucesos de los periódicos.

Lo envías al e-mail de emergencias de los Mossos, a la atención del caporal Josep Moreno.

47

Josep

Barcelona, seis años antes

Josep Moreno observa su reflejo en el espejo del ascensor y se ajusta el uniforme de los Mossos d'Esquadra. La cara que le devuelve el cristal es para retirar la mirada; demasiadas noches en vela preocupado por esas ratas de Asuntos Internos. Al salir a la calle, la lluvia entra en contacto con su cara adormilada y le provoca un escalofrío que le recorre el espinazo. Además, no sabe si son las prisas, las horas o la falta de sueño, pero tiene los pies calados porque ha olvidado sus botas reglamentarias y está en medio de la acera con unas zapatillas de felpa a cuadros, de las de estar en casa.

—Imbécil —se lamenta.

Suspira y se atusa el bigote amarillento, como si de esta manera borrara los pensamientos que le invitan a volver a ese sofá caliente.

Cruza la carretera hasta la acera de enfrente, donde encuentra la entrada del local abandonado que se ha tragado a esa pareja hace unos minutos.

Apoya una mano en el asa metálica de la puerta y gira el cuello a ambos lados para comprobar que la calle está vacía.

Empuja la puerta cuatro veces, pero no cede. Han debido de atrancarla con algo.

Echa un vistazo a la fachada: hay una ventana sin cristal. Lo mismo lleva rota cuarenta años, el tiempo que este local ha estado sin actividad. No se encuentra a gran altura, pero tampoco va a llegar hasta ahí de un salto. Las tapas con sus cervecitas, los cuarenta y siete años, las malas decisiones; todo pesa. Ayudándose de un cubo de basura consigue trepar hasta poner las manos en el alféizar. Las zapatillas de felpa no son el mejor aliado en estos casos, pero logra subir al tercer intento introduciendo un pie entre una cañería de agua y la pared.

Está dentro.

Camina sin dar tiempo a que los ojos se le acostumbren a la oscuridad. El suelo está lleno de cristales que crujen en cada uno de los siete pasos que tiene que dar hasta llegar a lo que parece ser el umbral de una puerta, por donde se cuela una luz tenue. Antes de abrirla, saca el arma y la sujeta con ambas manos, apuntando al suelo.

Toma aire y empuja la puerta con el hombro.

—¡Alto! ¡No te muevas!

El joven que dejó de soñar con correr descalzo por la playa de Hendaya se aparta del cuerpo de la chica.

—Las manos arriba.

El policía se acerca dando pasos cautos y, poco a poco, descubre la escena.

Ambos son jóvenes. Él tiene los pantalones y los calzoncillos en los tobillos; ella, la mirada perdida.

—Tus pies… —dice el joven, mirando las zapatillas de felpa ensangrentadas. Josep ha debido cortarse con los cristales que había por el suelo de la primera habitación. Ni siquiera se había fijado.

—Déjate de pies ni hostias y levanta las manos. ¡Que las levantes!

Sería ridículo e ineficaz correr con los pantalones en los tobillos, así que el joven obedece y levanta las manos mientras da un paso lateral para alejarse del cuerpo inconsciente de la chica.

—¿Está muerta? —pregunta Josep, señalando con la cabeza el cuerpo, pero sin dejar de apuntarle a él con la pistola.

—Ha bebido demasiado. Nos hemos metido aquí para refugiarnos de la lluvia y para…, ya sabe.

—Mírame —dice Josep.

—¿Cómo? —balbucea él, sin bajar las manos.

—Digo que me mires bien. ¿Tengo cara de ser un gilipollas? —pregunta, inclinando la cabeza hacia un lado.

—No —responde el joven, casi en un susurro.

—¡No te oigo! ¡¿Tengo cara de gilipollas?!

—No —responde, esta vez con más fuerza.

—No, caporal —dice Moreno, señalándose el uniforme.

—No, caporal —repite el joven.

—Muy bien, chaval.

En ese momento la chica parece espabilar. Todavía está muy aturdida, pero el hecho de ver a un mosso d'esquadra apuntando a su agresor le debe de suponer una inyección de adrenalina directa al corazón que la despierta.

—Me ha… violado —balbucea entre lágrimas—. Ese cerdo me ha secuestrado y me ha violado. Me ha estrangulado varias veces hasta dejarme in… inconsciente.

—Vaya, vaya. Parece que tenemos diferencias de opiniones en este momento.

El caporal se acerca muy despacio al joven. Le encañona en la frente y hace sonar el percutor.

El joven dice:

—Por favor, no.

—Shhh… No, no, no. Ya que me has sacado de casa a estas horas, cállate y escúchame un momento. Te cuento lo que me apetece. —Hace una pausa para atusarse el bigote y sonreír—. Te pego un tiro en la pierna, con suerte la bala atraviesa solo carne, no es muy grave y te vienes conmigo a comisaría. El tiro no es necesario, pero a mí me va a sentar de cojones.

—¡No!

—Espera —dice, alargando la e y levantando la palma de la mano para pedir paciencia—. Hay algo que me apetece más todavía. ¿Te gustaría escucharlo?

—Sí —dice el joven.

—¿Perdona? No sé si te he oído bien. ¿Puedes repetirlo un poco más alto?

—Sí, caporal.

Josep asiente con la cabeza y separa su arma de la frente del violador. La marca del cañón queda impresa en rojo sobre la piel.

—Muy bien. Coge esto —saca dos billetes de cincuenta euros— y métetelo en el bolsillo. Tómatelo como agradecimiento por los servicios prestados. Esta va a ser tu tarifa, la cual incluye que yo no te pegue un tiro ni te lleve frente a un juez que te mande directo a Quatre Camins. Por supuesto, en el precio también va incluida la gestión de traer a este bollito hasta aquí. —La mirada lasciva que le dedica a la joven desata un grito roto en ella.

El joven, dubitativo, agarra los billetes sin acabar de creer lo que está pasando.

El caporal Josep le da una palmada amistosa en el lateral del cuello y su bigote se estira al sonreír. Después escupe al suelo y se gira hacia la chica, que no para de sollozar y gritar con más fuerza. Cuando Josep se planta de pie frente a ella, se desabrocha el cinturón y gira la cabeza noventa grados para hablar al joven que se encuentra a varios metros a su espalda:

—El viernes quiero verte aquí a la misma hora. Traeré a tres compañeros y cada uno te pagará el doble de lo que te he dado yo hoy. Ahora puedes quedarte a mirar o marcharte de una puta vez.

El joven se dispone a irse cuando el caporal le da una última instrucción:

—Se me olvidaba. Ven dentro de dos horas a por el cuerpo y deshazte de él.

La chica grita, desesperada.

Y un último consejo:

—Si no lo tienes, róbalo, pero necesitas un coche negro y amarillo.

—Negro y amarillo —repite el joven, sin entender.

—¿Es que no has visto de qué color son los taxis en esta ciudad?

El joven asiente.

—Pues eso. Te resultará mucho más fácil que se monten contigo.

48

Emily

Barcelona, en la actualidad

Tras enviar el correo con todas las pruebas a la policía, miras el móvil y compruebas que Lucas sigue sin contestarte. Los audios que le has mandado evidencian la gravedad de las coincidencias entre las fechas de los correos y las noticias de las desapariciones de internet. Debería contactar contigo en cuanto los escuche.

También esperas que, en cualquier momento, Helena te devuelva las llamadas.

Mientras tanto, tienes algo pendiente por hacer que puede ayudarte a avanzar en tu investigación.

Con todo lo que ha sucedido en las últimas horas, casi lo habías olvidado.

Sales de tu habitación, cierras con llave.

Subes las escaleras y recorres el pasillo enmoquetado de la última planta hasta llegar a la buhardilla.

Abres el cajón de la mesilla polvorienta y extraes el cuaderno de Vera.

Lees las letras escritas a mano en la tapa azul: *La casa de los perdidos*.

Lo hojeas de nuevo. Es algo así entre la documentación de una novela y su diario personal. Un montón de anotaciones inconexas que Vera ha ido haciendo desde que llegó a la masía.

En ocasiones queda claro que se trata de ideas para escenas, capítulos y tramas de su libro, pero también lees por encima otros párrafos que parecen ser sus pensamientos, a modo de diario íntimo. Hay varias páginas arrancadas; supones que contenían ideas desechadas, sin cabida en su novela. Es posible que encuentres entre estas páginas pistas que te ayuden a ti o a la policía a encontrar a Vera, detalles sobre Walter y su comportamiento o menciones a los sitios que frecuenta; si se ha llevado a Vera, contará con un lugar donde esconderla y esconderse a sí mismo.

Puede que mencione a Sandra.

O a mamá.

Justo cuando haces el ademán de sentarte sobre la mesilla para leer el cuaderno con calma, te interrumpe una voz. Es un grito que viene del piso inferior.

Le siguen muchas otras voces que te confirman que hay una discusión en la masía.

Guardas *La casa de los perdidos* de Vera en el cajón de la mesilla y suspiras. Tendrás que esperar un poco más para continuar leyendo esas anotaciones.

Cuando estás a mitad de camino de la planta baja, en el descansillo de las escaleras, la amalgama de voces comienza a transformarse en una conversación con sentido.

—Tranquilos, tranquilos. —Es Manel.

Terminas de bajar las escaleras y llegas al recibidor de la planta baja, donde todos los inquilinos forman una especie de semicírculo frente a la habitación de Emily, la chica australiana.

—Habrá ido de viaje, a conocer el país —dice Pons, el diseñador gráfico que apenas sale de su habitación.

—Imposible. ¿Con todo lo que está pasando? Me lo habría contado. Emily, Irene y yo cenamos juntas todos los martes —dice Carla. Tiene a su lado una cesta para la colada y toda la ropa mojada está tirada por el suelo.

—Igual ha ido a visitar a su familia unos días. Era inglesa —dice Fernandito.

333

—Australiana —corrige Carla—. Australia no está aquí al lado como para irte de escapada improvisada un fin de semana sin avisar a nadie. Os digo que le ha pasado algo.

—¿Y por qué no lo has dicho antes? —dices, como si hubieras heredado la falta de tacto de mamá.

«Las niñas buenas son educadas».

Todos se dan la vuelta para mirarte mientras te incorporas al grupo.

—No lo sé. No pensé que pudiera haberle pasado algo malo. Pero esta mañana, después de que se fuera la policía, he empezado a darle vueltas a la cabeza y a imaginar cosas horribles. He creído que quizá a ella también…, en fin, que le hayan hecho lo mismo que a Vera.

—¿Lo mismo que…? Tranquilicémonos. Nadie sabe qué le ha pasado a Vera. Seguro que tanto ella como Emily están bien. ¿Has probado a llamarla? —pregunta Manel.

—Sí. Su teléfono no da señal. Os digo que le ha pasado algo —insiste Carla.

—Pero, vamos a ver, ¿qué le va a pasar? —dice Manel.

—Pues que se la hayan llevado. Igual que a Vera —dice Carla mientras rompe a llorar.

—Aquí nadie se ha llevado a nadie, ¿estamos? —dice Manel—. La policía todavía está investigando la desaparición de Vera. No nos adelantemos ni nos pongamos nerviosos. Ya han pasado por aquí, han visto que Emily no estaba en su habitación y no le han dado importancia.

—Porque no sabían que llevaba días sin venir —dice Carla.

—Han supuesto que estaba fuera de casa en ese momento y me han pedido su teléfono para llamarla —dice Manel.

—Quizá deberíamos llamar nosotros —dices, y notas en tu voz trémula que estás más asustada de lo que creías—. A la policía, me refiero. Hay que reconocer que es raro que desaparezcan dos personas de la misma casa en tan poco tiempo.

—Manel, tú tienes el número del caporal que ha venido esta mañana. ¿Puedes llamarle? —dice Carla.

Manel no dice nada, solo asiente con la cabeza y camina hacia su despacho mientras forma una pinza con los dedos en el puente de la nariz. A los pocos segundos, se asoma a la puerta con el teléfono en una mano y una tarjeta de contacto en la otra.

—He llamado al caporal Moreno.

Carla se derrumba e Irene, la mujer que vive en la habitación número cuatro, la abraza y zarandea con demasiada energía, como si creyera que aplicar una fuerza proporcional a la cantidad de lágrimas que llora una persona es la fórmula más efectiva para calmarla.

Manel sale de su despacho y dice que los Mossos vienen de camino a la masía.

Todos os quedáis en silencio.

Echas un vistazo a los inquilinos. Caras de circunstancia, palabras de ánimo para Carla. El que más te llama la atención es Roberto. Está callado, con la cabeza gacha. No ha intervenido en todo este tiempo. Tiene las mejillas llenas de marcas rojas en relieve, parecen arañazos.

—Ha sido Walter —dice Pons—. Estoy seguro. ¿No os parece demasiada casualidad que se esfumara la misma noche que Vera desapareció? Ese tío no es de fiar, todos lo sabéis. Ha tenido roces con más de uno de los que estamos aquí. Yo tuve una discusión seria con él un día que me acusó de ir detrás de Vera y... —Pons se detiene ahí al ver la cara con la que todos le miráis—. Manel, contigo tiene problemas día sí y día también.

Los ojos de los presentes viran en dirección al dueño de la masía.

—Vamos a ver, Pons —dice Manel—. Lo primero que quiero dejar claro es que no me gusta hablar de los asuntos personales de los inquilinos de la masía. Pero ya que me has mencionado, te diré que conmigo no tiene ningún problema más allá de ciertos retrasos a la hora de pagar el alquiler. Que esto no salga de aquí, por favor. Walter vive con mucha tensión por sus problemas económicos; yo también los tengo. Eso hace que quizá algunas de nuestras conversaciones hayan sido demasiado… acaloradas. Nada más.

Fernandito le dice que no se preocupe.

—Todos sabéis cómo mira a las tías de la casa —insiste Pons—. Carla, vamos, díselo.

Carla, de brazos cruzados, asiente y responde, mirando a Roberto primero y a Fernandito después.

—Sí, pero no es el único salido de esta masía de locos.

Fernandito encaja el golpe con una carcajada. Roberto continúa en silencio.

—Estará en alguna fiesta de Erasmus de esas que hacen los guiris y se habrá alargado más de la cuenta —dice Fernandito, todavía entre risas.

Carla niega con la cabeza.

—¿Más de la cuenta?

—¿Por qué no? Anda que no me he pegado fiestas así en mis buenos tiempos, ¿eh?, hermano —dice Fernandito, mientras le da un codazo a Pons, que le devuelve una mirada incómoda.

—¿Cuánto tiempo ha pasado desde la última vez que alguien la vio en la masía? —preguntas.

Los inquilinos se miran unos a otros. Nadie tiene una respuesta clara.

—No se deja ver mucho por la casa —dice Carla—. Trabaja de azafata de eventos por la noche y estudia durante el día en la universidad. Yo suelo coincidir de vez en cuando con ella. Cenamos juntas los martes y también nos sentamos a charlar en el jardín algunas noches, antes de que se vaya a trabajar.

Manel asiente, dando a entender que anota el dato en su mente para explicárselo a los Mossos después.

—Ha sido Walter —insiste Pons, una vez más.

—Está claro —dice Carla—. ¿Dónde está si no, Manel? Ya es de noche y no ha pasado por aquí en todo el día.

—A mí no me ha devuelto las llamadas y la última vez que hablé con los Mossos todavía no habían logrado localizarle. Ahora, cuando lleguen, les volveré a preguntar —dice Manel.

—Para mí no hay duda —dice Irene.

La mayoría de los inquilinos de la masía parece apoyar la idea. Asienten con los brazos cruzados, se miran serios los unos a los otros.

Estás de acuerdo; tú también crees se la ha llevado Walter. Igual que hizo anoche con Vera.

—Es que lo sabía —dice Pons, mientras niega con la cabeza—. Ese tío es raro, tiene un aura oscura. No es transparente. Tiene esa mirada y ese caminar siniestro. Creedme, no suelo equivocarme con la gente.

—Pobre Vera… y pobre Emily —dice Irene, que se lleva una mano al pecho; con la otra, sigue abrazando a Carla.

—Tranquilidad, ¿vale? —insiste Manel mientras extiende las manos—. No adelantemos acontecimientos, por favor. Vamos a esperar a que llegue la policía. Les contaré todo esto. Vosotros id cada uno a vuestra habitación. Si lo consideran necesario, ya os irán interrogando ellos uno por uno.

—¿Otra vez? —se queja Pons.

—¿Habéis tocado algo del interior de la habitación de Emily? —dice Manel.

Todos decís que no.

Observas a Roberto: desde que has llegado, no ha abierto la boca y se ha limitado a permanecer serio, cabizbajo.

—Mejor. Seguro que me lo preguntan los Mossos.

Manel da una palmada cuyo eco rebota por las paredes del enorme zaguán de la masía.

—Pues lo dicho, cada uno a su habitación. No os preocupéis, el caporal Josep Moreno está en camino. Os avisaré si hay novedades.

Sin añadir ningún comentario, deshacéis el semicírculo que habíais formado frente a la habitación de Emily y os dirigís a vuestras respectivas habitaciones.

Excepto tú, que vas a otro lugar.

Subes las escaleras corriendo, pasas de largo el primer piso y asciendes hasta llegar a la buhardilla.

Debes darte prisa; esto está yendo demasiado lejos. Ya no solo es Vera, también es Emily.

Necesitas averiguar si el cuaderno de Vera contiene un dato, una pista que pueda llevarte hasta Walter y te ayude a salvarla.

El reloj avanza en tu contra.

49

La casa de los perdidos

Notas para la redacción de mi primer *best seller* millonario

Estoy sentada en el salón de la masía, como cada mañana desde hace casi un año, intentando escribir. Tras cuatro horas, apenas hay dos palabras sobre el papel. En ese momento, Fernandito pasa frente a mí y me saluda. Tengo que reconocer que la primera vez que lo tuve cerca sentí miedo (añadir un capítulo donde Vera conozca al personaje de Fernandito), como todo el mundo, supongo. Sus pintas, su forma de hablar, su mirada perdida y el cuerpo que se le ha quedado tras años de consumo (averiguar qué drogas tomó en su juventud para llegar a quedarse así) favorecen este rechazo inicial. Pero todos esos prejuicios cambian hoy cuando decido seguirle a escondidas.

Vamos por la calle de Bonavista, que sube desde la masía hasta el centro de Sant Just. Mantengo una distancia prudente. Fernandito no tiene ni idea de que le estoy siguiendo. Se entretiene en una pastelería, compra un bollo relleno de chocolate y continúa atravesando el pueblo. Es la primera vez que le veo meter algo en esa boca que no sea un botellín de cerveza o el humo de un porro. Se chupa los dedos cuando termina el bollo y guarda la servilleta en la mano hasta que encuentra una papelera. Llegamos al final del pueblo. Fernandito desciende una cuesta estrecha ubicada en la falda del monte (buscar nombre del monte) que limita Sant Just, en el comienzo de la sierra de Collserola. Aquí, sin casas ni edificios, el espacio se transforma. Es más diáfano, por lo que tengo que esconderme bien, distanciarme más de Fernandito y no hacer ruido. Él se sienta en una roca y saca algo del bolsillo trasero. Estoy segura de que es droga. Yo me escondo detrás de un arbusto grande. Pienso que en cualquier momento llegará algún comprador y no quiero que me vea allí. De pronto, dos perros sucios sin collar se acercan (averiguar qué razas de perro eran para describirlos mejor). Uno es marrón, cojea y tiene cara de no ser muy listo. El otro, blanco, parece un tiburón con patas. Pasan frente a mi escondite. El marrón no se detiene y va hacia donde está Fernandito. Pero el tiburón se planta frente al arbusto que me parapeta y empieza a ladrar. Veo la saliva que cuelga de sus labios y sus ojos de color rojo glaucoma llenos de rabia. Fernandito se acerca y le dice al perro blanco que se tranquilice. Me ha visto. Me pregunta si estoy bien (inventar alguna excusa más creíble que la tontería que le he dicho en realidad). Fernandito me explica que viene varios días a la semana a esta zona a dar de comer a los perros y gatos abandonados. Hoy he traído poca comida, dice, mientras me enseña que la bolsa no contenía droga, sino pan duro, pero otras veces vengo con garrafas de agua y sobras de comida de la masía. Fernandito abraza al perro marrón y lo levanta con cuidado para llevárselo. Volvemos a la masía charlando, mientras me cuenta que suele acoger perros enfermos en su autocaravana. Hemos quedado en volver mañana; le ayudaré a cargar con más cantidad de comida para salvar a muchos perritos.

Las cosas con Walty ya no son como antes. Supongo que es lo normal cuando pasan los primeros meses de una relación (preguntar esto a alguien con más experiencia en relaciones largas. Por ejemplo, mi hermana). La escena transcurre en nuestra habitación. Estamos discutiendo. Le echo en cara que ya no es tan cariñoso. Él me suelta algunos comentarios sobre el tema de siempre: que me busque un trabajo serio. Le digo que antes le gustaba que fuera soñadora y que siento que ya no me apoya en mi propósito de convertirme en escritora. Al final, lo arreglamos y hacemos el amor. Ha sido salvaje (buscar una buena librería erótica en Barcelona y tomar ideas de los libros más vendidos para describir las escenas de sexo). Al terminar, me tumbo sobre su pecho y le prometo mirar algunos anuncios de ofertas de empleo en internet. *Spoiler alert*: no lo haré.

Nota: desde que seguí a Fernandito y las cosas van mal con Walty, la trama se ha empezado a poner más interesante. No hay nada como las reacciones reales de las personas para trasladarlas a mis personajes de papel. Me he dado cuenta de que yo también soy un personaje que puedo manipular; de hecho, soy el personaje más importante: la protagonista, Vera. Tengo que interactuar todavía más con el resto de los inquilinos de la casa para hacer avanzar la trama. Voy a llevar a Vera al límite. Quizá me traiga problemas con Walty, pero me da igual. Una escritora debe dejarse la piel, y la vida si hace falta, por su obra. El escritor que no arriesga no es escritor. Estoy un poco intensa hoy, pero ¡me encanta!

En cuanto Walty se marcha a trabajar, me pongo brillo de labios, un poco de rímel, el vestido rojo de espalda abierta y los tacones altos a juego. Estoy en la autocaravana de Fernandito porque he decidido enamorarme de él (en la novela no tiene que ser una decisión tan fría y calculada. Pensar situaciones tontas, que sucedan durante nuestros paseos para dar de comer a los perros, que muestren cómo surge la química entre Fernandito y yo y cómo nos vamos enamorando poco a poco antes de tener esta primera cita). Me río con cada una de sus ocurrencias, aunque no tengan gracia. Ay, cómo eres, qué cosas tienes, Fernando (he decidido evitar el diminutivo para que sienta que soy la única persona que lo toma en serio). Le pongo la mano sobre la pierna cuando sonrío. Me coloco el pelo cuando me habla. Él me corresponde con su sonrisa de dientes podridos. Fernando me cuenta su pasado, lo de las drogas, me dice que ha estado en la cárcel (he tenido que disimular la emoción al enterarme de todo lo malo que había hecho. Va a ser la típica aventura entre la niña de buena familia, ingenua e inocente y el rebelde con pasado oscuro pero dispuesto a cambiar. Esto siempre funciona).

Pese al desorden de la autocaravana, el asado desprende un aroma increíble. Veo a través del cristal empañado del horno un jarrete de cordero, dorándose poco a poco sobre una cama de patatas y cebolla. Quién lo iba a decir. Resulta que Fernando es un cocinitas. Hasta se ha puesto un delantal para servirme. Este hombre guarda muchas sorpresas. Regamos la cena con un vino tinto que me he encargado de traer. Un Rioja. Hay que reconocer que el cordero estaba buenísimo. Al terminar de comer, Fernando retira la ropa y trapos que ocupan el sofá y nos sentamos a terminarnos la botella de vino y a charlar de nuestras cosas. Le digo que Walty no puede enterarse de esta cita porque es muy celoso y se cabrearía. Fernando se acerca y me dice que no sabía que yo consideraba esto una cita. Tiene los labios morados por el vino y los dientes negros por los años noventa. Pero lo hago; le beso porque se supone que estoy enamorada de él. Me mete la lengua hasta la garganta.

Le digo que me disculpe un momento y, cuando vuelvo del baño (de vomitar, buaj), me pregunta si me ha sentado mal la cena. Me pongo a horcajadas sobre sus muslos, le abrazo, le beso el cuello y le digo al oído que no, que todo estaba muy bueno. Fernando, eres un gran chef. Me dice que se alegra, que este es su plato estrella, que no a todo el mundo le gusta. ¿El cordero? Me encanta, tonto. Mordisquito en el lóbulo de la oreja. Fernando dice: esto no es cordero, Vera. Es perro. Yo me separo y le pregunto si está bromeando. Lo reservé para ti en cuanto lo cazamos el otro día, me dice. Sí (sonríe, y es la clase de sonrisa expectante que ponían mis padres cuando me daban el regalo de cumpleaños y esperaban mi reacción), es el perro marrón, el cojo. Yo vomito lo poco que quedaba dentro de mi estómago sobre el suelo de su autocaravana y salgo corriendo (me estoy dando cuenta de que esta escena es muy siniestra y no encaja en una novela romántica para nada. O elimino lo del perro o convierto mi libro en un thriller).

Hoy hace *buen día*, así que salgo a escribir al jardín porque me encanta estar al lado de los enormes arbustos de buganvilla y jazmín que colorean la casa (comprobar que esta época del año es propicia para que florezcan estos arbustos. Si no lo es, cambiar la novela al mes que sea necesario. Lo que haga falta con tal de no mencionar las zarzas y malas hierbas que hay en realidad). De pronto, aparece Fernandito y escapo corriendo al interior de la casa. Tengo miedo de cruzarme con él. Una vez dentro, sorprendo a Irene y Carla hablando sobre mí (lo sé porque se han callado en cuanto me han visto, pero en la novela puedo hacer que mi personaje escuche un comentario en concreto). Últimamente, Irene pasa mucho tiempo con Carla. Las dos cenan cada martes con Emily. A mí nunca me invitan ni lo harán. No formo parte de su cuchipanda. Creo que Carla se está dedicando a poner a todos en mi contra. Sigue culpándome de estropear su relación con Roberto. Genial, ya no puedo hablar ni con Carla ni con Irene ni con Emily ni con Fernandito, por supuesto. Me voy quedando sin personajes para la historia.

¡Personaje nuevo! (justo cuando lo necesitaba). Llega una mujer a la casa. Está en la habitación para gente de paso, por lo que en principio no me interesa para mi trama. Pero la conozco y cambio de opinión cuando me dice su nombre. Se llama Leyre y es de Pamplona. Me saca unos cuantos años, pero voy a hacer lo posible para que nos llevemos bien. La escena en la que nos conocemos es una de humor, donde ella pisa una mierda de Sultán y yo la ayudo a limpiarla (es el segundo día que pongo las heces de ese perro frente a mi puerta para que las pise). Se queda en ropa interior mientras limpio las manchas y, en ese momento, ¡sorpresa!, aparece Walter y digo que no es lo que parece (pensar otra frase menos trillada).

NOTA: He pensado meter a Manel en los agradecimientos, aunque solo sea por la elección de los inquilinos de la casa. Le debo a él todos los personajes de mi novela. Nadie lo podría haber hecho mejor, ni siquiera un director de casting profesional.

Conozco a Leyre más a fondo. Descubre mi lugar secreto gracias a Bu, que la lleva hasta allí (no sé si es verosímil para el lector el hecho de que un gato lleve a alguien hasta mi escondite, pero es lo que ha pasado). Tenemos una conversación en el tejado. Hablamos de los inquilinos de la casa, nos reímos de ellos, le explico por qué la llamo La casa de los perdidos (empezar a meter el tema en la novela de lo complicado que es encontrar tu lugar en el mundo). Vemos al follamigo de Manel entrar a escondidas en la masía. Me hago la tonta, porque no quiero darle la impresión de ser una cotilla, y ella me explica que Manel es homosexual. ¿No lo sabías? (Pues claro que lo sabía. Yo descubrí que Manel se ve con ese hombre algunas noches y se lo conté a Roberto para que extendiera el rumor por la casa. Esperaba conseguir algún enfrentamiento con Manel por parte del retrógrado de Roberto o crear situaciones graciosas cuando alguien se fuera de la lengua delante de Manel. Pero esta subtrama no ha dado para más. Y mejor, porque, pensándolo bien, quiero evitar que mi novela caiga en clichés. Quizá a principios de los noventa esto podría haber funcionado. En *Friends* estaban todo el tiempo haciendo chistes sobre gais y la masculinidad de Joey, Ross y Chandler. Pero ahora eso no funciona). Intento averiguar por qué Leyre ha venido a Barcelona. Me dice que su madre murió aquí, la asaltaron unos hombres en Gavà. Se me saltan las lágrimas mientras me lo cuenta (he tenido que recurrir a mi recuerdo más triste, cuando me dejó Marc, para conseguir llorar). No me dice el motivo real por el que ha venido.

La lavadora estaba ocupada por Carla, una vez más, así que decido hacer la colada en la lavandería que hay a dos manzanas de la masía. Mientras espero a que termine el programa de la secadora, le veo al otro lado de la calle. ¿Dónde irá? Está solo y decido seguirle (he perdido la ropa interior que acababa de lavar, pero todo sea por la trama). Me parapeto detrás de unos coches, en la acera de enfrente. Cuando llegamos al final de la calle, él gira, se mete por la perpendicular, la avenida de Cornellà, y lo pierdo por unos segundos. Voy corriendo y, cuando doblo la esquina, ha desaparecido. Se ha esfumado. Miro alrededor hasta que, de pronto, doy con sus ojos. Está sentado en la terraza de un restaurante gallego de menú del día. ¿Me está mirando? Debería acercarme y decirle algo tipo: menuda casualidad encontrarnos aquí, ¿verdad? O forzar un encontronazo fortuito donde choquemos, se nos caigan las cosas y él me ayude a recogerlas, como en una peli de Hugh Grant. Me muevo, avanzo calle abajo para asegurarme de que sus ojos me siguen y cruzo el paso de cebra. Desde la parada del tranvía compruebo que no, que no son imaginaciones mías. Me está mirando. Son los mismos ojos negros de siempre, pero diferentes. No parpadea y hay un resplandor siniestro en ellos que consigue ponerme los pelos de punta. Tiene cara de... ¿loco? Más bien de salido (describir lo que he sentido, esa especie de pavor dentro de mi pecho). Me monto en el tranvía; no tengo que ir a ningún sitio, pero lo hago para que el Salido no piense que le estaba siguiendo. El Salido me mira sin pestañear, hasta que el tranvía se pierde avenida abajo. Pese a todo, decido que no se lo voy a contar a Walty. Si le digo que me dedico a seguir a la gente de la masía por la calle, se pondrá como loco, me dirá de nuevo que soy una cría y que abandone mi sueño de ser escritora.

Walty está muy callado desde hace semanas. Es como si fuera la sombra de él mismo. Se pasa el día trabajando y cuando vuelve apenas hablamos. Las pocas conversaciones que hemos tenido han sido discusiones sobre que me ponga a trabajar (aprovechar para profundizar en el tema de las dificultades y las renuncias que tenemos que soportar los que perseguimos un sueño). Llevamos un mes sin sexo (treinta y cinco días, para ser exacta). Cada mañana me pregunta si me han llamado de algún trabajo. A veces me harta y me dan ganas de gritarle que no-he-enviado-ni-un-solo-currículum. Si me pusiera a trabajar, no podría dedicar el tiempo necesario a la novela, dejaría de investigar a mis personajes y avanzar en la trama con ellos.

NOTA: Si incluyo todo lo que estoy descubriendo y anotando sobre los personajes, esta novela va a ser una comedia romántica/thriller. No sé si esto existe. Quizá haya inventado un género nuevo. Me pregunto en qué sección de las librerías colocarán *La casa de los perdidos*.

Conforme se suceden los encuentros en el tejado con Leyre, vamos intimando más entre nosotras. Yo le sigo el juego en cada cosa que dice, hasta cuando me miente de forma evidente.

Tengo una sospecha sobre ella que puede ser una bomba para mi novela. Todo encaja, no puede ser una casualidad. O sí; seguro que hay muchas Leyres en Pamplona.

No puedo resistirme y decido seguirla a escondidas. Vamos en el tranvía hasta Barcelona. Leyre se pega todo el viaje llorando, supongo que por lo de su madre. Bajamos en Maria Cristina (describir la plaza). Leyre se acerca al edificio de El Corte Inglés y se detiene frente a un escaparate. Permanece allí parada quince minutos. Lo más curioso es que no hay ropa ni nada que ver; es un escaparate que están actualizando. Tiene las luces apagadas, por lo que hace un efecto espejo. Pasa el tiempo. Me siento en un banco. Leyre lleva treinta y cinco minutos parada frente a ese cristal, mirando su reflejo. Me planteo acercarme para comprobar si se encuentra bien, pero justo cuando me levanto y camino hacia ella, parece activarse y comienza a andar. Cruza la carretera sin mirar. Se escuchan bocinas de algunos coches y una moto la esquiva por pocos centímetros. Ella no se da cuenta. Intenta sacar dinero de un cajero (supongo, se pueden hacer otras operaciones en un cajero), pero no lo consigue. Grita como una loca (buscar una comparación menos manida), insulta a la pantalla y la golpea con los puños. En una de esas, se hace daño y se separa del cajero mientras se sujeta el brazo con una mano. Está frente a uno de los edificios negros de CaixaBank (no mencionar el nombre en la novela, los bancos le quitaron la casa de Pedralbes a mis padres, que me paguen si quieren publicidad) y, durante varios segundos, mira hacia la azotea, donde gira el rótulo con el logo de la entidad. Entra en el edificio. Yo no me atrevo a seguirla porque en el interior es muy fácil que me descubra. Pero no hace falta; medio minuto después aparece escoltada por dos empleados (¿o eran tres?) de la compañía de seguridad que protege las oficinas del banco. Cuando la dejan en la calle, Leyre se revuelve y escupe a uno de ellos en la cara. El empleado, más grande incluso que Walter, está a punto de darle una bofetada, pero un compañero le sujeta por el hombro y no llega a hacerlo.

La sigo en dirección al Camp Nou. Ella va diez pasos por detrás de otro tío muy raro con el que ha quedado. Miran hacia todos lados y caminan con prisa. No entiendo qué están haciendo. Es como si jugaran a ser agentes del CNI, pero más bien parecen Mortadelo y Filemón. Hay un momento en el que Leyre y yo cruzamos miradas y creo que me ha visto. Me quedo parada por el susto; me cuesta reaccionar. Por suerte se entretiene discutiendo con unos tíos que están celebrando una despedida de soltero y aprovecho para moverme. Desde detrás de un coche sigo la escena. Leyre hace algo que me deja de piedra: amenaza a esos chicos con un cuchillo enorme.

Nota: No sé si es la Leyre que creo que es, pero está claro que este personaje va a dar mucho juego. Seguiré conociéndola.

Aparece aquí, en la cocina. Es tarde y todos duermen. Estamos solos. Él y yo. El Salido y la ingenua e inocente escritora. Tiene otra vez esa mirada. Esos ojos negros que no parpadean. Le digo que me voy a dormir, que tenga buenas noches. El Salido no responde, simplemente se acerca a mí sin dejar de mirarme. Lo tengo casi encima. Noto el calor asfixiante de su aliento cuando pronuncia esas cuatro palabras:

—He visto tus fotos.

Pongo cara de no entender nada e intento separarme de él, pero me lo impide la encimera de la cocina.

—¿Qué fotos?

—Las de princesa sexy —dice.

¿Se las ha dado Pons? ¿Vendido? Quizá Roberto las haya robado. (Intentar recordar qué princesa ha dicho, porque me probé muchos disfraces con Pons y el Salido se ha referido a una en concreto).

—De hecho, las veo cada noche. Ya me entiendes.

Me agarra del brazo. Siento mucho dolor.

—Suéltame, Roberto —le digo.

Me dice que me vio el otro día en la calle, que le gustó mucho que lo siguiera. Le repito que me deje en paz, pero el Salido me agarra más fuerte todavía. Le araño la cara y los ojos con la mano que tengo libre hasta que consigo que me suelte. Le he dejado las mejillas llenas de marcas rojas. Salgo corriendo y me encierro en mi habitación.

Noto las señales que Leyre me envía (tengo mis dudas sobre avanzar la trama con ella por este camino; no es verosímil que toda la casa se enamore de mí. Quizá deba incidir más en la espectacularidad de mi belleza al comienzo del libro). Ha sido poco a poco. Desde que nos conocimos y tuvimos ese momento-sin-camiseta en mi habitación. Después, nuestras conversaciones en el tejado cada noche nos han hecho intimar más. Pero hoy ha sido diferente.

La escena empieza con nosotras dos en Can Ginestar (descripción de la masía-bar). Yo llego unos minutos tarde, alterada porque he encontrado sangre en la ropa de Walty y creo que se ha podido meter en un lío serio. Le sugiero que paguemos y nos marchemos a un lugar más discreto en cuanto veo que el Salido me ha seguido y está tomándose una caña en una mesa cercana. Montamos en mi moto. Aprovecho la situación: acelero de golpe para que tenga que agarrarse a lo primero que pille; o sea, a mi cintura. Esto nunca falla. No solo no se separa de mí, sino que me abraza durante todo el viaje. En un semáforo, le muestro que estoy de acuerdo con lo que hace poniendo mi mano sobre su muslo. Nos miramos a través de los cascos, sonreímos. Llegamos a la carretera de las Aigües (describir las impresionantes vistas de toda la ciudad) y le cuento todo lo que tengo en la cabeza sobre el tema Walty. Me ofrece (y esto no lo esperaba, pero me confirma que interactuar con los personajes es lo mejor para mi novela) hackear las cuentas de Walty. Acepto (¿hacia dónde me llevará tu personaje, Leyre?).

* Nota importante: no puedo retrasar esto más. Tengo que averiguar si Leyre es la Leyre que creo que es. La trama de mi novela se acerca a su final, y puede que todavía haya un giro de guion importante. De hoy no pasa.

Suena tu móvil.

Dejas que continúe la melodía de llamada mientras aprietas el cuaderno y miras fijamente sus hojas con los ojos húmedos.

Luchas contra lo que estás sintiendo en estos momentos.

¿De qué está hablando Vera? ¿Qué es eso de descubrir si eres quien cree que eres? ¿A qué se refiere? ¿Qué información relacionada contigo cree que va a suponer una bomba para su novela?

Vera te ha utilizado, igual que ha utilizado a todos los inquilinos de esta masía, incluida su propia pareja, Walter.

Te siguió a escondidas y después te mintió cuando le dijiste que habías creído verla aquella mañana.

Te sientes confusa, vacía, traicionada. ¿Ha sido un teatro? ¿De verdad es posible fingir todo lo que habéis vivido juntas sin que notaras que era irreal?

Solo eres un personaje más en un mundo guionizado por una niña mimada.

Aprietas con todas tus fuerzas las páginas del cuaderno. Te echas a llorar. Son lágrimas de rabia y frustración.

Pese a que cada palabra supone una puñalada más profunda que la anterior, tienes que seguir leyendo. Por ti misma, por mamá y, aunque en este momento dudas que lo merezca, para salvarle la vida a Vera.

El móvil deja de sonar y sigues leyendo.

Escena de acción o celos. Walty vs. el Salido. Walty viene ya caliente tras discutir con Manel acerca de los atrasos en el alquiler (insistir en esto durante la novela dará la idea al lector de que Walty y yo seguimos juntos pese a las adversidades y problemas económicos), y el comentario del Salido termina por hacerle explotar. Roberto me vuelve a decir lo mucho que le pone verme vestida de princesa. Walty le oye y le suelta un puñetazo en la boca. Roberto pasa de ser el Salido a ser el Mellado (¿meter chistes corta la tensión? Quizá sí). Desde el suelo, Roberto me mira con los ojos húmedos; es el veneno de la rabia recorriendo sus venas. Está clavando sus pupilas iracundas en mí. Tengo que reconocer que siento miedo de él. Walter me agarra del brazo y me arrastra hasta el jardín. Está muy alterado. Me pregunta por las fotos. Le confieso que existen y admito que no sé cómo las ha conseguido Roberto. Le pido que me suelte porque me está haciendo daño. Cambia el gesto y se calma un poco; es como si recuperara el control que había perdido, como si antes no fuera mi Walty. Últimamente empiezo a dudar si lo conozco de verdad. Insiste en que se lo aclare. Le explico el trato que hice con Pons: las fotos de escritora a cambio de las del catálogo de disfraces. ¿Qué clase de disfraces? Cutres, le digo. Sin mencionar nada de cómo son los disfraces femeninos de esos catálogos: Bella Durmiente sexy, Blancanieves sexy, Mamá Noel sexy, troglodita sexy, etc. Aun así, le va a decir cuatro cosas bien dichas a Pons. Le pido que no lo haga, pero ya ha tomado la decisión (estoy llevando todas las subtramas tan al límite que siento que se aproxima el final de mi novela. Esto tiene pinta de que va a explotar en cualquier momento).

La puerta está abierta. Nunca nos vamos de la habitación sin pasar la llave. También cierro siempre que estoy sola en el interior. Esto es algo que Walty me repite una y otra vez y nunca se me olvida. Justo antes de empujar la puerta, oigo un ruido que viene de dentro de la habitación. No veo a nadie allí, pero la ventana está abierta. Yo nunca la dejo así cuando me voy; esto es algo que Walty también me repite a todas horas. Alguien ha entrado mientras estaba fuera y se ha descolgado por el balcón en cuanto me ha oído. Pienso en él, en el Salido. Pienso en Roberto. Recuerdo su mirada atravesando la calle, desde el restaurante gallego hasta la parada del tranvía. Recuerdo lo mucho que le pongo vestida de princesa. Hay varios cajones abiertos. Desde que consiguió mis fotos me trata diferente. Estoy segura de que ha sido él. El Salido ha estado en mi habitación y se ha llevado mis bragas. Todos los cajones están revueltos. En lugar de comprobar que no falte nada, me dedico a ordenarlos para que Walty no se entere de lo que ha pasado; no quiero que se ponga furioso, vaya donde Roberto a darle una paliza, Manel se entere y nos obligue a marcharnos de la masía, lo que estropearía el plan de hackear a Walter (y mi novela). Se lo contaré, pero otro día. Me siento en el sofá. Dios mío, digo, y me llevo las manos a la cara para llorar. ¿Cuántas veces habrá entrado Roberto antes sin que yo lo sepa? Una cosa está clara: el Salido sabe cómo colarse en mi habitación sin forzar la puerta ni la ventana. Tengo miedo de que entre mientras duermo una noche de esas que Walty está trabajando.

Cuando invaden tu hogar, el lugar donde te sientes segura, es como si desnudaran tu intimidad (describir la sensación de manera más exhaustiva).

Estoy de los nervios después de haber pasado una hora distrayendo a Walter para que Leyre y su amigo rarito hackearan sus cuentas. Escribo estas líneas mientras espero a que Leyre se despida de Lucas y suba a contarme qué han encontrado en el móvil de Walty. Sé que no es el mejor momento para hacer este tipo de cosas, pero quiero averiguar si Leyre es quien creo que es.

Salgo de la buhardilla y bajo las escaleras. Cuando llego al enorme recibidor de la planta baja, me encuentro a...

Suena tu móvil de nuevo.

50

Llamada a Helena

Barcelona, en la actualidad

El sonido del teléfono rompe en pedazos la pared de abstracción mental creada por el cuaderno de Vera. Es Helena, devolviéndote las llamadas. Tardas unos segundos en descolgar porque todavía estás tratando de asimilar que, para Vera, solo eres un personaje más de *La casa de los perdidos* y que todo lo que ha sucedido entre vosotras ha sido un mal guion.

—¡Helena! ¡Por fin!

—Perdona —dice, a modo de saludo—. No he podido atenderte antes. En el hospital han detectado irregularidades en el inventario. La otra noche tuve que llevarme algunas cosas para realizar la autopsia al cuerpo de Sandra y se han dado cuenta de que falta material. No creo que logren relacionarme, pero llevo un día entretenido. ¿Va todo bien? Dime que ya estás volviendo, por favor.

—No exactamente. Ha pasado algo muy gordo.

Oyes el suspiro al otro lado de la línea telefónica.

—¿Qué más? ¿Qué más podemos añadir a la película?

Todavía no te cree.

«Las niñas buenas no mienten».

—No sé ni por dónde empezar —dices, mientras te sientas en la mesita de noche para intentar frenar el temblor de tus piernas.

—Tranquila. Empieza por lo principal: ¿estás bien?

Notas cómo ha cambiado el tono a uno más amable. Es lista y sabe que de la otra manera no iba a conseguir nada.

—Sí... No... ¡No lo sé!

Te levantas de la mesilla. Caminas en círculos por la habitación. Te vuelves a sentar.

—Esta noche es la fecha, Helena. Creo que hoy terminará todo, para bien o para mal.

—Pero ¿qué es eso de la fecha? También lo mencionaste en otra llamada.

—Ha desaparecido otra chica. Emily.

—¿De la casa? ¿Otra chica de la casa donde te hospedas?

—Sí. Es una australiana que está en España estudiando un máster o algo así. Carla, una amiga suya, lleva unos días sin verla. Con todo el tema de la desaparición de Vera y la policía haciendo preguntas por aquí, Carla se ha asustado. Dice que está segura de que también se la han llevado, que no es normal que se haya ido sin avisar a nadie. Yo no sé qué pensar, la verdad.

—¿Que no sabes qué pensar? Ya está bien. Dejo a la niña con mi ex y salgo a por ti. Dame la dirección.

—No, no —dices, tratando de sonar más tranquila—. Lo tengo controlado.

—Controladísimo... —dice, y se le escapa una risa incrédula por la boca.

—He descubierto algo importante.

Le cuentas lo de las fechas. La relación entre los encargos de los e-mails de Walter y las noticias de las desapariciones o asesinatos publicadas en la prensa.

—Hay más —dices—. He enviado toda esta relación de fechas a la policía de forma anónima.

—¡Basta ya! —salta Helena—. Tienes que volver a casa, joder.

—La oyes llorar.

—Estoy muy cerca de destapar todo. Te prometo que tendré cuidado. Solo quería avisarte por si me pasara algo esta noche.

Toma aire para interrumpirte, pero te adelantas.

—Estoy leyendo el cuaderno de Vera, tratando de encontrar una pista que me lleve a Walter. Debe de tener un escondite, un lugar en el que ocultarse mientras lo buscan, y es posible que Vera esté en ese sitio. Seguro que hay una referencia en esas anotaciones. O quizá otro tipo de pista que me lleve hasta ella, que me haga salvarla. Quizá Emily también esté allí.

—¿Qué cuaderno?

Se desespera contigo.

—Las notas de *La casa de los perdidos*. He seguido leyendo y…

—¿Qué es eso? —interrumpe Helena.

Te das cuenta de que todavía no le habías hablado del cuaderno de Vera.

—Es el título de un libro que está escribiendo Vera. Tiene una especie de diario personal con anotaciones e ideas para una novela.

—Vamos, ficción.

—No. Para nada. Por lo que he leído antes de que me llamaras, Vera ha sufrido una crisis de creatividad durante el año que lleva planificando la novela. Tanto que decidió tomar ideas prestadas de la realidad, de su propia vida. Ha estado interactuando con los inquilinos de la casa para crear las situaciones que luego darán forma a su novela. Vera ha forzado las relaciones con algunos de nosotros; nos llama personajes y formamos parte de su libro. Ella misma es otro personaje, la protagonista, y… Helena, ¿sigues ahí?

—Perdona. Es demasiada información. ¿En esa casa no vive nadie cuerdo?

Te ríes, pero es una risa nerviosa.

—Por eso mismo la llama *La casa de los perdidos*. Pero después de la última parte que he leído, hay una cosa que me inquieta.

—¿El qué?

—En una de las últimas anotaciones que hizo Vera dice que Roberto la acosa. Está obsesionado con ella desde que vio unas fotos… sugerentes de Vera. Incluso entró en su habitación para robarle la ropa interior.

—Espera. ¿Cuándo desapareció la chica australiana? —dice Helena, obviando tu comentario sobre Roberto.

—Emily —apuntas.

—Eso. ¿Crees que Emily y Vera pudieron desaparecer la misma noche?

Sonríes, porque parece que por fin comienza a creerte. De pronto, parece más centrada y dispuesta a ayudarte.

—Nadie lo sabe con exactitud. Aquí todo el mundo hace su vida. Emily solo tenía relación con Carla e Irene, otras inquilinas de la casa, y poco más. Pero ellas tampoco tienen claro cuándo desapareció.

—Lo que quiero decir es si crees factible que Walter se la llevara la misma noche que se llevó a Vera.

Piensas la respuesta.

—En caso de que alguien se llevara a Emily, que no se sabe —puntualizas—, supongo que sí, que los tiempos coinciden. Es posible.

—Vale, supongamos que es así. En ese caso, Walter necesitó ayuda de alguien más para sacarlas de la casa —dice Helena—. Y ese alguien pudo ser el otro hombre que has dicho.

—Roberto.

—Ese, Roberto.

—Necesitamos hackear las cuentas de Roberto —dices, con cierto entusiasmo—. Quizá encontremos algo. Pero no consigo localizar a Lucas.

—¿El de los agujeros? ¡Olvídate de ese terrorista! —grita Helena—. Está saliendo en todos los informativos. Sal de ese lugar ahora mismo. Mira, no aguanto más. No voy a avisar a Rafa porque no está en condiciones de ayudar y bastante tiene el pobre, pero ahora mismo salgo hacia Barcelona. Dame tu dirección.

Cuelgas la llamada.

Helena te vuelve a llamar, pero pones el móvil en silencio. Te guardas el cuaderno en el bolsillo trasero de los vaqueros y sales de la buhardilla.

Lucas no te ha devuelto ni los mensajes ni las llamadas, pero Vera y Emily no pueden esperar más tiempo. Tienes que tomar la iniciativa.

Bajas las escaleras. Recorres a oscuras el pasillo del primer piso.

Te acercas hasta la habitación de Roberto, das dos golpes secos con los nudillos en la puerta y pegas la oreja a la madera.

Silencio.

Parece que no hay nadie.

Entras.

La habitación está impoluta. Pocos elementos decoran su interior: una cama, un armario, un sofá frente a la televisión, un banco para hacer pesas y un juego de mancuernas.

Abres el armario y las encuentras enseguida, asomadas por debajo de un jersey de algodón azul. Son las fotos que Pons sacó a Vera disfrazada de princesas Disney. Vera posa de diferentes maneras delante de un fondo blanco. En algunas, aparece riéndose a carcajadas, supones que serán tomas falsas; en otras sale distraída, medio desenfocada, como si Pons estuviera probando luces y lentes; en las que parecen ser definitivas, Vera posa de manera sensual. Las vas pasando una a una entre los dedos, hasta que te das cuenta de que hay otras fotografías diferentes. Estas tienen peor calidad y no forman parte de ninguna sesión profesional, sino que muestran a Vera realizando acciones cotidianas: Vera en el supermercado, Vera escribiendo en el salón de la masía, Vera andando por una calle de Sant Just, Vera saliendo del baño con una toalla que le tapa el cuerpo, Vera en el tejado, contigo.

Hay cinco fotografías pinzadas con un clip: Emily vestida de azafata, trabajando en una discoteca; Emily comiendo pizza en el banco del jardín de la masía; Emily abriendo la verja, de noche, cargando una mochila sobre uno de sus hombros; una imagen de Emily de espaldas, dentro del tranvía, donde el foco de la escena es su culo envuelto en unos pantalones de yoga ajustados; un primer plano del tatuaje de Emily, que es un dibujo tribal que recorre su antebrazo desde el codo hasta las puntas que terminan en la mano.

Encuentras una última fotografía en la que apareces tú, de espaldas y registrando la autocaravana de Fernandito, la noche en la que Roberto te asustó golpeando el vehículo. Sientes un escalofrío.

Te guardas esta última en el bolsillo trasero de los vaqueros, dejas las de Vera y Emily donde están y te encierras en tu habitación.

Envías un nuevo mensaje anónimo donde detallas la ubicación exacta de las fotografías de Vera y Emily. De nuevo, a la atención del caporal Josep Moreno.

51

La casa de los perdidos

Notas para la redacción de mi primer best seller millonario

Estoy de los nervios después de haber pasado una hora distrayendo a Walter para que Leyre y su amigo rarito hackearan sus cuentas. Escribo estas líneas mientras espero a que Leyre se despida de Lucas y suba a contarme qué han encontrado en el móvil de Walty. Sé que no es el mejor momento para hacer este tipo de cosas. Pero quiero averiguar si Leyre es quien creo que es.

Salgo de la buhardilla y bajo las escaleras. Cuando llego al enorme recibidor de la planta baja, me encuentro a Sultán ladrándole a una pared de piedra. Tú no, Sultán, le digo, tú eres el único cuerdo de esta casa. Manel siempre deja la puerta abierta porque usa su habitación a modo de despacho. Entro. La luz está encendida y todavía quedan algunas nubes de humo de tabaco de pipa e incienso suspendidas en el aire. Suena el resumen de la jornada de fútbol en la radio. Quizá solo haya ido al baño; tengo que darme prisa. Sé lo que busco y sé en qué cajón está. Se trata de un archivador que contiene los contratos que Manel nos hace a todos los que alquilamos una habitación. Los miré cuando empecé con mi novela, para conocer las edades y nombres completos de mis personajes. Pero ahora estoy buscando un contrato en particular. Recorro las hojas a toda velocidad. Me giro hacia la puerta cada cuatro segundos. Escucho a

Sultán, que sigue ladrando fuera. Así no hay manera de saber si viene alguien. Cuando conocí a Sandra, me dijo que...

¿Cómo?

Detienes la lectura.

El corazón te da un vuelco cuando encuentras esas seis letras en ese orden concreto: «S-a-n-d-r-a».

No te lo puedes creer.

¿Vera conoció a Sandra?

Entonces te mintió cuando se lo preguntaste. Sandra estuvo en la masía.

Te acercas el cuaderno a los ojos.

Vuelves a leer la frase para asegurarte.

Cuando conocí a Sandra, me dijo que esa tal Leyre pudo estar aquí hace siete años, así que avanzo en el taco de folios de contratos hasta llegar a esas fechas. Nada. No hay ninguna ficha a nombre de Leyre que se corresponda con esos años. Sandra estaba equivocada, esa tal Leyre no estuvo aquí. Me pongo triste. Mi historia empezaba a tomar un tinte de novela de espionaje que tenía su punto.

Antes de irme del despacho, se me ocurre mirar la ficha de la Leyre que yo conozco, la que llegó esta semana a la masía. Compruebo que Manel también guarda un contrato suyo, firmado hace cuatro días. Está a nombre de Leyre Aranguren.

Hay cosas que me mosquean. Por ejemplo, el contrato tiene un pósit pegado que dice que el pago fue en efectivo (o sea, en negro). Sé que Manel no pide ningún documento en esos casos; lo sé porque lo hace de la misma manera con Walter y conmigo. Y esto me da una idea.

Necesito comprobar algo importante.

Salgo al jardín y compruebo que Leyre está sentada en el tejado, esperándome para contarme qué han encontrado tras hackear a Walty. Su amigo el rarito está parado en la puerta de la verja, mirando hacia el tejado. Es mi momento. Entro en la habitación de

Leyre y busco su cartera. La ha dejado sobre la cama, debajo de un cojín; un escondite infalible, Leyre. Extraigo el DNI. Leo el nombre, el apellido; nada coincide con el contrato de Manel.

Y la persona que aparece en la foto del DNI no es la Leyre con la que me he visto estos días en el tejado.

¿Esta es la última anotación del cuaderno? No puede ser.

Estás muy nerviosa. No entiendes nada. ¿Cómo que no es tu foto? Es una sensación extraña. Como si supieras una verdad que no alcanzas a recordar.

Pasas las hojas a toda velocidad. Te tiemblan las manos.

Ha tenido que confundirse.

Bum.

Cañonazos.

Te mareas.

Bum. Bum.

Más cañonazos.

El cuaderno termina aquí. Relees el mismo párrafo para asegurarte de que la historia no continúa.

¿Y Sandra? ¿No dice nada más sobre ella?

Vera da muchos detalles sobre todos los inquilinos de la masía y, sin embargo, apenas menciona a Sandra. No tiene sentido.

Entre cañonazo y cañonazo, recuerdas: el cuaderno tiene varias páginas arrancadas. ¿Las páginas de Sandra? Quizá Leyre las arrancó al pensar que el recorrido de ese personaje había terminado cuando ella desapareció de la masía.

Te llevas ambas manos a las sienes para intentar sosegar tu batalla mental y apagar el ruido de los cañones. Piensa, Leyre.

Piensa.

Vale.

Lo tienes.

A Vera le cuesta mucho imaginar personajes y situaciones, por lo que te parecería muy extraño que hubiera tirado a la basura o destruido por completo esas páginas.

Esas anotaciones solo pueden estar en un lugar. Abres el cajón de la mesilla y metes la mano hasta el fondo. Extraes cinco bolas de papel arrugadas que comienzas a desdoblar. Tu respiración se acelera como si llevaras corriendo una hora. Te encuentras varios personajes, conocidos y desconocidos: María (la ex de Roberto), Cristina, Raúl... Deshaces las diferentes bolas lo más rápido que puedes, hasta que encuentras la que buscas y, sin recuperar el aliento, comienzas a leer las palabras de Vera.

Nuevo personaje: Sandra

Cuando ayer la vi merodear por el exterior de la casa no pensé nada raro. Vivimos en una masía de piedra de otro siglo rodeada de un terreno verde, situada en medio de un pueblo de edificios de ladrillo y hormigón que, como mucho, tendrán cuarenta años; llama la atención a todo el que no es del barrio y se tropieza con ella por casualidad. Pero esta mañana ella estaba allí de nuevo, en la acera de enfrente, mirando la casa y tomando fotos con su móvil. Mientras observaba desde la ventana de mi habitación a esa mujer de unos cuarenta y cinco años, algo me ha resultado familiar en ella. Estaba muy lejos como para poder asegurarlo, pero en ese momento ya he creído conocerla. He sentido un escalofrío que no he tardado en averiguar a qué se debía porque, al cabo de unas horas, me he encontrado a Sandra en el interior de la masía. Estaba saliendo de la habitación que Manel alquila por días cuando nos hemos encontrado cara a cara. Ella se ha presentado, muy amable y risueña. Yo me he quedado de piedra porque, sin haberla reconocido todavía, he sentido otro escalofrío en la espalda y un miedo inefable se ha agarrado a mi estómago. Sentí lo mismo hace justo un año.

—¿Estás bien? —me ha preguntado.

No he respondido, no podía, estaba bloqueada. Nos encontrábamos en ambos extremos del angosto pasillo de la primera planta, mirándonos, ambas sin entender nada. Pero cada una entendiéndolo a su manera.

361

Sandra se ha acercado un poco más a mí. Yo he retrocedido dos pasos.

—Perdona, no era mi intención asustarte. Este pasillo ya da bastante miedo por sí solo —ha dicho, con una sonrisa que no he podido corresponder—. ¿Cómo te llamas?

—Yo...

Sandra se ha acercado más todavía y ha levantado la mano para intentar transmitirme calma.

—En serio, ¿te encuentras bien?

Ha sido en ese momento, mientras levantaba el brazo, cuando me ha venido un recuerdo horrible. Ese gesto, esa mirada. ¿Era ella? He revivido en mi mente lo que ocurrió hace solo un año, la noche en la que Walter y yo nos conocimos. Los coches. La persecución. La ventanilla que bajó cuando ese Audi se puso a nuestra altura. La mujer (¿esta mujer?) sacando el brazo por la ventanilla, levantándolo igual que lo estaba haciendo en ese momento; solo que la noche de la persecución esa mano sujetaba un arma.

Los disparos.

—¿Estás bien? —me ha dicho, agarrándome de los hombros con delicadeza.

No puedo asegurar al cien por cien que fuera la mujer que nos disparó aquella noche. Pero si lo era, está claro que ella no me ha reconocido. Es lógico: el día de la persecución, yo viajaba sentada en el asiento de atrás del Mercedes de Walter, que tiene los cristales tintados.

—S-sí... Estoy bien —he dicho, intentando que me dejara de temblar todo el cuerpo.

—¿Seguro? —me ha insistido Sandra, mientras me escrutaba con la mirada—. Estás pálida.

—Sí, no es nada —he dicho, recomponiéndome como he podido—. Es solo que últimamente me vienen reglas muy fuertes (lo primero que se me ha ocurrido), incluso llego a marearme. Perdona, ni siquiera te he dicho mi nombre. Me llamo Vera.

Igual que hago siempre, he decidido no contarle nada a Walty e indagar más en el personaje de Sandra para ver hasta dónde es capaz de llevarme.

Aunque Sandra solo lleva unas horas en la masía, no he perdido el tiempo y he logrado acercarme a ella. Necesito conocerla mejor, darle profundidad al personaje, entender los motivos por los que ha venido y los que la llevaron a disparar contra el coche de Walter aquella noche de hace un año, si es que fue ella quien lo hizo. ¿Es una asesina a sueldo?

(No estoy segura de que esta subtrama de Sandra encaje con el resto de la novela, pero una buena escritora necesita disponer de toda la información que rodea a sus personajes porque, aunque luego no la incluya en el libro, se notará en el resultado final. Los detalles demuestran a los lectores que un escritor conoce en profundidad la historia de la que habla. Tengo que llegar hasta el final con Sandra, y luego ya veremos).

Igual que yo no he mencionado nada a Walty sobre Sandra, a ella no le he hablado de él. He borrado los nombres de los inquilinos de la pizarra que hay colgada en la cocina y le he dicho que no tengo pareja. Si ambos llegaran a encontrarse en la casa, esta trama se acabaría demasiado pronto para mis intereses. Por suerte, Walty ha tenido mucho trabajo últimamente (para variar) y siempre llega a casa de noche. Es muy difícil que se encuentren.

(Poniendo todos estos pensamientos sobre el papel, me doy cuenta de lo inconsciente que soy al no decirle nada a Walter. ¡Puede que esta mujer nos disparara hace un año! En fin, la de cosas que una escritora arriesga por el bien de su novela).

Lo primero que me ha llamado la atención es que Sandra está igual de interesada que yo en que nos conozcamos. La gente suele alquilar esa habitación por uno o dos días y luego se marcha, sin hablar con nadie ni despedirse. Son turistas o personas de paso. Pero Sandra se ha mostrado encantada de que ganáramos confianza desde el primer momento en que nos hemos cruzado esta mañana. Es como si, a pesar de tener claro que va a quedarse solo unos días en la masía, estuviera deseosa de hacer amigas. Pero, por otro lado, no me proporciona información que me permita darle forma a su personaje, y eso me irrita. Yo intento averiguarlo todo sobre ella, pero Sandra solo responde con banalidades. Todos los diálogos que intento arrancar con su personaje acaban igual, con más respuestas vacías. No se abre. No puedo permitirme perder el tiempo de esa manera con un personaje que seguramente no me lleve a ningún lado en mi novela.

Nos cruzamos por la tarde en las escaleras. Sandra está muy nerviosa, como si de repente tuviera prisa. Me pregunta por todos los inquilinos de la casa, por los vecinos, por el barrio y sus tiendas. Hasta que me habla por primera vez de una chica.

—Se llamaba Leyre —me dice—. Creo que pudo estar en esta masía hace siete años. Una chica de unos treinta, bastante guapa, quizá llevara puesta una camiseta de algún un grupo de rock.

—¿Cómo dices que se llama?

—Se llamaba —insiste con el pretérito— Leyre. Era de Pamplona, pero vivía en Madrid. ¿Seguro que no te suena?

Le explico que yo no vivía en la masía hace siete años, que apenas llevo un año aquí.

Me quedo en silencio, finjo que intento recordar. Pero lo que realmente hago es preguntarme quién es esta loca y si esa tal Leyre que estuvo aquí hace siete años tiene algo que ver con aquella persecución o con Walty.

Mientras trato de librarme de Sandra, pienso que tengo que contarle a Walty, o incluso a la policía, que puede que la pirada que nos disparó hace un año esté durmiendo en la habitación que hay al fondo del pasillo.

—No me suena de nada. De verdad. Lo siento mucho —le digo.

Antes de que esta mujer se ponga a preguntarme por otras personas, finjo recibir un mensaje. Saco una foto de su cara con mi teléfono sin que se dé cuenta y le digo que tengo que irme a hacer un recado importante.

Escribo a Walty. No le doy demasiadas explicaciones para no asustarle, pero le pregunto si le suena una tal Sandra y le envío la foto. Reconozco que la fotografía no es la mejor. La he sacado con prisas y ha salido movida. Me dice que no sabe de quién se trata.

Son las dos de la madrugada cuando me despiertan dos golpes en mi puerta. Abro, es Sandra otra vez. Por suerte, Walty sigue trabajando y estoy sola con Bu en la habitación. Ella se encuentra muy acelerada, histérica. Está convencida de que algo malo puede pasarle. Me dice que ha visto un coche aparcado cerca de la masía cuya matrícula se corresponde con la que llevaba un vehículo que captaron las cámaras de seguridad de la zona de Gavà. ¿Qué quiere decir eso? La noto muy nerviosa y no para de decir frases sin sentido. Menciona algo de que fue frente a la playa de Gavà donde la mataron. ¿A quién?, ¿de qué hablas, pirada? Cada palabra que sale de su boca es atropellada por la siguiente. Le pido que se relaje y se centre un poco. Me está asustando.

Ella baja los hombros, mira al suelo y toma aire.

Quiere pedirme un favor, por si le pasa algo.

—Lo que sea —digo, queriendo decir que lo que sea con tal de que te marches de la puerta de mi habitación, loca.

—Creo que estoy en peligro. Si mañana no vuelvo, necesito que envíes esto a una persona. —Me da un sobre cerrado—. Los he encontrado. He encontrado a los cabrones que mataron a su hija.

No sé ni qué contestarle. ¿Qué hija?

Cuando se marcha, le doy la vuelta al sobre para ver el destinatario y me llevo una sorpresa que lo explica todo:

A la atención de Maite Elizalde
Clínica Psiquiátrica San Saturnino
Unidad de Larga Estancia

Un centro psiquiátrico. Me ha dado un sobre cuyo destinatario es un centro psiquiátrico. Esta tía se cartea con una mujer que está ingresada en un centro psiquiátrico. Esto confirma lo que pensaba: Sandra está mal de la cabeza.

Decidido, este personaje no encaja en la trama de *La casa de los perdidos*.

Tiraré el sobre a la basura y arrancaré de mi cuaderno estás hojas que estoy escribiendo. A veces, los escritores llegamos a callejones sin salida y es mejor desechar un personaje que seguir avanzando hacia ningún lugar.

Seguro que incluso Hemingway tenía un cajón lleno de bolas de papel arrugadas.

52

Espejo

Barcelona, en la actualidad

Tu mirada se diluye entre una cortina de lágrimas. Aprietas con las manos las páginas arrancadas del cuaderno de Vera, las rajas y las arrugas hasta hacerte daño en las uñas. Tu cabeza procesa la información demasiado rápido. Te atoras.

Vuelven los recuerdos, las imágenes que se suceden sin control y a demasiada velocidad como para ser capaz de asimilarlas. Es como si tu mente fuera un proyector de diapositivas estropeado.

Cañonazo. Diapositiva. Cañonazo. Diapositiva.

Cañonazo.

Diapositiva.

Hasta que la película se detiene de golpe en un fotograma concreto: es un ataúd.

No estás bien.

—¡No estás bien! —Tu propia voz te sobresalta.

El barco enemigo te ha alcanzado. Está entrando demasiada agua. Corres, trastabillas por culpa de tu pata de palo y tratas de abrir la escotilla para no ahogarte.

Te pones de pie, asustada. Lanzas los papeles de Vera contra la pared. Te mareas al hacerlo y caes de rodillas mientras sollozas con las manos en la cara. Miras las páginas: están tiradas en el suelo, arrugadas, rasgadas, pero todavía desafiantes. Representan una verdad indeleble que se te clava en lo más profundo de tu ser y te hace sangrar.

Oyes un estampido de cañones. El enemigo orza con violencia para descargar su andanada sobre tu barco. Llueven astillas de madera y trozos de hombres ensangrentados que caen en la cubierta; el agua atraviesa los agujeros del casco e inunda la bodega.

Es demasiada agua.

Te hundes.

«Las niñas buenas no tienen miedo».

Te levantas dando tumbos. Te apoyas en la mesilla de noche de la buhardilla. Después, en un perchero que cede y se estrella contra el suelo. Para evitar caer con él, te agarras a la manilla de la puerta.

—No, no, no es posible —repites.

Viniste a Barcelona buscando la verdad y estás a punto de encontrarla.

Otro cañonazo abre un agujero en una de las velas. Le siguen dos más, que revientan el palo mayor.

Sales de la buhardilla.

Te caes en medio del pasillo. Lo recorres a cuatro patas, como si fueras un perro. Te acuerdas de Lucas durante un breve instante. Pero de nuevo, esa imagen tenebrosa se superpone a las otras con más fuerza: el ataúd. ¿Es un recuerdo? Hay muchas personas que conoces, el sonido de la lluvia repiquetea en tu paraguas. El ataúd desaparece por un nicho, alguien coloca la lápida cuadrada que contiene un nombre: el tuyo.

Leyre Aranguren.

—¡No estoy muerta!

«Las niñas buenas no mienten».

Te levantas, como si quisieras demostrarlo. Bajas las escaleras. Llegas dando tumbos al baño común de la primera planta. Estampas la puerta contra la pared. Apoyas las dos manos en el lavabo y abres el grifo. El agua sale turbia y marrón. De repente, el calor es asfixiante. La ropa te oprime el pecho y sientes que te ahogas. Llenas de agua unas manos que ahora mismo no reconoces como tuyas. Te las llevas a la cara en varias ocasiones, mientras continúas llorando, encajando proyectiles de cañón en tu tripa. Cuando reúnes el valor suficiente, levantas la cabeza, despacio, temblando.

Miras al espejo.

Te devuelve el reflejo de otra persona.

—¡No!

Notas un calambrazo en el estómago. Te doblas sobre ti misma.

Utilizas una mano para secarte el agua y te ayudas de la otra para apoyarte en el lavabo y erguirte de nuevo.

Te enfrentas a la mujer del espejo otra vez.

Unas arrugas que no conocías recorren sus sienes. Sientes un mareo. ¿Su pelo? ¿Qué le pasa? Unos mechones blancos crecen desordenados entre el resto del cabello, que parece sucio y apelmazado. Esa mujer que ves reflejada tiene unas ojeras negras de varios centímetros.

Das un paso atrás. Le gritas a esa persona con todas tus fuerzas.

El espejo te devuelve la imagen ridícula de una señora de más de cincuenta años que parece desorientada, desconsolada, y viste con la ropa sucia de alguien de dieciocho.

La ropa de Leyre.

Porque no eres ella.

Te pareces a alguien que conociste alguna vez, pero no eres Leyre, y eso confirma una cosa: Leyre está muerta.

—¡No! —Golpeas el espejo con el puño. Lo rompes y te abres una herida en la mano.

Con los dedos temblorosos, extraes el teléfono del bolsillo de los vaqueros, lo manchas entero de sangre y llamas a papá; o a quienquiera que sea ese hombre.

—¡Por fin, cariño! —responde él—. Te he llamado mil veces. ¿Dónde estás? ¿Estás bien? Dime que sí, por favor. Dime dónde estás. Necesito ir a buscarte ahora mismo.

—Lo siento mucho. —Estás sollozando. Intentas no trabarte. Tomas aire antes de hacerle la primera pregunta.

—No pasa nada, cariño. Solo dime dónde estás. La dirección, ¿vale?

—¿Eres mi padre? —te atreves a decir. Sientes un pinchazo en la cabeza, seguido de un fogonazo y la imagen de ese nicho, de ese ataúd.

—Solo dime dónde estás, por favor.

—¡¿Eres mi padre o no?! ¡Joder! —Te atragantas con tus lágrimas.

Silencio.

—No —dice Rafael. Tarda unos segundos en recuperar el aliento; también está llorando—. No lo soy.

Un punzón te atraviesa las sienes. Caes de rodillas sobre las baldosas del baño. Apoyas la mano ensangrentada en el suelo, las baldosas se tiñen de rojo; con la otra, sujetas el teléfono.

El ataúd desaparece en el interior del nicho.

—¿Leyre está... muerta?

—Sí, mi amor. Leyre murió hace siete años —dice Rafael—. La enterramos en el cementerio de Pamplona, al lado de sus abuelos.

Un cañonazo alcanza el pañol de municiones y hace explotar la reserva de pólvora de tu barco, que se parte en dos y comienza a hundirse más deprisa.

Te mantienes inmóvil, observando un puzle en el que solo te falta una pieza por encajar. Tienes la respuesta. La conoces en el fondo de tu corazón, pero necesitas que sus labios la saquen de ahí, que la verbalicen para hacerla real. Es una verdad enquistada en algún lugar lejano de tus recuerdos. Inspiras y escupes por la boca el tumor en forma de pregunta.

—¿Cómo me llamo?

Le oyes llorar al otro lado. Te remangas y miras la pulsera que te adorna la muñeca. La que él quiso que te quitaras porque no entendía las modas de los jóvenes. La pulsera que Vera se extrañó de que llevaras. La que escondes con la manga larga de la camiseta para evitar esas reacciones que no comprendías hasta ahora. No es del Download ni de ningún otro festival de música, sino blanca y de plástico, con un número de paciente impreso.

—Te llamas Maite, cariño. Eres Maite Elizalde. Tienes cincuenta y seis años. Estamos casados desde hace treinta y siete y tuvimos una hija llamada Leyre, que nos arrebataron hace siete años, en Gavà.

53

Lo que sucedió en Gavà

Gavà, siete años antes

España está siendo sinónimo de nuevas experiencias para él. Lejos quedaron el niño que soñaba con correr descalzo por la playa de Hendaya y su madre que nunca lo esperó frente al casino antiguo del boulevard de la Mer con una toalla seca para arroparle. Durante estos años solo, está descubriendo todo lo que ella le negó vivir: viajar, probar comida prohibida, ver nuevas películas, conocer gente (personas reales y no actores dentro de un televisor), hablar con chicas.

—Sabes que beber cerveza a la fuerza no te hace más interesante, ¿verdad?

—¿Qué dices, Leyre? Si me encanta.

—Nadie lo diría por la cara que has puesto.

—Lo que pasa es que me he atragantado.

Su cuerpo todavía no se ha acostumbrado al sabor del alcohol.

—Ya, claro. Anda, dale, que te toca tirar.

Hoy el tiempo los ha obligado a sustituir el paseo por la playa de Gavà por el billar. Por supuesto, ha sido idea de Leyre; él jamás se atrevería a proponer nada.

—¿Es cosa mía o cada partida juegas peor? —se burla ella.

—Creo que es la cerveza, que me está subiendo.

—¡Si solo has bebido media! Pero ¿qué hacéis para divertiros en Francia? Debería haber saludado al alemán que teníamos al lado el otro día en la playa, pero me decanté por el francés que no sabe beber ni jugar al billar. Qué mal ojo tengo siempre.

—Demuéstrame cómo se hace —la reta él, ofreciéndole con las palmas abiertas la mesa de billar.

Ella encadena varias bolas en el agujero y termina la partida en cuatro movimientos.

—Bébete eso y tomamos la siguiente arriba, en mi apartamento.

Obediente, deja caer por su garganta el último trago, ya templado, y recoge su chaqueta de la silla que estaba haciendo las veces de perchero.

Ambos salen al exterior con cierta prisa y sus caras notan el contraste de temperatura entre el calor húmedo por el sudor del interior del bar y la brisa fría de diciembre del Mediterráneo.

—Está empezando a llover —apunta él.

—Suerte que no hemos seguido tus sabios consejos y al final nos hemos quedado en el bar de debajo de mi apartamento. No me gustaría tener que volver con esta lluvia desde Castelldefels.

—No sabía que íbamos a ir después a tu apartamento.

—¿Tienes prisa?

—Bueno, mañana trabajo en la cafetería —dice él.

Es el único trabajo que ha encontrado, en negro, donde no le han pedido su documentación.

—Para tener veintisiete años eres un poco inocente —se burla Leyre.

—Ya que eres tan lista, quizá deberías meter tu coche en el garaje —dice señalando un viejo Renault 21.

—Mierda, tienes razón, con la que está cayendo. ¿Y el tuyo?

—Yo no tengo garaje, pero lo he aparcado ahí, debajo de ese árbol —dice, mientras señala el Corsa que robó en Irún para venir hasta Barcelona y que le está sirviendo de casa hasta que consiga ahorrar lo suficiente para pagar los adelantos de un alquiler.

Ambos se montan en el vehículo de Leyre y descienden la cuesta del garaje en pocos segundos. Una vez en el ascensor, ella pregunta:

—Tengo una duda: ¿cómo sabías que tengo un Renault 21?

«Porque te sigo a escondidas. Porque sabía tu nombre, que tienes treinta años y que eres de Pamplona desde antes de que nos presentáramos oficialmente. Porque sé dónde vas, con quién y cuándo. Porque no quiero perderme ni un segundo de tu vida». Todas estas respuestas no hubieran sido detectadas como mentira en una prueba de polígrafo.

En cambio, esta sí:

—Memoria fotográfica. Te vi un día al salir de la playa y se me quedó la matrícula.

Leyre abre la puerta de casa y dice:

—Mira que eres raro. Tú primero.

Una vez dentro, él la espera en el salón mientras ella se mete en el cuarto de baño. Desde lejos le grita que se ponga cómodo.

—Saca dos cervezas del frigorífico. Ahora salgo.

Él devuelve a su sitio un marco pequeño que contiene una sola foto. Se trata de Leyre, de niña, en el colegio. Está disfrazada de Blancanieves, debe de ser carnaval, tiene un muñeco pirata de Lego en la mano y lo agarra con fuerza, como si quisiera protegerlo. Él se queda mirándola fijamente.

—Hola, princesa.

Leyre entra en el salón secándose el agua de lluvia del pelo con una toalla.

—¿Has dicho algo?

—Que no encuentro las cervezas —improvisa.

—Ni las vas a encontrar cotilleando esa foto ridícula. Todavía tengo ese muñeco que ves, lo llevo siempre conmigo, igual que la foto. —Se queda en silencio unos segundos—. En fin, eran tiempos mejores, ya sabes.

Pero no, no sabe porque nunca ha tenido tiempos mejores.

—Anda, deja la foto y siéntate en el sofá, que me va a entrar el bajón. Ya traigo yo las cervezas.

En pocos segundos vuelve con un botellín abierto en cada mano.

—¿Quieres uno? —dice él, ofreciéndole un cigarro.

—No, y tú puedes olvidarte de fumar en mi salón. Odio el tabaco. Me recuerda a mi madre, que es una chimenea andante.

—Vale, disculpa.

—Bueno —dice Leyre, mientras levanta su botella—, brindemos: por la campeona de billar de Gavà.

—Solo has ganado a un pobre francés borracho. Pero si lo quieres celebrar por todo lo alto, brindemos.

Chocan ambos vidrios en el aire antes de hacerlos viajar hasta sus respectivas bocas. Él desearía dar un trago corto, pero mira de reojo a Leyre e intenta igualar el tiempo que ella emplea en beber.

—Vale, ya está. Si no te lo digo, reviento. Estoy muy contenta de haber discutido con mi novia.

Él dice que no entiende.

—No, imbécil. Déjame terminar. Estoy muy contenta y feliz de haberlo dejado con Sara, porque eso provocó que viniera a Gavà para desconectar unos días y que ahora seas *mon ami*.

Él sonríe, le da morbo que intente hablar en francés.

Ella se acerca.

—Mi amigo y quién sabe si algo más.

Le besa y se sube a horcajadas sobre él. Después pregunta si tiene claro que ella no tiene claro nada en este momento.

—Sí. Creo.

—Quiero decir que ahora mismo no busco una relación seria y ni siquiera entraba en mis planes volver a enrollarme con un tío.

—*D'accord*.

Después, Leyre pregunta si no pensaba lanzarse en toda la noche.

—Me cuesta. No he bebido tanto como tú. Por cada cerveza mía, tú bebías tres.

—Los gabachos sois unos flojos bebiendo. Veremos si es así para todo o no.

Él no se cree lo que está pasando. La tía a la que ha seguido los últimos ocho días está sentada sobre él, mordiéndole el cuello. Su princesa esta vez es de carne y hueso.

—¿Te cuesta arrancar, *mon ami*?

Siempre había temido este momento; algo no funciona ahí abajo. Desde que sucedió el accidente con el reproductor de vídeo, necesita ciertos estímulos.

—Veamos si esto ayuda —dice ella, y se quita la camiseta para dejar a la vista el sujetador.

Tampoco funciona. Pero él trata de desviar su atención besando sus pechos.

Ella se separa para quitarle la ropa. Empieza por los zapatos, después los vaqueros y la camiseta. Se levanta.

—Ahora me voy a girar y me voy a quitar los pantalones, el sujetador y el tanga. Cuando termine no quiero volver a ver esos calzoncillos horribles que llevas puestos.

Él tiene el corazón a mil por hora, pero no logra bombear sangre a donde debería. Siente nervios, pudor e incluso miedo ante lo desconocido. Ha pasado de hablar con la tele a estar desnudo por primera vez delante de una mujer real. No esperaba que fuera a suceder tan deprisa.

Leyre se está quitando la ropa, de espaldas, y él debe hacer lo mismo.

Se arma de valor. Se baja los calzoncillos y los lanza al suelo.

Ella se gira, contoneándose de manera sensual.

De pronto, Leyre agranda los ojos y se detiene.

—Dios mío, pero ¿qué es eso? Está como… deformada.

—¿Qué?

—Joder, está cortada, ¿no? Parece la lengua de una serpiente. Y tiene pinta de… podrida. ¿Estás enfermo?

—Fue… un accidente. —Las palabras flotan sobre un hilo de voz.

—Guárdate eso, por favor —dice entre risas nerviosas provocadas por la más sincera repulsión—. Es asqueroso.

—Pero…

—Pero nada. Con eso no te acercas. En serio, es lo más raro que he visto en mi vida. Se me ha quedado mal cuerpo y todo.

Él está ahí plantado, intentando tapar con las manos el accidente que cuelga de su entrepierna.

Ella sigue riendo y dice que, joder, se lo tiene que contar a Julia y las demás en cuanto vuelva a Madrid. Esta historia les va a encantar. Él se echa a llorar y solo acierta a decir:

—¿Leyre?

—Lo siento, no te enfades. —Las palabras se entremezclan con la risa. Cada perdón que pide es invalidado por el siguiente amago de carcajada que le hace retroceder en el tiempo y volver a ser el niño que soñaba con correr descalzo por la playa de Hendaya. De repente, olvida España, su comida, las películas, las primeras experiencias fuera de la cárcel que era su casa en Francia y se siente un impostor por haber disfrutado una nueva vida que no le pertenecía. Se hace pequeño, vuelve a ser un niño otra vez y sale con prisa del apartamento, humillado, con los pantalones a medio subir.

54

Llamada de Sandra

Autopista AP-2, once días antes

—Helena, soy yo. Sandra.

—¡Sandra! ¿Dónde estás?

—Te llamo porque Maite no responde. Supongo que le han quitado el teléfono.

—Los médicos han dicho que es lo mejor. Al menos, hasta que le den el alta. Este brote ha sido muy serio. La investigación solo empeora las cosas en su mente enferma.

—¿Cómo? Te oigo muy mal. Estoy en el coche y la cobertura es inestable.

—Digo que tienes que dejar de intentar comunicarte con Maite. Los médicos nos han prohibido acceder a su habitación en el hospital y hablar con ella. Solo puede visitarla Rafa.

—Entendido. Helena, escúchame. Me estoy quedando sin batería. Seré muy breve. Estoy yendo a Barcelona. Y te pido perdón de antemano porque sé que nunca te involucramos tanto y que no tengo derecho a hacerlo ahora. Pero necesito contárselo a alguien, por si me sucediera algo.

—¿Sucederte algo? ¿De qué estás hablando?

—Estoy cerca, Helena. He descubierto una pista.

—¿Sandra? No te oigo bien, se pierde la señal.

—Digo que estoy cerca de los responsables de la red de trata de blancas, de los que mataron a Leyre. He quedado en Barcelona con un tipo. Un contacto que Maite y yo hicimos en la dark web. Me va a dar algo a cambio de los veinte mil euros en bitcoins que le hicimos llegar a su *wallet*.

—¿Has dicho veinte mil euros?

—Es solo una señal. Me va a servir para conseguir la dirección de un lugar. No tengo ni idea de qué se trata. Después, tengo que hacer el resto del pago.

—¿Estás yendo como inspectora de la Policía Foral?

Silencio.

—¿Sandra?

—Es lo que soy, Helena.

—Quiero decir si vas acompañada de más policías.

—Ya sabes lo que dice Maite: estamos solas en esto.

55

Judas

Barcelona, en la actualidad

Corres hacia el exterior de la masía. Dejas atrás el sonido de ese espejo hecho añicos, pero el eco del reflejo extraño que te han devuelto sus cristales rotos continúa reverberando en tu cabeza. Es de noche y no tienes claro dónde vas, solo pretendes huir de esa imagen, de esa mujer arrugada y de su pasado. Necesitas escapar de esa casa y de ese cuaderno repleto de verdades inasumibles.

Por suerte, al cruzar la masía no te has encontrado con nadie que pudiera verte en este estado: asustada, sucia, desorientada. Sujetando tu mano ensangrentada con la otra. Todo el mundo está en el extremo sur del jardín mirando otro espectáculo ajeno a ti.

Observas la escena desde lejos: Josep Moreno y sus compañeros de los Mossos sacan a Roberto de la casa, esposado, y lo meten dentro de un coche patrulla.

—¡Solo son fotos! ¡Yo no le he hecho nada a Vera! —dice, mientras un mosso le fuerza a agachar la cabeza para que no se la golpee con la puerta trasera del Seat León oficial.

Atraviesas la verja del jardín y sales a la calle Bonavista. Te detienes en medio de la carretera cuando una luz te ciega y te obliga a llevarte el antebrazo a los ojos.

El coche pega un frenazo, derrapa y se detiene a tres centímetros de tus rodillas.

—¡Sube! —te dice el conductor.

Con esos dos focos apuntándote a la cara no eres capaz de ver de quién se trata. Te acercas titubeando hasta la ventanilla.

—He venido en cuanto he podido. Vaya pinta tienes.

Es Lucas. Insiste en que subas al coche. Esta vez le haces caso. Arranca con un acelerón.

—Necesito que me lleves a Pamplona.

—¿Cómo? —Te mira extrañado, de arriba abajo.

Escupes las palabras, que salen de tu boca como los vagones de un tren descarrilando.

—Acaban de detener a Roberto. En cualquier momento lo interrogarán y confesará dónde tiene Walter a Vera. Y a Emily. Son cómplices; Roberto y Walter. No lo pudo hacer solo. Y yo necesito volver a casa, con mi marido.

—¿Con tu...? Estás sangrando. ¿Te encuentras bien?

Coges aire y lo expulsas junto a la poca paciencia que te queda.

—No, Lucas. No estoy bien.

—Espera —dice—. ¿Dices que han detenido a Roberto?

Pero ¿no se entera de nada o qué?

—Sí, Roberto. —Suspiras y empiezas de nuevo—. Encontré fotografías de Vera en su armario. Se dedicaba a seguirla a todos lados y sacarle fotos a escondidas. Tuvo que ayudar a Walter con lo de Vera y Emily. Walter no pudo secuestrar a dos personas él solo...

—No ha sido Roberto —te corta Lucas.

—Sí, ha sido él. —Lucas te pone de los nervios a veces—. ¿Quieres hacer el favor de mirar hacia la masía? ¿No te dicen nada las luces de policía? Lo acaban de detener, ¿vale? Tenía el armario lleno de fotos de Vera y Emily. Blanco y en botella. ¿Me haces el favor de llevarme a Pamplona? Si no, déjame en Sants. Ya me buscaré la vida para conseguir dinero para el tren.

—Escúchame tú, Leyre. No ha...

—¡No me llamo Leyre! —Golpeas con ambos puños el salpicadero—. ¡Soy Maite!

—¿Q-qué?

—Soy su madre, Maite. Leyre está muerta.

Lucas te observa con los ojos abiertos. El coche se le va un poco hacia la izquierda en la recta, pero vuelve a mirar a la carretera y rectifica la dirección en cuanto otro vehículo que viene de frente pita de forma compulsiva.

—¿Maite? —dice.

—Sí —suspiras de nuevo—. Me llamo Maite Elizalde y tengo cincuenta y seis años —dices, como si fueras una niña pequeña que acaba de aprender a decir su edad.

Lucas se queda en silencio; para él todo esto también debe de ser difícil de asimilar.

Con el pelo encrespado, la saliva que notas en la comisura de los labios, los ojos hinchados por llorar, la mano ensangrentada, la cara sudada y la respiración acelerada, le ofreces la mejor de tus sonrisas y le dices:

—Tranquilo, ya lo entenderás.

Pero no consigues causar en Lucas el efecto tranquilizador que buscabas. Se revuelve incómodo en su asiento, parpadea y arma diferentes gestos de extrañeza mientras alterna la mirada entre la carretera y tu cara.

—Entonces ¿no eres Leyre?

Resoplas. Es como si no te escuchara.

—Leyre Aranguren era mi hija. La mataron hace siete años. Yo he creído todo este tiempo que era ella, pero no.

Te mira como si estuvieras loca.

—¡No es tan difícil de entender! —dices, demasiado alterada—. ¡Y mira hacia la carretera, que nos la vamos a pegar!

«Las niñas buenas no gritan».

Lucas obedece y mira al frente. Su cabeza debe de estar asimilando la información. Está a punto de preguntarte algo en varias ocasiones, pero se queda en silencio.

—Llévame a Sants.

—Escucha, no sé si tienes razón con lo de Roberto, pero no podemos esperar a que confiese a la policía el escondite de Walter. Tenemos que actuar o nos arriesgamos a que sea demasiado tarde para Vera —dice.

Tiene razón.

—Sé dónde la tiene Walter.

Habéis atravesado la frontera imaginaria entre Sant Just y Esplugues y os incorporáis a la avenida Diagonal.

—¿Dónde te habías metido? ¿Es verdad lo que dicen en la tele? ¿Eres un terrorista? —preguntas.

—Es… complicado, Le… ¡Maite! Es complicado, Maite. Te lo explicaré en otro momento. Ahora tenemos que salvar a Vera.

—¿Y cómo sabes dónde la tiene? ¿Te lo ha dicho tu dios?

—Esta vez no se trata de fe. Lo sé porque sé dónde está Walter en todo momento.

Lucas sonríe enseñando los colmillos, te observa de reojo y dice:

—Judas. Me lo ha dicho Judas.

—¿Judas? ¿El apóstol? Lucas, por favor, hoy ya he tenido demasiado como para aguantar tus historias.

—Judas es un programa para dispositivos móviles diseñado por mí. Lo llamo Judas porque, al igual que el discípulo de Cristo, mi Judas traiciona al dueño del teléfono dándome su localización en tiempo real en todo momento.

—¿De qué estás hablando? Si sabes dónde está Walter, ¿por qué no has venido antes?

—No he sabido nada sobre lo que habías descubierto acerca de las fechas de esos asesinatos hasta que he leído tus mensajes. La última información, antes de que mis problemas con la policía se agravaran, era que Walter recibía correos con fechas. De la desaparición de Vera y Emily y la relación entre esas fechas y los asesinatos de otras mujeres me he enterado hace un rato, cuando he encendido el móvil y he leído lo que me habías escrito. En ese momento, he enviado mi *malware* al correo de Walter, él lo ha abierto desde su móvil y, sin saberlo, me estaba dejando la puerta abierta para entrar hasta la cocina.

No deja de sorprenderte.

Para bien y para mal.

—Si nos damos prisa, quizá encontremos a Vera y Emily con vida —dices.

—Solo hay una manera de averiguarlo —dice, mientras da un volantazo para bajar por la calle Numancia.

Bajas la ventanilla para dejar que entre el aire, la subes de nuevo hasta la mitad. Nada te hace sentir cómoda, nada elimina tu ansiedad.

—Voy a avisar a la policía —dices—. Puedo mandar un correo anónimo si quieres, para que no nos relacionen con todo esto. Ha funcionado con Roberto.

—No. Como se presenten allí con los coches patrulla y sus sirenas, Walter no dudará en matarlas. Entraremos tú y yo en silencio, le sorprenderemos y las sacaremos de allí.

—¿Dónde estamos yendo, Lucas? ¿Dónde las tiene?

—Cerca. Se esconden en una fábrica abandonada de Poblenou. Estamos dando un rodeo para evitar a la policía. Si nos pillaran, me detendrían y perderíamos mucho tiempo. Las vidas de Vera y Emily están en juego.

—¿Es verdad, entonces? ¿Tú has hecho esos agujeros?

Lucas vuelve a enseñar sus colmillos afilados para formar esa sonrisa ambigua que se balancea de la maldad a la timidez.

—Soy la persona más buscada del país.

A continuación te explica: sus huestes, como él los llama, esos que ahora le seguirían al fin del mundo si fuera necesario, se han encargado de agujerear toda la ciudad. ¿Cómo? De formas distintas. Algunos con palas, han ido apareciendo cráteres de tamaño variable en jardines y parques de Barcelona; otros hermanos han tomado prestada maquinaria pesada para abrir el asfalto. «No es legal —dice—, pero Dios nos pone a prueba muchas veces y hay que estar dispuesto a todo. Los orificios hechos a máquina son los más impactantes y son más limpios que los que se realizan con explosivos», te explica. Han surgido de la nada, en pocos días. La policía está buscando a todos los responsables, pero no los van a encontrar; son demasiados. Ni siquiera Lucas sabe sus nombres. Los implicados incluyen a imitadores y personas ajenas a la causa de Lucas.

—Yo ya no tengo el control —dice.

Ya hay varios detenidos, pero apenas han servido para detener a unos pocos más porque nadie conoce a nadie dentro del grupo. La mayoría de los agujeros se concentran en las zonas de Poble Sec, Montjuïc, Poblenou y Gràcia. Desde que habéis salido de la masía no has visto ningún cráter porque Lucas lo ha querido así.

—Ya hemos llegado.

El coche se detiene frente a la entrada de una fábrica. Os bajáis.

Sientes un miedo atávico al ver lo que tienes delante. Se trata de una puerta metálica, grande y arqueada que desentona con el resto de la fachada de la fábrica.

—La puerta del infierno —dice Lucas.

Parece automática, en negro mate, como la del garaje de un chalet cualquiera de los que has visto estos días en Sant Just, pero mucho más alta. A un lado hay un panel numérico.

—Vamos a salvarla, Maite. Te lo prometo —dice Lucas, mientras desatornilla el panel.

56

Encerrada

Barcelona, en la actualidad

La llamaremos Chica, como a todas las que pasan por este lugar, porque al hombre que la retiene ya no le importa que antes se llamara Vera.

Chica tiene todos los músculos del cuerpo encogidos por el dolor de sus heridas. Está un poco mareada, acaba de despertar y todavía sufre los efectos de las benzodiacepinas.

A su alrededor, solo hay oscuridad y madera.

Chica tiene el mismo miedo que tendrías tú si te secuestraran y te encerraran en una caja.

Por eso, lo primero que ha hecho ha sido imaginar, escapar de allí con la mente, negar lo evidente. Cerrar los ojos con fuerza y repetirse a sí misma una frase: esto no es real.

Pero sí lo es.

Se araña los brazos hasta notar que la piel se le enrolla bajo las uñas. Quiere forzarse a despertar de esta pesadilla. Pero es imposible despertar cuando no estás dormida. Siente impotencia y desesperación. Pega un grito.

—No tengas miedo.

Es un susurro. Alguien se ha acercado al único agujero que tiene la caja de madera.

—¿Es por los ruidos? Yo también tuve miedo la primera vez que llegué aquí. ¿Quieres ver una película?

386

Chica se queda paralizada. Es una voz infantil.

—¿Una película?

—Sí —dice la voz infantil—. Es tarde, deberíamos dormir, pero mi padre dice que puedo ver películas todo el tiempo que quiera, hasta que se me pase el miedo.

Es una niña pequeña.

—¿D-dónde estamos? —pregunta Chica.

—Piensa —dice la niña, después de lanzar un suspiro.

—¿Qué?

—Que pienses. Mi padre dice que no hay que hacer perder el tiempo a nadie. Antes de preguntar hay que pensar, porque muchas veces sabemos la respuesta antes de hacer la pregunta. Así que piensa.

—¿Cómo te llamas? —dice Chica.

—Mi padre no me deja que diga mi nombre a los desconocidos.

—Yo me llamo Vera. ¿No quieres decirme tu nombre?

—No.

—Vale, te llamaré Amiga. ¿Te parece bien? ¿Quieres ser mi amiga?

—Sí —dice la niña, alargando la vocal durante dos segundos. Chica escucha los saltos de alegría de Amiga—. Como Buzz Lightyear y Woody. La amistad es muy importante.

—Estoy de acuerdo. Entonces, como ya somos amigas, ¿puedes abrir esta caja? Me encantaría jugar contigo.

—No puedo.

—Es para permitirme salir. Es lo que hacen las amigas, ¿entiendes? Se ayudan siempre.

—Está cerrada con llave. Yo no tengo la llave.

Chica se echa a llorar. Golpea con los nudillos la tapa de madera hasta hacerse daño.

—¿Vas a dejar de ser mi amiga? —dice la niña.

Chica se mantiene en silencio, sorbe los mocos y le pide a la niña que, al menos, le diga dónde están.

—Qué tontería. Sabes perfectamente dónde estamos. Estamos en casa.

57

La fábrica

Barcelona, en la actualidad

Lucas sujeta con la pierna la puerta exterior de la fábrica para permitirte pasar. Te observa con seriedad. Ninguno de los dos tenéis ganas de dejaros tragar por el sórdido corredor oscuro que abre su garganta frente a vosotros, pero no tenéis tiempo para procesar el miedo.

La puerta se cierra a vuestra espalda en cuanto Lucas la suelta.

Avanzáis despacio para no hacer ruido. El pasillo apenas está iluminado por un tubo fluorescente que se balancea colgado de un solo tornillo a mitad del recorrido. Cientos de adoquines dispuestos de manera irregular arman el suelo que pisáis. Hace por lo menos sesenta años que las paredes necesitan un par de capas de pintura. Huele a los hongos que se alimentan de la humedad concentrada. Diferentes tubos y cables que no sabes para qué sirven avanzan paralelos a la pared derecha. El pasillo debe de tener treinta metros, que se te están haciendo eternos. Si Walter os descubre en mitad de este túnel, no tendréis escapatoria, estaréis muertos los dos.

Aceleráis el paso.

«Las niñas buenas no tienen miedo».

Cuando llegáis al final, el pasillo se abre a un pequeño patio descubierto, con una chimenea en el centro y locales con persianas bajadas alrededor formando un círculo cerrado. Lucas junta los dedos índice y corazón de la mano derecha para señalar una ventana, como los agentes de las películas, solo que vosotros no trabajáis para el FBI ni vais armados.

Te das cuenta de que tampoco lleváis chalecos antibalas ni esperáis refuerzos que os salven el culo cuando las cosas se compliquen. Estáis solos en esto.

Lucas y tú.

Lucas ha elegido entrar por esa ventana por simple deformación profesional. Ha buscado la vulnerabilidad, el hueco por el que acceder al sistema.

La ventana da a una vieja oficina. El espacio es bastante amplio, pero los objetos que hay desparramados por el suelo provocan la sensación contraria. Una estantería metálica está volcada en el centro; un batiburrillo de papeles cubiertos por el polvo, un escritorio y dos sillas completan los obstáculos a evitar. A tu espalda, hay un archivador de persiana que escupe más documentos. El resto de las paredes del despacho tienen una cristalera, ahora translúcida como consecuencia del polvo acumulado. Supones que aquí es donde se situaban los encargados para vigilar la producción, cuando la fábrica todavía estaba activa. Las ventanas están cubiertas por estores: algunos cerrados, otros torcidos y uno abierto, pero todos cubiertos de polvo. Por ellos se cuelan hilos de luz que vienen del interior de la fábrica. Haces un gesto levantando la cabeza hacia la luz, que quiere decir que no estáis solos. Lucas asiente.

Te acercas a la ventana en cuclillas para mirar a través del estor. Una explosión sacude tu estómago cuando ves lo que hay al otro lado de la ventana.

—Lucas, ven —susurras.

Lucas se acerca, muy despacio. Pasa por encima de la estantería metálica que hay volcada en el suelo, sin hacer ruido, llega hasta la ventana donde te encuentras y se agacha junto a ti.

Vera está en el centro de la sala, sentada en una silla. No eres capaz de distinguir si está consciente, herida o muerta, porque solo alcanzas a ver su pelo rubio y una parte del lateral de su cuerpo. Su cara está cubierta por un paño enrojecido, parece sangre. Te vienen a la memoria las noticias de las chicas a las que Walter amputó diferentes partes del cuerpo.

Walter está de pie frente a ella, de espaldas a vosotros.

—Tiene una pistola —dice Lucas.

Preguntas dónde.

—Esos tirantes no son parte del traje, son para portar armas. Desde aquí no se ve, pero uno no se pone eso para ir a la moda —dice Lucas.

—¿Cómo sabes estas cosas?

En dos palabras: estáis jodidos. ¿Qué pretendéis hacer? El dios de Lucas no va a parar las balas si decidís entrar desarmados.

Lo que viene a continuación sucede muy rápido.

Walter está hablando; no sabes si con Vera o para sí mismo.

—¿Qué ha dicho? —preguntas.

Esa simple frase susurrada brota de tu boca a toda velocidad y levanta la pátina de polvo acumulado durante años sobre la superficie del estor. Las partículas de ácaros que estaban allí emprenden un viaje de ida y vuelta. Primero, vuelan despedidas hasta llegar a tus orificios nasales. Una vez dentro, un enorme estornudo los devuelve al estor, que se balancea y golpea el cristal de la ventana.

Demasiado ruido.

Después, un disparo.

La ventana se transforma en una lluvia de cristales que caen sobre vosotros como alfileres. Lucas se corta ambas manos al levantarse.

Tú abres la puerta y sales corriendo hacia el centro de la fábrica. Otro disparo revienta el cristal de la puerta que acabas de atravesar y se clava en el archivador del fondo de la oficina.

En ese momento, Walter grita:

—¡Quieta!

Te apunta directamente a la cabeza. Os separan diez metros.

—Quieta o disparo —te dice, ya sin levantar la voz—. ¿Cómo me has encontrado?

Haces un gesto con las palmas de ambas manos, pidiendo calma.

—No te muevas o te mato —dice.

Intentas obedecer, quedarte quieta, pero tus piernas se tambalean sin control. Te fallan las fuerzas.

—No podías parar, ¿verdad? Tenías que estropearlo todo. Estábamos a punto de irnos, ¿sabes? Vera y yo íbamos a dejar esta mierda para siempre. La había convencido y me había convencido a mí mismo de que era lo mejor. Queríamos empezar de nuevo en otro lugar. Pero tuviste que aparecer tú en el último momento para joderlo todo.

Te atreves a decir, con un hilo de voz, que Vera no merece morir.

«Las niñas buenas piden las cosas por favor».

Walter hace sonar el percutor de la pistola sin dejar de apuntarte.

—Demasiado tarde, ¿no crees? Ahora todo se ha ido a la mierda por tu culpa.

—¡Walter! —grita Lucas.

Walter se sobresalta por el grito y aprieta el gatillo. El disparo resuena por toda la sala. Te palpas el pecho, como si tuvieras un pequeño incendio que apagar.

Estás ilesa.

Lucas salta por la ventana rota de la oficina con un arma en la mano. Efectúa varios disparos y corre detrás de Walter, que ya ha accionado el mando de la puerta automática y se está montando en su coche.

—¿De dónde has sacado una pistola? —preguntas.

Lucas dice que no hay tiempo para explicaciones.

—¡Corre, Leyre, se escapa!

—¡Soy Maite! —gritas. Y corres, pero hacia el centro de la fábrica, donde Vera está sentada, inmóvil y con la cabeza gacha. Ves un charco de sangre sobre su pecho y el orificio por el que ha entrado la bala.

—¡Vera! ¡No!

Levantas su cabeza con cuidado y le retiras el cabello rubio de la cara. Te llenas las manos de su sangre.

—¡Vera! Por favor. ¡Dime algo!

Es una mujer de unos treinta años: rubia, delgada, con un paño cubierto de sangre que tapa uno de sus ojos. Tiene un corte del tamaño de tu mano en el cuello.

Está muerta.

Lo estaba antes de recibir ese balazo.

Pero no es Vera.

No la conoces.

Sabes que no es lo correcto, pero no puedes evitar alegrarte de ver ese cadáver, de comprobar que el cuerpo que tienes entre tus brazos no pertenece a Vera.

Otro grito de Lucas llega desde el exterior. Dudas un segundo, como si el hecho de dejar a esa chica allí tirada estuviera mal, pero después corres hacia el pasillo.

Mientras atraviesas ese túnel siniestro, tu mente solo piensa en Vera. ¿Qué ha hecho con ella?

Cuando llegas al exterior, Lucas está dando marcha atrás con el coche para enfilar la calle por la que ha desaparecido Walter.

—¡Sube! —te dice.

Subes.

Lucas acelera a fondo, y el Toyota pinta de color blanco un contenedor de basura al girar por la calle Bilbao. Veis el Mercedes negro de Walter a cincuenta metros, tratando de camuflarse entre la oscuridad de la noche. Tenéis que alcanzarlo.

Su coche es más rápido y enseguida aumenta la distancia que os separa: sesenta metros, ochenta, cien metros. Circuláis a ciento cincuenta kilómetros por hora por la Ronda Litoral. El Mercedes toma un desvío y sube por la calle de los Ferrocarrils Catalans. Al cabo de unos metros, de repente, se detiene.

—¿Qué está haciendo?

Comienza a dar marcha atrás.

Lucas reduce marchas.

—Mira al fondo. Hay luces azules —dice—. Parece un control. Ha debido de darse cuenta y está intentando girar por la calle anterior para evitarlo.

Walter acelera de nuevo por la calle de la Mare de Déu del Port, en dirección contraria. Esquiváis varios vehículos, pero habéis logrado recortarle mucha distancia, hasta casi alcanzarlo.

Ascendéis la montaña de Montjuïc.

—Va a girar por la calle del Foc. Allí nos va a volver a sacar ventaja —dice Lucas.

Así ocurre, con cada segundo que pasa, veis al Mercedes más pequeño.

—¡Ha girado por ahí! —dices, señalando hacia la derecha.

Te agarras al asidero del techo del coche.

Mientras torcéis hacia la calle de los Jocs del 92, Lucas sonríe excitado y enseña los colmillos.

—Abre la guantera y coge mi ordenador —dice.

No entiendes para qué.

—¡Vamos! —grita Lucas. Está desatado, irreconocible.

Te apoyas el portátil sobre las rodillas y lo enciendes. La inercia que acompaña el giro del coche al incorporarse a la calle casi consigue que el ordenador salga volando y se estrelle contra el techo del vehículo.

Dejáis a vuestra derecha la Torre de Comunicaciones de Montjuïc. Walter esquiva un enorme cráter antes de girar hacia la avenida del Estadi.

Tú pegas los ojos a la ventanilla para mirar el enorme socavón cuando vosotros también lo dejáis a vuestra izquierda.

Lucas emite un aullido animal. Está eufórico.

—¿Ese agujero lo has hecho tú? —preguntas, todavía con los ojos muy abiertos. Lucas se limita a enseñar los colmillos de nuevo. ¿Está disfrutando?

—¿Lo has encendido?

—Sí —dices.

—Vale. Lo tengo todo preparado. Solo tienes que hacer lo que yo te diga —dice Lucas.

Prestas atención, con el ordenador sobre las piernas.

—Elige la calle en el mapa —dice.

Miras la pantalla. Se trata de una aplicación web donde aparece un mapa de Barcelona y un menú con cientos de parámetros configurables.

—Avenida del Estadi. ¡Rápido!

Seleccionas la calle.

Cuando el Mercedes está a punto de llegar al Estadio Olímpico, Lucas dice que le des al botón.

—¡Al rojo! ¡Ahora!

Obedeces y, entonces, sucede la magia.

Todas las farolas de la avenida se apagan al mismo tiempo.

Pero Walter no es tonto.

Aprovecha la situación.

Desde vuestros asientos en el Toyota observáis cómo los faros delanteros y traseros del Mercedes también se apagan. Estáis en la montaña de Montjuïc en una noche cerrada, sin farolas; el coche negro desaparece por completo.

—Genial, lo hemos perdido —dices.

Lucas también apaga las luces. Frena a fondo, y el Toyota derrapa.

Te preguntas qué pretende. Los faros del vehículo eran la única fuente lumínica disponible y, por tanto, la última oportunidad que teníais de visualizar a Walter.

Lucas, sonrisa afilada, dice:

—Espera un momento.

El estruendo revienta la quietud de la montaña.

—¿Qué ha sido eso? —preguntas.

—Un accidente —dice Lucas—. Dale al botón verde, el que antes era rojo.

Obedeces y todas las farolas vuelven a encenderse de golpe. Ahora entiendes qué ha sucedido.

—¿Cómo lo sabías? —preguntas.

—No sé dónde están todos los agujeros porque cada vez hay más —dice Lucas, mientras se tambalea nervioso sobre su asiento—. Pero estos fueron los primeros que hicimos.

Lucas mete primera y acelera calle arriba. Detiene el coche frente al Estadio Olímpico, donde encontráis tres cráteres de diferentes tamaños. Desde el del medio, el más grande, asciende una columna de polvo.

Te bajas del coche y corres hasta el borde del agujero.

—Es enorme —dices.

Ves la carrocería del Mercedes en el fondo del cráter. El coche está boca abajo y una de sus ruedas sigue girando sin control.

Te deslizas por la pendiente hasta llegar al coche. Te asomas por la ventanilla del conductor, que está destrozada, con la esperanza de que Walter no haya conseguido huir.

—¡Lucas, baja! ¡Está aquí!

Está herido. El airbag se ha activado, pero Walter tiene sangre y cristales clavados por todos lados.

Sueltas el cinturón de seguridad, y Walter cae sobre el techo del coche. Pesa demasiado. Te resulta imposible sacarlo, pero consigues girarlo un poco para verle las heridas.

Tiene la cara muy hinchada, cubierta de una sangre que borbotea sin cesar desde la garganta, donde tiene clavada una cuña de cristal.

—Walter, ¿me oyes?

—Ve... ra...

—¿Walter? —insistes—. ¿Dónde la tienes? ¿Dónde está Vera?

—¿Q-qué? —dice, con un hilo de voz apenas audible.

Acercas el oído a su boca. No crees que le quede mucho tiempo.

—¿Qué has hecho con Vera? ¡Habla!

Le agarras de la americana y haces un amago de zarandearle, pero te contienes porque Walter no va a aguantar mucho más.

—¡Joder! —gritas al aire sin soltarle.

—La... s-secues...

—Lo sé, Walter. Secuestraste a Vera. ¡Dime dónde la tienes!

—No… La secuestraron… ellos… La han ma…

—¿Ellos? ¿Quiénes son ellos? ¿Dónde está? ¿Dónde está Vera?

—E… ellos.

—¿¡Quiénes son ellos!?

Walter se mueve, busca algo en su bolsillo.

—¡Ni se te ocurra! —gritas, temiendo que se trate de un arma.

—N-no…

Walter extrae del bolsillo su teléfono móvil.

Le dejas espacio para maniobrar.

Trata de desbloquearlo. Le tiembla la mano y sus dedos se doblan. Le ayudas a sujetarlo. Tarda unos segundos, pero lo consigue.

Te preguntas qué información puede contener ese móvil tan importante como para que Walter emplee su último suspiro en mostrártela.

La escasa vida que todavía quedaba en los músculos de los dedos de Walter se agota, y el teléfono cae al suelo bajo su mano inerte.

Walter no dice adiós, ni siquiera emite ningún ruido al ahogarse. Tampoco cierra los ojos.

Recuperas el móvil, le das la vuelta y retiras el polvo de la pantalla.

Es una fotografía. Está oscura, pero intuyes un cuerpo extraño dentro de una especie de caja.

Pellizcas la pantalla para ampliar la imagen.

Se trata de una chica rubia tendida boca abajo dentro de una caja. Su cuerpo tiene una postura antinatural.

¿Es Vera?

¿Está muer…?

No te atreves a pensarlo.

A su lado hay algo. Otro cadáver. Pero tiene mucho pelo.

Amplías más la imagen hasta reconocer un hocico, unas patas, unas orejas grandes.

Es un perro muerto.

Uno como el que viste en la autocaravana de Fernandito.

Ese psicópata tiene a Vera encerrada en una caja con un perro.

—¡Lucas! ¡Tenemos que volver a la masía!

58

Lo que sucedió en Gavà

Gavà, siete años antes

Un mecanismo se acciona en su cabeza. No suena clic; es un detonador silencioso. Pero la explosión arrasa con todo a su paso. Quizá era cuestión de tiempo. Quizá solo hacía falta reunir una serie de circunstancias que desencadenaran todo el caos.

Se encuentra dentro del portal del apartamento que Leyre ha alquilado en Gavà. Inmóvil. Las luces son de esas que se mantienen encendidas durante un tiempo limitado y después se apagan automáticamente hasta que no te mueves o presionas de nuevo el interruptor. Siempre duran encendidas menos tiempo del que necesitas. Ha perdido la cuenta de las veces que el portal se ha quedado a oscuras mientras decidía qué hacer. Está de pie frente a la puerta de salida, sin abrirla, con la mano en el pomo, la mirada perdida en la calle, el orgullo aplastado y una idea siniestra cogiendo forma en su cabeza.

El sonido de unas llaves rotando dentro de la cerradura le saca de ese trance. Decide correr a esconderse bajo la pila de buzones, entre las sombras.

Pero le ven.

—*Bona tarda* —dice una voz femenina, mientras su acompañante enciende la luz. Se trata de una pareja mayor. Él avanza ayudándose de un bastón, y ella le sujeta la puerta mientras guarda las llaves en su bolso.

—Hola —responde. Y se lamenta por dentro porque, cuando te dispones a hacer lo que barrunta su mente, es importante no dejar testigos.

Los vecinos desaparecen en el ascensor. Él se asoma a la calle sin soltar la puerta y llama al tercero izquierda. No quiere que Leyre sepa que ha estado todo este tiempo sin salir del portal.

—¿Sí?

—Leyre, perdona, soy yo otra vez. ¿Puedes abrir? Me he dejado algo en tu casa —suena adusto, suena seguro, suena diferente.

—¿Qué es? Te lo puedo llevar a la playa mañana.

—No sé si podré ir. Tengo cosas que hacer. Ábreme, va a ser solo un momento.

Ella duda.

—Mira, justo sale un vecino —miente—. Subo.

Para cuando se escucha la respuesta de Leyre, él ya está montándose en el ascensor. Se mira en el espejo, pero este solo le devuelve los restos del chico que bajó hace veinte minutos. Se quita las lágrimas secas y se peina con una mano, como si importara. Sonríe.

Llega arriba y sale del ascensor. Ella está esperándole, con los brazos cruzados, utilizando el pie izquierdo para evitar que la puerta del apartamento se cierre a su espalda.

—¿Qué es eso que has olvidado? He estado mirando entre los cojines del sofá y sobre la mesa, pero no encuentro nada —dice, mientras le da la espalda para recorrer el pasillo en dirección al salón.

Él no contesta, pasa y cierra la puerta. Leyre sigue buscando algo en ese salón que no le pertenezca. Se agacha, mira debajo del mueble de la tele.

—De verdad, si me dijeras qué estamos buscando sería más fácil.

—¿Puedo hacerte una pregunta, Leyre? —agarra una silla, la gira utilizando una mano, con una seguridad nueva hasta ese momento, y se sienta.

—Lo que quieras, pero date prisa, acabo de pedir una pizza de las de aquí abajo y no tardará en llegar.

—Claro. Escucha, ¿has comentado con alguien nuestra cita de hoy?

—¿Cita? No te hagas ilusiones, *mon ami.* —El mote que antes daba morbo ahora suena burlón y marca distancias—. No hemos tenido ninguna cita.

Él suspira.

—Llámalo como quieras. ¿Le has hablado a alguien de ello?

—No, no se lo he dicho a nadie. Eres la única persona que conozco aquí. ¿Por qué?

—Bueno, has dicho que no podías esperar a contar lo de mi... problema a tus amigas de Madrid. La verdad es que no me haría ninguna gracia.

Necesita averiguar si alguien más sabe de su existencia.

La sonrisilla de nuevo. Leyre intenta contenerse, pero esa leve curvatura de los labios consigue taladrar lo que queda del ego del joven que dejó de soñar con correr descalzo por la playa de Hendaya.

—Hablaba de dos amigas de Madrid. Pero puedes estar tranquilo, no les diré nada.

—Genial.

—Bueno, ¿piensas buscar eso que se te ha perdido o vas a quedarte ahí mirando con cara de bobo?

Él sigue parado en medio del salón, y ella escupe que si solo ha subido pensando en retomar lo que antes han dejado a medias, se puede ir olvidando, pero ni hoy ni mañana ni nunca.

Él da dos pasos y se acerca despacio a Leyre.

Primero es una mano en el hombro, para captar su atención. Después, cuando ella se gira, esa misma mano agarra su cuello. Leyre aplica todas sus fuerzas, pero sus cuerdas vocales están aprisionadas y el grito muere antes de nacer. Patalea, golpea, araña e intenta zafarse de su agresor, pero es inútil. Sus movimientos son más torpes a cada segundo que pasa, hasta que el chico tímido francés, *son ami*, logra tumbarla en el sofá. Él se da cuenta de que la sangre está bombeando donde hace un rato no llegaba, así que no duda ni un segundo en bajarse los pantalones. Ella no se mueve; está a punto de perder la consciencia. Ya ha cerrado los ojos por completo y parece no tener pulso cuando:

—Despierta, princesa. —Arremete con fuerza y suelta su cuello.

El aire vuelve a colarse por la tráquea de Leyre, un antídoto fresco para unos pulmones envenenados de CO_2. Despierta, como si de su Bella Durmiente se tratara. Tiene los ojos muy abiertos, cubiertos de lágrimas, y tose.

Repite las embestidas durante varias veces, agarrando su cuello y aflojando al compás. Cuando está a punto de asfixiarla por completo, le pide que se despierte otra vez y vuelve a arremeter. Ella obedece con la esperanza de que todo termine pronto, de salir de esta con vida.

Él está en su cuento Disney; Leyre, en su peor pesadilla.

Tras la última acometida, ya no despierta.

Él ha terminado fuera. Se separa del cuerpo inerte. Lo observa asustado. Tarda unos segundos, pero finalmente se abalanza sobre ella, le hace el boca a boca, la zarandea, la golpea desesperado, le pide que despierte… Joder, estaba enamorado. No puede hacerle esto ahora.

Se aparta de nuevo y gira sobre sí mismo.

Baja las persianas y maldice por no haberlo hecho antes. Pero ¿cómo iba a saber que esto iba a terminar así? No hay película de Disney sin final feliz. El príncipe y la princesa juntos para siempre.

Se sienta un momento en el sofá para pensar cómo va a deshacerse del cadáver. Debe trazar un plan. Dejarlo ahí no es una opción; quizá Leyre no conociera a nadie en Gavà, pero los dueños del apartamento pasarán por aquí tarde o temprano.

De pronto, se acuerda de los vecinos que le han saludado en el portal. Va a convertirse en sospechoso automáticamente.

Por suerte no hay sangre, así que solo tiene que sacar como sea el cuerpo, cargarlo en su coche y esconderlo en algún lugar. Sí, ya está. El plan es simple: limpiará el semen del suelo y dejará el cadáver en Gavà, pero lejos de este apartamento. Hará que parezca que la han asaltado en la calle.

El sonido del telefonillo interrumpe sus elucubraciones.

Es el motorista de la pizzería que trae el pedido de Leyre.

—Cuando suba, déjela en el rellano, por favor.

Antes de salir de esa casa, el joven que dejó de soñar con correr descalzo por la playa de Hendaya desbloquea el móvil de Leyre con la huella dactilar de su dedo inerte. Después, elimina los mensajes, llamadas, fotos y todo lo relacionado a un contacto de su agenda: Sébastien, el nombre falso que improvisó el día que la conoció.

Su nuevo nombre.

59

Enterrada viva

Barcelona, en la actualidad

Se estira y le crujen en cadena todas las vértebras de la columna. No es capaz de percibir ningún olor aparte del aroma metálico de la sangre que tiene dentro de su nariz rota. Las heridas de la espalda le escuecen como si miles de sanguijuelas se estuvieran dando un festín a su costa. Le duele el puño derecho después de golpearlo durante horas contra la madera para buscar un hueco o un punto débil que le permitiera salir de la caja en la que se encuentra. La mano izquierda tiene un vendaje precario para curar las heridas que se le han abierto en la piel justo donde deberían estar los dedos.

Le faltan cuatro.

Pero lo peor es el pinchazo constante que siente en la cuenca del ojo vacía.

Trata de hacer memoria: ¿Cómo ha llegado aquí?

Lo primero que recuerda es un ruido. Un hombre con la cara cubierta por un pasamontañas ha abierto la caja. La ha conducido por un pasillo hasta otra habitación para meterla en una caja diferente, desde la que escuchaba recitar los diálogos de una película de dibujos animados; era una voz infantil, de niña, ajena a su dolor o acostumbrada a convivir con el horror. En ese momento, ha tenido claro que no la iban a torturar de nuevo. Esto era diferente. Su único ojo sano estaba a salvo.

El hombre no ha contestado a ninguna de sus preguntas ni le ha explicado qué estaba sucediendo. Se ha limitado a meterla en la nueva caja junto a una especie de manta peluda y muy pesada. Luego, ella ha sentido algo parecido a un resplandor o luz cegadora que se le ha colado por el párpado pese a estar de espaldas. El flash de una cámara de fotos.

Después, ha vuelto a perder el conocimiento.

Hace unos minutos que ha despertado. Sigue en la misma caja que antes, abrazada a la manta. El aire está cargado y apenas puede respirar. Tose y escupe sangre. Nota cómo varias costillas se le clavan en el torso; deben de estar rotas. Golpea con el puño derecho la tapa de esa caja. Un hilo de tierra cae por una rendija y se le amontona sobre las piernas.

La han enterrado.

La nueva caja es un ataúd.

¿Cuánto tiempo lleva bajo tierra y cuánto puede durar el oxígeno que no ha consumido todavía?

Se revuelve, golpea de nuevo la madera y siente como si las sanguijuelas imaginarias que muerden sus heridas estuvieran cada vez más hambrientas.

Pero todavía tiene esperanza; todavía está viva.

Pum, pum.

—¡Socorro! —grita.

De pronto, se detiene. Deja de hacer ruido porque ha oído un ruido. Pega la oreja a la tapa de madera superior y lo que le llega es… ¿música?

Se marea. No sabe si por la falta de aire o por los viajes al pasado que está haciendo su mente.

Recuerda otra cosa. Debía de estar semiinconsciente en ese momento. Oía el sonido de un látigo. Pensaba que seguía en esa habitación con ese monstruo marcándole la espalda, arrancándole trozos del cuerpo. Pero ahora entiende que no eran latigazos, sino el sonido de la tierra al golpear la caja con cada palada.

Después, le ha llegado el ruido de un motor. Parecía algún tipo de vehículo grande. ¿Una excavadora? Ha sentido como si se compactara la tierra sobre el ataúd.

La música sale de ese vehículo. Alguien ha oído sus gritos y los está tapando a base de canciones de rumba catalana.

Si es capaz de oír música, significa que no está muy lejos de la superficie.

Chilla con más fuerza. Los gritos de socorro se confunden con los de dolor. Se detiene durante dos segundos y pregunta qué sucedería si continuara gritando así. ¿Agotaría antes el oxígeno?

¿Es posible que se le acabe el aire de esa caja antes que la esperanza de salir de ella?

De los ocho mil millones de personas que hay en la tierra, ¿hay al menos una que sepa que está enterrada en ese lugar?

60

Plan de negocio

Barcelona, cuatro años antes

El adulto que dejó de soñar con correr descalzo por la playa de Hendaya conduce deprisa por la Ronda Litoral de Barcelona, igual que haces tú cada viernes de primavera al salir del trabajo; solo que él lleva a una persona sedada en el asiento trasero.

Suena música en el reproductor. Sébastien apoya el codo izquierdo en la ventanilla y descuelga una mano para que la brisa nocturna la meza. Ha aprovechado un semáforo en rojo para ponerle la inyección a su víctima. Ya estaba en el quinto sueño antes de recibir el pinchazo, es lo que tiene haberse bebido medio Llobregat, pero conviene evitar que se revuelvan, peleen, planten cara y acaben heridas antes de tiempo. Eso solo supone problemas.

Los clientes no aceptan ni un solo arañazo; pagan mucho dinero por el derecho de causar todos los daños. Han llegado a rechazar víctimas cojas, mancas o con otras lesiones. Sébastien lo entiende perfectamente; no hay cuentos perfectos con princesas lisiadas.

Se dirige al local de Poblenou. La fachada y el corredor siguen teniendo la misma pinta decadente de siempre, pero han mejorado algunos aspectos del interior.

Justo al contrario que él, que por fuera reluce pero por dentro cada vez está más podrido.

Los accesos ahora tienen puertas automáticas, cámaras y controles de movimiento. En uno de los locales que cierran el patio de estilo berlinés han añadido camas e instrumentos útiles para las prácticas que se llevan a cabo en ese lugar.

Todos los gastos y beneficios se reparten al cincuenta por ciento entre los dos socios.

Conduce un taxi de verdad, no uno de esos coches negros a los que hace meses pintaba las puertas de amarillo para hacerlo pasar por uno más de la flota de taxis de Barcelona. Fue difícil encontrar uno legal, pero lograron comprar una licencia a través de uno de tantos criminales que pasan por el radar de su socio.

Como le dice siempre Josep, la policía no es tonta.

El carnet falso de identificación del conductor que cuelga a la vista de los clientes dice «Sébastien», en honor al perro que tuvo cuando era niño.

Mientras conduce, le da vueltas a un pensamiento recurrente: se está cansando de esto.

No es que el negocio vaya mal, al contrario. Han pasado dos años desde aquella noche en la que conoció al caporal Josep Moreno. Desde entonces, la facturación y los clientes no han parado de crecer.

Ese es el bendito problema.

Se están haciendo demasiado grandes.

Detiene el coche en el interior del local. Antes de salir del taxi, mira por el retrovisor y espera a que el portón motorizado de la entrada de vehículos se cierre por completo para evitar ser visto desde la calle.

Abre la puerta trasera del taxi y agarra por las axilas a la víctima para arrastrarla hasta la silla donde la va a atar. Esta noche se trata de un chico. Se pagan más caros que las mujeres porque, normalmente, son más difíciles de capturar.

Las reglas del negocio son muy simples:

- Sébastien se ocupa de los encargos; y el caporal Moreno, de los clientes.

- Los clientes abonan una tarifa fija y tienen derecho a hacer todo lo que quieran con la víctima. Cuarenta mil euros si es una mujer. Cincuenta mil si se trata de un hombre.
- Las víctimas se entregan enteras y en perfectas condiciones.
- El cliente dispone de todo el tiempo que quiera para estar con la víctima; viva o muerta.

Los clientes aprenden a dosificarse con el tiempo. Por lo que si es tu primera vez en el local, lo normal es que tu víctima muera esa noche.

—¿Lo tienes?

—Buenas noches a ti también, Josep.

—Ya han llegado los de Madrid. Llevan un rato esperando. Así que no me toques los cojones, Sébastien. ¿Lo has conseguido o no?

El adulto que dejó de soñar con correr descalzo por la playa de Hendaya asoma un ojo a través de una puerta entornada y ve a dos hombres trajeados en la sala contigua.

—Lo he dejado en la silla. Todavía está dormido.

—Bien —respira—. Nos conviene tener contenta a esta gente, Sébastien.

—Para otra vez, que nos avisen con más tiempo. Esto no es como ir al supermercado a por cuatro yogures. Sabes que la mayoría de las noches vuelvo con el coche vacío; y más aún si quiere un tío, el muy cabrón.

—¿Quieres bajar la voz, joder?

—Perdona, Josep. Lo siento. —Sébastien se lleva el índice y el pulgar a los lagrimales y hace pinza. Después, señala hacia la puerta—. Míralos ahí sentados con sus trajes caros y su aire de importancia. Los trajes tienen eso, Josep. Te cruzas con una persona por la calle con su traje italiano y su corbata bien ajustada y, sin querer, te lo imaginas sentado en un sillón de piel de la última planta de un edificio de la avenida Diagonal, ganando una pasta y jugando al golf los domingos con otros gilipollas como él.

—¿Todo bien? Llevas un tiempo raro.

—Es por esto por lo que hemos montado. Creo que...

—¿Esto? —interrumpe—. No me digas que a estas alturas vas a ser un ciudadano ejemplar.

Sébastien se sienta en una silla, enciende un cigarro y agacha la cabeza para expulsar el humo hacia el suelo antes de comenzar a explicarse.

—Lo que quiero decir, si me dejas hablar, es que el negocio se nos ha ido de las manos. Los clientes han aumentado, cada vez son más encargos y yo me siento desprotegido por las noches, expuesto. Lo sé —dice, levantando la palma de la mano para evitar que Josep lo interrumpa—. Sé lo que vas a decir: tienes compañeros en nómina que allanan el camino ahí fuera. Pero no puedes comprar a toda la policía. El riesgo sigue siendo enorme. Cada vez que arranco el taxi para ir a cumplir con el siguiente encargo, no puedo evitar pensar en que esa va a ser la noche en la que uno de tus compañeros, uno de los que no has sobornado, me trinque.

—Sébastien, Sébastien, Sébastien... —dice Josep, condescendiente, mientras se acerca por detrás de la silla donde está sentado su socio y posa las manos sobre sus hombros—. Sabes que lo tuyo es diferente. A ti te da igual el negocio, los números. Vi ese fuego negro en tus ojos la noche que te encontré en este mismo local con esa pobre criatura asustada y lo sigo viendo hoy; esa llama no se ha apagado. Necesitas este lugar tanto como nuestros clientes.

—Claro que lo necesito —dice, expulsando el humo del cigarro.

—Yo solo te he enseñado a controlarlo y a hacer de tu... —se toma un segundo para pensar la siguiente palabra— singularidad un modo de vida.

Josep retira el cigarro de la boca de Sébastien y se lo lleva a la suya para darle una calada larga, mientras se sitúa frente a su socio.

—Tú no lo sabes, pero en tus miedos percibo algo que tú no ves: estás aprendiendo.

Sébastien dirige una mirada de incredulidad a su compañero.

—Sí, antes eras impulsivo, no tomabas precauciones, no le temías a nada. Ahora no. —Josep da una calada y se toma su tiempo para tragar el humo antes de continuar—. Estoy de acuerdo en que hemos crecido rápido. Es más, llevo tiempo pensando en que hemos alcanzado un punto en el que traer más clientes ya no es necesario, sino peligroso. Por otro lado, aunque no contaba con eso, entiendo que estés cansado de ser el que se encarga de conseguir la mercancía. Tiene sus riesgos, cierto. Además, esto no es un club de fútbol. No somos el Barcelona, que puede tener cien mil socios. Este lugar tan fantástico que hemos creado necesita tener pocos clientes. Por dos razones: nuestra seguridad y su discreción. Cuanta más gente conozca este sitio, más peligro hay de ser descubiertos. Debemos ser más cuidadosos, no aceptar a cualquiera y saber decir que no cuando el cupo esté lleno. Los clientes que vienen pagan tanto dinero porque, aparte del servicio tan exclusivo que ofrecemos, aportamos seguridad. Garantizamos que lo que ocurre dentro de estas cuatro paredes nunca saldrá de aquí. Todos son personas de mucho dinero o poder, algunos incluso son populares y salen por televisión. Imagina lo que ocurriría si se descubriera que uno de ellos anda metido en algo así. Te aseguro que la cárcel sería el menor de nuestros problemas.

El caporal se acerca a la sala donde está la víctima de esta noche. Desde lejos alcanza a comprobar su estado.

—Todavía sigue soñando. ¿Cuánto le has metido?

—No sé —responde Sébastien—. La dosis de siempre. He venido conduciendo muy rápido, por eso está tardando más de lo normal en despertar.

—Bueno, por cerrar el tema y que te quedes tranquilo. Hay un refrán que dice: «Donde se come no se caga». En otras palabras, tendremos un segundo lugar. Utilizaremos esta fábrica como salvoconducto, para traer aquí a las víctimas y sedarlas antes de llevarlas al punto final. Ese sitio tiene que ser un negocio en el que no llame la atención tanta entrada y salida de personas diferentes. He pensado en un pequeño hotel o establecimiento parecido. Un sitio en el que haya diferentes clientes, gente que viene y va a diario, así a los vecinos que podamos tener no les sorprendería ver caras nuevas cada poco tiempo. Yo mismo me encargaré de encontrarlo.

—¿En Barcelona?

—Área metropolitana, como muy lejos. Necesitamos que las víctimas sean de una ciudad grande; en un pueblo más pequeño llamarían mucho la atención tantas desapariciones. Aquí nos aprovecharemos del número de habitantes y, sobre todo, del turismo. Y secuestrarlos en Barcelona y desplazarnos lejos queda descartado por los riesgos que conlleva.

—¿Has pensado ya en un sitio concreto?

—Sé por dónde empezar a buscar. Necesitaré un par de visitas, pero creo que tengo el lugar ideal en Sant Just Desvern.

Josep le devuelve lo poco que ha dejado del cigarro a Sébastien y le da una palmada en la espalda.

—De tu sustituto al volante te encargarás tú, cuando tengamos lo demás atado.

Sébastien asiente.

—Entonces ¿estás seguro?, ¿dejas el coche definitivamente? No podrás elegir a tus princesas. En ese sentido serás un simple cliente más.

—Un cliente con precio especial; como tú, Josep.

Josep sonríe, orgulloso de su pupilo.

—Hay algo más, Sébastien.

—Dime.

—Necesitamos lavar el dinero. No podemos seguir así. Podría mover algunos hilos respecto a eso. Conozco a un par de personas que pasaron por la comisaría hace dos años que podrían ayudarnos.

—¿Qué tal un negocio legal?, ¿un gimnasio? —pregunta Sébastien.

—Un gimnasio —repite Josep, poco convencido.

—Algo exclusivo: Sébastien Wellness Club.

—¿Con tu nombre? Dale una vuelta a la idea, anda.

—¿Y S? S Wellness Club —dice Sébastien.

Se escucha un grito que corta el aire.

—Se ha despertado —dice Sébastien.

—Voy a avisarle.

El caporal Moreno abre la puerta donde se encuentran los hombres trajeados y dice:

—Perdone, ya puede pasar. Le ruego que disculpe la demora, señor ministro.

61

Enterrada viva

Barcelona, en la actualidad

Habéis esquivado las sirenas de policía, bomberos y ambulancias de Barcelona. La ciudad condal se aleja a vuestra espalda mientras Lucas hunde el pie en el acelerador para atravesar Sant Just. Enseguida avistáis la masía al fondo de Carretera Reial.

Las circunstancias te traen siempre de vuelta a esta casa. La masía es un desagüe que succiona todo a su alrededor, y tú estás siendo arrastrada por la corriente de agua en espiral que ese sumidero se está tragando esta noche.

Lucas gira en la calle del Nord para evitar acercarse demasiado a la casa.

—Aquí se queda —dice, mientras sube el freno de mano.

Ha dejado el coche en medio de la acera porque:

—No hay tiempo.

Antes de empezar a correr hacia la masía, Lucas abre el maletero, extrae algo y te dice:

—Ten. Es lo único que tengo. La vas a necesitar.

Es una pala. Te la lanza y, pese a no esperarla, consigues atraparla al vuelo. No ha pasado mucho tiempo desde la última vez que Lucas la usó, porque aún tiene restos de tierra húmeda.

Todavía desconfías de él.

—¡Vamos! Quizá la encontremos con vida —dice.

Walter ha balbuceado algo antes de morir: «Vera, secuestrar, matar». Es increíble cómo unas pocas sílabas consiguen acelerar un corazón hasta ponerlo al borde del infarto.

Después, te ha enseñado la foto de Vera... ¿inconsciente?, ¿drogada? Esa es la esperanza a la que te agarras. Aparecía dentro de una caja, junto a un perro muerto.

Los cañonazos se estrellan contra el agua mientras te aferras a los restos de madera que quedan del casco de tu barco pirata para no ahogarte.

La puerta oxidada del jardín no está cerrada con llave. Entráis y atravesáis corriendo el terreno. Llega un momento en el que dejáis de ver la luz de las farolas debido a la cantidad de arbustos que os rodean, y sientes el abrazo punzante de las zarzas en tu cuerpo como preludio de lo que vais a encontrar. Es como si el propio jardín de la masía estuviera dándote el pésame por Vera, y eso te pone los pelos de punta. Aceleras el ritmo, y Lucas se queda un poco más atrás. Avanzas en dirección al sonido que se cuela entre las ramas de los plataneros. Parece... ¿música? Enseguida llegas al claro del jardín donde está aparcada la autocaravana de Fernandito. Tiene la puerta abierta, y de ella emanan la luz de la televisión que se ha dejado encendida y las notas distorsionadas de una canción de rumba catalana que gritan los altavoces del vehículo. Te parece Peret y, por si te quedaba alguna duda, en ese momento confirmas que no eres Leyre, sino Maite, porque tu hija jamás reconocería esa canción.

Te acercas, despacio. Tienes que taparte la nariz con el cuello de la camiseta.

—¿No lo hueles? —dices, girándote hacia Lucas.

—¡¿Cómo?! —grita él. La música está demasiado alta para que pueda oírte.

Vas a entrar en la autocaravana.

Nadas entre el ruido de los cañonazos que silban a tu alrededor y se hunden en el mar. Llegas hasta el galeón.

Pones un pie en el escalón de la autocaravana.

Escuchas los golpes de tu pata de palo contra la cubierta de madera.

Levantas al aire la pala que te ha dado Lucas, tu espada pirata. Al abordaje.

Lucas te dice algo que no alcanzas a entender. Es igual, no hay tiempo.

Entras.

Todo sigue igual de desordenado que la última vez que estuviste allí.

—¡Vera! —gritas al aire.

Das palazos sobre los montones de ropa y cajas de pizza, por si Fernandito está oculto en alguno de ellos. Palazo contra la cortina de la ducha. Palazo contra el edredón de la cama. Palazo contra los platos del fregadero; este último es de desesperación.

Lucas entra en la autocaravana sujetando la pistola con una mano y tropezándose con unas botas. El predicador es lo opuesto a los héroes de las películas hollywoodenses que has visto a lo largo de tu vida.

—Te decía que me esperaras para entrar juntos —dice.

—Fernandito ya no está aquí —dices—. Lo he comprobado. Y Vera tampoco.

—Si no se trata de Vera, ¿de dónde viene ese olor a…?

—De ahí —dices, señalando con la pala debajo de la cama.

Lucas se agacha para mirar y, en cuanto lo ve, hace un amago de vomitar sobre el colchón, pero se controla. Asientes, en un gesto minúsculo que quiere decir que a ti te pasó lo mismo la primera vez que viste un perro muerto en este lugar.

—Un momento —dices. Y sales corriendo al jardín. Lucas te sigue y pregunta qué sucede.

—Al venir me ha llamado la atención esto. ¡Mira! —Señalas la marca en el suelo de los neumáticos de la autocaravana.

Os agacháis y miráis debajo del vehículo. La tierra está revuelta, no hay hierbas saliendo de ella como ocurre en el resto del jardín. Alguien la ha estado manipulando hoy.

Vuelves a subir a la autocaravana, esta vez por la puerta del conductor. Las llaves están puestas en el contacto. Parece que Fernandito ha hecho las cosas con demasiada prisa.

Arrancas el motor.

Metes primera y mueves la autocaravana unos cuatro metros. Mientras lo haces, oyes el sonido de una superficie de madera bajo los neumáticos. Al dejarla atrás, la autocaravana se tambalea un poco.

—¡Aquí hay algo! —grita Lucas desde el exterior.

Miras por el espejo lateral y ves que se trata de una tabla enorme de madera, tapada con una capa fina de tierra que todavía permite ver su forma. La autocaravana aún tiene las dos ruedas traseras sobre la superficie de la tabla.

Lucas se acerca a la ventanilla del copiloto y te desea buena suerte.

—¿Y tú? —dices—. ¿No vas a ayudarme?

—La autocaravana está aquí, ¿no? Eso solo significa una cosa: Fernandito no ha huido de la masía. Tú tienes la pala y yo tengo esto. —Enseña la pistola y sonríe mostrando sus dos colmillos afilados—. No voy a desenterrar a nadie con vida a balazos, y tú lo tendrías más difícil que yo para atrapar a Fernandito con esa pala.

Se va a jugar la vida enfrentándose a Fernandito. Estar a su lado siempre es sinónimo de problemas, pero después de todo, quizá Lucas sea un buen amigo.

—Tengo que avisar a la policía —dices con resignación, porque sabes que lo detendrán.

—No creo que haga falta —grita, mientras señala a los vecinos, la cámara y la reportera situados en los balcones del edificio colindante.

Lucas es el hombre más buscado del país. Los vecinos han debido de salir al escuchar la música y lo habrán reconocido.

Miras por el espejo lateral cómo se aleja corriendo a cuatro patas, como un perro.

Un perro con pistola.

Oyes un ruido metálico. Clin, clin. Viene del exterior: son dos cadenas. Están unidas a la carrocería de la autocaravana y se meten bajo la fina capa de tierra. Fernandito las habrá usado para mover esa tabla enorme. Si te alejas más, conseguirás estirar las cadenas y arrastrar la tabla.

Aceleras con cuidado, para no partir la madera. Poco a poco y muy despacio, separas la autocaravana hasta que las cadenas quedan tensas. Aceleras de nuevo. Las ruedas derrapan sobre la tierra. Sueltas el pedal y respiras unos segundos.

Necesitas concentrarte. Golpeas el reproductor de casetes para que Peret deje de cantar. La cinta sale disparada.

Inspiras, espiras.

Metes primera y pisas el acelerador. Esta vez intentas sentir la tensión de las cadenas a través del pedal. Comienzas a arrastrar la tabla unos centímetros. Poco a poco. Enseguida compruebas que ya la has movido un metro. Introduces la autocaravana entre unos arbustos hasta conseguir desplazar lo suficiente la plancha de madera.

Has visto algo por el espejo.

La tabla escondía un cráter excavado en el suelo, como los que hay repartidos por Barcelona, solo que en el fondo de este hay una caja alargada de madera. Su superficie está cubierta de tierra. Pero ves las esquinas de la caja. Todo parece muy improvisado.

En el zaguán de la masía, Lucas rota sobre sí mismo e intenta adivinar cuál es la puerta correcta. Si Fernandito sigue en la casa, tiene que estar escondido en alguna de sus habitaciones.

De pronto, un ruido le hace detenerse por completo.

Al fondo, a un lado de las escaleras donde no debería haber nada más que oscuridad, una luz roja y muy fina llama su atención. Destaca porque es un láser rojizo que raja de forma quirúrgica la pared del fondo, siguiendo el contorno de la piedra.

Lucas corre hacia la pared de rocas, acerca la mano despacio, como si la luz quemara, y acaricia el borde que esta recorre. Se trata de una puerta escondida que no está bien cerrada. Clava las uñas en la apertura y hace fuerza para desplazar la piedra. Al principio no cede, está atascada. Sería mucho más fácil empujarla y cerrarla por completo que abrirla. Seguro que los anclajes de la cerradura harían clic y la luz desaparecería, quedando totalmente camuflada en la pared, pero eso no es lo que Lucas quiere. Como buen hacker, siente la necesidad de encontrar la vulnerabilidad que le permita entrar donde se presupone imposible. Introduce los dedos en la rendija y hace toda la fuerza posible; empiezan a doblársele las uñas justo antes de que la puerta ceda y gire sobre su eje. Tiene un grosor de unos veinte centímetros, y la piedra solo compone una fina capa exterior que sirve para camuflarla. El interior está hecho de acero.

Frente a él hay un pasillo de hormigón, frío, de ángulos rectos y sin decoración. Una luz roja pesada lo inunda todo.

Decide avanzar, muy despacio. Oye sus pasos y el sonido de los fluorescentes bermellones. Cuando llega al final del corredor, solo tiene la opción de girar hacia la izquierda. Antes de hacerlo, se asoma por la esquina con cuidado: no hay nadie. Lo que encuentra es otro pasillo similar, pero este tiene algunas puertas a ambos lados.

Cuando comienza a recorrerlo, oye cómo la puerta de acero y piedra por la que ha entrado se cierra a su espalda. Clac.

Camina con los ojos muy abiertos; sea lo que sea este lugar, una cosa es segura: no querían que nadie lo encontrara.

Deja atrás varias puertas. Por encima de su cabeza hay una bandeja con cables que atraviesa todo el pasillo hasta meterse por el techo, frente a la penúltima puerta. Esta es diferente, tiene una pequeña ventana cuadrada que permite ver el interior: vacía.

Entra.

Un escritorio ocupa la longitud total de la sala. Sobre él hay un ordenador con cuatro monitores conectados, que son la única fuente lumínica de la estancia. Encima de estos, una cristalera que parece dar a otra sala contigua con las luces apagadas. Lucas solo ve su reflejo en la ventana negra. Se acerca, apoyando las manos entre su frente y el cristal, y le parece ver una sombra moverse dentro de la habitación. Se percata de que, sobre la pared, hay un interruptor con una pegatina que dice: «Luces - Sala 2». Se separa de nuevo del cristal y ve cómo el reflejo de sí mismo tiembla al pulsar el interruptor.

Una luz roja inunda ahora la habitación contigua y, como consecuencia, también la sala donde se encuentra él. Hay dos personas de pie y otra atada a una silla.

—¿Por qué no entras a la Sala 2, Lucas? —dice Manel—. Te estábamos esperando.

Ayudándote de la pala, te dejas caer por el agujero excavado en el suelo del jardín y pierdes las dos zapatillas. Tus pies descalzos resbalan sobre la tierra hasta que chocan con la caja de madera.

—¡Vera!

«Las niñas buenas no gritan».

«Las niñas buenas no tienen miedo».

«Las niñas buenas no lloran».

Comienzas a retirar la tierra con la pala. El sonido del metal golpeando la madera retumba en tus oídos y se mezcla con tus gritos y sollozos.

—¡Vera! ¡Ya estoy aquí! ¡Vera!

Oyes voces a lo lejos. Se han sumado más vecinos a los que ya estaban asomados a las ventanas del edificio de enfrente.

El sonido de las hélices de un helicóptero que se aproxima comienza a ametrallar la noche.

Cuando retiras uno de los últimos montones de tierra que te faltan, descubres una forma blanca y redondeada que no es una piedra. Es más bien color hueso.

—Joder —dices, al comprobar que se trata de la calavera de un perro. Fernandito debe de enterrar aquí las sobras de sus cenas.

Se te ha formado un charco de sudor en el pecho, la espalda y las axilas. Pero no te detienes. Sigues retirando huesos de perro y tierra, hasta que ya has quitado lo suficiente como para intentar abrir la tapa de la caja.

—¡Vera, soy yo, Maite! ¡Leyre! —Te das cuenta de que tienes que explicarle algunas cosas.

La tapa de madera pesa demasiado para levantarla con las manos, y además todavía tiene algunas zonas cubiertas de tierra, así que utilizas la pala a modo de palanca para abrirla. Necesitas colgarte del asa para aplicar la fuerza necesaria hasta que oyes varios crujidos en la madera.

La has abierto.

Retiras la tapa del ataúd.

Primero ves unos pies; después, unos tobillos finos unidos a unas piernas blancas y manchadas de tierra. Una gota de sudor se te desliza por la nariz y cae sobre el cadáver, creando un pequeño orificio a través de la tierra que cubre el cuerpo.

Te tiras de rodillas sobre Vera. Gritas su nombre. Rompes a llorar de nuevo por pura impotencia. Estás cansada de perder, de llegar demasiado tarde, de encontrarte solo cadáveres. No puedes más.

A punto de ahogarte con tu respiración, las lágrimas que emborronan tu visión te recorren la cara hasta inundarte la boca de un sabor salado: el de la injusticia y la frustración, el de no querer decir adiós tan pronto.

Pero.

Sobre la muñeca derecha, con formas tribales, hay un tatuaje. Te frotas los ojos e intentas retirar las lágrimas para aclarar la imagen que estás viendo.

—No puede ser —dices—. No es posible.

Retiras con prisa la melena rubia de la cara del cadáver y el cabello se enreda entre tus dedos pegajosos de tierra y lágrimas.

La ansiedad y la urgencia por confirmar tus suposiciones provocan que lo hagas con menos tacto, con menos respeto del que querrías.

Tras varios segundos, por fin aparece entre la tierra. Está pálida, inmóvil.

Le han extirpado un ojo, cuatro dedos de una mano y tiene la cara hinchada y amoratada. Pero la reconoces.

Es ella.

Está tumbada.

Está desnuda.

Emily está muerta.

Lucas da un salto hacia atrás y se separa de la cristalera.

Por un momento se le pasa por la cabeza huir. Escapar corriendo por el pasillo por el que ha venido. Pero no está seguro de que sea posible abrir la puerta de seguridad de la falsa pared de roca desde dentro. Al entrar no se ha fijado si contaba con una manilla, una palanca o sistema similar que permita accionarla sin llave, código o huella.

Y Manel le está apuntando con un arma desde la Sala 2.

Eso le hace plantearse cómo utilizar la pistola que esconde a su espalda contra el anciano.

Oye dos golpes secos.

Toc, toc.

Es Fernandito. Está en la puerta de la sala de control. Tiene una escopeta de caza apoyada en el hombro, pero ni siquiera le apunta con ella. Se limita a mirarle, con un brazo extendido que indica el camino hacia la sala más grande, la 2, donde los espera Manel.

Lucas se palpa la parte trasera del pantalón en busca del arma, intentando impedir que Fernandito repare en ella.

Es su última oportunidad. Agarra la empuñadura de la pistola, pero el sudor de sus manos hace que esta le resbale entre los dedos y caiga sobre el asiento de la sala de control, por suerte, sin hacer ruido.

Desarmado, Lucas se acerca a Fernandito con las manos en alto.

—Tú primero —dice Fernandito, que ahora sí le apunta con el rifle.

Ambos pasan a la otra estancia donde está Manel, de pie, y Vera, atada a una de las sillas.

—Siéntate en la silla que está vacía, Lucas.

Lucas obedece a Manel y a su pistola. El anciano, todavía de aspecto bonachón, vuelve a abrir la boca para decir:

—Seguro que no has venido aquí solo, ¿verdad? Fernandito, por favor, ¿puedes ir a buscar a nuestra amiga Leyre?

62

Sébastien y Manel

Barcelona, tres años antes

—Pasa —dice.

Manel mira a ambos lados antes de cerrar la puerta de su despacho para asegurarse de que el zaguán de la masía no le devuelve otra cosa que penumbra.

—No te ha visto nadie, ¿verdad? —susurra, mientras cierra con llave.

El despacho huele a incienso, polvo y humo de tabaco. La sempiterna radio locuta las noticias del día.

—¿Quién iba a estar despierto a estas horas? —pregunta Sébastien.

—Te sorprendería la capacidad de observación de los inquilinos de esta casa. Están atentos a todo; y lo que no ven, se lo inventan.

—El único que me conoce es Walter, y por eso vengo a estas horas, porque sé que hoy está trabajando.

Ambos se dan la mano para saludarse y se acercan sin soltarse hasta juntar hombro con hombro, en una especie de abrazo fraternal a medio dar.

—¿Cuándo piensas ordenar todo esto? —pregunta Sébastien, mientras da una vuelta sobre sí mismo con la gabardina colgada de su antebrazo, a lo John Travolta.

—Cuélgala ahí —dice Manel, señalando el pomo de un armario alto.

Sébastien deja la prenda y se sienta en una butaca ajada de estilo rococó, tapizada con tela de colores marrón, beis y detalles dorados. Después, se yergue apoyándose sobre las rodillas y estira la mano hasta alcanzar la estantería de su izquierda, donde Manel guarda, sin ningún orden aparente, revistas de los noventa, vinilos, cintas VHS y libros amarillentos. Con la yema de los dedos, retira la pátina de polvo del lomo de una de las cintas hasta que consigue ver el título. Sonríe.

—*La Bella Durmiente* —dice Manel, mientras extrae una caja de cerillas de uno de los cajones de su escritorio—. No sé para qué guardo estas cintas si ni siquiera tengo dónde reproducirlas.

—Habré visto esta película tres millones de veces.

Manel deja caer el cuerpo sobre el sillón que le sirve de cama cada noche. Después, enciende su pipa y el humo comienza a flotar bajo la luz de la lámpara de pie que hay a su espalda.

—¿Cómo está? —pregunta Sébastien, tras apoyar de nuevo la espalda en el respaldo de la butaca.

—¿Quién de las dos?

—Ya sé cómo está la niña. Vengo de verla. Me refiero a la exmujer de Walter.

Manel se toma unos segundos para contestar. Expulsa una calada y sigue con la mirada las nubes de humo que flotan frente a él.

—A Raquel le ha tocado un cliente de los duros —dice.

—¿Político?

—Empresario. Valenciano. Sube cada día hasta aquí exclusivamente para esto. No sé mucho más; el contacto lo hizo Josep. Pero es un enfermo.

—¿Te importa? —pregunta Sébastien, acercándose un cigarro a la boca.

Manel le pasa una cerilla.

—Hay noches en las que me cuesta dormir después de las salvajadas que veo en ese agujero —dice Manel, y da una calada a su pipa antes de continuar—: Ayer fue una de ellas.

Sébastien mira a los ojos a Manel: no aprecia dudas ni arrepentimiento, sino el desgaste ocasionado por lo que en cualquier trabajo se llamaría gajes del oficio.

—¿Cuánto tiempo le das? —pregunta Sébastien.

—¿A Raquel? Lleva cuatro sesiones seguidas con ese hombre, su cuerpo está al límite. No creo que aguante una quinta. Por lo menos, estoy seguro de que ese cabronazo terminará lo que ha empezado y no nos tocará a nosotros darle el golpe de gracia.

El ruido de una moto de alta cilindrada que pasa frente a la masía resquebraja el silencio de Sant Just e interrumpe la conversación. Cuando se recobra la quietud nocturna, ambos permanecen absortos en sus pensamientos durante medio minuto.

—No estoy cómodo con el otro asunto —dice por fin Manel.

—No empecemos. No tienes que hacer nada. Yo me encargo de visitarla a diario, llevarle la comida y ver que está bien.

—Que está bien, que está bien —murmura Manel—. *La mare que em va parir*, Sébastien. Es una cría; por supuesto que no está bien en un lugar como este. Por supuesto que no está bien que viva encerrada en una habitación mientras torturan a su madre en la de enfrente. Y por supuesto que no está bien que piense que nadie hace nada para sacarla de ahí, cuando la realidad es que su propio padre ni siquiera sabe que su hija y su mujer se encuentran a solo unos metros de donde él sigue durmiendo cada noche.

—Baja la voz.

Manel suspira y se hunde en su sillón.

Sébastien se inclina sobre la butaca para depositar la ceniza en el cenicero que hay encima del escritorio. Después, se lleva el cigarro a la boca y saca un sobre abultado del bolsillo. Lo deja en la mesa.

—Lo tuyo —dice Sébastien—. En cuanto a la niña, es innegociable; Josep lo quiere así. Es la única manera de controlar a Walter y que continúe haciendo su trabajo.

Manel recoge el sobre y lo sopesa. Su mirada se pierde en él.

—Nunca tendrás que cruzar la puerta de la habitación de la niña. Vendré cada día a verla.

Las reivindicaciones de Manel se desvanecen entre el humo de la estancia, porque no hay nada como el poder de convicción de los sobres que pesan.

—Walter acabará reventando por algún sitio. Nos traerá problemas —dice Manel, mientras se levanta para guardar el sobre en uno de los cajones de su escritorio.

—Si llega ese momento, nos encargaremos de él. Lo bueno es que, por lo que parece, no tiene intención de marcharse de esta masía. Así podrás seguir controlándole e informarnos si percibes cualquier cambio negativo en su comportamiento.

—La niña se hará mayor, crecerá, te hará preguntas. Solo dime una cosa, ¿qué harás con ella si un día su padre deja de colaborar?

—Josep dice que, llegados a ese punto, nos encargaremos de ella también.

Y en ese momento, Sébastien de verdad lo creía así.

63

La verdadera masía

Barcelona, en la actualidad

Sueltas la mano inerte de Emily y trepas hasta el borde del agujero ayudándote de la pala. Una vez arriba, te detienes al escuchar las voces de los vecinos que llegan desde los balcones del edificio de enfrente. La mayoría grita, algunos te llaman asesina y otras cosas que no logras entender. Entre ellos, hay una mujer que sujeta un micrófono con la mano y habla con su compañero, que porta una cámara grande sobre el hombro.

El helicóptero se mantiene estático sobre la masía, atronando el cielo nocturno.

Desde tu posición, ves la televisión de la autocaravana de Fernandito a través de la puerta abierta. La observas unos segundos; necesitas una imagen global de la escena que esos vecinos están presenciando.

Ven a una mujer descalza, con una pala en las manos frente a un agujero enorme donde hay un cadáver: el de Emily. La reportera dice que la has matado. A los ojos de esa gente y de todos los telespectadores, estás tratando de enterrar su cadáver.

Tiras la pala como si quemara y corres hacia la casa.

Te sumerges en la oscuridad del jardín. Esquivas plataneros y arbustos, mientras las zarzas se clavan en tus pies descalzos.

Una vez dentro de la masía, atraviesas corriendo la cocina y entras en el zaguán principal.

—¡Lucas!

No hay respuesta.

—¡Lucas! ¿Dónde estás?

El eco de tus gritos rebota en los techos altos del zaguán.

¿Dónde se ha metido?

Todo está oscuro. Excepto la luz débil que se cuela a través de la rendija inferior de la puerta del despacho de Manel.

Entras.

La lámpara de pie sigue encendida, pero la habitación está vacía. Echas un vistazo general a la estancia.

Todo está como siempre: papeles por todos lados, humo de tabaco e incienso flotando, el ordenador apagado, el sonido de la radio, la estufa caliente y las estanterías repletas de libros polvorientos.

—¡Lucas!

Nada.

Es como si todos se hubieran evaporado.

Manel también se ha dejado la televisión encendida. La pantalla está dividida en dos: una toma aérea de toda la masía, y otra desde el balcón del edificio contiguo.

El presentador de la tele dice:

«Estamos, sin duda, ante una de esas personas que se han dedicado a agujerear la ciudad de Barcelona».

Están repitiendo las imágenes que acaban de emitir en directo: tu respiración acelerada frente al cuerpo desnudo y amputado de Emily, tus manos llenas de tierra agarrando la pala.

Tu cara en todos los televisores, ordenadores y móviles del país.

De noche y con el foco del helicóptero de la policía iluminando la escena, la piel blanca del cadáver de Emily destaca sobre la tierra húmeda ennegrecida.

«Hasta ahora, estos terroristas solo habían realizado hurtos y agujeros por la ciudad. Pero hoy, con esta muerte, han ido un paso más allá. Mi pregunta, Antonio, es: ¿hasta dónde están dispuestos a llegar?».

Piensas en tu marido, Rafael. Lo imaginas viendo la televisión con la boca abierta. Para él también eres la terrorista que han descubierto mientras intentaba enterrar a su víctima.

El sonido del helicóptero llega con fuerza desde el exterior. Te hace levantar la vista hacia el techo de piedra, como si pudieras seguirlo con la mirada mientras sobrevuela la masía. Tus ojos se quedan clavados en el agujero del techo creado por la bomba de la Guerra Civil que nunca llegó a explotar.

En ese instante, tu cerebro une los puntos de nuevo. Encuentra la imagen final.

Recuerdas que Manel te contó esa historia el primer día que llegaste a la casa. Te explicó que la masía sirvió como cuartel militar y como búnker antiaéreo durante aquellos años.

En esta casa hay un búnker.

¡Claro!

Lucas y Vera tienen que estar allí.

Necesitas encontrarlo.

—¿Te has perdido, guapa?

Fernandito aparece en la puerta del despacho. Apoya la mano huesuda sobre la jamba de madera y oculta la otra tras la espalda. Sonríe, enseñándote sus dientes podridos.

—Tu amigo Lucas está con nosotros. Quería ir de héroe, pero no le pega nada, ¿verdad?

—¿Dónde está? ¿Qué le has hecho? ¡¿Qué has hecho con Vera?!

Das dos pasos hacia Fernandito y él responde sacando una escopeta de caza de su espalda.

—Shhh. Ahí quieta.

«Las niñas buenas son obedientes».

Desde la puerta que da al zaguán, señala hacia un lado y dice:

—Lucas y tu novia están en el búnker. Se encuentran bien, de momento. O quién sabe, quizá ya estén muertos. —Se ríe enseñando los dientes negros de nuevo.

Retrocedes y te tropiezas con la silla.

—Compruébalo tú misma —te dice—. Enciende el ordenador.

428

Pasas el dedo por el borde inferior del monitor. Te cuesta, por los nervios, pero al final encuentras el botón. La pantalla se enciende.

Una luz roja te ilumina la cara.

El monitor muestra una escena estática: una habitación con dos sillas. En una está Vera; en la otra, Lucas. Ambos permanecen quietos, con la cabeza gacha. Incluso dudas si están muertos o si el vídeo está pausado, hasta que, de pronto, Vera levanta la mirada y la fija en la cámara. Suplica auxilio a través del monitor con sus ojos aterrados. Te alegras de que sean dos.

Tu cerebro derrapa por cada una de las opciones posibles e imposibles que es capaz de imaginar. Miras por la ventana: han llegado algunos coches y furgones de policía. Supones que entrarán en cualquier momento. Quizá lo mejor sea esperarlos y ganar tiempo. Fernandito también parece darse cuenta, porque en ese momento vuelca de una patada la estufa de gas, que impacta contra una de las estanterías que hay llenas de libros. El fuego se extiende en el poco tiempo que Fernandito tarda en desaparecer por la puerta del despacho y cerrarla con llave.

Miras los tres metros de puerta de arriba abajo. Va a ser imposible abrirla. Aun así, lo intentas.

Primero le das una patada.

Luego, otra más fuerte que te deja cojeando.

No tienes tiempo de resentirte. Tomas carrerilla y estrellas tu hombro izquierdo contra la madera. La puerta se tambalea, pero ni siquiera está cerca de abrirse.

El fuego y el humo comienzan a convertir el aire de esa habitación en veneno gaseoso. Oyes balazos en el exterior.

La policía está disparando hacia el tejado, donde supones que se ha encaramado Fernandito para abrir fuego contra los agentes. Eso los va a retrasar durante unos minutos que no puedes permitirte perder, que Vera y Lucas no pueden permitirse perder. Tienes que salir de aquí y ayudarlos.

La peor noticia es que la lengua de fuego se ha hecho más grande y ya cubre medio despacho. La tonelada de papeles que

Manel guardaba en su estantería son una alfombra de combustible para las llamas.

Te agachas en busca de aire respirable. Te quitas la camiseta y viertes sobre ella el contenido de una botella de agua que encuentras tirada en el suelo. Te tapas la boca con la prenda y gateas como puedes hacia la ventana. Intentas abrirla, pero te quemas la mano a causa del calor acumulado en el metal de la manilla. Además, te ha dado la sensación de que está atascada.

Joder.

Te levantas tosiendo y das vueltas sobre ti misma tratando de hallar una salida.

Vamos, Maite. Soluciones.

No encuentras ningún objeto lo suficientemente pesado como para lanzarlo contra la ventana y romperla.

Pero se te ocurre otra idea.

Tú serás ese objeto pesado.

Subes al escritorio de Manel. Das pequeños saltos sobre la mesa porque la madera, ya caliente, te está abrasando los pies descalzos. Tratas de tomar aire a través de la camiseta.

Dudas.

«Las niñas buenas no juegan con fuego».

Antes de tomar carrerilla, apartas los papeles, bolígrafos, grapadora y demás trastos a patadas.

Recorres los tres metros de mesa de puntillas para no quemarte y saltas contra la ventana.

El cristal se rompe en miles de cuchillas diminutas que se te incrustan por todas las partes del cuerpo.

Pero lo has conseguido. Estás fuera.

Vuelves a ponerte la camiseta, que ya es solo un trapo mojado. El agua te calma las quemaduras y heridas de la espalda.

Te levantas con torpeza e intentas sin éxito no cortarte los pies. Sobre tu cabeza vuelan las balas que intercambian los policías con Fernandito, todavía en el tejado.

Un agente te grita desde la verja del jardín, dice que levantes las manos y no te muevas. No le haces caso.

Te arrastras en dirección a la masía mientras él continúa gritándote más fuerte.

De pronto, una explosión retumba a tu espalda y una bola de fuego sale de la ventana del despacho de Manel. Aunque estás lejos, notas el calor de las llamas en la nuca. Ha debido de explotar la bombona de butano de la estufa.

Tienes que sacar de allí a Vera y Lucas antes de que la masía arda por completo.

La columna de humo negro sale sin encontrar oposición por la ventana del despacho y evita que la policía te vea. Pero sigues oyendo el silbido de las balas que los agentes disparan a ciegas. Los proyectiles impactan contra la roca de la masía y te salpican con fragmentos de piedra.

Caminas palpando la pared a tientas, en busca de la puerta exterior que da entrada a la cocina. Justo cuando alcanzas el pomo, sientes un mordisco en el gemelo. Es un pinchazo agudo que te obliga a apoyarte sobre la puerta. Una vez a cubierto dentro de la casa, compruebas que, pese a que no se trata de una herida profunda, la pierna sangra mucho; la ha debido de rasgar una bala rebotada.

Vuelves a estar dentro de la boca del lobo. La fuerza de gravedad del agujero negro que es la masía te ha vuelto a arrastrar a su núcleo.

Debes darte prisa en encontrar la entrada a ese búnker. Pero no tienes ni idea de por dónde empezar.

Cojeas en dirección al zaguán y caes en la cuenta de algo en lo que no habías pensado hasta ahora: en el piso de arriba hay el doble de habitaciones que en el de abajo; aun sumando el espacio del salón y la cocina, la segunda planta se extiende muchos más metros hacia el norte. El búnker debe de estar en la planta baja, en el ala norte.

Pero ¿dónde exactamente?

La respuesta te la da Sultán. El perro está nervioso por el incendio y comienza a ladrar histérico a la pared de piedra que hay al lado de las escaleras, detrás del sillón donde te escondiste aquella noche en la que perdiste tu muñeco pirata. Recuerdas que en el cuaderno de Vera había una anotación donde el perro hacía lo mismo.

Te acercas renqueante hasta donde está Sultán y compruebas asustada el rastro de sangre que dejas a cada paso. No sabes cuánto podrás aguantar consciente.

Sultán se yergue sobre sus patas traseras y apoya las delanteras en la pared. ¿Y si está buscando una salida para escapar del incendio?

—¿Es aquí, Sultán?

Buscas botones, empujas la pared y presionas cada una de las rocas que la forman hasta que das con la que se hunde.

Un suave sonido precede a la apertura. Clac.

Accedes con cuidado para cerrarle el paso al perro. No sabes qué vas a encontrar al otro lado y Sultán haría demasiado ruido.

—Tú ve al jardín, amigo. ¡Corre a la calle!

Sultán ladra, nervioso, pero te obedece y escapa hacia el exterior.

64

Sébastien y Paula

Barcelona, dos semanas antes

La niña se levanta del suelo y deja atrás la televisión para correr hacia el hombre que acaba de atravesar la puerta.

—¡Papá! —grita, y dibuja una sonrisa con su dentadura incompleta. La niña se abraza con todas sus fuerzas a la pierna izquierda de Sébastien.

Es una habitación anodina, de paredes grises que contrastan con los peluches y juguetes de colores que hay tirados sobre el suelo de hormigón. La luz roja que llega desde el pasillo, a la espalda de Sébastien, se enfrenta a los colores vivos de la película de dibujos animados que emite el televisor.

La imaginación contra el horror. Realidades opuestas que forman el mundo artificial creado para una niña que no debería vivir en un lugar que tampoco debería existir.

Sébastien no lo supo ver al principio, cuando Paula solo era el instrumento para controlar a Walter. Durante esos meses, la niña lloraba porque echaba de menos a sus padres, y Sébastien se limitaba a entrar en su habitación para dejarle comida o sacarle una foto que sirviera como prueba de vida y gasolina para el Mercedes de Walter.

Pero un sentimiento, imprevisto y paulatino, creció dentro de él a partir del primer año. Las visitas a Paula se hicieron cada vez más frecuentes. Las conversaciones monosilábicas dieron paso a preguntas inocentes, sonrisas, películas compartidas, juegos y regalos; hasta que, con el paso del tiempo, la niña dejó de preguntar por Raquel y Walter.

La primera vez que Paula rodeó con sus brazos frágiles el cuello de Sébastien para darle un beso y llamarlo papá, él salió temblando de la habitación, cerró la puerta y recorrió el pasillo de luces rojas tratando de entender la frustración, ira, dolor y el resto de las reacciones químicas que sucedían en su cerebro.

Fue un proceso largo y lacerante en el que Sébastien se enfrentó a su pasado para soñar un futuro inesperado hasta ese momento, uno con Paula a su lado.

Sin soltarle la pernera, la niña se balancea y mira ilusionada a Sébastien.

—¿Y mi regalo? —pregunta.

—¿Qué regalo? —dice él, enseñándole las palmas de sus manos vacías.

La niña se separa de Sébastien, cruza los brazos, aprieta los labios e infla los mofletes, igual que cuando se enfadan los personajes de las diez únicas películas que existen en su realidad.

—No puedo traerte un regalo cada vez que vengo a verte.

La niña primero baja la mirada y se entristece, pero enseguida abre mucho los ojos cuando se da cuenta de que:

—Estás mintiendo. ¡Te estás riendo!

Paula empieza a correr en círculos y dar saltos con los brazos en alto mientras grita de alegría.

—Vale, vale. Tranquilízate un poco, Paula. Ven aquí.

La niña obedece, y él se pone en cuclillas para igualar su altura.

—¿Es un juguete nuevo?

Sébastien niega con la cabeza mientras contiene una sonrisa.

—No, no es un juguete —dice. Y se acerca al oído de Paula para susurrar un secreto—: Es mejor.

—¿Mejor? —dice la niña, llevándose las manos a una boca que no es capaz de cerrar.

Sébastien asiente.

—¿Una peli? ¿Han rodado una película nueva? ¿Una de Buzz Lightyear? ¿Es eso?

Sébastien niega con la cabeza.

—Es mucho mejor.

La niña no puede más. Agarra con fuerza el antebrazo de Sébastien y lo zarandea mientras insiste una y otra vez en que le diga de qué se trata.

Paula se impacienta tanto que Sébastien es incapaz de reprimir su risa.

—Vale, vale. Te lo digo. ¿Preparada? —Hace una pausa—. Vamos a ir a conocer a Buzz Lightyear en persona.

La niña se queda petrificada, con los ojos abiertos.

—Paula, hija, vamos a ir a Disneyland.

Saldrán de Barcelona en un coche alquilado y en cinco horas estarán cruzando la frontera francesa. Harán noche en Hendaya y, a la mañana siguiente, antes de subir hacia Disneyland, se darán un baño en la playa. Paula correrá descalza por la arena, y él la esperará frente al casino antiguo del boulevard de la Mer, con una toalla seca para arroparla.

Lo harán sin avisar a Josep ni Manel. Cuando llegue el momento oportuno, dejarán esta masía y desaparecerán para siempre.

Sébastien recuperará su nombre real y Paula elegirá uno nuevo, el que más le guste.

La niña comienza a correr por la habitación. Esquiva los juguetes, rodea la tele y da saltos de alegría.

—¡Quiero una foto con Buzz! ¿Me sacarás una foto con él?

—Claro, cariño. Todas las que quieras.

—Quiero una en la que salgamos los dos así —dice, y levanta el brazo y apunta como si este llevara incorporado el rayo láser de su superhéroe favorito—. ¡Alto! Soy Buzz Lightyear.

Sébastien levanta las manos y finge estar asustado.

—Si disparas, no podré llevarte a Disneyland.

La niña deja de apuntarle y corre a abrazarle con todas sus fuerzas.

—Gracias, gracias, gracias, gracias. Te quiero, papá.

Sébastien tiembla de nuevo, pero no es por frustración; tampoco tiembla por los recuerdos del frío que causa pasar la noche encerrado en una caseta de perro; no tiembla por la soledad o el miedo a la oscuridad; no tiembla por la falta de cariño de su madre ni por sus golpes ni sus normas. Por primera vez, Sébastien tiembla por amor.

65

Sébastien y Walter

Barcelona, la noche en la que Vera desapareció

—Han estado a punto de detenerme, Sébastien. ¡Joder!

—Tranquilízate, Walter.

Pero Walter no se tranquiliza.

—Estábamos dentro de un parking y los teníamos encima. ¡He tenido que cargármela ahí mismo, en el Skoda!

—Baja la voz y habla más despacio. No te entiendo. ¿A quién has tenido que matar? —insiste Sébastien.

—¿A quién va a ser? Me has enviado otro puto e-mail esta noche, con fecha de hoy mismo. No puedo más con esto.

Walter se derrumba. Sébastien oye su llanto ahogado desde el otro lado de la línea.

—Lo dejo, Sébastien. No soporto el dolor. Ellas me persiguen. Las veo en sueños.

—Tranquilízate un momento.

—No me siento un ser humano. Me has destrozado como persona. Ni siquiera creo ya que mi hija Paula siga viva.

—La has visto en las fotos que te mando a menudo.

—¡Ya casi no la reconozco! A veces tengo dudas de que no se trate de un montaje con otra niña o de que sean fotos antiguas. ¡Estoy perdiendo la cabeza!

Walter traga saliva y nota el sabor salado de las lágrimas que han alcanzado su boca.

—Voy a dejarlo, Sébastien —solloza—. Búscate a otro porque te juro que voy a dejarlo.

—No hagas ninguna tontería. Te avisé de que era la última oportunidad cuando convenciste a esa chica para que se arrancara el ojo.

Walter grita algo inteligible.

—Shhh, no me interrumpas. No se te ocurra volver decirme que no la convenciste para que lo hiciera.

Walter no puede parar de llorar. Es como si se hubiera roto por dentro.

—Asume las consecuencias de tus actos y deshazte del cadáver.

Silencio.

—Walter, te lo advierto. No tendrás una tercera oportunidad; Vera no la tendrá.

—¿Vera? ¡¿Qué has hecho?! ¡Déjala en paz! Como se te ocurra tocarla te…

—Baja el tono, Walter. Creo que no eres consciente de la situación que tenemos ahora mismo. No estás en posición de exigir nada.

Walter toma aire y hace un amago de contestar, pero termina mordiéndose la lengua.

Lo que Walter no sabe y Sébastien no le dice es que Fernandito y Manel están metidos hasta el fondo en «el negocio». Tampoco le cuenta que Fernandito es el contacto que se encarga de recoger a las víctimas una vez que Walter se marcha tras dejarlas sedadas en la fábrica, ni que ese yonqui ha pegado la oreja a la puerta de su habitación esta misma noche y le ha escuchado discutir con Vera.

—Vera sabe demasiado sobre tu… trabajo.

—¡¿Qué?! No tiene ni idea de lo que hago. Ella no…

—No insistas —interrumpe Sébastien—. Lo sé todo. También sé que le has pedido que desaparezca contigo. Sinceramente, me ha sorprendido que estuvieras tan decidido a abandonar a Paula a cambio de Vera.

Walter se lleva la mano al pecho; su garganta desgarra un llanto de dolor al aire de la fábrica.

—¡No le hagas daño a Vera!

—Tengo que dejarte, Walter. Estás avisado: no quiero más tonterías. Desobedece una vez más, solo una más, y recibirás una foto que no quieres ver.

Sébastien cuelga la llamada.

Walter se deja caer sobre el suelo frío de la fábrica de Poblenou. Se lleva las manos a la cara y solloza mientras mira el cuerpo inerte de la chica, todavía amarrado a la silla.

Trata de incorporarse: primero apoya una rodilla; después se levanta, se seca las lágrimas y carraspea para aclararse la voz, mientras busca un número de teléfono en internet: el de los Mossos d'Esquadra.

Espera dos largos tonos.

—Buenas noches. Mi nombre es Walter Morel. Quiero denunciar la desaparición de mi pareja, Vera Sala.

66

El final

Barcelona, en la actualidad

Estás dentro del búnker. Lo primero que encuentras es un angosto pasillo de hormigón iluminado por varias lámparas enrejadas que parpadean con luces rojas. El ambiente es frío y húmedo.

Vera y Lucas se encuentran aquí. Los has visto a través del monitor del despacho de Manel. En ese momento, todavía estaban con vida.

Caminas arrastrando los pies y apoyando una mano en la pared. Continúas perdiendo mucha sangre. Cuando llegas al final del pasillo, compruebas que se dobla hacia la izquierda, dando lugar a un nuevo corredor de dimensiones más grandes, con varias puertas a ambos lados.

Dejas una huella de sangre a cada paso que das. Los parpadeos de las lámparas producen extrañas sombras a lo largo del pasillo. Son seres alargados, de dientes afilados, que aparecen y desaparecen al compás de esa luz roja. Ya no sabes si están ahí o solo en tu cabeza.

Como Leyre.

Bum.

Más cañones.

Una tormenta de balas arrecia por estribor.

Te mareas, necesitas detenerte, tomarte un segundo para respirar antes de continuar.

Cuando logras levantar la vista de nuevo, apoyas una mano temblorosa en el pomo de la primera puerta que encuentras. Al abrirla, oyes una melodía que sale del interior. Es una canción infantil. Entras.

La habitación es sobria; no ves otros muebles aparte de una cama nido. Hay varios juguetes y peluches dispersos por todos lados. Una niña está sentada en el suelo, con los pies cruzados frente a un televisor.

—«Hay un amigo en mí. Hay un amigo en mí...» —canta la niña, sin dejar de mirar la película.

Reconoces la melodía: *Toy Story*.

—Hola —dices.

La niña continúa cantando.

—¿Estás sola? —preguntas.

—«No necesitas a nadie más, porque hay un amigo en mí» —sigue recitando la letra.

Está de espaldas a ti y mira la televisión. Mueve la cabeza a un lado y a otro al ritmo de la canción.

Te acercas, despacio.

—¿Me oyes, pequeña?

Cuando casi puedes verle la cara, insistes de nuevo.

—¿Dónde están tus padres?

Ves el perfil de la niña, que no deja de mirar la televisión.

—Mi mamá está muerta —dice.

Un escalofrío te recorre la columna. Das un paso hacia atrás.

—¿Qué? —aciertas a preguntar.

—Que mi mamá está muerta. Has preguntado dónde están mis padres.

—¿Y... tu padre?

—No lo sé. Hoy igual no puede venir. ¿Te quedas conmigo a ver la tele? Es mi película favorita. Ya queda poco para que termine, pero podemos ponerla otra vez.

—N-no puedo quedarme, bonita.

La niña extiende el brazo, imitando la escena que ve en la televisión.

—¡Alto! Soy Buzz Lightyear —dice, apuntando con el brazo como si se tratara de un arma.

Das otro paso hacia atrás.

—Escucha, ¿cómo te llamas?

La niña niega con la cabeza.

—¿No quieres decirme tu nombre?

La niña niega con la cabeza de nuevo.

—Yo me llamo Maite. —Le ofreces la mano.

La niña no retira la mirada de la televisión.

—Papá no me permite que hable con vosotras.

—¿Con nosotras? ¿Quiénes somos nosotras?

La niña se ríe de forma histriónica. Te revuelve por dentro.

—¡Qué pregunta más tonta! Mi papá dice que no hay que hacer preguntas tontas. ¿Te vas a meter en una caja?

—¿En una caja? ¿Por qué iba hacerlo? ¿Por qué debería meterme en una caja?

—Es lo que hicieron las dos últimas chicas que estuvieron aquí.

De pronto, te fijas en sus manos y el corazón te da un vuelco. Bum.

—¿Q-qué… es eso? —preguntas, mientras señalas lo que la niña sujeta entre los dedos.

Los ojos de la niña siguen la trayectoria que va desde tu dedo índice hasta su mano.

—Es mi juguete nuevo. ¡Es un pirata!

—¿Quién te lo ha dado? ¿Quién te ha dado mi muñeco de Lego? ¡Eso es mío! ¡Era de mi hija Leyre!

—Me lo dio papá —dice la niña, asustada, mientras retira la mano para proteger el juguete—. No es tuyo. Papá dice que no está bien quitar a los demás sus cosas.

Un cañonazo estalla en tu mente. La andanada de sotavento escupe el terror contra el casco de tu barco pirata.

«Las niñas buenas no roban».

—No te pongas triste —dice la niña.

Te ofrece el muñeco de Lego. Todavía sigues enfadada, pero te sorprende su reacción. Estás tentada de cogerlo, pero te lo piensas mejor. No quieres ni imaginar la vida que lleva esta niña.

Tratas de calmarte.

—Hagamos un trato —dices, bajando el tono—. Guárdame este pirata mientras dure la película que estás viendo, ¿vale? Si lo haces, si cuidas bien de él, después te daré un regalo mejor. ¿Trato hecho?

La niña abre los ojos mucho y asiente con la cabeza.

—¿Es una sorpresa? Me encantan las sorpresas.

—Sí.

—¿Lo prometes?

—Lo prometo.

Mientras sales de la habitación, escuchas que la niña continúa imitando los diálogos de la película.

—¡Alto! Soy Buzz Lightyear.

Cierras la puerta y apoyas la espalda en ella.

—¿Qué es este sitio?

Manel cuelga el móvil.

—Era Fernandito —dice—. Ya le habéis oído: se ha ocupado de Leyre y está en el tejado, entreteniendo a nuestros amigos policías.

Vera y Lucas están sentados en las únicas sillas que hay en la sala. Manel está de pie y les apunta con un arma.

Dejas atrás la habitación de la niña para continuar recorriendo el pasillo. Cojeas y sigues perdiendo sangre. Apoyas la mano en la pared de hormigón para ayudarte a caminar.

Abres la siguiente puerta que encuentras y te asomas.

La habitación está a oscuras.

Buscas tu móvil para encender la linterna, pero has debido de perderlo al saltar por la ventana para escapar del incendio. Por suerte, entra un haz de luz roja del pasillo por la puerta y, cuando tus pupilas se adaptan, consigues ver el interior de la sala.

Unas esposas cuelgan del techo, en el centro de la habitación. Bajo ellas, en el suelo, un desagüe teñido de color marrón. Ves algunos cuajarones de sangre en la pared del fondo y una mesa metálica pegada a la esquina, sobre la que hay diferentes instrumentos: tenazas, cuchillos, objetos de hierro de forma fálica, sierras de varios tipos, un bisturí, punzones, correas. Una cama.

Piensas en todos esos nombres de los encargos de los e-mails de Walter. En las noticias de cadáveres con amputaciones.

Piensas en Emily y en la chica de la fábrica. En Sandra.

Piensas en Vera.

En tu hija Leyre.

Tiemblas.

Te duele todo el cuerpo y te notas débil, pero te obligas a salir de la habitación y realizar un último esfuerzo. Lucas y Vera tienen que estar encerrados en una de estas habitaciones, atados, sin poder escapar. En cuanto los liberes, sacarás a esa niña de esta masía de los horrores.

Un grito llega desde el fondo del pasillo.

Es Vera.

Avanzas renqueante hasta la única puerta que ves abierta. No puedes pensar en los riesgos que conlleva lo que estás haciendo porque solo hay un pensamiento en tu mente: Vera todavía está viva.

Entras en la habitación.

Es la sala de control de una cámara Gesell, como las que usáis los policías en los interrogatorios. Un cristal divide las dos estancias que forman el conjunto. Ves lo que hay al otro lado sin ser vista, y lo que ves no te gusta.

Manel, de pie y de espaldas al espejo, está al mando de la situación; su pistola no deja lugar a dudas. Lucas y Vera están sentados frente a él, asustados y atados a sendas sillas.

No puede ser que Manel también forme parte de esto.

—Es una pena que tengamos a todos esos policías ahí fuera —dice—, si no ya estaríais en alguna de las salas que habéis visto en ese pasillo. Una igual a la que ocupó Emily durante sus últimos días.

—¿Emily? ¿La chica australiana? ¡¿Qué has hecho con ella?! —grita Vera.

Manel pide calma con la mano.

—Shhh. Sin gritos, por favor.

—¿La has matado? —se atreve a preguntar Vera, con voz trémula.

—Arderás en el infierno —dice Lucas.

Hueles el humo del incendio que empieza a colarse por la puerta del búnker. Parece que no la has cerrado del todo.

—Vera, tienes suerte de que nuestro cliente anoche eligiera a Emily en tu lugar.

Vera grita.

—Ya sabéis lo que dicen: «El cliente siempre tiene la razón». Esto solo es un… negocio muy especial. —Se ríe.

—¡Eres un monstruo! —grita Vera.

—Vamos, por favor —dice Manel levantando las manos y dándose la vuelta hacia el espejo tras el que te escondes. Das un paso hacia atrás—. Deberías saberlo mejor que nadie.

Vera mira al anciano sin entender.

—El encargado de elegir a las víctimas es Walter —dice Lucas.

—¿Qué? —dice Vera, mirando al predicador. Después, se gira hacia Manel otra vez—. No…, eso es imposible.

Las lágrimas que salen de los ojos de Vera la delatan. Ahora, todas las piezas están encajando en su cabeza. Las ausencias de Walter, la sangre en su camisa, los correos con encargos. Cree que es posible.

Manel da dos pasos hasta llegar al espejo. Tienes su cara a escasos centímetros de la tuya. Levanta la mirada y por un segundo dudas si verdaderamente es un espejo, porque sientes que clava los ojos en los tuyos; están apagados, cansados y ahora te resultan desconocidos.

—Soy demasiado viejo para tener remordimientos —dice Manel, mientras examina su reflejo.

Te apartas hacia un lado para confirmar si su mirada te sigue, pero no lo hace. No puede verte.

Reparas en Lucas. Está detrás de Manel. Sus movimientos son limitados porque está atado a esa silla, pero no para de hacer gestos con los ojos y con la cabeza. Levanta la barbilla y mira hacia el espejo. ¿Te está observando? Es imposible porque para él ese cristal que os separa es un espejo. Aun así, es como si quisiera trasladarte un mensaje. Hace indicaciones hacía su derecha. Miras a tu izquierda. Pero ahí solo hay una silla y la pared de la sala de control.

Manel gira un poco el cuello para observar de reojo a sus dos prisioneros; Lucas se detiene y se yergue en su silla. En cuanto Manel vuelve a fijar los ojos en el espejo, en ti, el predicador continúa con su danza.

Está claro que Lucas espera que estés al otro lado.

—Esta sala está vacía —susurras, mientras buscas a tu alrededor, como si él pudiera verte y oírte.

Lucas sigue gesticulando.

Examinas el techo y las paredes. Buscas debajo de la mesa de control. Nada.

Se te ocurre darle la vuelta a la silla giratoria y, por fin, comprendes a Lucas.

La encuentras.

Su metal refleja la escasa luz que llega desde la otra sala. La coges con ambas manos. Pesa más de lo que recuerdas que pesaba tu arma reglamentaria. La examinas de cerca. El objeto en sí no te infunde este respeto y miedo que sientes ahora mismo, sino lo que vas a hacer con él.

Porque ya estás pensando en lo que tienes que hacer con esa pistola.

Ahora lo recuerdas: de estas cosas siempre se encargaba Sandra. Tú eras la que conducía. Pero hoy te toca a ti, porque este hombre que tienes delante la mató.

Sin dejar de mirar su reflejo en el cristal, Manel continúa hablando con Vera y Lucas. Lo sabes porque le ves mover los labios a través del falso espejo, pero tú ya no le escuchas. Lo único que forma parte de tu universo ahora mismo es el sonido del bombeo de la sangre en tu corazón y el de tus dientes al tiritar.

Apuntas con el arma de Lucas al falso espejo. No sabes qué espesor tiene, pero esa es la distancia que separa la vida de Manel de su muerte.

Lucas continúa haciendo los mismos gestos, sin saber que ya le has entendido.

Notas el sudor que resbala por tus dedos y se mezcla con la sangre reseca que ya traías a causa de los cortes. Hoy va de romper cristales.

Manel sigue hablando, mirándote fijamente sin verte, mientras apoyas el cañón de la pistola sobre el cristal frente a su cabeza.

—Ha llegado el momento —dice.

Los va a asesinar.

Tu pulso es horrible a causa de la tensión, el cansancio y la sangre que has perdido, así que el metal del arma choca en varias ocasiones contra el falso espejo. Clac, clac, clac.

Manel se calla y alza su arma; ha oído el ruido.

Inclina un grado la cabeza para intentar aguzar el oído.

Pega los ojos al espejo y te mira, o parece que te mira.

Levanta una ceja.

Disparas.

La bala atraviesa el espejo, lo destroza y un montón de esquirlas de cristal salen despedidas mientras el proyectil desaparece dentro del cráneo de Manel.

Muere al instante.

Su sangre y sus sesos salen volando por el agujero posterior de su cráneo, mucho más grande que el orificio de entrada del disparo.

Se desploma sobre el suelo, y la bala se clava en la pared que Vera y Lucas tienen a su espalda. Una mezcolanza de sangre y trozos de cerebro caen sobre el predicador, empapándolo por completo y tiñéndole de rojo de la cabeza a los pies. Vera está impoluta, no tiene ni una sola salpicadura. Se observan el uno al otro y se recorren con la mirada sin entender la situación.

—Ven conmigo —te dice una voz grave, desde la puerta. De su rostro solo alcanzas a distinguir el mentón, porque el humo negro del incendio ya se ha colado por el pasillo del búnker y le oculta la cara. Pero ves su cuerpo: unos vaqueros oscuros, un jersey negro de cuello alto, unos brazos que sujetan un arma que te apunta.

Estás de rodillas. Se te ha caído la pistola debido al retroceso del disparo y a la falta de fuerza. Estiras el brazo para intentar alcanzarla, poco a poco, milímetro a milímetro. La estás rozando con los dedos cuando el zapato del hombre te aplasta la mano. Oyes el crujido de tus metacarpianos entre tus chillidos de dolor. Te agarras la mano y alzas la mirada para ver a tu agresor. Su rostro emerge entre el humo. Le reconoces enseguida. Es el hombre con el que Manel se citaba algunas noches en su despacho. Ahora entiendes que su relación no era sexual ni sentimental.

—Siéntate con tus amigos, por favor. —El tono es grave, seguro, tranquilo—. Tenemos poco tiempo.

Te guía hasta la otra sala, sin dejar de apuntarte. Esquivas el cadáver de Manel y te sientas al lado de Vera, pero en el suelo.

El hombre se agacha para recoger la pistola de Manel.

—Siento no poder ofrecerte otra silla, pero no solemos tener tantos invitados en esta sala. Esa habitación —dice, señalando con una de las pistolas el hueco donde antes estaba el espejo— es la única diferente a las demás, la que utilizan los que prefieren mirar y dar órdenes a Fernandito sin mancharse las manos.

Vera te observa. Sientes que te pide perdón con los ojos. ¿Por no creerte con lo de Walter? ¿Por meteros a Lucas y a ti en este lío? ¿Por huir de ti tras ese beso en el tejado? ¿Por manipularte y convertirte en un personaje más de su novela?

—Soy Sébastien. Y vosotros sois Lucas, Vera y Leyre; me lo ha dicho Manel —comenta mientras os apunta con ambas pistolas uno a uno—. Es curioso, con una Leyre comenzó todo esto y con otra Leyre va a terminar.

—Me llamo Maite, hijo de puta. Leyre Aranguren era mi hija.

Sébastien tarda un segundo en asimilar.

—¿Leyre Aranguren era tu hija? —pregunta.

Vera te mira confundida, como si estuvieras loca.

—Sí —le dices a ella. Intentas sonreír para transmitirle tranquilidad, pero tu cara está blanca por la falta de sangre—. Tenemos que hablar.

El olor a humo del incendio comienza a entrar en la sala. Se oyen estruendos a lo lejos. Supones que a causa de las llamas.

—Si os digo la verdad, me habéis ahorrado una bala —dice, mientras mira con desdén el cadáver del dueño de la masía.

Sientes pinchazos en la cabeza. Cañonazos. Otra vez te vienen imágenes a la mente a toda velocidad. Se clavan en tu cerebro y duelen con cada acometida. Ves farolas, tus manos en el volante, la avenida Diagonal, el Mercedes de Walter. Hueles el humo de la pólvora de la pistola de Sandra, oyes el ruido de un tranvía. Un golpe. El coche destrozado.

Fuisteis Sandra y tú; vosotras investigasteis durante años lo que le sucedió a Leyre; vosotras perseguisteis y estuvisteis a punto de atrapar a Walter aquella noche de hace un año.

—¡¿Por qué mataste a mi hija?! —gritas.

—Leyre no tuvo nada que ver con esta masía, solo fue mi... primera princesa.

Os interrumpe el sonido del teléfono de Sébastien. Él activa el manos libres y deja sobre la mesa el móvil para poder apuntaros con ambas armas.

—Dime, Josep. Estoy dentro.

—Esto se está llenando de policías.

—Dos minutos. Ato cabos aquí —os mira— y salimos.

—¿Salís?, ¿quiénes?

—Paula y yo.

—¿La niña otra vez? Creía que estabas de acuerdo en que era mejor...

—Mejor ¿qué? —interrumpe—. ¿Matarla? Eso nunca ha estado en mis planes.

—¿Has empezado a mentirme?

—Como me dijiste una vez, Josep: «No te fíes ni de tu madre».

—Nos va a traer problemas. ¿Cómo piensas justificar su existencia? ¿O tu plan es tenerla encerrada en otro agujero como en el que lleva viviendo tres años?

—Es mi hija. Me necesita, Josep. Soy lo único que tiene.

—¿Eres lo único que tiene o ella es lo único que tú tienes?

Sébastien se queda en silencio. Se limpia el sudor de la frente con el dorso de la mano armada, sin dejar de apuntaros con la otra.

—¿Está despejada la puerta por la que acceden los clientes? —pregunta Sébastien.

—Correcto. Pero no tardaremos en entrar.

Sébastien cuelga el móvil y mira su reloj de muñeca.

¿Ese Josep era el caporal Moreno que os interrogó ayer?

Ahora comprendes muchas cosas, como la pantomima de que Walter te inculpara a ti o todas esas preguntas incómodas de Josep y el otro mosso aquella mañana. Debió de ser una farsa, un teatro protagonizado por Moreno.

Vera se revuelve en la silla y chilla una especie de insulto en catalán que no entiendes.

—¡¿Paula está viva?! ¡¿Estabais hablando de la hija de Walter?! —grita Vera.

—No sabes de lo que es capaz un padre por su hija —dice Sébastien, y su voz dibuja una inflexión que no eres capaz de descifrar. No tienes claro si habla de lo que Walter llegó a hacer por Paula o de lo que él piensa hacer con vosotros para quedársela.

Sébastien sonríe, condescendiente, mientras se dirige a Vera.

—Si no, ¿cómo explicas que Walter te engañase durante todo un año?

Giras el cuello para mirar a Vera: está destrozada. Se ha hundido sobre la silla y sus lágrimas se acumulan en unos ojos perdidos en algún punto infinito del suelo.

Suena el móvil de Sébastien de nuevo.

—Sébastien. ¿Sébastien?, ¿me escuchas?

Hay mucho ruido de fondo: gritos, disparos, sirenas.

—Dime, Josep.

—Vamos a entrar. Repito: vamos a entrar. Hemos dejado seco al yonqui del tejado. Menuda guerra nos ha dado el muy cabrón con ese rifle.

—Dame un minuto.

—Imposible. Haz lo que tengas que hacer ya, porque yo no puedo retenerlos. El equipo está preparado. Entramos.

—De acuerdo.

Sébastien guarda el móvil en su bolsillo y toma aire.

—Vas a acabar en el infierno, con el resto de tus compañeros —dice Lucas.

—Si existiera un infierno, ¿no se parecería mucho a esta casa? —pregunta Sébastien, señalando con la pistola a su alrededor. Las llamas han alcanzado la sala de control, y un resplandor anaranjado brilla a su espalda.

Sébastien se ríe con fuerza.

—No me va a pasar nada. Tanto a nuestros clientes como a Josep y a mí nos resulta muy conveniente que esta masía arda y todas las posibles pruebas se conviertan en cenizas. Y con «pruebas» me refiero también a las peores, las que pueden hablar.

Sébastien encañona a Lucas con su arma.

—Llegados a este punto, no esperéis unas bonitas palabras para despediros a cada uno de vosotros. Ya habéis oído a Josep Moreno. Tenemos prisa.

Oyes el percutor del arma al ser accionado por el dedo pulgar de Sébastien.

Vera y tú le gritáis que se detenga, que no lo haga.

—¡No!

Las cejas de Sébastien se inclinan y sus ojos se fijan en la frente de Lucas, donde apoya el cañón del arma.

Lucas, envuelto en sudor y sangre, trata de revolverse sobre su silla. Inspira y espira como si el aire le quemara dentro de los pulmones. Reza algo que no logras entender, porque cada vez lo hace más rápido, más alto y de forma más atropellada. Termina exclamándolo al cielo, te parece que está convulsionando.

—Adiós, Lucas —dice Sébastien.

Y ves cómo su dedo se dispone a apretar el gatillo.

—¡Alto!

Es un grito agudo que viene de la puerta y provoca que Sébastien se gire y, sin tiempo para pensar, dispare.

El sonido de la detonación retumba en tus oídos.

Intentas deducir la trayectoria de la bala y el lugar donde ha impactado. Al principio tus ojos solo encuentran la puerta abierta de la habitación iluminada por los fluorescentes rojos y el fulgor anaranjado de las llamas que se aproximan por el pasillo. Es como si el proyectil se hubiera desintegrado.

Pero cuando bajas la mirada entiendes qué ha sucedido.

Descubres el horror en su forma más despiadada.

El último suspiro de inocencia que han visto estas cuatro paredes.

La bala ha alcanzado el pequeño torso de la niña, que solo estaba jugando a imitar al superhéroe de juguete de su película favorita.

El cuerpo se desploma sobre el cemento y deja la habitación en silencio.

Tu cerebro te transporta a otro plano para huir de la escena.

Flotas en el aire y viajas a otra dimensión donde tus sentidos te confunden. No sientes el calor de las llamas que tira de tus heridas, no escuchas los llantos de Vera ni los rezos de Lucas ni los gritos desgarrados de dolor de Sébastien.

Unos brazos de fuego emergen desde el pasillo. El estruendo interrumpe tu ensimismamiento e ilumina el pequeño charco de sangre que sale del torso de Paula.

—¡No! —Sébastien corre a abrazar a la niña. Se arrodilla y sujeta su cuerpo inerte mientras vierte sus lágrimas sobre su pecho herido.

Las llamas son los fantasmas de todas las muertes cruentas que han sucedido en ese lugar. Se adhieren a las paredes del pasillo y derriten el marco de la puerta. Danzan con violencia, se mueven para rodear y agarrar al causante de su dolor.

Sin ser todavía capaz de reaccionar, observas la escena que arde frente a ti. Sébastien, en el suelo, solloza abrazado al cuerpo de Paula. Bum. Un cañonazo. Libras de pólvora explotan en tu cabeza y hacen saltar tus recuerdos por los aires. Te transportas siete años atrás, cuando te despediste de Leyre para siempre, cuando le pediste perdón sin que ella te oyese, cuando la empezaste a echar de menos porque ya nunca ibas a tener la oportunidad de hacerlo, cuando le dijiste que lo entendías, que todo estaba bien, cuando apoyaste tus labios sobre esa mejilla fría y rígida para darle el último beso antes de cerrar su ataúd.

—¡Paula, mi vida! ¡No! —grita Sébastien.

Te levantas y desatas a Vera, que está desvaída, en estado de shock.

—Tenemos que salir de aquí —le dices, pero no reacciona—. ¡Vamos! —gritas, mientras intentas desatar a Lucas, que sigue mirando al cielo, rezando de forma histriónica y agradeciéndole a Dios seguir con vida.

Vera se pone de pie y camina dando tumbos hasta la puerta. Lucas y tú la seguís.

Miras hacia el pasillo de la derecha, por donde has venido. Está envuelto en llamas, notas el calor lacerante del fuego sobre las heridas de tu espalda. La sangre parece hervir en tu interior.

—¡La salida está bloqueada!

Se oye una explosión de cristales. Bum. Y una llamarada os hace tiraros al suelo para no quemaros vivos.

Miras a Sébastien, que sigue arrodillado frente al cuerpo de Paula. Deberías agarrarle del brazo, sacarle de allí antes de que el fuego derrumbe la masía sobre él.

Pero no lo haces.

—¡Por allí! ¡Vamos! —gritas, señalando el extremo opuesto del pasillo. Has oído a Sébastien decir que hay otro acceso al búnker por el que entran los clientes.

Corres en primer lugar, Vera te sigue y Lucas… ¿Lucas? Miras atrás: camina rezando con las palmas en el aire, como si el incendio no tuviera nada que ver con él o como si sus oraciones le ofrecieran una coraza protectora frente a las llamas.

El búnker de hormigón termina en un salón de madera noble. Apenas tiene muebles: un sillón, una enorme alfombra y una barra de bar. Supones que por aquí accedían los clientes de la casa de los perdidos. Por un segundo te los imaginas tomando un gin-tonic antes de que Sébastien les dijera que todo estaba listo en una de esas habitaciones de los horrores. El fuego también lo acaba de alcanzar, prendiendo las cortinas y las vigas del techo. Todo cruje y crepita como si se tratara de una hoguera gigante. No hay ventanas y la única puerta que ves da a un pasillo angosto, revestido también de madera e iluminado por la luz de las llamas.

—¡Por aquí!

Vera te sigue sin pensarlo. Tiene la mirada perdida y no ha dicho nada desde que Sébastien ha disparado a Paula. El terror se dibuja en cada una de sus facciones.

Lucas camina unos metros por detrás, acosado por el fuego y con las manos en el pecho mientras repite sus oraciones. Te detienes para esperarle.

—¡Vamos, Lucas! —gritas desde la puerta del pasillo.

Vera te adelanta.

Os cuesta respirar. El humo, cada vez más denso, dificulta la visión del pasillo, que parece infinito. A tu espalda solo oyes el ruido de las llamas y de lo que van destrozando a su paso.

—¡Tú sigue hasta el final! —le gritas a Vera—. ¡La salida tiene que estar al fondo!

No sabes si te ha escuchado ni si te ha contestado, porque el ruido del incendio lo tapa todo. Tampoco consigues verla. Ha desaparecido engullida por las nubes de humo.

Miras atrás.

—¡Lucas! ¡Lucas!, ¿me oyes? ¡Sigue mi voz!

No responde.

Las embestidas del fuego empiezan a abrazar las paredes y el techo hasta llegar a tu posición. Te agachas para buscar aire. Te tapas la cara con el cuello de tu camiseta. Toses.

De pronto, algo que venía a una velocidad discreta pero constante choca contigo. Es Lucas.

Le agarras de la mano y le obligas a avanzar.

Enseguida os encontráis con Vera. Está tosiendo, encorvada y desorientada, ahogándose en ese mar de humo. Sueltas a Lucas de nuevo y la empujas en la dirección correcta. Tenéis que daros prisa en salir.

Escuchas un crujido y te ilumina un resplandor que fulge a tu espalda. Lo sigue un estruendo. Te giras y entiendes qué ha pasado.

—¡Lucas!

Una viga de madera ha caído sobre él y le ha dejado el brazo atrapado contra el suelo. Lucas grita de dolor.

—¡Me quemo!

Te agachas para intentar socorrerle. Ha tenido suerte de que le haya caído en el brazo; el golpe de una viga de este tamaño en la cabeza habría sido mortal.

—¡Sal de aquí, Vera! —gritas.

Ella duda por un instante y se retuerce para toser, pero enseguida te obedece y desaparece de tu vista.

Intentas levantar la viga de madera, pero además de ser grande y pesada, está muy caliente. El simple hecho de acercar las manos te abrasa las palmas. Necesitas hacer palanca. Buscas a tientas a tu alrededor algo que pueda servirte. En la pared hay una vara gruesa del revestimiento de madera que sobresale. Crees que no te costará mucho arrancarla. La agarras con ambas manos. Quema, pero no demasiado; puedes soportarlo. Tiras con todas tus fuerzas. La pared y la estructura emiten un crujido aterrador, es como si toda la casa estuviera a punto de derrumbarse sobre vosotros. Pero la tienes.

Toses. Cada vez te cuesta más respirar y sientes que la sangre que hierve bajo tu piel va a hacer explotar tu cuerpo desde dentro en cualquier momento. El calor es insoportable. Te estás cociendo viva en ese horno.

Metes el trozo de madera a modo de palanca en la viga que tiene a Lucas atrapado.

Empujas.

Nada.

Te agachas en busca de aire, solo un segundo, y te levantas para intentarlo de nuevo.

Empujas la palanca.

Esta vez oyes un nuevo crujido. Parece que has conseguido mover la viga, pero te das cuenta de que el crujido se convierte en muchos otros crujidos, y que no viene del suelo donde está Lucas, sino del techo.

Miras hacia arriba, pero no te da tiempo a apartarte. Lo último que ven tus ojos es otra viga de madera que se abre paso entre el humo y te cae en la cabeza desde el techo.

67

Una luz

Unas horas más tarde

De niña conociste la sensación de flotar sobre el agua, de sumergirte y bucear entre las burbujas de oxígeno del mar. Era lo más parecido a transportarte a otro universo, a sentirte una astronauta en estado de ingravidez, suspendida en el espacio.

Pero esto es diferente.

Te envuelve el cuerpo con la suavidad de un susurro. No tienes claro de qué se trata hasta que intentas abrir los ojos. Es luz.

Mucha luz.

Una luz intensa y placentera que acaba con todo y salva solo lo importante. Ya no hay ruido ni dolor. No hay batallas.

No hay cañonazos.

Ya no hay lágrimas ni culpa ni incomprensión. No hay duelo.

Ya no hay nada más que paz. Y luz.

Mucha luz.

Dos figuras blancas están de pie frente a ti. La luz las atraviesa con tanta intensidad que se clava en tus retinas y no logras distinguir sus caras.

Cierras los ojos para evitar que ardan.

Lo intentas de nuevo y las ves más cerca.

Son ellos, los ángeles del autobús. Ellos otra vez. ¿Los envía tu hija? «¿Eres tú, Leyre, cariño?».

Uno de ellos envuelve tu mano con la suya. Notas un calor muy intenso, casi quema. Pero reconforta.

El de pelo castaño da un paso hacia ti. Su sonrisa te llena de paz. Abre la boca para hablar.

—Espero que todo te vaya muy bien.

Formas una palabra con los labios: «Gracias».

«Las niñas buenas son agradecidas».

De nuevo luz.

Mucha luz.

68

Otra luz

Unos días después

Es una luz diferente que te transporta a otro lugar. Te mueves balanceada por ella y recorres un túnel caleidoscópico de reflejos cambiantes hasta que esa dimensión celestial queda atrás. Dejas de sentir el calor de esa mano que quema pero reconforta. Ya no hay resplandor ni paz envolviéndote, sino nubes. Sí, nubes de algodón movidas por una voz que reconoces. Te agarras a ellas y atraviesas un mundo onírico azul a la velocidad de las estrellas. Sientes el viento en la cara. La voz cada vez suena más fuerte, hasta que las nubes que te transportan colapsan en el final del túnel y se rompen en mil copos de algodón que se desvanecen a tu alrededor.

Pero la voz sigue ahí.

Abres los ojos, esperando ver al dueño de ese timbre, a esas dos figuras, a esos dos ángeles.

No están.

—Buenos días, cariño —dice Rafa.

Sacudes la cabeza. Una aguja larga te perfora las sienes.

—¿D-dónde estoy?

Es una habitación de paredes y techos blancos.

—No, no te muevas. Tranquila, así mejor —dice, mientras acciona un botón y la cama en la que te encuentras se inclina hacia arriba.

—¿Estoy muerta?

Rafa sonríe.

—Has estado cerca, pero no. Estás en el hospital. Los bomberos consiguieron sacarte de la masía.

—¿Entonces no he muerto?

—Parece que lo dices apenada —se ríe Rafa.

—No es eso. Es que pensé que había muerto... Vi a esas dos figuras otra vez.

—¿Qué figuras?

—Las del autobús. Los ángeles.

—Es un milagro que estés viva, Maite. Pero eso también tiene su explicación.

Tu marido se acerca a la puerta de la habitación, la abre y le habla al pasillo.

—Se ha despertado. Pasad, por favor.

Dos hombres vestidos con bata de médico se acercan hasta el borde de tu cama. Te miran, sonrientes pero preocupados.

—Hola, Maite —dice uno de ellos. Es un hombre alto, negro, corpulento, pelo hirsuto. Posa su mano cálida sobre la tuya—. ¿Nos reconoces?

—Creo que sí —aciertas a decir—. Sois los dos mensajeros que vi en el autobús.

Ambos se miran.

—Somos tus psiquiatras de la Clínica San Saturnino. Vinimos de Pamplona en cuanto nos enteramos de lo que te pasó.

Sientes otro pinchazo en la cabeza. Ahora lo entiendes; no era una túnica ni un sayal, sino una bata de médico.

—Hemos estado aquí todo el tiempo, a tu lado, mientras dormías —dice el otro, pelo castaño, estatura media y sonrisa afable—. No debimos darte el alta tan pronto. Nos equivocamos.

—Queríamos pedirte perdón en persona y seguir tu recuperación. ¿Cómo te encuentras?

—Bien. Creo —dices.

—Lo sentimos, Maite. Creímos que ya estabas en condiciones de recibir el alta, pero nos precipitamos.

—El hecho de acudir al entierro de tu amiga Sandra te hizo revivir la muerte de tu hija Leyre, y tu enfermedad se manifestó de nuevo de la peor manera posible, igual que te ha sucedido en otras ocasiones. En algún momento, durante el entierro, el interruptor que tienes en el cerebro se activó y desde entonces creíste ser Leyre. Para tu mente, eras tu hija y te encontrabas en el cementerio enterrando a tu madre, es decir, a ti misma. Desde entonces, actuaste tal y como te hubiera gustado que Leyre se hubiera comportado contigo en vida: preocupándose por ti, sintiéndose culpable por abandonarte y distanciarse de vosotros, luchando por su madre hasta el final, incluso llegando a dar su propia vida por... ti.

Más punzones se clavan en tus sienes. Son más agudos que los anteriores y te provocan tanto dolor que eres incapaz de contener un quejido.

—Es muy pronto para esto —dice Rafa, dirigiéndose a los dos médicos mientras posa la mano sobre tu mejilla.

—Sí, tienes razón —dice el de pelo castaño—. Ya tendremos tiempo de hablar, Maite. Ahora debes descansar.

—Os dejamos a solas —dice el otro.

Ambos salen de la habitación. Antes de cerrar la puerta, el de pelo castaño se asoma desde el pasillo y, con una sonrisa afable, te dice:

—Todo va a ir muy bien, Maite.

Sientes otro pinchazo en las sienes.

Observas tu alrededor. Tu brazo derecho está escayolado y una vía sale del izquierdo y se conecta con un gotero. Varias pantallas a tu espalda emiten ruidos para monitorizar tu estado. Miras a tu marido. Tras treinta y siete años de matrimonio, le sobra escuchar tus palabras para entender tus dudas.

—Te has roto el brazo por tres sitios diferentes. También tuviste un traumatismo craneoencefálico.

—Me duele mucho la espalda.

—Es por las heridas y las quemaduras. Tardarán en dejarte de doler. Tenías cristales clavados por todo el cuerpo y una herida de bala en la pierna. Perdiste mucha sangre.

—No sé cómo salí de la masía. Lo último que recuerdo es mucho humo y fuego. Estaba intentando ayudar a Lucas y... ¡Lucas! ¿Está bien?

—Recuperándose. Pero él tiene otros problemas. Se encuentra en una unidad especial, custodiado por la policía. Por lo que dicen en la prensa, se enfrenta a cargos de organización y grupo terrorista.

Te quejas del puñal que sientes clavado en un costado.

—También tienes tres costillas rotas —dice Rafa.

—¿Algo más?

Rafa sonríe.

—Vera ha dejado un regalo para ti, para cuando te den el alta.

Se acerca a su abrigo, que está sobre la silla de invitados de la habitación. Extrae un papel de uno de los bolsillos y te lo da.

—Blink-182 —lees—. ¿Son entradas para un concierto?

—No se ha separado de tu cama durante estos días. Le he explicado que la de los conciertos era nuestra hija Leyre, y que la camiseta del grupo ese que llevabas era suya.

Ambos os reís. Te duelen las costillas al hacerlo.

—No, toma —dices ya más seria, devolviéndole las entradas—. No quiero saber nada más de Vera. Leí su cuaderno, me manipuló y...

Un dolor punzante te envuelve la cabeza.

Sueltas un quejido.

—Tienes que descansar.

—Diles a los médicos que no me den las mismas pastillas para dormir que me diste tú. No me hacen nada.

Tu marido niega con la cabeza.

—No eran pastillas para dormir, cariño. Era tu medicación.

Eso explica algunas cosas.

—Venga, cierra los ojos y duerme un rato. Ya estás a salvo. Yo me quedo aquí, a tu lado.

—Rafa, necesito saber solo una cosa más.

Te arropa con la sábana.

—Dime, cariño.

—Aparte de Vera, Lucas y yo, ¿salió alguien más con vida de esa masía?

—No pienses en eso, Maite. Necesitas descansar.

—¿Sí o no?

—Esa casa alcanzó tal temperatura que no se han encontrado restos humanos de nadie más. Es imposible que alguien saliera de allí.

69

Dos años después

Clínica Psiquiátrica San Saturnino,
Unidad de Larga Estancia, dos años después

Te despierta tu propio grito y comienzas a convulsionar sobre la cama.

Las sábanas están empapadas de sudor.

Gritas de nuevo hasta que el médico que está de guardia esta noche entra en tu habitación.

—Maite, ¿te encuentras bien?

—¡Ha venido! ¡Ha estado aquí!

—¿Qué?

—¡Ha estado aquí! ¡Ha estado frente a mi cama!

—¿Quién? Aquí no ha estado nadie, Maite. Nadie puede entrar por la noche en este hospital.

—Dice que… Dice que…

—Tranquilízate, Maite.

—Dice que le gusta verme sufrir con sus visitas.

—Te prometo que no ha venido nadie. No es real, ¿vale? Ese hombre murió. Lo hemos hablado muchas veces. Ha sido un mal sueño o tu enfermedad, jugando con tu mente.

—¡Ha estado aquí! ¡Lo he visto! Me ha dicho que me quedara en silencio. Tenía la cara quemada, pero era él. ¡Era él! ¡Mató a mi hija y ahora viene a por mí!

—Toma esto —dice, dándote una pastilla y un vaso de agua.

—¡No quiero más pastillas!

—Es solo para calmarte, Maite. Estás muy alterada. Te vendrá bien.

Te la mete en la boca.

El médico espera unos minutos a tu lado hasta que notas que tus pestañas pesan cada vez más y tu cuerpo se relaja. Cuando empiezas a quedarte dormida, el doctor sale de la habitación.

Hasta que el resbalón de la puerta te da la señal para escupir la pastilla que guardabas bajo la lengua.

Te proteges con el edredón cubriéndote con él hasta la altura de los ojos. Te tumbas de lado para vigilar la entrada, por si ese hombre de tus pesadillas aparece de nuevo.

Abres los ojos.

Y es en ese momento cuando lo ves.

Un objeto.

Sobre la mesilla.

El corazón te retumba en los tímpanos.

Te da miedo tocarlo, pero necesitas hacerlo para confirmar que es real.

Recorres con la mirada la habitación para asegurarte de que estás sola. Sacas el brazo de la falsa protección de las sábanas y lo extiendes hasta acariciar el objeto con la yema de los dedos. Sientes el plástico, recorres sus formas familiares y su poder te transporta a otro tiempo, como siempre ha hecho.

Es real.

La última vez que lo viste fue en esa masía, antes del incendio. Lo tenía la niña, Paula. Le pediste que te guardara tu muñeco pirata de Lego a cambio de una sorpresa.

«Las niñas buenas no mienten».

And if I could be who you wanted
If I could be who you wanted
All the time
All the time

RADIOHEAD

Agradecimientos

Después de hablarlo con mis amigos, me he dado cuenta de que existen tres tipos de personas según su manera de enfrentarse al texto que ocupa esta sección. Muchos nunca leen los agradecimientos, no les interesan. A otros nos encanta hacerlo. En mi caso es porque a veces los autores aprovechan estas últimas páginas para contar anécdotas sobre el proceso de escritura, o para dar detalles acerca de la historia que no se aprecian a simple vista en la novela. Pero existe otro espécimen de lector distinto y despreciable: el que empieza a leer el libro por los agradecimientos. Si formas parte de esta *rara avis*, detente, por favor. Deja de leer aquí mismo. De lo contrario, encontrarás *spoilers* que destrozarán la experiencia lectora.

Lo sabía. Sigues aquí.

De verdad.

Vete.

Por favor. Último aviso. Para de leer, vuelve a la portada y comienza la novela por donde se supone que hay que hacerlo. No me he pegado tanto tiempo escribiéndola para que ahora venga un listillo como tú a reventarla.

¿Ya? ¿Se ha marchado?

Vale, ahora que nos hemos quedado solos tú y yo, hay varias cosas que te puedo contar.

Por ejemplo, si tienes pensado enterrar un cadáver cerca de Pamplona, no lo hagas en Eunate. Hay cámaras, y según la noche que elijas puede que te encuentres con aficionados a la astronomía o buscadores de misterios templarios.

Si quieres visitar el lugar que me inspiró para crear la guarida donde Walter lleva a sus víctimas, puedes hacerlo. Se trata de la fábrica Lehmann, ubicada en el distrito del Eixample, en Barcelona. La entrada es gratuita. Si no puedes ir en persona, pero te apetece echar un vistazo, tienen una página web donde encontrarás fotos e información. Por supuesto, la fábrica Lehmann no tiene nada que ver con Walter, y que yo sepa no ha habido ningún asesinato allí.

La masía también existe. Sirvió de cuartel militar y búnker durante la Guerra Civil, tal y como Manel le explica a Leyre en la novela. Te puedes acercar a Sant Just Desvern y verla, pero solo desde el exterior. Es una propiedad privada. Hace varios años que no paso por allí, por lo que no estoy al tanto de su uso actual. Pero quizá todavía logres alquilar una habitación con una cincha en el radiador y unas manchas marrones en la pared. Yo lo hice en 2019.

La cerveza Torreznos que beben Leyre y Vera durante sus encuentros en el tejado no está a la venta. Se elabora en casa de mi amigo Zalba bajo dudosos controles de seguridad alimentaria.

Si eres muy religioso y te has sentido ofendido por los comentarios de Leyre respecto a las creencias de Lucas (lo de *El señor de los anillos* y todo eso), lo siento, no era mi intención. Si piensas que Lucas no es un reflejo fiel del creyente medio, tienes razón. Pero qué se puede esperar de alguien que corre como un perro.

Estoy seguro de que no habría sido capaz de terminar esta novela si no hubiera sido por mi grupo de música. Me explico. Cuando empezamos a tocar hace veinte años éramos unos críos, teníamos esa inconsciencia que muchas veces se pierde con la edad, esa manera de ver solo los pros y nunca los contras. Todo era posible. Íbamos a triunfar y a lograr vivir de la música. Por supuesto, nunca sucedió. Pero aunque no pudimos hacer del grupo nuestro trabajo, sí conseguimos grabar seis discos, ir de gira durante años por el país, conocer amigos que todavía conservo, llenar muchas salas y ser la banda sonora de unos pocos locos como nosotros. Fue una experiencia que me enseñó que es posible sacar adelante un proyecto creativo y llegar a la gente a través de las historias. En aquel entonces escribía canciones; hoy, esta novela. Son cosas diferentes. Pero esos años me sirvieron después para no hacer caso a los pensamientos que me decían que tanto esfuerzo no merecería la pena, que no valía como escritor y que lo más probable era que nadie quisiera publicar nunca mi libro. Si tienes curiosidad, la banda se llama Marvin. Puedes escucharnos en YouTube, Spotify y otras plataformas digitales.

Nadie llega solo hasta aquí. Detrás del libro que acabas de leer está el trabajo y el tiempo de mucha gente. No sería justo que me marchara sin dar gracias.

A las personas que forman parte de Suma de Letras, muy especialmente a mi editora, Ana Lozano, que supiste ver algo en Leyre (o Maite, qué lío) y te atreviste a apostar por el sueño de este autor desconocido. No quiero olvidarme de Silvia García y David Tejera, los *jedis* ortotipográficos. Gracias también a todo el equipo de Penguin Random House que ha participado de alguna manera en que esta novela vea la luz y llegue a todas las librerías.

A Ana, mi mujer, por estar siempre atenta y por permitirme continuar aprendiendo de ti cada día. Gracias por la paliza que te has pegado con esta novela. Sin tus consejos y tu memoria fotográfica este libro sería otro mucho peor. El mundo se ha perdido una gran correctora.

A mi madre, por tu ejemplo constante de fuerza y lucha.

A Ori, siempre a mi lado.

A mi familia y amigos, en especial a Fandos, Zalba, Óscar (otra jugarreta) e Isaac, que leísteis la novela cuando solo era un mal borrador. Gracias por animarme a creer en ella.

No quiero irme sin acordarme de mi tía Tere (Maite), que me prestó su nombre para la protagonista, pero nunca podré agradecérselo.

Y, por último, gracias a ti, que has decidido comprar este libro y dedicarle tu tiempo. No imaginas lo que supone para un juntaletras como yo que, de entre todas las historias increíbles que había en la librería, escogieras esta. Los escritores noveles no tenemos la misma visibilidad que los consagrados, así que, si has disfrutado de *La casa de los perdidos*, lo mejor que puedes hacer para ayudarme es recomendar la novela. Compártela en tus redes, escribe un comentario o cuéntale a tus amigos y familiares que existe (sin *spoilers*, por favor).

Muchas gracias de nuevo. Un abrazo enorme.

JAVIER LERÍN
Pamplona, 20 de octubre de 2024